纸舞台

李晓珞 著

ZHEJIANG UNIVERSITY PRESS
浙江大学出版社
·杭州·

图书在版编目(CIP)数据

纸舞台 / 李晓珞著 . -- 杭州：浙江大学出版社，
2022.9
ISBN 978-7-308-22862-6

Ⅰ.①纸… Ⅱ.①李… Ⅲ.①短篇小说－小说集－中
国－当代 Ⅳ.① I247.7

中国版本图书馆 CIP 数据核字 (2022) 第132782号

纸舞台

ZHIWUTAI

李晓珞　著

责任编辑	张　婷
责任校对	顾　翔
责任印制	范洪法
封面设计	violet
出版发行	浙江大学出版社
	（杭州市天目山路148号　　邮政编码　310007）
	（网址：http://www.zjupress.com）
排　　版	杭州林智广告有限公司
印　　刷	浙江海虹彩色印务有限公司
开　　本	889mm×1194mm　1/32
印　　张	12.25
字　　数	283千
版 印 次	2022年9月第1版　2022年9月第1次印刷
书　　号	ISBN 978-7-308-22862-6
定　　价	56.00元

你得到的所有故事，都只是相对的完整，永远是部分的开头，部分的转折，以及那部分的结束。人是有限的，属于人的认识，更是有限的有限。

那么，索性将有限罗列、铺展、堆叠，就用那有限来看有限，或许能发现无限。

舞台，无新旧，却有远近。

人，虽有分别，却没有你我。（李晓珞）

已有的事，后必再有；已行的事，后必再行。日光之下，并无新事。（摘录）

原来我们不是顾念所见的，乃是顾念所不见的；因为所见的是暂时的，所不见的是永远的。（摘录）

自序

初有《无声戏》十二回，今重写《纸舞台》，不同于有声无声戏。前人所谓"无声"，是指戏曲读本，阅字而声律不可闻。纸舞台却是由声、画、演、赋的思维推动文字，由字成象成乐成观演。字书不过是载体媒质。

本书陆陆续续成章，自2019年起，已历数年，中间还隔着写一部长篇，至今终于成稿付梓。

李晓珞　2022年初春于上海

目录 CONTENTS

海德先生

一

"我还没醉呢，叶良，再倒满些！别人都巴不得给客人灌酒，你倒好，总劝我少喝。行了，别在旁边站着，忙你的去。我懂你是好意，也真心感谢你，今天就别管我了，让我喝个够吧！你要管，还不如陪我一起喝呢！"

店老板叶良尴尬地将同在酒馆的几个不多的客人都巡望了一遍，那眼神意味深长，又很好理解：他在替吧台那个吵闹的女人赔不是。

"客人，对，门口那位，总是一个人的先生，给我一支您的烟吧。这么多年了，低头不见抬头见的，怎么也算半个熟人了。"说着，她用伏在吧台上的手肘耸出肩膀往店老板站着的方向移过去，"我说得对吧，老板？"

店老板叶良乐呵呵地笑起来，不管问话人能不能看见，反正点了点头。

"要是冒犯您了，还请别介意，就当是好心，给我一支烟吧。"她转身朝向我，一头蓬松曲卷的头发晃得很厉害，眯细的眼睛微微翻着，一只手眼看就要抬起来了。

我赶紧从烟盒里取出一支烟递过去，说："别客气，请。"说完，我佯咳了几声，这是下意识的。一有我无所适从的尴尬出现，我就忍不住要假装咳嗽。

女人刚接住烟，老板就利索地为她点燃了。

"难得的好良心，叶良啊，你良心实在太好了，我真为你死去的老婆不值啊！要是我丈夫有你一半的好，我就是下地狱都甘心了！"她吐出一股长烟，这才想起送烟的人是我，道："客人啊，不，先生，谢谢您的烟，我一定好好珍惜，好好品尝。"说完，她扭头对手中正擒着的香烟嘀咕起来："你是从高等人那里来的，你也看不起我，觉得我不行吧？"

"别喝了，你醉了。"老板说。

"这才几口，差得远呢！"她端起眼前的酒杯一饮而尽，"我不怕醉，就怕不醉！"

"会好起来的。孩子大了，什么都会好起来的。"几乎每次她来喝酒，老板都会跟她讲这句话，"最难的日子已经过去了，往后只会越来越好。再说，有困难喝酒有什么用？不如讲出来，能帮的，我多少会帮你一点，都会好起来的。"丧妻的酒馆老板叶良对照顾着瘫痪丈夫的那个女人接着说。

"先生，"她忽然把烟头掐灭，用力往三忠递过去的烟灰缸里摁了好几下，起身朝我过来了，"先生，听老板说，您是大学里的老师对吗？"

这件事我暂时不想提，没有接话。

她又接着说："先生，您是我们这片儿最有文化、最有见识的，要是不嫌弃，我可以向您请教请教吗？"说完，她又低头对桌上的酒杯自言自语道："文化人什么都知道，对啊，他们总是什么都知道的。"

她转向老板说："叶良，把我的杯子拿过来。"又对吧台里喊："三忠，再开一瓶新酒过来，我要请老师喝几杯。"

余音未散，她整个人就已经站过来了。

"尽管问，邻里间不用客气。只是我才疏学浅，就怕帮不上你。"我接着说，"不必破费，我这人虽然爱到酒馆消遣，实际上酒量却是不行的。你有什么直接问就是，我一定知无不言。"

她好像完全没听我说了些什么，停在与我间隔一个位置的空椅前站着。她来的时候跟跟跄跄，这会儿却站得非常稳当。

"坐这儿不要紧吧？"她问。

"您要是不高兴，我这就把她拉走！没事儿，您给句话就行，别看她疯疯癫癫，实际上很好说话，你也知道，她人不坏，是个好人。"店老板似乎想帮我解围。

"好人？叶良，天下只有你觉得我是个好人吧？"女人干脆坐到椅子上苦笑起来，又开始自言自语，"做好人太累了，是吧？太累了，我做不动了，不想做了。"

三忠见我没阻拦她坐下，便拿着新酒过来了。我赶紧示意他先别把酒打开，他反而冲着我一阵坏笑。女人坐稳当了，就开始自顾自地一杯一杯喝起来，直喝了满满五杯才歇下。她停顿许久，凝望着空杯，说："算是借着酒力吧，不然我怎么都说不出口。"她的手离开酒杯，头转向一侧，"不是我不想说，是实在不知道该怎么说。"

蓬乱的头发依然挡住了她的面容，我依稀看见她颤动的嘴唇有好几次欲言又止的架势，却一句话也没有等到。

时间过去了很久，她忽然说："先生，不，老师，我的事您多少知道一些吧？"

我点点头，但不确定她是否看见了。

她扬起半边脸，望了一眼倚在门边站着的老板，说："大家都说我命苦，都觉得我是个可怜的人。其实，直到今天以前，我从来都不觉得自己苦，反而觉得自己很幸运，也很享受呢……"她又喝下一杯酒，"你想啊，正好在女儿出生前，那混蛋就瘫了，对我们母女来说，这不是顶大的福气吗！"她的肩膀开始颤抖，"不过，谁知道福气说走就走了呢！它来的时候你完全不晓得，一瞬间，它又走了，连个招呼也不打，还把它带来的一切全带走了！我算是完了，我和佳霓全都完了，不知道接下来该怎么办了……"

除我以外，老板和三忠也都在仔细倾听着她的述说，但大家都莫名其妙，毫无头绪。

"都说天下读书人是最有办法的，先生啊，不，老师，我实在是无路可走了，请你救救我，教教我该怎么办吧！"她一直低着头，毛糙的乱蓬卷发抖动得越来越厉害，不晓得是不是已经哭了。

我搬到这个区五年了。

叶老板的酒馆已营业多年，而这个正说话的女人比我更早就成了这里的主顾。她说得不假，我和她虽然没讲过话，实际上确是很熟了。自从五年前的一个晚上，我发现这家酒馆以后，便时常在没事打发的夜（几乎是每天），一个人过来待着。因为成了常客的缘故，门边这个位置如今就算是我固定的专座。酒馆面积不大，除去吧台，一共就六张桌子。三忠跟我说，吧台里边，老板还预备了两个折叠桌，说等店里有需要的时候再搬出来用（实际从没遇上过）。按来到酒馆的先后顺序来看，只有三忠是我后辈，比我还晚一年才到酒馆。据三忠说，这酒馆已营业二十多年了，本一直是老板和他妻子二人经营的，后来妻子患了癌症，就变成老板一人打理。老板娘从确诊到去世差不多两年，直等她的身后事全都处理妥善，老板才开始招帮工，这才有了三忠。

除了三忠跟我熟，实际上，那个女人不来的时候，老板也常与我喝上几杯。他告诉我，这个女人叫杨珊，从小就在麻方坡长大。杨珊年轻时是麻方坡有名的美女，只可惜最好的年纪被一个迁到这片儿不久的流氓痞子给骗了去，嫁给了他。据老板说，那个男的恋爱时把杨珊捧得像公主一样，甜腻得要命，街道里谁见了都羡慕万分，可一把杨珊娶回家就变了个人，完全翻脸不认账了。他不但对杨珊吆五喝六，还动不动就拳脚相加，自己天天在外赌博滋事就罢了，还逼着杨珊把娘家的积蓄都掏出来赔光。无论杨珊怎么劝，她丈夫都丝毫不见悔改。后来，家里被逼债，实在拿不出钱了，他就胁迫杨珊去和别的男人睡觉换钱，好在后来老天有眼，杨珊的丈夫因违规穿行马路被汽车撞成了瘫痪，再也不能动了。

"我老公的病要好了。"杨珊忽然说。她低着头，说这话时既没对着我，也没对着老板。

"再给我一支烟吧。"她抬手拨开枯燥的头发，一左一右勾到耳后，人马上清爽多了。

我将整盒烟推到她身前，小声说："随意取。"

"我老公的病要好了。"她又说一遍，眼睛空茫地望向酒杯，手指从烟盒里木木地取出一支香烟。

老板慌忙为她把烟点上，她不急不慢抽吸好几次，说："咱们这片儿应该没人不知道我的事吧？也好，我可以长话短说了。"她示意老板给她添酒，面朝着我，说："他瘫痪了，这些年一直靠我照顾。说来也巧，正好是他出事后，我才检查出怀孕，为此，我一直都特别感谢老天爷。所以从佳霓出生起，我就从不跟她讲她爸爸是个什么恶棍东西，从小就骗她，哪怕后来街道里有碎嘴话多的去跟她讲她爸爸不好，我都一概否认，绝不说一点他爸爸不好的事，一直就这么混到了现在。"她放下酒杯，把头撇向边上无人的墙角。"其实呢，哼，"她苦笑着，"那些人还真是客气了，她爸爸何止不好啊，完全就是个混账、恶棍，是个挨千刀都不可惜的！对我来说，一个恶老公瘫痪了，是多大的福气啊！瘫痪了，不管好事坏事，什么事都做不了了，对不对，老师，您说，我说得对不对？"

"你在开玩笑吗，还是喝多了说胡话呢？他治好了？瘫痪还能治好？"此时，老板和三忠（还有我）都非常诧异。

"你看我像喝多了吗？再说胡话，能愿意扯这样的胡话吗？起初我也不信，可今天，他笑了，头也动了！倘果然按医生说的情况发展，他很快就能讲话、起身，很快就能恢复，成正常人了。"

"这怎么可能，你在做梦吧！哪个医院看的？你怎么就忽然要给他治病呢？"老板整个人从门框上弹起，边问边拍大腿。

"你们知道海德先生吗？"杨珊忽然镇定下来。

"海德先生？"我问。

"难道是那位'海德先生'？"三忠也赶紧凑过来了。

"对，就是那位'海德先生'！"杨珊把烟头往三忠递来的烟灰缸里又使劲摁了好几下，其实火早就灭了。

"前一阵，我老公身上发了疹子，一片一片的，全是水疱。我原以为这是犯褥疮，就按以前生褥疮的情况给他护理。可弄来弄去，水疱不仅不见好，反而越来越多。每天不断地给他翻身、清洁、换药，然后再翻身、再清洁、再换药，既费时又累人，还不见任何好转。不但左边腰上全长满了，还眼看就要长到前身去了，再不控制住，等他前后身长上就糟了，到时候既不能趴着，也不能躺着，整个人都得拴到牵引棍上在厅里一直吊着，那怎么行呢！我累点不算什么，可佳霓每天进出都看见他爸爸那副样子，多不舒服啊。"杨珊说。

"怎么不去医院呢？"老板问。

"是啊，怎么不去医院呢？"杨珊自己给自己添酒，接着说，"呵，还能为什么？穷，想省事儿呗！把他弄到医院去多累啊，我也不想麻烦到佳霓，再说了，我是认识海德的，我找他，他不会拒绝的。"

"要是我认识他，肯定也会去找他的。"三忠不合时宜地插进话来。他是海德先生的狂热支持者，大部分海德先生的事，我都是从他那里听来的。

"你认识海德先生？怎么从没听你提过呢？我以前带我老婆去过他的诊所，他根本就不肯收。"老板发起牢骚，好像有点要埋怨杨珊的样子。

"别提了，我现在想起来就后悔。还好他没收呢，不然指不定出什么乱子，有你受的！"这时，我看见她流下眼泪，真的哭了。自从她把乱发拨到耳后，人就好看了很多。她的右边脸颊上有一颗深褐色的痣，在当前的光照下尤其迷人。

"早些年，我无路可走的时候，他照顾过我。当然了，从另一方面来说，他也得了我的照顾。"杨珊好像是自言自语，又好像不是，"对，就是你们想的那回事儿。"她的眼泪停了，人瞬间回到冷静中。

都是聪明人啊，大家都沉默了。可不，这时候，说什么好呢？我和老板互相对望一眼，谁都没有言语，仍旧静静待在原处。唯独三忠有些跳脱，他对杨珊突然有了崇拜，眼神和从前完全不一样了。

杨珊没搭理还停在脸上的几滴泪，举起杯子又抿了一口，道："那是很多年前的事了。那时候外面还没有他的传闻，我也根本不知道他是做什么的。我和他来往的时间挺长，后来他搬走了，才与他断掉联系。我和你们一样，后来他的事，都是从别人口中听来的。我也是听了那些事，才晓得他是个大夫。"她忽然放下酒杯，"哎！要不是那混账东西疹子生得太严重，我绝不会想到去联络他的。我不过是想，既然他是大夫，我为什么不找他看呢，他不会拒绝我的……"

"那当然，他是神医，是天才，他从来没有失败过！"三忠抑制不住地插嘴道。

"神医怎么会搞成这副样子呢！"老板瞪了三忠一眼。

杨珊忽然笑起来，不是苦笑，是真笑："也许是个神医吧，谁知道呢！平常腼腆良善，一给人看病就成了个死脑筋的暴君！明明找他治水疱，他偏要把瘫痪给治了！他完全知道我的情况，也完全晓得我的难处，可不管我怎么跟他理论，他只说他是医生，说医生的使命就是治病，说不管我老公是谁、是什么人，在他那里都是患者，说他的专业就是治愈患者，别的一切都不重要！"她停了一会儿，深深吸进一口气，"话说回来，我原本对他讲的话也只是半信半疑，想反正水疱控制住了就行，别的没他说的那么容易。哪知道一切竟真按他所说的发生了。今天，那混账忽然会笑了，头也能动了，要真按海德说的发展下去，那很快就可以说话，可以活动了……"她难以自抑地捂住脸抽噎起来，又伸出一只手探到桌上寻摸着烟盒。三忠赶紧为她取出一支烟，帮她夹在颤抖的食指和中指间，老板随即又立刻为她点上火。虽然场景动起来了，但大家都沉默着，仍旧不知道说什么好。

杨珊仰起脸，把烟送到唇边。每当烟头的火光因被抽吸而渐渐亮起时，火星就映到她盈盈的瞳仁中。这时候，哪怕她已是半老徐娘，也还是很能够看出漂亮的。半支烟燃尽，她看起来才终于平复了些。

"你们说，要是他真好了，我该怎么办呢？佳霓该怎么办呢？"她的音量很小，好像只是自说自话的样子，"他是个恶棍，根本就不是东西，不管他怎么祸害我，我都不怕，可佳霓怎么办呢？佳霓太可怜了……"她继续呢喃着，扬起嘴角，将笑容悬在无痣的一侧脸颊停住，然后将眉毛向上耸了起来，让人彻底分不清她究竟是哭是笑，又举起酒杯接连喝了好几口酒。

"唉……"老板忽然在我身边的空位上坐下，长长地叹出一口气。

"唉……"三忠紧接着也叹起气来。

"这边结账。"远处有人喊埋单，三忠过去了。

"唉……"杨珊也叹气了。

我伸手从杨珊面前的烟盒中取出一支香烟，点燃后先猛吸几口，然后也跟桌前的几个人一起叹息着："唉……"

现在，该怎么办呢？

我坐在我的位置上，既为杨珊的遭遇唏嘘，又为自己感到惭愧。其实，杨珊和老板都将我看高了，还有三忠，他们都把我想得太好了！没错，我的确在大学工作，可我早已不是老师了。我现在只是学院图书馆的一名管理员，是个混得很不好的失败者而已！七年前，正值而立之年意气风发的我，虽还只是副教授，但凭着年轻和扎实的学术功底，在学院里也算是叱咤风云的人，是有不少唬人的噱头和场面的。但是，正如方才杨珊所说，谁能料到人生的意外呢？谁能晓得福运说没有就没有了呢？我在一件事上跌倒，再也站不起来了。

那件事，是我心底、身体、灵魂的一个溃疡。我不愿想，不愿看，更不愿被人提及，没有能力直面。真糟糕啊，明明是人家陷入困境来请教我，怎奈我却是个表皮完好内里却溃烂的残废呢！这样的我，能有什么高见，能帮她做什么呢！七年了，自己的烂摊子还没摆平。

我端起杯子想喝酒，酒水入口却觉不出滋味，只淌过咽喉时，从咽管开始有灼热，能觉出那股热流一路滚落进了肚肠。此时，杨珊、老板、我，还有结完账回来坐下的三忠，面面相觑，谁都不愿打破沉寂。几个人除了唉声叹气，都没再说些什么。我突发奇想，觉得眼下这局怕不是杨珊故意要为难我，让我难堪吧？这个盲流街痞糅杂的小区就是这样的，社会底层人群一向就很擅长做这类事的！难道她真不懂吗？尽管人类已知了那么多学问，但仅凭一人来说，一辈子能掌握全部知识中的多少呢？哪怕好几辈子，好几十辈子，于全部历史而言，也不过是杯水车薪！她以为读过书的人有什么神通，与她有什么不一样吗？那只是没读过书的人对"读书"一厢情愿的梦幻而已，与真实的"读书"大相径庭。

忽然，心下返来一阵呃逆，我忍不住又长叹一息。一个黑点顺着气流蹿出来了，很小，飘浮在身前，扬到眼前时掠过了我的睫毛。啊，怎么会是一只飞虫呢？啊，哪怕是一只飞虫，为什么要是这样一只飞虫？这是泔水、垃圾、便溺等各种有机物腐烂后生出的飞虫，难道它是随着我的叹息一起涌出的吗？如是，那我的叹息是来自心下，还是心下被酒水灼热的肚肠呢？千万千万，我祈求着，即使腐烂也就烂个肚肠算了，千万不能是我的心啊！

　　从我到早稻田大学留学的第一天起，就想着无论如何都要去上野动物园走一趟。可惜，即使在交通十分便捷，经济没有任何负担的前提下，我在东京五年的留学生涯中，都没有完成这个小小的心愿。虽然后来我总在人前用这个亲身案例去规劝旁人，遗憾也是美的一部分，但其实这件事在我心底，是一个难以挽回的错失和缺憾。我想，这件事与我后来跌倒一定有脱不开的干系。

　　因为害怕遗憾，我成了一个一定要将眼前的东西盯牢的人。成年后，我变得非常害怕失去，变得非常贪恋自己的所得。任何细微的折损，都会被我扩放成巨大的亏缺。我不能没有这个，不能失去那个，罗列在眼前的任何一点我都不愿错失，都要竭力争取和守护。凭借一路亨通的好运与我勤奋求学换来的学术底子，青年的我顺风顺水，来往无堑。可是，一切顺利之后总有一个"可是"，而这个一切顺利之后等着我的"可是"，就是一段不应该在校园中发生的恋情。

　　我从来就不是一个游戏感情的人，至今仍然不是。但这并不等于我是一个可以抵住诱惑，时刻都能坐怀不乱的人。人生在世的苦痛烦恼，在于任何事情都存在冲突和矛盾。你行走的每一步都是善恶的结合，很难达到简单的归一。还有，当你的烦恼大于眼前的生活，你自然是无暇犯错的；而当生活的各个方面都蓬勃向上，学识的声望与年轻的风情也交织出一番迷人场面的时候，你想不乱也总有人要出现来让你乱。我不是在推卸责任，是无论我如何要求自己老实阐述，都免不了要谈到这一点。我就是这么乱的，在无数的诱惑面前，乱了，倒了。

　　当事情爆发，那个女孩向教务处办公室发送实名举报信的时候，我已无法相信自己身处的这个世界了。可能吗？这件事真的发生了吗？会走到这一步吗？她口口声声说出的那些狂热恋语，全是假的吗？就因为我要终止与她来往，按规矩办事而没有给她课业优异，没有回复短讯，她就要做到这一步来报复我吗？我真不懂，对这种杀敌一百自伤万千的事，她怎会如此无所谓呢？

整件事的发生发展都太快了，快得我那自认为还算博学而坚毅的心智都放弃了运作，不再处理了。可怕的是，接下来竟有更多的人响应接龙了，一个变两个，两个成四个，实名的，匿名的，指控人数不断增加，事发三周后，所有参与举报的人数已达到二十一人。

有那么多吗？完全不可能。即使加上已结业离校的那些人，我统共也没有与这么多人纠缠不清过，更何况是当下在校的呢？到底是她们会错了意，还是我自己平常过于轻佻，极不自知而有失体统呢？我没脸去监察组查看那份名单，但我在校内唯一的亲密同事因为也遭到了非议指控，便在为自己调取材料的时候，顺道为我关注了一下。

除去五个一年级的新生选择匿名，剩下的十六人全是实名举报。我按捺住自己的急迫，仔细将那些名字一个一个阅览。每看到一个名字，头脑就迅速搜摸出与之对应的形象。啊，你们真不知道，当我看见这一个个名字的时候，即使自小体能不佳、毫无体育优势，我也不由攥紧了拳头，憋闷得青筋暴突！我承认，虽然名单中确实有两位我有些对不住的孩子，但对她们我也是付出过真心的。那其余剩下的，全是些与我毫无瓜葛的牛鬼蛇神，不过是出于得不到我的垂青而趁机对我报复！

"其实你没什么问题，就是太骄傲，太目中无人，所以才吃这一亏。"副院长一直很器重我，这是他在我出事之后唯一一次与我单独会面，也是最后一次单独会面时对我说的。我不理解他的话，不明白什么是我没什么问题，什么又是我太骄傲。即使我愿意放下尊严，过去的风光也不允许我搁下脸面为自己做任何调解和辩驳。我一边老实地配合监察组的调查，一边维持不卑不亢不妥协不承认的态度，最终接受了学院将我发配到校图书馆工作的处理意见，搬出了教师公寓，开始到外头借住处。之后又历经一些周折，我在五年前搬到了现在住着的这个区，麻方坡。要知道，对于自小生活在曼哈顿区的人来说，迁到麻方坡，得是遭受了多么不可想象的苦难啊！

我终于体会到，好事传播的速度与恶事挥发的时间，完全不在一个数量级。刚从教师公寓搬出的我，对"坏事传千里"这话，以及对广大闲民群众嚼舌根的热情都没有深切的体会。一开始，我选的住处离学校并不算近，可我至今都没搞清楚，我的事是怎么传到那与学校毫无关系的住宅区的。那些个风言风语、指点揣测，使我暴露在空气中的任何一部分都很不舒服。直到我搬到现在这个收容社会闲杂人等的、治安状况不良的、风评历来不好的低端偏远地区，才算躲干净那些所谓高端文明社会中不敢亮出台面的暗刀黑箭。

再说说海德先生。

海德，是传闻很厉害的一个医生，恐怕是出于尊敬，江湖上现在都称他海德先生。他真有那么厉害吗？我没跟他打过交道，我所知道的一切，都是从传闻中听来的。比如，我听说有一回工地事故，有二十多个需要急救的重伤患者，都是靠他一人针灸正骨做完所有的止血和急救护理；还有首例人工心脏更换手术，也有他参与其中。据传，但凡他接诊的患者，他都要负责到治愈为止。

不过，这个听起来完美的大夫，有十分古怪的脾性。他不留在任何一所公立医院就职，只自己在外头自由行医。他经常更换开设诊所的地点，对于诊疗收费也没有固定标准，有时分文不取，有时又漫天要价。他从不对患者的死亡负责，他说，他只管治愈，不管死亡。我实在搞不懂，这种说法，难道不矛盾吗？

三忠是海德先生的狂热支持者，关于海德的传闻，我几乎都是从他那里听来的。我印象比较深的，是一个割腕自杀的人被他救活的事。据说，自杀者是个孤儿，迨妻子卷走所有家当并偕儿子消失后，就选择以自杀结束生命。海德接了急救后，立刻对自杀者实施插管麻醉以进行动脉、神经、筋膜的全部重新缝合连接。传说，他在手术室仅三分钟就完成了组织剥离，其后更是在二十分钟内就完成了神经及动脉的修复，把临近死亡的自杀者生生给救活了。

还有一个令我印象极深的案例，是海德在街上遇到的一次意外。据传，有个成年男人当街被高空忽坠的广告横幅击倒，前胸被一根承重水泥石棍横穿了。在如此危险的情势下，遇害者的亲属和路人在清理物障的过程中，竟还不慎将那根横穿进身体的水泥棍从遇害者胸口推拉出去了，血当即就喷涌而出，情况变得愈加危急。过路的海德目睹了一切，但等他可以挤到遇害者身边时，遇害者已处在大出血后完全昏厥的状态了。呼叫的急救车还没有来，周围也没有任何可用的急救设备，旁观者都开始唏嘘吵闹，家属们更是哭天喊地。在这种情形下，海德不紧不慢从口袋里取出一副医用手套，那是他当时唯一携带的专业医疗用具。在家属们的阻拦中，他不断地重复声明自己是医生，有能力救助伤员，可现场还是乱成一团。他抬起手腕，看了一眼手表，推开所有障碍物，蹲到遇害者身边，将套着医用手套的手，伸进了那人前胸破开的大孔中。血并未因伸进去的手而立即止住，遇害者的状态愈发僵硬惨淡。海德眉头紧锁，一边举着手表读秒，一边缓缓转动着他那伸进遇害者前胸的手腕。

忽然，他的眉头舒展，转动的手腕在一个下弯的动作中停住了，关键是，失血竟随着他的手部动作也停住了。"找到出血点了，是胸主动脉破裂。"海德宣布道。接着，直到救护车赶至现场，直到遇害者被推进手术室，海德的手指都没有从出血点移开，始终留在患者的身体里按压着，直按到对方可以安全进行手术抢救为止。

听三忠跟我讲这个故事时，我的脑海不由自主地构筑着海德在血海中施救的画面。不过，由于画面需要，我不得不好奇海德当时伸进患者身体里寻找出血点的，究竟是左手还是右手，而按压住出血点的，又到底是哪一根手指。

此刻，我们谁也想不到，这样一个在传闻中存在的人物，竟与我们那么近，甚至可以说近在咫尺。

"有天夜里我见你好像在送谁，叫了你好几声你都没答应，是送他吗？"老板做了那个打破僵局的人。

"就是那个人吗？"三忠一向冒冒失失神经兮兮，又在不该说话的时候说话。

杨珊没有反应，过了很久才微微点头，接着又开始叹气。

"看起来挺普通的，不像有什么特殊法道。"老板说。

"人不可貌相！有哪个厉害人的脸上会写着厉害两个字？那是演员的活儿！真正厉害的人，都是不显山不露水，大隐朝世。看上去普普通通，实际海水不可斗量……"三忠开始吹捧海德，老板赶紧踹了他一脚，让他住嘴。

我看着三人间这一场戏，暗暗希望自己只是个旁观的局外人，而不必身陷其中也被困境侵扰。可我那一厢情愿又不切实际的幻想并没有得以实现，杨珊的眼睛忽然定定地看向我，说："老师，说点什么吧，你也说句话呀……"

没等她讲完，我就忍不住佯咳起来，这是下意识的，一有我无所适从的情况，我就忍不住要假装咳嗽。我不停咳着，完全不能开口讲话，咳着咳着，好像就再也停不下来了。过了一会儿，老板对我投来关切的目光，三忠也直接起身往吧台去取热水壶了。

"是不是呛到了？喝些热水缓缓吧。"三忠递来一杯水，团团热气正往上冒着。

"添过凉水没有，开水可不能直接喝！"老板说。

由于从先前的僵死窘境中暂时逃了出来，我整个人轻松了一点。但我的佯咳却好像成了真咳，即使心里舒坦了，咳嗽也不受控制，真的停不下来了。

"我有个想法，或许有点儿疯狂，但你们反正听听，搞不好有点用。"三忠忽然说。

"什么想法赶紧说，这会儿够乱了，不怕再乱些。"老板道。

"珊珊姐，你眼下还方便与海德先生联系吗？"三忠问。

"方便又怎样？我丈夫的病要好了，难道还让他好得快些？"

"我觉得，我们应该再把海德找来治病。你看，老师总咳嗽，这就是个病，得治。"

三忠这话在我身上奏了反效，咳嗽不但没止息，反而发作得更厉害了。

"给老师看病能怎样呢？"老板问。

"我现在还没全部想清楚，不过，既然我们晓得他的脾气，是不是正可以利用他那脾气来实现我们的目的呢？"三忠一副煞有介事的样子，说话比之前慢了很多。

"怎么实现，实现什么？你倒是说说清楚呀！"老板似懂非懂的，却好像也觉出三忠这是个好主意。

"把瘫痪治愈就会恢复正常，那将什么治愈，人就必须瘫痪呢？我想出了理论，但到底该怎么做想不出来，还是需要老师来帮帮我们。"听到这里，我不由加大了咳嗽的力度，仿佛想以此来抗议三忠的发言。"所以，先把他找来治老师就对了！先给老师治咳嗽吧，我看他这咳嗽再不治也不行了！"三忠接着说。

"人家愿不愿意来治还不一定呢。"老板说。

"珊珊姐去拜托的话，大概就会来吧，毕竟有那么一层关系……"一向冒失的三忠，这次终于觉察到自己的话有些不合适，连忙打岔道，"我们老师是见过世面的人，他跟海德先生打交道，肯定能搞清楚海德是怎么回事，这样我们就能找到再让珊珊姐老公瘫痪的办法了！"

我没说什么，也仍旧不敢直视杨珊，只借着咳得严重时晃动的身体，故意凑近偷偷瞄她。她抽着烟，一句话也没有，脸色惨怛，既不兴奋，也似乎并不难过。

"老师，还难受吗？再喝点儿热水吧，我们都等着你给句话呢。"三忠举着冒出团团热气的水杯，殷切地说。

我仍旧咳着，自己也分不清到底是真咳假咳，反正就一直咳，一直咳着。

二

"你没有病。咳嗽是神经性的。"

"神经性的？"

"就是想咳的时候咳，不想咳的时候就不咳。"

"但我现在不想咳的时候还是会咳，已经控制不住了。"

"刹车用久了自然会磨损，但汽车是你自己发动的。"

"能治好吗？"

"我说过了，你没有病。"

"但我难受，浑身难受，我过不好了。"

"那是你的问题，不是病的问题。"

"你倒很重视杨珊。"

"不是重视。"

"在乎？"

"也不是在乎。"

"你很喜欢说'不是'，很少说'是'。"

"你挺喜欢说'是'。"

"我曾经是老师。"

"难怪你关心'是'。如果你是一个负责任的医生，就会明白医学对生命的无知。不管现代科技有多丰富的检测数据做支持旁证，最难的就是诊断，你永远都无法做出绝对正确的诊断，诊断几乎总是错误且荒谬的。"

"难道数据会说假话吗？"

"数据不见得是假的，但数据不等于病情和诊断。影响数据的因素太多了，所有的结果都是相对的，都是在限定的条件下、时间中产生的，实际上并不能作为疾患诊断的依据。"

"既然如此，就索性不要做检查了。"

"检查解决不了'是'，却可以反映'不是'，最重要的功能，是做药引。"

"药引？"

"现在的人都笃信科技，明明不懂，还都愿意胡扯几句，搞成一副很懂的样子。检查就是服务那些人的，服务那些自作聪明自以为是的人的。给他们一种合理解释，让他们相信医生或他们自己的判断，他们就会乖乖地配合治疗。检查是我诊疗中常用的一味药引。"

"我还是不太懂。"

"不太懂就对了，我都不懂，你怎么懂？医学介入人体健康的问题，真有你们想得那么简单？你在大学当过老师，应该知道班级里成绩优异、认真学习的学生并不多吧？不可能一个班全是优等生。一个班，总是由几个尖子生、几个落后生以及中间大部分一般生组成的。如果这些人毕业后都到医院里做了医生，他们的脸会写着曾经到底是优等生还是落后生吗？他们的履历都会被写成某某医学院毕业，师从某某，有过多少临床经验。"

"这倒是，别说学生水平不一了，做老师的，也是良莠不齐。"

"任何检查的结果，都是被许多因素共同决定的相对结果。比如空腹或非空腹、心情好或心情差、睡眠时间、基因、血型、食源过敏、气压、色彩反应、药物耐受，还有很多很多，都是直接影响检测结果的因素。我会综合这些方面来做出最后的结论，利用这结论，以使我的患者能配合接下来的治疗方案，这就是我的药引。"

"你就是靠这个手段提升治愈率的？"

"做老师的才关心答案和成绩。我不关心那个，我只关心实现目的。目的就是治愈，为了实现治愈目的，一切都只是手段和方法而已，哪个能实现目的就用哪个。"

"我现在不是老师了。"

"怎就不是老师了？"

接着，我将我的事从头至尾，里里外外，都详尽说了一遍。七年来，我从未向任何人这样完全彻底地倾吐过，即便对自己，我也始终回避，不触碰那腐坏良久的溃处。可我竟忽然说出来了，与一个刚结识不久、丝毫不知根底的陌生人绘声绘色娓娓道来，和盘托出。我分明是怀着别的目的来与他打交道的，怎想却先做成了这件事！我不知道自己竟如此地想说、要说、乐于说，竟如此地详细周到生龙活虎。

我继续说着，又转身去斗屉中取出一些曾经的字条、论文、手稿、笔记本和信札，好对自己正在阐述的往事加以辅证。海德很有耐心，也很感兴趣，将我拿出的所有物件一一拿到手里看了一遍。他是一个优秀的倾听者，没有随意打断，没有兴奋插话，更没有虚与委蛇地应承搭嘴。他放空了自己，放空了所思所想，放空了过往和现在。他能做到聆听时只是一个单纯的接收者，这太厉害了，我绝对自愧不如。倘心里没点料就罢了，对一个有学习经验，又懂得思考自省，还有逻辑分析能力的人来说，聆听别人时不加以评判是非常困难的。即使没有理性思维能力的人，也很难摆脱在聆听时用道德、人伦、情感去加以评判，纵使表面端得再平稳，内心也不可能一句碎言闲语都没有。我在这方面很敏感，总能快速觉察到对方心里正在发生的责备和猜测，可在海德这里，那一切都没有发生，不管是理性的，还是感性的、道德的。我想，要么是我的敏感失灵了，要么就是他真的放空了。

他翻开一个牛皮纸包裹的簿本，停在某些页面，阅读其上手写的内容。

"是一些以前的诗，那时有事没事还愿意写点，都是随手记的，大部分都没有题目。"我说。

五十五

我不厌惧白天，
也不忌惮化日。
我的周围很安静，
只有风和气流经过。

我们那么亲密，
窗前的梧桐可以作证。
我知道，
若按年岁，
我本该做你的荫护，
但现实却令人尴尬，
好似它的使命就是叫人难堪，
非让我在你眼前变小，
松软，脱落，成浆，
摊成一颗任你揉捏的弹丸。

我要沉住气。
为了你，
一定要沉住气啊！
弦索蓄势良久，
举弓者却引而不发。
你越来越饱满、
膨蔓、抒扬……
怎么办呢？
到底是出于自私，

还是动了怜恤？
我怎就那么不情愿将你泄露，
将你放松到别处呢！

一旦挣脱，
你就会飞走，
离开，忘记，
安然成为下一个你。
假如你再不是你，
我，何以成我？

薤上露，何易晞，
薤上露，何易晞……
薤上的露水啊，
怎就那么容易晞呢！

三〇

你不要走那么快，
等我，站在那等一等我。
杆头上的日光化开了，
烊冶的笑靥分散了，
我要死了，
高兴得，
活生生就要死了！

谁晓得最高处最压人呢？
妹妹，我喘不上气了，
我已经老了，累了，
再做不回自己了。

那么多路，那么多声音，
我都看不见，听不得了。
我只走向你，到达你，
深入你，渗透你，
只晓得一路到底，
到底了才能忘记你，
扔掉你，
破碎你，我才得救。

我的哪一天能摆脱不堪？
又哪一分秒能没有你？

即使终究不得要领，
但所有人不都还活得好好的，
站得稳稳的，
立得高高的吗！
人生性就要回避，
所有不舒服、不好看、
不愿意、不道德、
不正经、不正确、

不伟大、不聪明、
不勇敢的，
还有许多那不胜枚举的，
谁乐意都铺展身前？

你不要走那么远，
近一点，靠得紧一点，
我不怕世界，
也不怕你，
我怕的是自己，
那个外表里裹着的
我自己。

他是个哭包、怂人、贼盗，
他只晓得哭泣、退缩，
终日里卑琐自扰。
你不知道，
这患得患失的庸人，
呵，
他此刻正在嘲笑，
笑我彰显的阳刚有多么蹩脚！

妹妹啊，
我受不了，
你一不在，

他就要来侵扰。

告诉我，

有没有一种药，

能把我的病彻底治好。

我要把他甩掉，

不再烦恼，

再无须承认我很弱小，

弱小，弱小……

　　"我看，你更像个诗人。"海德忽然说。

　　"随意写的，除了我自己，没有人读过。"

　　"诗就是写给自己的。懂的人不读也懂，不懂的人读了也不懂，他们不愿意懂。"

　　"就是说，你懂了？"

　　"倒没有懂你，是更懂了我自己。"

　　"你喜欢杨珊吧？"我问。

　　"比起她，我更喜欢治愈患者。"

　　"治愈有那么重要吗？我不明白你所谓的治愈，标准到底是什么？"

　　"你觉得一个人一生能做好几件事？做好一件都难，怎可能什么都要，什么都完好无缺？人的失败，就在于想要的东西太多。不管是作为医生还是患者，不管什么人，都只可能做好一点，也只有做好一点的能力。即使这样，都要非常努力才行。"

　　"你所谓的要得多是指什么？就是比你关注的问题多，可以照顾和理解病人的需要吗？"

"我不是神，我会犯错，所以干脆就不关心对错。我是人，我想活下去，我要有动力，动力源于兴趣，源于我的喜好。我喜欢钻研病理，热衷于消灭疾病，只要想到能把伤裂合上、机体还原，不管什么手段我都愿意用，我可以为此不吃不喝，甚至可以一辈子没有女人。疾病就是我的女人，我要征服她，让她跪地求饶。"

"你有没有想过，你的治愈不是在救人，而是在杀人？"

"我不关心生死。道德、生命、社会评判，这都是那些人关心的。"

"你不比那些人好多少，你正在杀死杨珊。"

"她不是我的患者。"

"治愈她丈夫，就是在杀她。丈夫好了，她怎么办？如果不堪折磨欺凌，唯一能获得解脱的办法就是杀了他，但杀人是违背法律的。你觉得你已经看通透了活明白了自在逍遥了，可你要知道，这世上有些人不是不想看透不想明白也不想逍遥洒脱，而是他们的处境使他们无法洒脱，他们所处的位置让他们从出生起就比别人贫乏，在贫乏的基础上偿人生的债。你说，除了命，他们还有什么别的东西？这世上谁都比他们拥有得多些，谁都拥有点什么！有钱的可以拿钱挡，有权的可以拿权填，可什么都没有的人怎么办？没有财势，就比别人缺胳膊少腿，可以任凭摆弄，随意抛弃隐匿吗？如果杨珊想活，要么违背自己，要么就违背法律，否则她就活不了。不杀丈夫活着受死，杀了他又要偿命受死，横竖都要死，而这一切是你造成的。还不明白吗，都是你那该死的治愈观造成的，你正在杀死她。"

"你说了那么多死，怎就不说我治好了她丈夫呢？他才是我的患者。"

"难道医生对患者没有要求吗？什么人都救吗？"

"我不高尚，也不会为了高尚去做什么，我对高尚没有兴趣。我再强调一遍，治愈和生死是两件事，不能混为一谈，我只负责治愈。"

"是我不明白，你到底在坚守什么。你的那些个规矩、医德、操守，到底是哪里来的，依据究竟是什么？"

"依据？这种东西你应该比我更清楚吧！作为一个触犯了师生禁忌被撤职的老师，难道你不比我更明白，究竟是什么让你跌倒吗？"

"……"我停顿了，又咳嗽起来。现在，我已分不出自己到底是佯咳还是真咳，反正又开始咳了，咳得越来越厉害，"你看，你并没有把我治好。"

"我说了，你没有病。"他的面庞和身体都不是冷漠的，嘴里却偏偏说出一句冷漠的话。

"我咳得这么厉害，怎就不是病？"

"是心理问题，神经性的。心理问题，我解决不了，医学也不可能。"

"难道是我的心在咳？灵魂在咳？明明就是身体！"

"算了，中明，你比我更清楚在咳嗽的究竟是谁！"他说，"你那点事儿算什么，有什么过不去？谁一辈子不犯错误，一辈子没有污点呢？我告诉你，人原本就没有一处是洁净的，人原本就是满身泥污的。既如此，还怕什么污点脏水呢？我不懂你怎就那么想不开，一点儿也没有实验精神。你做过实验吗？实验一定会成功吗？人做实验的时候，并不是冲着结果去的，而是冲着解决问题、发现问题、发现可能性去的。难道人生不是一场实验吗？非要较劲，非得有什么模板吗？谁敢堂而皇之说自己有解释人生的权利？你找出来，谁？谁敢那么狂狷粗蛮，骄傲粗鄙？为什么不怀着实验的态度过人生呢？明明谁都没活过，怎都要装作一副很懂的样子？都是初学者，都是同一学科的同学而已，何故尔虞我诈钩心斗角？希伯来人的经典上说，神来是要拯救罪人，而非义人。你因着有罪，才能得到救赎。"

他嘴上真是一句漂亮话都没有啊！曼哈顿，或是除了麻方坡以外的所有地方，与麻方坡根本上的不同就是这个。那些人不管做了多么阴暗见不得光的事，总能用堂而皇之的漂亮话轻松带过，而麻方坡的人，由于境况穷塞，他们即使多有善举，也总在人前显得灰暗低贱。

我无话可说，只是咳嗽，心里开始掂量起自己究竟是罪人还是义人。

三

我已经两天没有去学校上班了，学校方面没有任何人来联系询问过，难道我就如此无足轻重吗？倘我不是刻意不去，而是莫名遭了什么意外，他们也会这样无动于衷吗？学校是一个地方，学院是一种体系，但构成这些的终究是人。我质疑的对象明明就是学院，可我的话总在说他们、他们。"他们"到底是谁？我在意的"他们"，到底叫什么名字，到底长什么样子，到底要局限我到什么时候？

名单上那些名字，在我的记忆中，是有过美好的。我为陶陶读书，整夜整夜朗读，直读得嗓子干痒、声带磨损；我带月莎去鸡鸣寺留宿，教她辨析菩提树的意义……十二年的教学时光，难道不该有任何一人在我的执教生涯中留下吗？算了，王中明，不要再摇尾乞怜，找补存在感了。这世界少了谁都不会停止运转，又会因哪一个人而变得不同呢？

下雨了。等了很多天的雨，在已然放弃期待的时刻，忽然就来了。我摇开一点窗户，听雨水坠地的声音。还有什么比这更美妙的乐音呢？从前、过去、烦恼、喜悦，都可以随着雨水的降临代入场景。雨是多能的，是有很多表情和意味的，它可以令一切暂停，无论是美好还是忧虑，在一场大雨来到的时候，都能被暂时地阻隔止顿。

终于可以停下那些出于生存惯性而做的机械表演了，在那一小点窗口透进来的巨大的雨声环绕下，我打算诚实地看一下自己：

中明，男，四十三岁，毕业于早稻田大学，师从三浦由里，不对，不该是这样，这样描述自己又是出于惯性，不是真的，重新来。

中明，四十三岁，无妻，无子，父母双全却离异，都对他的现状不满。不，还是不对，这是在为别人解释，是社会关心的，不是我自己关心的。我自己到底关心什么？该怎么向我自己介绍自己呢？

中明，男，四十三岁……一事无成……有过几次恋爱……

中明，男，有过理想，而后发现那自以为的理想，不过是青年人幼稚而不知天高地厚的空想，故而放弃了空想，回到了现实；中明，男，四十三岁，十九岁去东京留学，二十四岁回到祖国执教，三十岁成为学科副教授，三十六岁被撤职成为图书馆管理员，三十八岁搬到了麻方坡；中明，男，青中年扶摇直上，三十出头就早早登上人生之顶，而后一路下滑……中明，男，四十三岁的王中明，他没有说实话，他不会说实话，他已习惯了假话、空话、套话，他甚至忘了怎么讲人话，怎么听别人讲话。

中明，四十三岁的王中明，雨都听着呢，雷公也在天庭瞄着你呢！

再来！

中明，男，四十三岁，在首都最厌弃的腐地，读懂了世界和人生，第一次见到了真正的活着的人，第一次脱离自己的腐身看见了自己的死态。

中明，男，四十三岁，父亲是历史系教授，母亲是农大的草业科学教授，作为教授家庭的独子，他从小就受到特殊培养，而现在却不过是一个图书馆的管理员。

中明，男，三十八岁以前，从未认识过妓女、强盗、小偷、流氓。他对人生所有的认识，都源于被课堂咀嚼的书本，被父母包装的温情劝诫，还有市面上漂亮的时髦机灵话。

中明，男，四十三岁，终于开始怀疑自己从前相信的一切了。虽然过去的他举止温文，言谈有礼，可他说过那么多仁义，却一次也没遇见过真正的情义……

中明，男，四十三岁，在一场突如其来的大雨中为自己感到悲哀。

他很想落泪，很需要发泄，可无论如何就是哭不出来。他，哭不出来。

从曼哈顿到麻方坡，从高处落到低点。

在这个低点，高昂的自尊引我来到了麻方坡地理位置最高的一处小宅。这是一排原先旧工厂留下的家属楼，有一条冗长的柏油坡道连着通向街区的路，我租住在三单元的六层，是这栋橘红小楼最高的一层。

地产中介领我看房时，我本是不愿意去的。麻方坡有的是条件好得多的、装修精良的新房在出租，我想住得好一点。可经过现场看房后，我立刻就选择了这里。

从房间的窗户往外看，能看见麻方坡曲里拐弯的暗道、污损的街灯、斑驳的户外伞棚和许多经年的招贴广告，以及顶尖冒着团团黄色烟雾的夹道槐树。那是我第一次从现实的需求中走出来，实实在在感受到麻方坡的美。也正因这窗口俯瞰所及之美，我选择了这个条件设施很一般的旧厂家属楼。自我搬到麻方坡后，每天从居高的窗户观览街景，就渐渐成了我的习惯。早晨起来，第一眼要看的，是它；临睡了，最后看见的，还是它。

我在窗前看不见老板叶良的酒馆，但可以看见去向那里的一条路。有时早起，远处的晨曦还未全透进街里，外面就是紫色的，像纱幔裹着的灰黑珍珠。傍晚下班，顺着坡道步行回家，吸纳临街每一户飘漏的油烟香气，饱饱地回到家中，这时看外面是黄色的，烈日的黄。我最喜欢看街景与天色互不相融的时候。日出，天渐渐红亮，街上却黏着阴暗，像宿醉未醒的痴汉自顾躺在光下。日落，夜幕开始下垂，街道却推着街灯上扬，迫使正暗沉的光和正昂扬的光在空中相撞。每当看见早晨五点和下午五点准时来收拾垃圾的老人，我就忍不住问自己是哪一头的，是从地下往上升的，还是被夜幕垂下来的？还有，那个老人和我拾回的油烟，又各自是哪一头的呢？

我的窗景不包括酒馆，没有杨珊的家，却包含店老板叶良每一次在深夜护送醉醺醺的杨珊回家的路。他扶着她，揽着她，搂着她，顺着那跟跟跄跄的步伐，将那可怜的漂亮女人从远处推向近处，直推送到我窗下两排槐树的暗道口，然后穿越过去。他暗恋她，爱她，可怜她，比任何人都更有资格拥有她……可是，他却没有得到她，长久地只在一旁看着她，随着她，护着她。这没什么奇怪的，可是放在他身上就显得很奇怪。因为，他分明不是一个君子——酒馆里有的是套瓶勾兑的假酒，还有下酒的花生毛豆，常常不是过期处理的，就是霉变后翻新炒制的。三忠说，有时他甚至会将客人剩下的酒重新灌进新的瓶子里累积起来，那些所谓熟客的存酒，他时不时就会做些手脚。同一个人，在杨珊这儿，怎就成了翩翩君子呢？

其实，三忠告诉我这些的时候，我是不信的。最初与他们接触，相比老板，三忠的可信度要更低些。虽然他叫三忠，但他的相貌谈吐，没有任何一点会让你觉得他"忠"。忠诚、忠厚、忠良，这些跟忠有关的描述都和他搭不上关系。他少年时期就进了少管所，青年时又进了戒毒所。吸毒、藏毒、贩毒，他都做过；看守、拘留、牢房，他全待过。这样的三忠来向你揭露老板的阴暗，你会信吗？

粉色的光穿透云层，映到地上，一束光，几缕烟。

草地只是草地，斑驳的墙也只是墙，但它们合在一起，就成了贫穷，一种很美的贫穷。

"你的名字就叫海德？没有姓？"

"我没有姓，只有名。"

"你父亲姓什么？"

"我父亲是拾垃圾的。我没有母亲，我是父亲收垃圾的时候捡到的。"

"别胡说八道了，你父亲是拾垃圾的？"

"我没有编故事的天赋，信不信由你。"

"他现在还在拾垃圾？"

"我不知道，我走了，离开他了。"

"难道你不知道他的名字？"

"他不是我真正的父亲，我只是他在垃圾堆里捡来的。我连我生父的名字都不知道，为什么要知道他的名字？"

"他待你好吗？"

"好不好都是过去的事，我离开他了，离开好久了。我有自己的人生，我是为我自己活的。"

"你还去看他吗？"

"没有想念，就不必探望，我不做那些虚伪的事浪费时间。"

"你嫌弃他？"

"谁不是靠拾杂烩卖劳力苦力换来的钱哺育长大的？谁？我告诉你，中明，没有，一个都没有。我离开我父亲，不是因为我看不起他，而是因为我不甘心像他那样活。我有趣味，有追求，我没有他那种顺其自然而甘之如饴的天赋。也许，我的叛逆是我的生父留给我的，是血统中的遗传，而这种东西是养父改变不了的。"

"你的话，听起来很亮眼，但深想，却很阴森……"我极小声地说。

"人生就是阴森的。活着不阴森吗？世界不阴森吗？"

"好吧，的确阴森。可是，难道只有阴森吗？"我稍大声些说话，却仍没有放声。

"你活成功了吗？还不是废料一个！由你来谈希望，不觉得虚妄吗？"

"但我至少晓得后悔和认输。"我说，"你说过，神是来拯救罪人的，不是来拯救义人的。这话我信了。不过，对我说这话的你却太强硬，没得着懊悔和认输的恩典。"

"你太不现实了，懊悔有用吗？"

"在你所理解的现实中，懊悔是无用的。但于心而言，它是唯一有用的。是，懊悔和认输不能改变你被遗弃的出身，不能改换你的父亲，也不能让你家财万贯、一帆风顺，但懊悔可以让你得到安慰，那安慰是巨大的，是可以将一切你所挣扎的东西粉碎的。"

"说得好听，你做到了几分？"

"我也太骄傲了，所以福分不够。"我的音量提高了，接着说，"但是，在那些你我都看不上的角落里活着的、你我都看不上的人，全在这巨大的福分中。他们没有挣扎，没有竞争中的苦困、烦恼，也不会被利益得失、颜面自尊捆缚住手脚。他们在四季中，在每日的天气里，他们在自然中自然地悲喜感叹，难道那样不好吗？难道，你不想那样吗？"

"你变了，中明。你的问题解决了，你已经好了。"

"我小时候，从别的同学那里得了一张五十元的假钞。我当时想，只要在任何地方将它花出去，不管买什么，剩下的找零都足以让我小小致富了。那时我刚上初一，大概十四岁。我父母虽然身份地位都不错，但其实对我管束得很紧。父亲总板着一副面孔教训我，母亲也只是形式上对我有所关心。假如得到了假币换出的真币，我就能实现很多不被他们允许的愿望。比如买电子游戏机、玻璃球、圆弹玩具枪那些。别的差生唾手可得的东西，反而是我考试再好也换不来的。没办法，孩子从小就得为父母的选择埋单，并不是所有的事都出乎自己的意愿。我拿着假钞去了很多家商铺，烟店、超市、校门口的文具店、玩具店、教材店、小吃店，都走遍了，假钞一下就被认出来，愣是没花出去。每次被认出，我就装成一个无辜被骗的少年，也跟着店家唏嘘一通，好像是自己上当受骗了一般。如果哪个店主问我假钞是哪儿来的，我就说是自己年老的祖父给的零花钱，说肯定是祖父年纪大了被人骗了。我遇上的每一个店主都让我把假钞送交到银行，我每次都答应，还作出保证的样子，但其实根本就不死心。那些零花钱对我的诱惑实在太大了，我很想要得到。"

"但你就是用不出去，对吗？"

"是啊，因为假钞一直用不出去，我沮丧极了，特别烦躁。人们对钱的真伪辨别，实在超乎了我的预计。由于连连受挫，我后来再去找商店用假钞的时候，信心就不像起头那么大了，畏畏缩缩地，越来越不敢拿出那张假钞，有几次因为实在鼓不起勇气，反而花掉了自己并不多的真钱。"

"所以呢，你说这个是什么意思？"

"我一直都没有放弃我的计划，那张假钞在我书包里留了很长时间。后来，一次从邮局大道回家的路上，我终于花掉了它。"我没有正面回答海德的问题，接着说，"我记得那天是周末，具体是周六还是周日记不清了，反正发生在我去上数学兴趣班，下课后回家走在邮局大道的时候。那条路刚修好不久，两边的人行道铺得很宽很宽，地上的灰板很白，看着非常大气。我那天并没有要花掉假钞的计划，只是从兴趣班学校出来后，特意绕了个远，想从新修的邮局大道走去。刚走上那条新路不久，我就看见前面有个挑担的老头。他走得不算慢，但他的行头、样子，在新铺的大路上看起来格外扎眼。要说邋遢，他也并不邋遢，但就是有那么一副样子，看起来跟新铺好的邮局大道格格不入。我与他越走越近，快并行时才终于看清他担里装着的东西，一左一右两筐担里全都是花，各种各样的花。这两筐花，不知是用来卖的，还是正要运送出去的。很快，我就走到和他并排的位置，接着没几步，我就走到他前面去了。等我走超他一段距离，我回头看了一眼他的相貌，挺慈祥的，很老实，没有一丝我所熟悉的那种精明和狡诈。于是，我想起了自己书包里的那张假钞……"

"你真是……"

"我在心里挣扎了一阵，但最后没耐住诱惑，就把假钞给他了。起先，我也只是想试一试，并没有下定决心一定要把假钞用在这里。我转头，走过去装作纯真地问爷爷那些花能不能卖我几支，说我想买了送给妈妈。谁知他听后说，他也不知道该怎么卖，索性就送我一朵。我只好继续撒谎，说一朵花不够，说这是我要送给妈妈的生日礼物，说一定要自己购买才能证明诚意。老人于是放下担子让我自由挑选。我每拿出一种花，他都会向我作简单的介绍，说这是什么花、那是什么花之类的。他话说得不很清楚，我听不太懂，当然也没心思听，反正就选了好几种不同颜色的花，凑了十几朵，问他一共多少钱。老人伸出五根手指，说五元，然后，我就从书包里拿出了那张五十元的假钞。"

"他就这么收了？"

"我紧张死了，心都快从嘴巴里漏出来了！那紧张，是我小时候最严重的一次。我记得老人拿到钱以后，举起双手对着天空将钱拉平看了一眼，然后就伸手从裤口袋里掏出了一堆对折好的钱，一张一张地凑出来找零给我。他给了我三张十元的，然后是两张五元、五张一元。他把那张面值五十元的假钞收起来，包在对折的那叠纸币的最外面，好像那就是他手里拥有的最大面值的一张纸币了。我急匆匆把找零回来的真钱收进口袋，然后就跟老人道谢。当他还在原地上挑子时，我就已经转身走了。刚开始，我脚步还不敢太快，怕他起疑，后来终于远一些了，我才干脆跑起来。那时，我心里忽然就抱怨起新修好的邮局大道太宽敞、太新、太白了，好像是它让我的不堪更显眼了。"

"那你就过去把钱和花都还给他。"

"没有。我一到家附近，就找个垃圾桶把花给扔了。接下来没多久钱就花光了。想买的，几乎都买上了；还有一些，钱不够数就算了。不过，虽然玩那些玩具的时候确实很开心，但怎么说呢，我再也过不好了。从那以后，每当我有什么事情不顺，或遇到什么困难，就总觉得是我那个卑鄙行径所带来的惩罚。好多时候，一个人路过天桥、走地下通道、遇见各种乞讨的老人时，我都觉得他们在盯着我，觉得我自己不是东西。我一直都希望我长大以后一切会好起来，希望世俗的繁忙能让我忘掉那件事。"

"但你没有。"

"大部分时候我确实忘了。很多该记住的事都忘了，偏偏这件事就是忘不掉。只要遇上什么挫折，我就总觉得是受那件事的报应。包括我在学校出事，我之所以受那么大的打击，不仅仅是事业和情感上的，而是，而是……你明白我说的意思吗？"

"我明白你说的，是负罪感。折磨人的就是这个，该死的负罪感，每个人都躲不掉。"

"我不晓得我后来所有的一意孤行、故作不凡是不是都在试图抵抗这个负罪感。反正我乱了阵脚，没有安宁。这事儿表面是看不出的，人还活着，像模像样地存在着，只是疮疤一直藏在里头，一直兜着，始终都好不了。"

"你不是终于战胜了吗？"

"这是我第一次讲出来。我对自己都不愿意讲，更何况是对别人。我得救，不是因为终于讲出来了，而是我终于懊悔，终于承认，而不是想尽一切办法去掩盖、遗忘、填补，不再执着于找各种借口来证明自己的对和善了。我认罪了，你知道吗，认了，就轻松，就不再负罪了。你本来就是有罪的，何来负罪一说呢？只有你觉得自己浑身干净，才会害怕那个负罪感。你能干净吗？谁能？都是知罪而行罪，却偏偏不肯认罪。"

四

"还没醉呢，叶良，再倒满些！"杨珊将两只手肘搭在吧台上，看着很清醒的样子，"我今天带来个好消息，大家都一起乐一乐吧！"

"还有什么比你老公瘫痪了更好的消息呢！"三忠脱口而出，没注意看老板的脸色。

这些日子以来，大家都被沉重的现实所扰，身体疲惫不说，心更累。杨珊的苦我们都知道，可大家虽然窝火，却谁也做不了什么。

"怪我不好！要不是我把事儿讲出来给你们听，你们就不会跟我一道受苦了。我就是这张嘴呀，老要坏事情！"杨珊说着，端起杯子又喝下满满一杯。

"你不是说有什么好消息，怎又扯到别处了？"老板问。

"老师，到这边来吧。"杨珊扬起手示意我到吧台去，我虽然不喜欢，但还是过去了。三忠很利索就帮我摆好烟灰缸和一个新酒杯。等我们都凑近聚集在吧台，杨珊就接着说："是这样的，我有个计划，需要大家帮忙……"

当时，我们谁也不知道，那是我们几人最后一次在酒馆的相聚。

五

傍晚，我提前半小时到了酒馆。店里一个客人也没有。三忠在吧台内侧的桌前来回扭着手里的魔方，根本没注意到我进来了。我看看表，离会合出发还有二十九分钟。我坐到"专座"，扫视好几圈也没寻见老板的踪影，便索性不寻了，把晚上可能会发生的事都想一遍。

"无论如何，佳霓保住了，无论如何，比以前还是好多了……"杨珊的话不停回旋着。三忠手里的魔方迟迟没有还原，他看着手机里播放的教程，烦躁地跟着比画，可无论如何都跟不上节奏。烦闷的汗珠从前额、后脑勺一起往下滴着。他关掉教程，用纸巾拭额头上的汗水，没有取新的抽纸，而是继续捡起手边那个已经用过很多次的那团，一用再用。

不管多么油腔滑调混世无脑，他对生活的节俭还是那么自然呢，我疑虑着自己是不是也有一些和外在标签很不一样的处世习惯。老板出现了，对我点点头，然后用手捏起自己衬衫胸前的口袋抖了抖，大概是暗示我晚上的票已提前准备好了。说实在的，我心情很复杂，无论如何都不能就这样简单地放自己过去。我是出过问题的人，且自身还没有战胜那个问题，受众人指点，被别人批评，这些都是我受不住的。因此，对晚上要去夜总会的事，我还是很有忌讳的。虽说是在麻方坡这片儿，可保不准发生什么意外情况让事情泄露出去，不管我出于多么高尚的理由，不管我实际上有没有作为，人们只关心绯闻的效果，而不重视事实或缘由，这要是传出去了，我还怎么做人呢！

帮人也得有个限度吧，无论如何也不能乱来不是吗？想着想着，我又烦躁起来。既想为杨珊冲一把，又有些放心不下自己，左右权衡不定，看三忠和老板都不顺眼。

老板在忙什么呢？看见我了也不过来聊聊，明明一个客人都没有，有什么可忙的？三忠倒是没心没肺，喊得最凶的是他，这会儿最吊儿郎当、不当回事儿的也是他。要不是我还算有点知道他，谁见了都会怀疑他是个毫无可信度的虚假两面派。

尽管他因出身的限制没有获得受教育的机会，缺乏对人情往来的正常认知，可是，人啊，不论经历被包装得多么传奇诡谲，始终都无法掩盖自己老实的根性。能想到吗？这个在班房里泡大的人，却是最节约手纸等消耗品、矿泉水瓶要反复利用、毛巾破损了还要改换成抹布继续使用的人。有次我邀他去我家，走到门口他就停下不愿进屋了，他说他怕给我惹麻烦，担心他的前科导致我这里被调查取证。他就住在酒馆，从吧台里面的内门进去，有一个过道，那过道是连接后面一排平房的通道口，三忠就在那里架了个行军床，把过道当简单的睡房。

其实三忠有个妹妹，这件事除我以外没人知道。

我一直觉得蹊跷，三忠平日里节衣缩食，且吃住都在酒馆，也断了毒瘾开销，按说该有一些积蓄的，怎么还是三天两头要靠借贷度日呢？反正他是个瘾君子，肯定花钱不正经，鬼知道呢！谁在乎呢！麻方坡里的人都不受待见，大家相互间也就不深究那些里外事情。但我不是这里的人，我来自曼哈顿，我相信事情是有起因有结果、有逻辑关系的。所以，怀着一直以来的疑虑，我对三忠进行了盘问。可是他始终没有告诉我内里实情，每次都稀里糊涂糊弄一番，撑死了就一副无赖到底、誓死不说的架势，事情是被我自己发现的。

三忠的父母在他还很小的时候就被抓起来判刑枪决了，那以后他是靠舅奶奶接济拉扯大的。后来，舅奶奶痴呆了被儿女扔在家里，他就带着妹妹从舅奶奶家逃出去，开始在街上漂泊。那一年，他十五岁，妹妹十岁。

　　有关妹妹的事三忠说得不多，但有件事情令我印象很深。一次，三忠牵着妹妹的手，要去一家包子铺。那是一家他们很熟悉的店，但凡到了收摊的钟点，只要有剩下的破包子，店员就会分给他们兄妹一些。那天，他们在街上已经得了一些接济，但为了接下来有存货，三忠便决定带妹妹往包子铺那儿再去一趟。他拉妹妹，妹妹不肯起来，再拉，妹妹还是不肯起。等三忠对妹妹光火发脾气，妹妹站起来号啕时，三忠才看见妹妹的凉鞋已经烂得不成样子，鞋底和鞋面彻底分开了。于是，三忠赶紧脱下自己的旧球鞋想给妹妹换上，可哪知妹妹怎样也不肯穿哥哥的鞋子。三忠想，万一错过了收摊时间就拿不着包子了。他不知道妹妹忽然这么闹情绪是为什么，他以为妹妹是为了好看，便越想越气，凶言恶语什么都来了，还威胁妹妹要揍她。妹妹没有反驳哥哥的责骂，只是越哭越伤心，但仍旧不肯穿哥哥的鞋子。三忠气得不知该怎么办，往地上一蹲，把球鞋朝妹妹扔过去。妹妹这才终于说："哥哥，你不要管我了，你走吧，哥哥，你扔掉我吧！我梦见舅奶奶了，她说她做了小孩子，把我换成老太太了。哥哥，你扔掉我，你现在就扔掉我吧！我鞋子破了，脚也要坏了，我走不了了。哥哥，我头晕得很，什么也吃不下了，你还有力气，你走得快，我走不动了，你就像扔掉舅奶奶一样，把我留在这里！你走，哥哥，不要再管我了，我做了舅奶奶，你扔掉我，快走吧！"

　　三忠说起这事时，声泪俱下，语音模糊。他说，就是从那天起，他下定了决心，这一辈子，即使他自己再苦，也决不让妹妹再受一点委屈，不让妹妹再吃一点苦。那天晚上，他们没有得到包子，三忠也没有成全妹妹的愿望扔掉它。但从那以后，他将自己不管凭什么换来的钱财口粮全都用来供养妹妹，甚至在后来有人看中妹妹，想把妹妹拉到夜总会去做舞女和招待时，三忠还想他自己是不是有资格可以去卖身换钱。如今，妹妹在斯德哥尔摩，嫁了当地的一个华裔律师，生养了三个孩子，是个全职太太。三忠总在凌晨时分躲起来，悄悄与妹妹通话。这一切，全是别人不知道的。而我，就是机缘巧合撞见他与妹妹通话才发现端倪的。三忠告诉我，妹妹说，等她的孩子们长大离家，就把三忠接到斯德哥尔摩去，兄妹团聚。一直以来，三忠就是用紧怀着的这个念想作保底的。但是，据我所知，三忠妹妹最小的孩子如今才刚三岁，而且，她到现在还接受着在这边不成人样的哥哥定期和不定期的汇款。

这是三忠的故事，是他隐匿在自己身后，永远封存在放荡随意的外表之下的真实。可是，这样一个人，即使在你面前十年、二十年、三十年，你也绝想不出他背后原来有着这样一本账。

还没到指定出发的时间，天已经开始黑了。三忠还是没能将手里的魔方还原，就干脆乱扭一通坐到我桌前来讨烟抽。老板不知在忙些什么，一会儿见人一会儿又不见人，里外进出了好几趟，反正就是不过来跟我打招呼。吧台左侧的暗道有个门，进去是厕所，顺着过道一直往里，可以通到老板在后排平房的家。老板和死去的妻子结婚多年，没有孩子，据传是他们某一方的身体缺陷所致，而究竟有缺陷的是谁，传闻中两个版本都有，更多的是说女方不行，因为另有一种传言说，老板其实有个私生子在城区里养着，但这事儿到底只是传言，谁也没真正看见过。况且，在我的印象中，老板鲜少进城，几乎就没有不在麻方坡的日子。

"好烟啊，老师，今天我赚到了。"

"也就专门买了一包，看这包装颜色吉利，保佑我们计划成功。"

到约定会合的点了，老板走到桌前招呼我和三忠离席。三忠连忙抄起桌上的红色软包装茉莉烟递到我手中，说："可别忘了这个。"

"忘不了，一会儿还得抽呢，等杨珊出来了，让她也来一根缓缓神。"

一辆看起来像商务车的七座小面包车在酒馆对面等着我们。这是老板安排的，不知是哪个亲戚或熟人平常拉货的车子，反正被他借出来用了。叶良开车，我坐在副驾驶座，三忠一人坐在后头。

"知道怎么走吗？"

"早打听好了，老师，不用担心。说就在厢林南路舞厅一条街，只要到了那片儿就好找。"

大约十几分钟后，我们就到了舞厅一条街。彩灯零零落落地亮着，看起来并不喧腾，没有文学和电影中那种经典的灯红酒绿的气象。

"你们俩一起找找，叫'华丽佳人'，看见'华丽佳人'就对了。"

"蝶恋花……水月情……浪人归……潮汐……"三忠断断续续念着这些灯箱标牌，生怕错过任何一个字。他曾告诉我，他喜欢认字，他认的字都是在少管所的时候学的。

"秦淮女子商时女……百乐今生……华丽佳人，到了！是这儿，华丽佳人。"

华丽佳人正巧在一个路口坡道的底端，老板一个右转绕到舞厅的后头，把车停在舞厅后坡的停车坪，然后就领着我和三忠进去了。

我没有掩饰自己是第一次到这种地方来，当然，也没有渲染。三忠那鬼家伙意外安静，一点儿没有平常咋呼的样子，看起来驾轻就熟刃有余。老板从口袋里拿出入场的票，交出去三张后好像还剩了几张，也不晓得为什么他要买那么多。我们的位置离舞台有点远，差不多靠近后方的入口处。刚坐下不久，立刻就有服务员过来让我们点酒，每个人都必须点一份。我扫了一眼酒单，最便宜的是一种自制啤酒，一杯五十五元。老板对我们挤眉传意，然后我们要了三杯最便宜的啤酒。

离演出正式开始还有二十分钟，我们提前到了。服务员没有一次性端来三杯啤酒，而是分成三次，一杯一杯地拿来，且每次都要再问一遍点单的事，似乎非要让我们再点些什么别的才甘心。我拿出口袋里的茉莉烟，按下打火机正要点燃烟头时，侧后忽然围来两个壮汉，他们像是安保一类的什么人，迅速拍下我举着打火机的手，说："场内严禁吸烟。"

"前面那桌不是正在冒烟吗？我看他们就在抽烟啊。"老板指着最靠近舞台的第一排卡座说。

"那是我们这里提供的水烟，买那个才能抽，其余的烟不行。我们的水烟是专门的配方、专门的剂量，三百元一套，加一个烟嘴五十元。别的烟要抽就请出去，到街上你们随意。"其中一人冷冷地说，就像在背课文。

"没事的，不抽也没关系。"我历来不愿意在外面惹事出头，赶紧把烟放回去收好。

不多久，离演出开场还差五分钟时，右侧通道走过去一个人。

来来回回不少人了，唯独那一个急速穿过的人引起了我的注意。那人的气场与这里很不相容，但也不能说有多么突兀，不知为何却让我感到有些莫名的熟悉。

他在前面两排的一个独座上坐下了。从我这里看，只能望见他的后脑勺。人真挺奇怪的，在没有条件获取其余信息的情况下，唯一能捕获的信息就像长了触角，会自然生长描绘出除此以外的广阔天地。他的后脑勺生得很好，颅顶的高度和折角都很到位，既不扁塌，也不过分椭圆显得蠢笨，大小比例与肩宽相得益彰，看着很舒服。

忽然，观众席区域的场灯毫无征兆地暗了。我收回视线，将注意力转移到前方明亮的舞台上。舞台灯全部亮起来了，灯光颜色开始轮番变化。一个粗哑男声从音箱中传出，声音嗡鸣破炸，不晓得是播音者本身就音色不佳，还是话筒的质量太差，总有呼噜声随着语音一起泛动，听着就像乡村集市那种让人根本听不懂的叫卖。

"各位观众请入座，各位观众请入座，演出马上就要开始，演出马上就要开始……"

我从小就不明白，为什么接线员或使用对讲机的人，说话永远都要重复一遍。拆分过的每一截话都要说两遍，这难道是什么约定俗成的规矩吗？为此，我从小就很抗拒。当不得不身陷那种处境也要使用对讲机的时候，我要么只说一次，要么就刻意多重复一次，反正就是不说两遍。没有人告诉我非要重复两遍的道理，我就没理由随波逐流。

"华丽佳人夜总会，善良温馨最珍贵。各位观众请坐好，演出马上就要开始，演出马上就要开始……"

音乐响起，舞台灯霎时暗了。再亮时，台上一群衣着艳丽的舞女已经列好阵仗，等舞台灯再度变色之后就开始移动。老板不知为何咳了一声，也不知是真咳还是佯咳。三忠目不转睛地盯着舞台，看得尤其认真。我一边用余光观察着身边的他们，一边在舞台上寻找杨珊的身影。她的计划靠谱吗，能成功吗？我的心又不适时宜地担忧起来。这时，借着台上明亮的舞台照明，我看清了侧前方顶着那优秀后脑勺的人。是他啊，我说怎么这么眼熟呢，难怪，是海德。他怎么来了？难道杨珊也把计划告诉他了吗？

　　三忠忽然拍我，用下巴颏朝舞台左侧指了一下，原来，是杨珊上台了。老板回头对我和三忠轻轻点了点头，几人就都会意了，然后便将注意力再度聚焦到舞台上杨珊的表演中。说实话，要不是来看杨珊，我怎么也不可能到这种不上档次的夜总会来看这般稀稀拉拉的舞台表演。这些人舞台走位混乱不堪，演员间也没有任何交流与配合，全都只是在自己移动到中心区域的时候使劲搔首弄姿一番。她们都穿着很短的紧身裙，各种颜色的，但长度完全一致，都短到靠近大腿根部的位置，并且在上面别着一块圆形的黄色号牌，号牌上用红色的贴纸贴着阿拉伯数字，有人是66，有人是88，还有人是99、101、188什么的，都是一些图吉利讨口彩的数字，没什么逻辑规律。杨珊穿着一条墨绿色的连体贴身无袖裙，她的号码是333。

　　一个节目很快就结束了。接下来，她们又分组跳了一些不同的舞，换了几身不同的衣服。大概三个节目以后，有一个女孩上来表演独唱了。她选了一首冷门的流行歌曲，下身是一条皮短裤，上身则套一件纯白色的露肩小衬衫，袖子蓬蓬的，还飘出两根红色的彩带，把自己弄得像餐后甜点一样。由于我们的位置有点远，在舞台刺眼的灯光下，并不能看清她的容貌，不过她的号牌却显得很清楚，是118。根据我的记忆，之前几个节目她都没有参演。当她演唱的歌曲进行到副歌部分，钢琴的顿奏渐强上扬时，一个服务生忽然上台给这位小甜心送来了一个花圈，并套在她的脖子上。那圈东西多难看啊！红黄蓝绿的，一整圈套在脖子上，简直把小甜心弄成了一只小火鸡。到歌曲间奏时，又有服务员上来，给这位小火鸡再连续套了三个花圈，全部加起来都叠到与她耳朵一般齐的高度了，这怎么受得了呢？看她那娇小的身子，一下给套上四个花圈，多不堪啊！总算挨到临近结束的乐段，这时候服务员又上台了，不过，与头先两次都不同，这回来了两个人，一个空手走在前面，另一人端着一个盘子，盘子上有一块红色的绒布覆着什么东西。等他们靠近歌手以后，舞台的灯光就变了，完全不在音乐的节奏中，顶灯灭了，只剩下一盏白色的追光跟着那个小火鸡歌手。

　　两个服务员在小歌手的追光圈外停下来，前面空着手的那人忽然掀开后面那位服务员端着的餐盘一样的盘子上的绒布——原来绒布下正盖着一个荧光闪闪的皇冠，一阵合成的掌声音效从音箱中传出，小歌手自然地在旁边微微屈身，低下了头。这时候，也不知别人都看见了，还是只有我看见了，她的嘴巴明明不动了，但音箱中她的歌声还在继续，恐怕她以为她低头了就没人能看见了吧！之前空手的那个服务员从餐盘上举起皇冠，在喧闹的掌声音效停止后，将那荧光闪闪的皇冠戴到了小甜心的头上。等小甜心再次抬头时，那两个服务员一溜烟就下去了，于是舞台上又只剩下脖子上套着四个花圈、头顶着一个闪亮皇冠的她了。她很快恢复了嘴唇的开合，只是在刚才那个瞬间停过那么一下，大概除了细心的我，别人都没有发现。小甜心的心情显然变得愉快了，也不知是朝着哪个角落，甜甜地笑了起来。仅剩的最后一小部分歌曲，她一直保持着那微笑的弧度继续着对口型的假唱表演。舞台灯全部亮了，掌声的音效再次响起，小甜心的歌曲终于唱完，还没等乐曲的尾奏全部播完，她就下场了。

"今天她风光了。"三忠知道我满腹狐疑，故意这么说道。

"怎就风光了呢？我完全不懂。"

"老板也不太清楚吧？"三忠戏谑地朝老板瞥过去。老板又咳嗽一声，道："我都好多年没来这片儿了，新规矩全不知道。"

"先说皇冠吧，一个皇冠一万元，一个花圈五百元。"三忠似乎很满意自己现在得到的重视，"我之前帮人家出货的时候，一般都是在这些地方，所以里头的套路都知道。"

我有些口渴，也不管他们端来的啤酒像样不像样，举起来喝了一口。舞台上已经换了一个新节目，一个舞队正模仿着时装秀那般轮番上场来走秀，看着很是怪异，然而，这个节目却是上去送花圈的高潮。

"夜场主要就靠这个挣钱。假如顾客看上了哪个人，就记下她的号牌找服务员买花圈，五百元一个圈，可以送一个，也可以送十个，反正送多少随你便。特别捧场的，就送皇冠，一个皇冠一万块，你可以再多给钱，但皇冠怎么着也只给你戴一个。"

"这一晚上可不就发了吗？也挣太多了！"老板嘟囔着。

"这是夜场收的钱，只分很少一部分给她们。她们挣钱主要靠自己下台赚小费。"三忠越说越兴奋，也喝了一口啤酒，然后冲着我做出极为怪异的表情，"这味道，真是，比老板那边的可差远了呀！"我知道他什么意思，大概回应着笑了一下，表示希望他再继续讲讲。

台上的模特队不停地收着花圈，现场也不断在音乐声中掺叠着鼓掌的声效，三忠不得不与我凑得更近些，说："这些花能白给你吗？女孩收到花圈以后，就要到送花的那桌人那里去表示感谢。说是感谢，其实就是陪酒赔笑，接下来剧情往哪里发展就不知道了，如果聪明会混，大概能私下得点小费，几百几千的都不一定。"

"这一晚上得买多少花圈啊，成本恐怕也不低。"

"想什么呢，这花圈的花能是真的吗？全是假的塑料花，脏得要死，扎人扎得慌，都被舞台的强光给吃掉了，你看不清楚而已。"

舞台上的光原来那么强，能把一切丑恶不堪都覆盖掉，这是我在今天以前完全不知道的。

"送皇冠的一般是熟客，要不就是已经搭上的关系过来专门给女孩儿捧场抬地位的，那种情况嘛，多多少少是已经有点什么了……"

"行了，我们都知道了，那家伙出来了。"老板突然打断三忠对我的教导。

"来了吗？在哪儿呢？你确定没认错吗？"

老板抬起手准备给三忠和我指出什么位置，却忽然将抬起的胳膊放下，用下巴颏为我们指出一个方向，说："就在舞台侧边那儿站着，看见了吗，嘴里叼着烟的那个人就是他。"

"混蛋！自己抽着烟，还不让我们抽！"我知道，三忠是在帮我出气。

"你确定是那个人吗？"我问。

我看见那人了，他太普通了，普通得让我实在有点难以相信，或者说得准确些，是感觉很懊恼——我用我自己蓬勃的想象给他塑造过万千个形象，但真实的他，竟没有一处与我的想象对应，不仅长相普通到了极点，甚至还因为瘦弱，让人不觉对他生出几分可怜。

"他脸上那一片是什么东西啊？你们看见了吗，还是我眼花看错了？"三忠问。

"估计是瘫痪时留的斑痕，我也看见了，从额头一直连到眉骨，整个一片全是。"我说。

"咱们差不多要行动了，他今晚正好在这里呢，可别忘了我们是来干什么的。"说完，老板好像又咳嗽了一声。

"谁去比较好？"三忠直切主题问出来了。

"就你去吧。虽然老师比你更能说清楚，但我看他对这里的情况不了解，还是你去吧。"

"他一个人去就行吗？"我假惺惺地问道，心里盘算着只要问出来大概就不会有人觉得我胆小怕麻烦了。

"必须一个人，咱们就在原地坐着。"老板斩钉截铁地说。

"好，我去去就来。"

杨珊随着群舞队又上场了两次。按三忠的说法，她现在等级还不够，没到能走模特步展示或者可以成为独唱小歌手的级别。要我说，按她的年龄，能混进舞蹈队都相当厉害了。距三忠办好事情回来，已过去二十多分钟了。老板越来越坐立难安，问三忠道："你确定联系好了吗？"

"确定，放心吧，他们过来需要点时间的。"

"既然这样……那我觉得……我们先走也没什么吧……"老板支支吾吾地说。

"怕什么！跟我们又没有关系，好好待着就行了，一会儿该怎么配合就怎么配合。"三忠说。

"我不想看那些场面，看了心里怪不舒服的。我觉得，事情既然办好了，咱们就走吧，何必给自己添麻烦呢！老师，你说对不对，咱们没必要留在这里。"老板叶良在黑暗中将话头抛向我，而我并没想好要怎么接，半天也没回复。

"说好了计划是那样的，你怎么忽然变卦呢！"三忠帮了我一把。

"咱们还是待到事情有进展再说吧，不然也不放心，毕竟答应杨珊了，还是应该把事情做做好。"

我本打算说得更多些，但突然闯入的警察打断了我那番还未来得及展开的长篇大论。

"说曹操曹操就到，他们来了！"三忠兴奋地说。

进来的警察大部分是便衣，只几个守在门口的人身上穿着制服。突然这样闯来，要不是他们大声嚷嚷，谁能知道他们是谁啊！音乐戛然而止，舞台灯光也不再有变化，冲进来的警察一直叫嚷着让谁把所有的场灯都打开，可场子里就是没有反应。

我们这些坐在位置上的观众都被叫起来集中到右侧过道去核查登记了，另一些警察正在封堵后门，寻找经营场所的负责人。挤在右侧通道的人群怨声载道，三忠时不时就要偷笑一下，好像一切都在他的掌控中似的。

"抓我们干吗呀？我们什么坏事儿都没干，不过就是买张门票来看个节目，喝点儿小酒应酬应酬。"

"有人举报这里非法卖淫、聚众吸毒、贩毒，逃税漏税，事儿多了，反正不是冲着你来的。不过，我说，去哪里应酬不好，为什么非要到这种地方来呢！"

警察一直在联系夜场的人把场灯都打开，但不管他们怎么叫嚷，场所里就是没人执行这个指令，整个观众区还是黑魆魆的，什么都看不清楚。没多久，随着一阵吵闹，一群人揪着三个男人从舞台侧边的一个门出来了，因为下面比较暗，他们索性就站到舞台上去了。

"抓住了！"三忠说，"老板，你再仔细看看，到底是不是他，我们可都没见过。"他的音量很小，但丝毫不能掩盖他的激动。

"是，就是他，事情成了，我们的任务完成，眼下就看怎么脱身了！"老板激动地说，音量却控制得很小。

当我们都为计划顺利实施而暗自欢欣时，舞台上却忽然喧闹起来。被揪住的三个男人里，有两人忽然开始互相打斗踢踹，而站在一边的警察不知是想看热闹还是反应过于迟钝，对拖拽和分散他们并不上心。互相打斗的两人中，有一人就是他，如果老板没认错的话，就是他，杨珊的老公。他的身板羸弱枯柴，一副老实受欺的面相，让人怎样也无法将他和杨珊描述中的恶魔老公联系在一起。不过，真见到他，也就能理解杨珊当初为什么会选择他。除去瘫痪在他右额至眉骨处留下的疮疤，他看着就是一副让人很容易产生好感和怜惜的样子。这般相貌，再加上些温柔体面的攻势，想不被打动是很难的。

突然，那两个互相打斗的男人都跑脱了。他们奔到没开灯的观众席，熟门熟路地逃往后台去了。场内即刻闹腾起来，除了几个在右侧通道守住我们的警察，其余的警力全被调动起来去追那两个跑脱的人了。这时，从右侧通道的人群中，也蹿出一个人从观众席跃了过去。借着舞台的侧光，我认出了那个比例完美的后脑勺，对，逃开的那人就是他。

"是海德。"我小声对三忠说道。

"他怎么来了？"三忠惊呼着，还好没傻到嚷出海德的名字。

"我告诉他的，他来找过我。"老板怯生生地插进话来，好像完全知道我们在说什么似的。

"你说什么？你知道我们在说谁吗？你干吗告诉他呀？"三忠

一连串地发问，而老板根本就不想理他。

"真想去外头抽根烟啊！"老板说，"老师，一会儿给根你的茉莉香烟吧。"

"我们还得等多久啊？我想上厕所了！警察先生啊，我们遵纪守法，什么错都没犯，干吗要被困在这里呢？你们没有权力限制我们的人身自由吧！我想小便也不行吗？那就尿在这儿了啊！"三忠开始耍无赖了，我倒觉得他是个英雄，瞬间变得伟大了。

"谁让你大喊大叫的！不许喊！老实待着！一会儿登记完再说话！客气还当福气了……"这位冒失的警察话还没讲完，就被另外的人拦住了。他们窃窃窣窣一阵交头接耳之后，那人就换了另一种口径，"行，先排队出去吧，到前边亮堂的地方登记一下姓名电话，核实身份。没带证件的，赶紧联系家人给送过来，登记完了就可以走。"

没多久，做完备案的我们就被暂时遣散到街上。几个人站在原地抽了好几根烟，警察才确认我们可以离开。这时，夜场又传出一阵骚动，但我和三忠都不愿意再去关心了，只有老板往里头张望了一会儿，才跟上我们一起往后坡的停车坪走去。

警察的到来，打破了舞厅一条街日常的热闹。整个厢林南路寂静下来，有了别样的魅力。我们步行到华丽佳人后面的停车坪，因两侧停好的车与我们车距太近，老板就决定先把车倒出来再让我们上去。我和三忠干脆走到宽阔的坡道口去抽烟，既可以再透透气，也能给他足够的时间踏实把车挪出来。

很久没在夜里上街了。一个自小生长在曼哈顿，大学期间又去到东京生活的人，这时候，竟被舞厅一条街宁静的夜晚给吸引住了。

我似乎找到了小时候在夜里漫游的那种感觉，或者，我不曾真的漫游过，只是在想象中体验过夜里在街上走着的那种气氛。各种颜色纷杂的霓虹灯箱，将路灯的光焰侵吞。一抬头，没有弯角的大半月悬在天上，看它一眼，只是一眼，一股深彻的不知由来的悲楚就涌上了眼眸……我明明感觉到了一团很浓烈的什么，可是，令我更加觉得悲凉的是，当下这番沉重的浓烈，竟发源于莫大的虚空。啊，虚空，除了虚空，还有什么不是虚空呢！我还活着吗？是白白活着，还是无论怎样都只是白活？真可惜啊，王中明，你既不中正，也不够明白，这么浑浑噩噩混到现在，竟然还是没搞清楚自己到底身在何方，即将去向哪里。

我垂下脑袋，用自己熟练的小动作掩饰突如其来的汹涌情感，然而，三忠并不在身边，一时间我找不见他了。

"想什么呢？老师，快上来啊。"是三忠，他已经在车上了。

我迅速上车，仍旧坐在前排副驾驶的位置，问后座的三忠怎就忽然没影了。

"车不好出来，我得帮老板看着点，不然且烦呢。"三忠说。

我没有接着问下去，也无所谓他到底何时走的，是否看到了我莫名涌现的哀伤。

六

事情就算完了吗？

我真想告诉自己，或者告诉所有人，完了，一切都完了。可无奈的是，我没有那种天赋，也没有能宣告完结的权柄，一切都没有完，一切都完不了。

听三忠讲那天我们离开后发生的事时，我只觉得浑身无力。按理，我更应该感到愤怒或是悲哀，但它们都没有发生，我只觉得无力，一种深深的、被世界抛弃的无力。原来，愤怒和悲哀都是极其奢侈昂贵的，只有在你还没有死绝、没有失败到底、没有输、没有被命运瓦解的时候，你才能咆哮愤怒，才有条件去沉溺于悲哀。而那时的我，既无生气，也没有痛苦，只剩下一穷二白虚弱不堪的无力，连残存最后一点的、不愿让人察觉的傲骄也无暇顾及，只能无能地败露自己的无能。

那天晚上，血案发生了。海德没成为那个在现场救人的医者英雄，而是在警察们的眼皮子底下，成了一个杀人犯。我和老板还有三忠三人，那天晚上是应杨珊的请求到舞厅去的。为了能让她丈夫被关进牢里，她实在想不出还有什么别的更好的办法。可我们谁能料想，事情最后的发展会是这样呢？丈夫不是被关进牢房与她们暂时隔绝，而是死在了让瘫痪的他获得痊愈的那位医生手里。

其实，丈夫恢复正常后，并不像杨珊所想的那样恶劣，尤其还对佳霓十分喜爱。据说，丈夫想把佳霓培养成一名歌手。他说，如果佳霓能成为那种大众认识的流行歌手自然最好，但即使达不到那么高的水准，也可以去厢林南路的哪个舞厅当一个小歌手混混日子。为了这个期望，他为佳霓报了学习歌唱的课程，甚至花大价钱为佳霓请来了家庭声乐指导。佳霓一开始害怕爸爸，但渐渐地也有点喜欢上了他那神奇痊愈的爸爸。这让杨珊无论如何也忍受不了，于是，她做出了检举丈夫的决定。

老板把店面租出去了，他说，等杨珊从拘留所出来，就要带她和佳霓搬到城里去。他还说，他要把佳霓培养成一名真正的歌手。酒馆停业了，三忠计划用自己最后的积蓄去申办签证，购买前往斯德哥尔摩的机票。他不想再继续漂泊独自流浪了，他想念妹妹，想和他在世上唯一的寄托团聚。我不忍心戳破他的梦幻，毕竟那是他的人生，是他自己的选择，即使结局一败涂地，我又能做什么呢？

我申请去探望海德被拒绝了。等审判结果出来后，我又一次去申请探监，还是被拒绝了。我不明白为什么他不肯见我，甚至在已确认死刑后，也不与我见最后一面。所以即使狱警已告知我，他拒绝探望，我还是坚持要坐在会面室里等他，直要等到他现身为止。可惜，直到会面时间结束，他还是没有出现，只是托里头的人转告我说，他顺了他的罪，认了，得救了。

我从学校离职了，但我还是住在麻方坡，住在废厂的这排橘红小楼里。每天，从窗口往外俯瞰，已成了我生命的重要部分。四季如梭穿行，日光夜色纷至往返。然而，究竟它们谁也没能带走麻方坡恒定的那种落魄与贫穷。这种贫穷是昂贵的，贵于我从小长大所认知的一切，远超过曼哈顿的严肃、东京的严密。可惜，人在贫穷和落魄中的垂丧和奋发，终将带他们离开这份尊贵，去到他们眼中看起来更宽阔的庸平大路。只有在贫穷和困寂中认输、瘫倒在地、呈现可怜的人，才恒久地得了那份尊贵的恩典。

没有三忠了，麻方坡里，老板、杨珊、瘫痪的丈夫、佳霓，都没有了。还有那些追求绚烂的，也走了，全都离开了这里。如今，只剩那个拾荒的老人还未对这里厌弃，仍在每日固定的钟点过来，风雨无阻。还有三天，距海德被执行死刑，还剩最后三天。等他一走，在属于麻方坡的故事中，就真的只剩那个拾垃圾的老人还与我的过去有联系了。如此想来，我也不知道自己究竟每天是想看窗外的世界，还是在等着要看见窗外的他。我搬到麻方坡已经七年了，那个拾垃圾的老人，一直与我第一次见他时一模一样——佝偻的程度、拖沓的步调，都与初遇时毫厘不差。这么长时间过去了，他竟没有任何变化，是谁在守护他呢？

早晨，他又来了。不管春夏秋冬，无论晴雨风雪，他总会来，在差不多的时间，穿成差不多的样子，在垃圾站点翻腾垃圾。于是，下午四点，我顶着日头走到了自己在窗前所见的风景中，站在那块斑驳的墙面前等他，想等他如约前往时凑近些仔细看看他，以此与自己心里的好奇做个了断。

带下来的香烟很快就抽完了，我无事可做，气流也很安静。我是受教育长大的人，从小就学到了大丈夫有泪不轻弹的道理。可一个人哪能随意控制自己的心呢？在舞厅一条街的那个晚上，在我抬头与月亮相见的那个瞬间，那说不出的痛楚悲哀就涌上了我的心。我难过，说不清楚也道不明白，就是难过；我也想哭，可始终就是哭不出来。

远远的，一个微弱渺小的黑点，渐渐从坡道底处向上移动。拾垃圾的老人来了。他弓着背，低头拖着不大不小的黄麻袋，慢慢地，向前走着。他就是以这样的脚步，这样的速度，来到麻方坡，穿过时间，走在人生中吗？他似乎并没发现在这里等待多时的我，径直就走到垃圾堆放的地方，开始翻腾那些秽物。

我和他隔得并不远，但绝不可能很近。我是受不了垃圾腐物那种异味的，也尤其厌恶各种莫名的飞虫蚊蝇，即使再想看他，也无论如何要想些聪明的办法去避掉自己不喜欢的部分。毕竟我不是来看垃圾的，只是想看看他，看那个与我还有联系的拾垃圾的老人。

他是很有规律的。每天，不论早晚哪一趟，他捣鼓垃圾的时间都差不多，都在十分钟左右，既不会拖长，也不会减少。俄顷，一团馥郁的芬芳倏然降临，我被香艳包裹，好似瞬间置身于五月的花园,有百种浓烈的花香围绕着我,顺身体的孔隙渗进了骨骼,让骨头都成了空心的,满是香气在里头流窜……我变轻了,飘忽忽的,觉得很自在,既不累了,又不痛了,好像再也不害怕什么了。我想,假使就为了这几秒的轻快,我这一生都值了,我没有白活一场!

不多久,老人回头了。他朝我望了一眼,兜着黄的袋子,准备离开。难道他知道有人在这里等着与他相遇吗?我虽然被馥郁的芳香缠绕得昏昏沉沉的,却也被他那张熟悉的面孔所透出的光束给惊倒了!拾荒人微微扬起了唇角,慢慢地笑起来,既像个小孩,又像个长者……

此时涌上心头的,究竟是什么呢?为什么,我所学所历那么多,都无法做出对它的描述呢?我好像要随它升起,可怎又另有一种力量,让我也要随着日头渐落呢?看来,我只能放弃思想,只能老老实实去面对自己的无知、无力和无奈。人生一世,除了无,何来有?我与那个将假钞给卖花老人的小孩握手,他笑了,还是那么纯真;我又与那个在女孩堆里跌跤的男孩握手,他低着头,仍旧那样胆怯。与我相处的那些女孩,我是不是都爱过呢?我是不是真的想给她们些什么,而不想从她们那里得到什么呢?

什么是真,什么是假,我不想再分辨了,因为,即使再努力,我也分辨不出来,即使能分辨了,我也不会信的。我能做什么?无知的我,除了无知,除了承认无知,还能做什么?眼泪,随着花香在骨隙的蹿涌而奔流出来。原来花香是真的,我认出来了,他就是那个收走我假币的卖花老人。是他,一直是他!我想,他是否也是捡到了海德的那个拾荒老人呢?

中明,你哭了吗?

不,是风太冷,吹得我眼睛疼。

秋天真的来了。

再见，海德，谢谢你，我终于学会哭了！

黄秋影命案

我决定了，我要当一个作家。

　　"听见没，妈妈，我说，我以后要当一个作家。"

　　厨房间传来切菜的声音。刀在砧板上有节奏地击打，我不确定妈妈是不是故意的。

　　"我将来会成为一个作家的！"我又大声嚷一句，主要是为了确保自己一会儿不理亏。

　　怎么说呢，我从小就有一种缺陷，也许"缺陷"这个说法不够恰当。漏洞吧，我一直有一个漏洞，就是分不清心里想的话到底是讲出来了，还是并没有讲出来。有时我明明只是思考，却以为自己已经说了；有时我明明只打算想想而已，却不知不觉就脱口说了。这事我常常混淆，稀里糊涂地，闹出过不少麻烦和笑话。

　　厨房间切菜的声音持续着，速度和之前一样均匀，我索性走进去了。

　　"我说话你听见了吗？我决定了，我以后……呀，在弄莴笋吗？"

妈妈正在切莴笋。我很喜欢她做的凉拌莴笋，碧盈盈的，又好看又好吃，尤其在盛夏，淋上芝麻油的小葱拌莴笋，不要太爽口啊！

"你说什么？什么决定？"妈妈说着，停了手上的动作。

我趁机将整个厨房都扫视了一番，灶台上正煮着一锅水，油烟机嗡嗡地抽吸着热气，妈妈则开始用双手配合着将切好的莴笋从砧板截到刀面上，又从刀面上拨进了碗里，然后准备切另外一段。

"是要凉拌吧？"我明知故问。但凡妈妈做莴笋，只有两种可能，要么凉拌，要么热炒。如果莴笋被切成薄片，那就肯定是要用作凉拌；倘若切了宽丝或厚片，那就一定是要热炒。以碗里正盛着的翠绿薄片来看，我对菜式的判断十拿九稳。

"你刚才在外头说什么，什么决定？"

"我说，我想好了，我以后要当一个作家。"水已经开了，妈妈却没有发现。

"噢，这样啊。"她继续切菜，左手的手指抵住那已经劈开半截的莴笋，右手则顺着左手预留的空间重复地向下顿切。我感觉妈妈没有切菜的天赋，这么多年了，刀工仍然稀里哗啦不成体统，切薄片还是挺费劲的。

"怎么，你觉得不好吗？"尽管她的意见不重要，但我既讲出来，就希望得到回应。对我这个年纪的人来说，满腔热情挥洒出去却得不到回应是最令人煎熬的。

"没什么，挺好的，决定了就去做呗，我能有什么意见。"妈妈回答道，一副漫不经心的样子，没有停下手里的活儿。她在衣服最外层套了一件棕色线格的围裙，看起来很新，实际上却很旧了。

"你好像不怎么兴奋，是觉得我做不成吗？"

"我不担心你做不成，是怕你没有多认真。"妈妈说着，仍旧没觉察到灶头上煮着的水已经开了。

油烟机顶上已经有了一大摊水雾，妈妈的鬓角滑落下几滴汗珠。我往里面挪动几步，顺手将燃气灶拧成了小火，说："水已经开了。"

"算你还有用，"妈妈放下刀去处理烧开的热水，不耐烦起来，"待会儿再说，你先出去，不然可不知道什么时候才能吃上饭了。"

实际上，我也觉得继续说下去没意思，于是特意强化了自己那种吊儿郎当的语气，好能充分体现出对她的不满，说："行，梁女士，您忙吧，辛苦你了！"说完，我就重新回到了客厅。

我坐到地板上，双膝抵着几案边沿，前前后后换了好几个姿势，怎么换都觉得不舒服。于是，我索性起身把电风扇拉到了身前，整个人躺倒在铺着席子的沙发上，这样才总算舒服了一点儿。对我来说，一会儿能有凉拌莴笋吃，对妈妈就能稍微原谅些。是啊，再过不久就要自己生活了，到时就算想吃也吃不上了。所以，现在能吃一次是一次，好好珍惜吧。

我和妈妈生活在一起，爸爸在我小时候就跟妈妈离婚了。说真的，人们常说的关于离异家庭、单亲家庭会如何如何怎样怎样的话，都有些夸大其词。作为一名亲身经历者，我觉得，父母离异其实没什么大不了的。一个人根本就不会因为少了一个妈妈或爸爸就变得有多么不一样。于人生而言，我更害怕的，是自己少了一条腿，或缺一只眼睛什么的，那样才是真的残缺和不幸。

别人怎样认为我不知道，在我的成长过程中，父母离异倒是一个很能为我讨来便宜且为我博得关注的优点。最突出的一个益处，是每当我受到指责或被别人说我哪里不够好时，"父母离异"就成了最好的挡箭牌。我可以告诉自己，我并没有不好，也没有不对，一切都是父母离婚害的，都是他们上一辈人的过错，而我只是一个受害者而已。

虽说是跟妈妈一起生活，但这并不代表我更喜欢她。尽管人生很多事看起来都像是人自己选的，实际上却是注定的，都是无奈之举。难道我可以选别人做我的父母吗？离婚是他们的决定，我跟谁过也是他们之间权衡利弊的结果，根本就不由我选。

说实在的，假如我是男的，肯定也很难和妈妈这样的女人生活在一起。家务一般，相貌身材一般，没有审美，不懂风情，还总是废话连篇牢骚满腹。这样一个女人，难道爸爸真的爱过吗？他们之间也有过恋爱？就是我所理解的那种，美好纯净的、充满悸动的恋爱，他们难道有过吗？一想到这，我就浑身泛起鸡皮疙瘩，忍不住寒战连连。想什么呢，周彦，那绝对是不可能的，你妈妈绝不会是拥有过那种恋爱的人。

就我自己，好像都已经过了那最渴望爱情的阶段了。我本就比同龄人要心思成熟，大概也比她们更早经过那个阶段吧。曾经还为自己十八岁后终于可以明目张胆去酒馆和夜场消遣而充满期待，没想到跟几个同学偷偷混进去玩过几次后，很快就不幸地发现了那种生活的无聊本质，导致我那"狂野放荡自由的成年夜生活之梦"倏然崩灭——还真没有和同学朋友在谁家里弄些酒精饮料、喝点淡啤酒来得高兴！都是被那些混迹夜场的失败者言论给骗了！想象中神秘莫测、对青年人充满着诱惑的夜生活，经过那些失败者联盟成员添油加醋的描绘，以及一些时尚潮流的渲染，一个人生避难集中营就成了自由解放和充满反叛刺激的高级场所。实际上，夜场不过是给一些不具备正常社交能力的人提供的，假装高深的台面而已。

好吧，也不能把自己挂得太高。我承认，刚开始，我也确实觉得新鲜。那些陌生人间微妙的悸动，隐藏着羞涩的游戏接触，还有眼神交汇的委婉暧昧，都曾冲昏了我的头脑。可没多长时间我就厌倦了，真的，只要是正常人，要不了多久一定会厌烦的。千篇一律的嘈杂噪声，粗鄙浑浊的霓虹照明，所有男孩都是一个男孩，所有女孩也都是一个女孩，都想在暗沉的彩灯中借着聒噪的音乐上演一次醉酒，好装疯卖傻蹭些便宜，玩一玩廉价的心跳。与我同龄的人上当就算了，那些已步入社会的，或者进入中年的人还站在卡座和舞池里扭着，不是极度的坏，就是极度的傻。

恋爱，是一件挺累人的事。有了之前的几次经验后，现在的我不打算将自己全部投进去了。不过，只要不是那种全身投入的恋爱，又何必去浪费时间精力呢？倒不是宁为玉碎、不为瓦全的意思，这世上能起初就遇上玉的人，并不会有多少。不管遇上谁，都是老天爷给分配的，都不能按着自己的标准去度量，那样不算是真正的恋爱。我不想为了恋爱而恋爱，就顺其自然吧，Let it be。

"颜景丽家祖辈真是国民党军官，原先不管她怎么说，大家都不信，但她今天带证据来了，弄来了好多民国时期的报纸，应该都算是近代文物吧……"

"颜景丽？哪个颜景丽？"妈妈一边切换电视频道，一边有一搭无一搭地问着。她停在遥控器按钮上的那个手指，涂好的暗红色指甲油已脱落得只剩一半了，看着多少有点别扭。

"就是去年转学过来的颜景丽啊，跟你说过好多次了，就那个老是一副高高在上，说自己穿的用的全是进口货，爱吹嘘家世的女同学。她说，她们家祖辈是国民党的重要官员，说家族里的亲戚不是在宝岛就是在海外，除了她父亲，没有人回了大陆的。"

"那他爸爸怎就回来了呢？"真不愧是我妈，和我当时的提问一模一样。

"我也问了这个！她说她爸是某学科的顶尖人才，一直有很多发达国家邀请他过去，可他为了报效祖国以及民族复兴的伟大理想，毅然决然地选择了祖国大陆，所以就带着家人回来了。"

"真是狗屁不通，"妈妈扑哧笑出来，"你们也太好骗了。"她将电视停在了购物频道，对我说："看，后面那个女模特是不是很像你？"

"哪一个？"

"就是主持人后面那排，最右边，高个子那个，表情和样子多像啊。"

每次想和她正经说话时，她都不认真。再说，那个女模特难看死了，突兀的鼻梁，空洞的大圆眼，尤其是毫无活性的脸颊肉和尖下巴，与我完全就不一样！

"哪里像了，你又乱说！如果颜景丽家祖辈真的是国民党的官员，你不觉得有意思吗？"电视里那女人嘴上涂着的口红，和妈妈手指上那脱落一半的指甲油，是一个颜色的。

妈妈又将电视切换到常看的频道，嘟囔着说："我看她倒跟我年轻时有点像，你怎么就不像我呢？傻愣愣的，太好骗了。"

"谁说的！我从来就没相信过她！不管她怎么拿那些进口产品来炫耀，大家都是表面上不言语，背地里可劲儿嘲笑呢。但今天她拿出证据了，带来好多民国那些年的报纸，还有什么民国二十一年，也就是1932年的《中央日报》。《中央日报》是国民党的机关报啊，好多同学都知道的，这总没有假吧！"

"还说中老年是最容易上当受骗的人群呢，我看你们青少年才一个比一个傻，总是被流行风尚给骗了。"电视里正在播放各种广告，妈妈要看的电视剧还没有开演。

"这跟流行风尚有什么关系啊！是真的，不是骗人的！我还专门拿那些报纸看了一下，有一份民国二十六年，也就是1937年9月12日的《申报》，那天的报纸头版报道了一个命案，太吓人了，我现在想起来还发怵呢……"说着，我那不争气的鸡皮疙瘩，又从后脊梁骨散布到手肘和膝盖周围，通通浮了起来。

妈妈等着看的电视剧开始了，她彻底靠向沙发，将双脚搭到茶几边缘。

"就算报纸是真的，也不能说明她家祖辈是国民党军官。"

"跟你说话真费劲啊……"成年人总是很难相信未成年人所说的，这一点让人非常恼火。

"哎哟，"妈妈嘲讽着吆喝出来，"那个颜同学肯定是骗人的！你不懂，现在说自己家里有台湾背景是很流行的。"妈妈把遥控器扔到沙发缝里，眼睛看着电视机屏幕，说："最早流行说自家是贫下中农，都要比谁家里更苦更穷，后来就兴说地主资本家了，人就开始比谁家里更富更是压迫阶级，如今流行起民国范儿了，满大街的出身一夜之间全成了国民党军官。你也不想想，哪儿来那么多地主、军官、资本家呀！"

"那样有什么意思呢？"我问。

"没什么意思，但有面子。肚里可以空空，面子却不能薄薄！"妈妈回应道，眼睛却始终没有离开过电视机。

我没有再说话，大概是心里觉得妈妈的话有道理吧。或者，我跟她说这件事，正是因为我的疑虑并未消失，想获得一个可靠的答案。

要说起来，对待面子问题，恐怕谁都不会有青少年理解得深。我们是一个最需要体面的群体，因为我们实在是最脆弱的。

想起从前，每次妈妈心情不佳在街上与人发生冲突时，或是撕破脸皮似的讨价还价时，我真恨不得当场找个地洞消失，或者可以永久地和她脱离干系。对于家里那些成年亲戚随意的玩笑和嘲弄，我也是万般的不情愿不舒服。最要命的，是我们这个最脆弱最敏感时期的同行者，相互间还是最不团结互助的一个群体。所有人都虚弱得要死，可大家并不抱团取暖，反而要互相祸害。都被比自己强的压着，然后就要去找比自己弱的，也压一压，以此来抹平自己的失败，真是没出息啊！

如此想来，今天的事，恐怕又是面子在起作用。其实，我并未全信了颜景丽，只是因为缺乏继续质疑她的能力，便不再像从前那样彻底去怀疑了。最主要的，是因为班上大多数人的态度。当大多数同学都从怀疑转向信任和艳羡后，我的怀疑就显得小气和可笑了，那样是很没面子的。

成长中吃足了羞怯和要面子的亏，我现在下定决心，以后再不将自己的人生交付给脸面和虚荣了。马上就要成年了，真不想那样度过一生。

"没想到啊，梁女士，你今天令我刮目相看。"我往旁边转身，整个人在沙发上横躺下去，将小腿搭到了她的大腿上。

"什么刮目相看，我一直就这么厉害。你呀，好好读书，少上那些当。"说着，妈妈用力地拍打我放过去的腿。下手可真够狠的，啪啪几声都有了回响。可她架不住我不怕她，仍旧死皮赖脸地把腿搁在那里。

"不过，你说那个报纸是怎么回事儿？那个也是假的吗？"对于颜景丽的骗局我已经确定了，可还有一件别的事情我没放下。

"报纸估计是真的，没必要作假，旧货市场里一堆一堆有的是，还可以批发呢。"妈妈好像很懂的样子。

"那就是真的了？我在报纸上看了一个命案，怎么说呢，看了之后有些不舒服，到现在都还觉得可怕呢。"

"怎就不舒服了？"

"是个杀人案，但疑点很多，破案很困难。报道末尾还专门向大众征集信息和证据，盼望有知情人主动去联系警方以提供线索。"

"你看，我就说男方的妈妈准会反悔闹事吧，又让我说对了！"妈妈的注意力竟然全在电视剧里。

"我还没说完呢，就是《申报》上那个'黄秋影命案'。是有人在开普公寓发现了一具尸体。而尸体被发现的时候，那人其实已经死了很久了，是邻居看见报箱里的信件、报纸已经堆得都放不下了，才报的警。然后警方就进了黄秋影的家，发现了尸体，而……"

"停，停，我现在暂时不想听，剧情到关键时刻了，女方要去见婆婆了。"妈妈不耐烦地打断了我的叙述，又拍了好几次我搭在她身上的小腿，但下手比之前轻了很多。

"这电视剧有什么好看的，演来演去都是一回事，你先听我说完，他们不是发现了尸体吗？然后，警察就开始查了……"

"等一下，你上次说要当一个作家对不对？"妈妈忽然说。

"是啊，我以后要当作家，怎么了？"

"那你就别说了，把故事写下来，写好了给我看。要当一个作家的话，现在就要开始练习。你至少要先吸引我，让我能看明白是怎么一回事，让我觉得很好看，对吧？"她的眼睛一直紧盯着屏幕，我实在判断不出她到底是不是认真的。

"你在敷衍我吗？"我问道。

"怎么是敷衍呢？你是认真的决定，我就做认真的配合。这样，咱们定一下，以后每周六晚饭后，等我收拾完就来读你写的东西，咱们弄个周末读书会，怎么样？"

"太同意了！不过，我可能没几天就写完了。"

"算了，你还是先别说大话，写成了再说！"她总是小瞧我。

"今天星期二，周六晚饭后你就等着看文章吧。"从上个星期开始，周六晚上的电视剧播出就被停了，好像换成了一个新闻节目。

"不过，梁女士，"我又想起一件重要的事，"每写成一篇是不是应该有点儿奖金什么的？"我自己都觉得自己很了不起，时刻都不忘为自己争取权益。

"是你要当作家的，我完全是帮忙，还没管你要劳务费呢！"一提到钱，妈妈就紧张了。

"真小气！"

"你现在还不懂，将来就明白了，生活是很现实的，一日三餐，柴米油盐……"

"又来了，真服了你，什么都能扯到这儿，柴米油盐，水电燃气……"

其实，除去每天睡觉的时间，整个家里，妈妈待得最多的，就是厨房。备饭、做饭、洗碗、清洁，几乎每天都重复着。难道，所谓生活就是这样的吗？即使有爸爸在，妈妈也还是得做这些吧？不知道我以后成了一个作家，是不是也要陷入那种重复中。

我想过自己长大以后的事，经常想。我会做一份可以维持生计的工作，以便自己有条件可以安排生活、食物和时间。我不想做那种两点一线的上班族，因为我特别讨厌生活节奏被别人限定。也许，这是离异家庭的孩子从小所受的自由管理带来的毛病。妈妈基本不怎么管我，对我也不太有要求。我不用上补习班、小课、兴趣班，也从来不必因会考成绩而忧虑。只要我能好好活着，少管她要钱，少妨碍她看电视，少让她做饭，她就对我很满意了。跟别的那些全心为孩子未来考虑的妈妈们比起来，我妈妈算是很自私的那种人。因此，我大概也是自私的那种人吧。

等我长大，是不想跟妈妈生活在一起的，无论条件好歹，我都要一个人住。反正不管我读不读大学，我都要在我十八岁以后，高三结束以后，开始一个人的生活。我对财富和名望没有要求，但必须自由和舒适。吃些适当而不过分的苦头，拥有相当多的快乐，就是我所理解的完美人生。

当然，我也知道一切并不会如我所想的那样简单。去年冬至时，妈妈带外公去扫墓，在老家待了一个星期。因为正赶上我领成绩和放寒假，就把我一个人留在了家里。虽然已经十六岁了，但那确实是我第一次独自一个人在家里生活那么长时间。以前，不管是在外头住宿还是跟同学去别的地方玩，都是有人一起的；妈妈偶尔晚回家在外头过个夜，也都很快就会回来管我。真自己一人在家待着，一人吃饭、收拾、睡觉，并不像我以为的那么简单。

刚开始真挺惬意——想吃东西不用问，想喝什么用什么都随心所欲，想几点睡就几点睡，想睡多久就睡多久，不用确认垃圾有没有扔进垃圾箱，湿拖鞋有没有穿出浴室，所有的唠叨和规矩都消失了，实在是太爽快了！不过，快乐指数在第三天的晚饭以后急速下滑，然后在接下来的日子跌落到了谷底。妈妈准备好的食粮，吃到第二天就没了。之后，我一直靠速食面、速食罐头、速食八宝粥解决饮食。连续多次速食以后，对于妈妈那种拿不上台面的家庭手艺也多少开始怀念了。这倒不算什么，因为我自己也会煮饭或炒些简单的菜，看妈妈做了那么多年，看都看会了。我只是懒，没有动力非去做而已。真正使我闹心的，是我忽然意识到的，所谓生活的必然重复。

虽然我有些懒惰，但我并不讨厌干家务。我的劳动观念还算健康，不像有些同龄人那样以钱权为荣，以劳动为耻。不过，心里愿意和实际能力是完全不同的。在乌七八糟一塌糊涂的家里做个大扫除不算什么，该擦的擦，该扫的扫，把该扔的垃圾全部都整理好扔到楼下，一气呵成，完美到顶！然而，当我整理完一切，躺在整洁的客厅沙发上喝冰花茶的时候，却对那个刚套好新垃圾袋的垃圾桶感到犯难了。清洁碗盘不算什么，而是你用心清洁完以后不久就会被用脏，然后你又要洗，还要洗得和之前一样干净，洗干净了又会被用脏……换好垃圾袋马上就会有新的垃圾被扔进去；刚奋力做完大扫除，没多久还是要乱七八糟，尘灰漫天。还有每天把用过的东西放回原处，这件我原以为十分平常的小事，其实真不像我以为的那么平常！妈妈在的时候，我还常因她没有及时把我喝过饮料的杯子洗好放回去而发脾气，轮到自己的时候，才晓得不光是表面上看到的那些劳动，一个人将每天用过的东西放回去，被人使用后再清洁了放回原处，是多么考验耐心和毅力的一件事。每一天，杯子在该在的地方，热水壶里总有热水，将米放进米桶，垃圾袋勤勉更换，手纸常保充足，这些看起来最微不足道的，顺理成章应该做到的事，原来是那么的不简单。

从那次起，我就对所有愿意安然重复这些劳动的人，产生了实在的敬佩。即使知道自己还做不到，但我的敬佩是真诚的。我想，自己暂时做不到也许是因为还没有长大。大概所有人一开始都是做不到的，而长大了就自然而然能够做好了吧。

与妈妈说好周六晚上看故事的，结果四天过去了，我还一个字都没写下来。其实，我已经动笔好几次了，但总是刚打出一行字就退格删除，又打出半句，又删除，来回好几次，始终都不满意，干脆作罢，拖到了现在。明天就周六了，难道我又要像从前赶寒暑假作业一样，累积到开学前最后一天猛做，走临时抱佛脚的老路吗？那可不行。我长大了，不该再像一个没成熟的小毛孩那样做事，况且，上学多少有点没办法的意思，而要成为一个作家是我自己的愿望。今天，我非要写成不可。

民国二十六年八月二十五日，普通的一天。可是，这一天对王先生来说，是无法普通的。如果前一天他夫人没有在洗澡时滑倒，如果这一天他没有瞎管闲事，那么，他就会度过普通的一天。但是，世界既然有如果，也就存在很多但是。"但是"是一种因，会促就很多意想不到的果。对王先生来说，那个"但是"就是他遇到了死亡，一个不属于他的死亡，一个与他非亲非故的、邻居的死亡。

那双枯干僵死、瘀肿变形的暗紫红足，难道就是他常盼着听动静的那一双脚吗？他分明记得，那位优雅的邻居还活着的时候，总会穿一些别致鲜艳的高跟皮鞋。曾经，他是多么喜欢听那些高跟鞋在楼道里走动的声音啊。他不明白，为什么他第一眼看到的不是头，不是手，而是那双脚呢？地上的水渍和污秽又是怎么回事？他那位美丽、清秀、举止大方的邻居难道就这副德性？人死了都会变得那么狰狞，一点儿体面都没有了吗？还有，警察们说的"查验索沟，排除他杀"又是什么意思？

人的目力在惊惧时竟变得更强了。王先生不是个没亲历过死亡的人。送别父母时，他从未对遗体产生过恐惧。难道是因为陌生，所以害怕吗？他和那位邻居已相识多年，就算不熟悉，怎么也不算陌生吧，为什么会那么令人害怕呢？是由于死因？因为她是上吊而死，所以才那么恐怖吧，王先生想。

自杀？黄秋影小姐会自杀？生命能够依自己的意愿结束吗？谁真的有勇气结束呢？即使命运的负重累赘不断叠加，就算生活的强压不让人透气步步紧压，生命真的那么容易放弃吗？谁不想活呢？谁不想好好活呢？即使世间总是无法满足人想好好活着的意愿，但是，人总是想活的。即使那些历史中的英雄，他们死去的理由不也是为了他人能有机会好好地活吗？但凡有活的可能，人怎会走上那命悬一线的绝路呢？

谋杀？黄秋影小姐有仇敌吗？即使恨得入骨，有必要杀人害命吗？生死簿在神的手中，人难道能随意夺取那权柄？如果她能这样随意就被人吊死，那么我们是否也随时都有被仇恨轻易夺命的可能呢？

他想，看见母亲的遗体时，他虽然会流泪，会悲哀，会因感到生命的不可控而惶恐，却也能因此而感到温暖。可是，为什么在看见这个僵直的尸体，一个穿着红色长裙的女人，他的邻居黄秋影小姐，一位美丽的女人上吊死亡的尸体后，却会被吓得难以再恢复从前平静的生活呢？他甚至不是在为黄秋影小姐而感到惋惜，不知道为什么，他好像更可惜他自己，或者，可以说是为了全人类，为了全部还活着的人类。

他为什么要去敲门，为什么要担心她呢？是出于真诚的关切还是完全出于对八卦的热情呢？报警是对的吗？现在整幢楼都因要配合调查而被警方问询，所有人对他们一家的态度都变了。他到底是做了好事，还是坏事呢？

"这就完了？"妈妈问。

"没呢，才刚开头，我打算稍添些笔墨，写成一个中短篇的故事。"

"还是报纸上那事儿吗？"

"就是那个，但我打算用专业作家的口吻写出来。"

"嗯，怎么说呢……"妈妈蹙眉咬唇，支支吾吾地说，"可以是可以，但你不太对。"

"什么不太对？"我还没做好让她评价的准备，她就突兀地发言了。

"不是说你写得不好，是写得不太对。先不说故事的问题，因为你说你还没有写完。但你想，事情既然是发生在民国二十六年的，那就属于特定历史时期，文章里就该有特定的历史气氛，要让人身临其境，像回到那时候一样。可你一点儿民国的气氛都没写出来，这怎么能让人相信事情发生在民国呢？"

"一个作家写民国时的事，但这个作家自己并不是民国时的，那就不一定非要有民国时的气氛了。"

"读者如果感受不到那个气氛，就不会相信你写的东西。没有代入感的话，你写什么都会让人感觉是假的。"

"那张报纸就是民国二十六年的，除了是繁体字，排版从右到左，我看文章与今天的报道差别并不大，没有你说的那种什么特定气氛。"

"等等，民国二十六年，就是1937年？1937年抗日战争都全面爆发了，你这是在八月底，那就是'七七事变'之后，这时候哪有什么功夫管杀人案啊？全国上下都在为战事紧张呢！"

"可是我看的报纸就是那天的《申报》，没什么战事报道，还有很多广告呢！什么'美国名烟秀兰牌'、'根植良药胃去病'，还有哪个卖场毛料衣服打折的消息，生活是正常的呀。你不能脱离正常人的思维去看历史吧。你想，假如现在忽然爆发战争了，我们俩会怎样？日子不过了？饭不吃了？觉不睡了？"

"是要过日子，可国难当头，你怎么安然过日子呢？要是战事不在我们所在的城市还好点，要是在的话……"

"你难道马上就扛枪加入爱国斗争了？你肯定要保命逃命呀！再说了，国家还没有作出反应前，你有什么作用？都是电视剧看多了，思维简单，电视里演起来几分钟的事，实际上能几分钟吗？"

"行吧，扯远了，就同意你这个故事日期了，但我还是觉得你应该将民国的气氛写出来。你想，如果要拍唐朝的故事，电视演员总不能穿今天的衣服去饰演唐玄宗和杨贵妃吧？布景和道具都要做成唐朝的样子才行。这叫代入感。"

"不要拿那些破电视剧说事儿好不好。"

"但你的读者不都是看电视的大众吗？你首先得征服我，然后才有可能征服比我厉害的人，不是吗？假如你连我都说服不了，怎么可能再说服别人呢？"

"但是，"我总觉得她的话哪里不对，但一时也说不上来，接着说，"不管道具和服装做得有多好，都不可能是真唐朝的东西不是吗？既然都不是真的，那演员穿什么不都一样吗？反正都是假的，只要事情是真的就行了，也只有那件事是真的。"我觉得自己没太能把心中的感受表达出来，有点词不达意。

"要按你这么说，连事情也不是真的了。事情是发生在当时的，现在也已经过去了。不管真真假假，写作就是要让人觉得那是真的。假的都能说成真的，这就是作家的本事。"

说实话，我有点儿被妈妈绕糊涂了，自己的本意和初衷全模糊了。

"那我该怎么做呢？你所谓的气氛说起来也太玄妙了。"

"我也说不好，不过，首先得注意语气和腔调。反正电视里演古装剧的时候，台词都会按以前的语气去写。"

"服了你了，那都是编出来的，谁能知道远古时真正的语气！"

"就算是编，人家也编成了。只要大家都愿意信，不就算成了吗？如果你写的东西，得到了多数人的认可，那不就成功了吗？"

"我真有点儿理解什么叫'标签化'了，你这就是典型的'标签化'。你说，你所谓的民国语气具体是怎样的。"

"你让我具体说我也说不清楚。这样吧，你去参考一些民国作家的文风，再研究一下别的作家是怎么写民国的，这不就搞清楚了吗？按他们的来，准不会错。"

我向来讨厌参考、模仿一类的事儿。虽然思想比较早熟，但年轻人的心高气傲我可还没丢掉，说："那不是抄袭吗？"

"学习手法而已，怎么是抄袭呢？内容是你自己的，只是模仿他们成功的手段而已。"

我感觉离自己的本意和初衷越来越远了，可就是没有能力把它们再逮回来。

"为什么一定要按已有的范例写呢？我不想做别人的影子。"

我说。

"一个作家写东西，不就是要有人看吗？如果没人看，没人说好，没人信，那算什么作家呢？已经成功的作家，必然有他们获得成功的道理，你去学习他们成功的方法，不就也可以成为一个成功的作家了吗？"

"我本来有自己的想法，被你一搅和，反而不知道要怎么做了……"是啊，我的本意虽然好，可空有满腔热情和激动是没用的，还缺乏核心理论和严整逻辑。妈妈那套虽然不对，但逻辑缜密，一套一套的，众人成势啊！

"是你要当作家的，一切得靠你自己解决。好了，今天的读书会结束，下周六再见。"

妈妈离开客厅，去阳台收衣服了。

真没想到自己的作家生涯以如此出师不利的状况开场。

我回到房间，躺在床上，辗转难眠。妈妈说的那种氛围到底是什么呢？我好像是知道的，又好像并不知道。归根结底，是心里不情愿知道。我分不清这个不情愿是来自根性的，还是源于自己没有获得价值肯定而带来的叛逆。翻覆好长一阵，隐约听到几声节奏不连贯的呼噜，大概是妈妈睡着了。我蹑手蹑脚走出房间，出门去往我的秘密基地。

月亮细细弯弯的，像我刚剪掉的一片指甲盖儿那样被挂在天上。我在顶楼的小平地上来回踱着步子，心却没有变得比先前沉静。躁动什么呢？我自己也不晓得，反正莫名地不舒畅，似乎有愤怒在涌动，却又被别的什么给压住了。我看不清它，也抓不牢它，只能任它暗戳心房而无所作为。

低头看脚上的矮帮帆布球鞋，里头包裹的是我看不见的自己的双脚。我现在看见的一切是真的吗？如果双足与眼睛是连在一个身体里的就是真的，而抬头看见的月亮不是我自己的，就不是真的吗？妈妈所说的那种气氛，明明就是为了骗人以真而做的假。所有作家创作的故事，都不是跟自己的身体连在一起的，于是全部都是假的吗？

我原本对写作有自己的想法，因为我从小就爱好与自己谈话、提问、回答。既然我每天要与自己讲那么多话，为什么不把心中所想的写出来呢？人心里所想的，很多时候是不能用言语说出来的，也是很难说清楚的，只能写下来。我完全没考虑过故事、主义和目的。如果写作需要故事，那就是用以承载我心中所想的工具。而我心中的所想所感，很多都不是受我自己控制而生发的，有些会萦绕我许久，有些又转瞬即逝，难道它们都不重要，没有被写下来的价值吗？再说了，同一个故事，不同的人听到后就成了对各人来说不同的新故事。由我说一遍，与原来那个故事就不是同一个故事了，而是包含我所思想的一个全新的故事。

指甲盖儿一样的月亮，好像比满月更容易躲过飘荡的云，几乎没有一朵途经的浮云能将它全部掩住。我忽然觉得，比起自己的心，好像我与那片被剪掉的指甲盖儿一样的月亮要更近些。

周六读书会，我给妈妈看我改写的：

妻子跌跤了，王先生应了帮妻子取报纸的差事。公寓楼的报箱在寓所侧门的墙上，独户独箱，信件和刊物往往都置在里头。清晨晴爽，昨夜的梦念还未与今日丝断，王先生晃荡小步回到寓所，直到步上楼梯才念及要取报纸的事，只好悻悻然再走出公寓楼。

转瞬间，晴爽与梦丝都断裂了。王先生立在报箱前，被堆在地上的若干信件与报纸弄得兴致全无。风不合时宜地撩拂几下，报纸飞得更凌乱了。这时，王先生从繁杂中瞥见许多同样的名字——黄秋影。难道这满地的杂乱全来自他那个优雅美丽的邻居黄秋影小姐吗？他俯拾一些信札，里面有从武汉、重庆、南昌寄来的，还有不少从海外来的信。

黄小姐是搬家了还是出了意外呢？王先生稍稍归整一番那堆无人领取的杂物，带着疑惑上楼了。

"有一阵子了，以前从未有过。黄小姐收信很勤快，有时甚至就在下面等邮递员过来当场签收。"妻子回答王先生说。

"是不是出了什么事？"

"我觉得大概是生病了不方便吧。"妻子说，"要不就是和我一样受伤了，下不去了！"出于对邻居黄小姐往日的印象，王先生觉得妻子说得有道理，便不再多说什么，再次下楼去取刚才忘记拿的报纸。

翌日早晨，晴爽的天气还在，但王先生的闲适和安逸却不复存在了。他一直就是个心思较多，热爱浮想的人。对邻居黄秋影小姐忽然不再取信这事，他始终放不下。路过黄小姐家时，他忍不住过去敲了几次门，可305号房一点反应也没有。

当王先生再次回到楼上打算开门进屋时，突然传来一声异响，像什么重物倒地的声音。楼道的窗户关得挺严实，不像是邪风摔窗的响动。王先生倒吸一口冷气，停下手里还在转动的锁扣，又来到305号房敲门探查，仍然没有回应。

几番往返，王先生的好奇变成了生气。他拎起原先弃在门边的物什，快步回到家中，正要开腔与妻子抱怨时，305号房方向又传来一阵巨响，这次像是玻璃被摔碎的声音——王先生觉得自己完全可以确定。

他叫上一同听见异响而腿脚不便的妻子，一起到305号房去敲门，可305号房又彻底安静了，毋宁说是陷入死寂吧。

清晨爽朗的云这会儿好似成了暮霞的余赭，一种冷寂和临近黑幕的气氛油然而生。王先生想，这桩闲事他现在是管定了，他非要撬开黄小姐家的大门不可！

他当机立断联络了警署，借着警员独有的权力，打开了他开不了的那扇门，见到了他怎么也想不到的一幕——一个僵直的、冷冰冰的、悬在顶灯横柱上的女人尸体。

人死了是那样的吗？不是瘫软下垂，而是笔挺耸立的吗？垂发挡住了面孔，但怎样也掩不住露出的那一道惨白。这是什么味道呢？没有腐朽，没有恶臭，竟让人渐渐闻到了清香。死亡是带着清香的吗？地上那一摊水渍又是什么？死者身上那条红裙子，是王先生很熟悉的，但那穿红裙子的女人，他却不认得了。

这种陌生不是由死亡带来的，不是因为他感到熟悉的人死去了而带来的，而是真的陌生。这个屋子里的摆设，仍旧让他感到亲切，然而，此刻，亲切成了冷冰的利刃，戳裂了王先生全部的认识。是的，他的认识崩裂了，他对死亡不是有了敬畏，而是感到了厌烦！死就死了，为什么要死得那么难看，要死得那么恐怖，死得那么不安静呢？

妻子惨烈地惊叫着，不，是嚎叫。来看热闹的人越来越多，不晓得是谁打开了楼道的窗户，穿梭而过的清风好似披上了毛刺，吹得在场所有人都仿若生生被刮下一层外皮。

人竟都这样渴望来看看死相！可看了之后，又被那死相吓得难以自持。为什么会这样呢？这是怎样一种心情呢？在看动物死的时候，与看同类死总是不同的。可看同类时，与你相识的和不相识的，看后的感觉也是不一样的，更不要说，寿终死去的与惨烈死去的，那就更不一样了。他想起了他母亲的遗体，他送别母亲的时候，看母亲，只有悲痛、伤心和情感的撕裂，可见到这位邻居的尸体时，为什么就只见到了尸体和恐怖，丝毫没有那些情感呢？那些可以战胜恐惧的情感怎么一点儿也没有呢？

办案的警察面不改色，冷静得近乎冷漠。兴许是他们见多了，见怪不怪吧，王先生想。等警察把现场封锁管理起来后，王先生离开了305号房间，强撑着先去安抚妻子。这桩闲事我大概管对了吧，他这样安慰着心惊胆战的自己。

接下来便没有任何清闲了。

第二天，警察对公寓楼所有住户挨家录取口供，报案人王先生更是重中之重。从早到晚，几个警员轮番盘问，弄得王先生晕头转向，体力不支。他从家里往外看去，明明黄昏了，可黑夜怎么还不来到呢？就因为有人死了，一天就变得如此漫长吗？黄小姐已经死了，又到底死了多久呢？王先生彻夜难眠，只要他一闭上眼睛，那著红裙的女尸就来了，僵硬的身体、小腿的瘀斑、颈部的绳印、惨白的面色……不能想，不能想，他不想看见，不愿意看见，也没有能力看见……

"没了？"

"还有，未完待续。"

"刚看出些意思你就停了，真是的，吊人胃口。"

"怎么样，你觉得好看吗？"

"民国的氛围稍微有些了，但还不够浓，意境也不够优美，有点儿粗糙。不过，总体故事好像有点吸引人了。"

"就那什么民国气氛，我真头疼死了，我不喜欢那些刻意的东西。"嘴上虽这么说，但实际上我一整个星期都在想怎样解决这个问题。我搜寻了很多民国时期的作家散文，模仿了他们的笔调和措辞。不知是被什么激励了，我虽然很讨厌这种叙事方法，但又十分迫切地想向妈妈证明她所说的一切都不是什么难事儿，是我很轻松就能做到的。我大概是觉得，只有先证明了这件事我可以做到，然后才能跟她说我不屑于去做。

"我觉得你关于死亡什么的说得太多了，这些感想性的东西很容易让人觉得啰唆看不下去，你应该将故事连接得更紧凑一些。"

"你就是太关注情节了。而且，关于死亡的论述你上周看过了，所以没有新鲜感了。"

"如果你故事讲得不完善，就会让人摸不着头脑，总觉得你是在为你自己的某些想法而写，不是要给别人看的。"

"难道你不想探寻别人的感受和体验吗？"

"人哪有那么容易去体会自己没有过的经验感受呢？所以，你一定把故事写清楚。我们会从故事里得到感受的。"

"也就是说，你们都只想按自己已有的经验去体会事物，不想获得新的体验了。"

"你跑题了。这个不是重点。重点是，接下来到底怎样了？我记得你说过凶案很惊悚，而且是谋杀对不对？凶手难道就是王先生？"妈妈好像真被情节绕进去了。虽然那不是我的本意，但很奇怪，我有点儿得意起来了——不太多，一点点。

"不说了，下周六才能揭秘，现在告诉你，你看的时候就没意思了。"对待一个只知道关注情节的人，必须这样。

"对了，我觉得你有个地方有漏洞。"妈妈忽然说，"关于尸体的问题你有漏洞。人死后，尸体先会冷却僵硬，接着就会腐烂，会有很重的异味。那种味道是很浓的，既然楼道里窗户都没开，那楼道里怎样都会有尸体的气味。而且，你这报箱的报纸都那么多了，必然已经死了好多天了，怎么可能没有异味还有清香呢？这不现实，不可能的。"

写作那么麻烦吗？刚解决气氛问题，又出来个现实问题。写作只是写作而已，怎么可能还原全部的现实呢？

"非要那么现实吗？"我疲惫地说。

"你写的不就是一个现实故事吗？作家都要解决这个的，不能有现实的漏洞，要合情合理。"

"首先，楼道的窗户虽然关着，但只在我写的那个特定时段是关着的，也许其余时间都开着呢？其次，305号房间的窗户一直是开着的不可以吗？所以气味才没有传往楼道。还有，就是你说的，按那些未取的报纸来推测黄小姐已经死了很久是不对的，黄小姐并没有死去很久，只是失踪了很久而已……"我忽然意识到自己透露了重要情节，停住了。

"你是说，那个上吊死了的不是黄秋影？"但凡涉及八卦，妈妈都异常敏感，稍微点化一下就全懂了。

"好了，不说了，读书会结束，下星期再见！"我真后悔自己出言不慎，赶紧打岔道，"家里还有水果吗？"

"刚吃好饭又吃什么水果？没有。"说完，妈妈就起身去收拾台面了。刚才晚饭后她说想歇会儿，于是我们提前进行了读书会。

"你明知我最不爱吃挂面，晚饭不够，水果凑。"

"差不多行了，哪有人顿顿都满意的。你在学校每天中午都能满意吗？食堂每天都做你爱吃的？人活着，就是有高有低、有好有坏的。"说着，她用湿布擦了一遍桌子，然后就去洗碗，没有用干布揩净桌上的水渍，桌子湿漉漉的，看着真叫人不爽。外公最看不惯她这点，我觉得，这就是他不愿意和我们住在一起的原因。

"桌子还是湿的呢！"一般情况下，我都会选择忍耐。但基于读书会后的小小不愉快，我打算也给她一点不舒服。

"你就做好自己的事吧，少挑剔我。我对你的学习管得紧吗？我不让你痛快，你哪有这挑三拣四的闲工夫！好好去各种培训班乖乖做题吧！"水龙头哗哗地流水，妈妈却听见了我的叫嚷，扯着嗓门回应道。

"算了，别以为我不知道，你是舍不得那些课费钱！"我灵机一动，起身走到厨房口，"这样吧，既然我给你省出了那么多补课费，现在你就挪出其中的万分之一，我可以下楼去买些吃的上来……"

"又来了又来了！"妈妈打断了我，"别想了，我可一点儿零钱都没有。"

"那就来张整票吧，正好呀，我很大方的，可以多买点请你一起吃！"我忍不住笑起来，想想都为自己的聪明感到得意。

"不当家不知柴米油盐贵！要钱没有，要水果就去冰箱里拿那个大柚子自己剖开了吃吧。我反正是不会弄，本打算明天带去给你外公的，你要吃就吃了吧！"

"这就没劲了，梁女士，你刚才不是说没有水果了吗？"我垂头丧气地回到客厅沙发边，整个身子哐当一下倒进沙发，对未来感到渺茫。

妈妈拾掇好家务也过来了，抬起右腿狠狠踹了一下我的小腿肚，我只好缩回小腿给她挪出个位置坐下。

"我不想吃柚子，我想吃苹果，或者草莓、葡萄……"

"没别的，只有一个柚子，要吃你自己弄去。"说完，妈妈拿起遥控器，又打开电视机，去到另一个时空了。

想到自己能靠上她的日子已不多，心里便又对她体谅了一些。等我考上大学，就要搬出去住了；即使我不上大学，高三毕业后，也会想法开始打工搬出去的。

我打开冰箱，取出窝在冷藏柜顶里面的柚子，手忽然就冰住了。是柚子太凉了，还是我因想到要靠自己打开柚子而心很凉呢？

我将柚子放在砧板上，持着果刀先将顶部超出果肉的部分横切去掉，然后依着内里果肉的大小，用刀在柚皮上切好均等的刀口，切到差不多快靠近果肉的部分就停下，从开口的顶部一路往下切，直到尾部才留出一些余地，等整圈柚皮都等分预切好以后，就用手一道剥开。果肉只有最底部还连着果皮，等果皮全部剥脱以后，就像柚皮自己开了花一样，这时候再将果肉摘下来就很容易了。

一整个柚子可真不小，我一人是吃不完的，索性给妈妈也分点吧。我摘下几片，走过去递给她。

"什么时候买的啊？不知道还能不能吃。"

"这么快就打开了？"妈妈接过柚子，显出很诧异的样子。

"对啊，不然怎么给你呢。"为了品尝东西的时候不被她说三道四，我决定坐到饭桌那边去。

"你会开柚子吗？谁教你的？"

"想不到吧！我也是第一次弄，但好像早就知道了一样，进展很顺利。"

"看来以后可以常买柚子了，反正有你。"妈妈说。

"你爱吃柚子吗？还以为你不爱吃呢。"

"谁说的，我最喜欢吃柚子了，只是不会剥皮而已。柚皮太厚，不会弄，弄不动。我小时候，都是你外公给我剥好我才吃。他甚至会把果肉一瓣瓣剥出来，全放在一个碗里让我用勺子舀着吃，籽儿都给去干净了。"

"唉……外公真是好啊……"

"是啊，你外公确实好，没有一人说……"

"你比外公可差远了，我一点儿都没享受过那种待遇，反而还要来给你剥柚子！"没等妈妈说完，我就抢先一步说话。实际上，这是我之前就设好的埋伏。

"看来我这么多年是养了一只白眼狼啊，真是白吃了我那么多饭，白吃了。"妈妈说。

我随意回了几句，没再跟妈妈抬杠，将注意力转移到手中的柚子上了。为什么柚子剥开以后，反倒没了剖果皮时那种浓郁的柚香呢？虽然看起来干巴巴的，可柚子尝起来却汁液饱满，清甜，伴着一点淡淡的涩，整个味道清新极了，好像吃下去人也会变得爽利起来。不过，我怎就会剥柚子呢？明明是生平第一次，可怎就觉得自己在哪里见过，很熟悉，老早就知道了一样。

被记忆撇在角落里的爸爸忽然现身了。虽然看不清他的脸，但我可以确定，那个人一定就是他。啊，原来是他，教会我剥柚子的人，是我爸爸。

他的样子、声音、体格，都很模糊了，可我的记忆里，却留有他在的那些不多的冬天，深冬，临近春节时，为家里人剥柚子的画面。他在的每一个冬天，家里总会有一大兜柚子。他会选一个傍晚将它们一个一个依次地剥开放好，于是整个春节期间家里就都有现成的柚子可以吃。他每次都会坐在冰箱前的小凳上，从大网兜里先取出一个柚子，然后将顶部超出果肉的部分切去，再将果皮分区切好，切到差不多靠近果肉的部分停下，等柚皮周围全都预切好了，再用手剥开一道道柚皮……对啊，我就是照着他的样子做的。

全部的他，留给我的，除了姓氏，竟还有剥柚子。

周六读书会，我给妈妈看我续写的：

死亡的阴影，就这样接近了他。

从那天以后，王先生的生活全变了。黑夜被拉长了，渲染了一天所有的时间，自那以后，每一天，每一分，每一秒，都被黑色占取。可是，谁晓得他心里的变化呢？

一个人活着，在别人的眼里是什么样子的呢？连自己看见自己的内心都很难，别人怎能去看见别人的内心呢？那么，死亡呢？你也仅仅能看见人死去的样子，仍旧无法从死去的样子中看到他的内心。

所以，侦察有用吗？动机有用吗？故事有用吗？

故事里的悲痛，只是故事里的悲痛，不是人心中真正的悲痛。

就算看见了红裙子女人的死亡，人还是无法从心里懂得别人的死亡。任何人死去，也都无法看见自己死亡的样子……人活着，是给别人看的吗？死了，也只能给别人看吗？

她是自杀，还是被谋杀？为什么在死亡的事实背后，人只能通过对情节的探秘去保存对死者的热情呢？时间没有停下，生活继续前行，烦恼依旧，快乐照常，只要自己的生命没有终结，一切就不会停止……原来，生命是这样的强大！

王先生辗转难眠，穿着红裙吊死的女人的画面不断涌现，虽说当时她的头发遮挡了全部面容，但他记得那道白，记得那道惨白中的紫斑，记得变形的躯体，该收缩的地方胀起，该膨出的地方僵枯干瘪……人真是很可怜啊……

他的眼泪流出来了，自从他幼小的女儿夭折，自从他送走父母双亲，他的眼泪就流光了，再也没有什么能让他落泪了。他不想哭，更不想面对自己的心的复苏，难办的是，他也不想承认自己是屈服于恐惧……那么，眼泪就是个意外，是因连夜失眠带来的一个意外，仅此而已。可是，他实在难以抵抗那意外的力量，眼泪决堤，肩膀抖动，因过于想抑制情感，浑身都失控地微微抽搐起来。妻子仍旧一动不动地躺着，没有转身，却也跟着他默默流起泪来。

他和妻子本是不想要小孩的，因为两个人都忍不了自己有任何一点点失职于孩子。但是，人生的"但是"真的很多，实在太多了！小孩子在夫妻二人没有准备的时候忽然就来了，他们两个人只好接受那突如其来的意外。

那意外，带来了一个女儿，一个面容清秀、皮肤白皙的小囡。

从抱着孩子回家起，王先生就没有一刻愿意离开女儿。他将女儿的手指数了又数，一遍又一遍地确认着数字，甚至恨不得连她睫毛的长度都精确地记录下来，好核准孩子的生长情况。那时候，即使在那纷乱年月生活受累的重压下，这个家里也尽是欢笑和温暖……

"如果囡囡活着，多大了呢？"停！这个问题是禁忌。

他一直认为自己已经过了那道坎，实际上，他知道自己在送别了父母和女儿以后，就死了，就成了行尸走肉。可是，他也知道，只有让自己那样死掉，他才能继续在这世上这样活着。不然，他就连这样也无法活了，他只能让自己真的死去，连身体也死去，而那样，他又实在对不起他的妻子。他即使已逼迫自己的心死去了，但那终究只是一厢情愿的封闭和逃匿而已，他无法让心彻底尘封，无法失去全部的感知，无法忽视妻子那出于对他的珍视而勉强让她自己活着的强烈情感。

所以，他没有让自己彻底死亡，而是拖着一个几乎要全部死去的身体与妻子两个人勉强地活着，冷漠地活着，尽力地避免着欢笑、期待、希望，甚至是幸福。

因此，王先生对黄秋影小姐一直有种特殊的关注和关怀。他不确定妻子是否与他一样，但他自己是无法逃开那未死绝的心的牵扯的，无可避免就要将一些不切实际的寄托安放在邻居黄秋影小姐身上……鞋码、头发的长短、发质、耳垂的大小、手指的形状，等等，都是他对女儿的怀念和希望……他甚至也感到自己有些不正常，可是，这一切不是能由他自己控制的……

（写到这里，我忽然想起了妈妈，想起了她说的故事、情节、氛围。）

等王先生平复些，他就翻了个身，转向妻子那侧。

妻子因腿脚不便，直直地躺着。她的腿下垫了一个宽枕，两只脚架在高处，裸露着。王先生眼睛看向妻子那双惨白的脚。难道，莫非……他忽然想起什么，身体随之起了变化，明明气温不高的，可他头顶的汗珠却阵阵往外涌，他整个人慌张起来，感觉好似要魂飞魄散了！

"醒醒，你快醒醒，出事儿了！"他顾不上自己究竟是拍还是推，总之满脑子只想先把妻子弄醒。

"出什么事儿了，你要吓死谁啊，我没睡着！"妻子的眼睛还未睁开就回话了，像一具尸体一般。

"人死了，会缩短，脚会变小吗？"

"你什么意思？"

"你看见那个吊死的人了？"

"看见了。"

"看清楚脸了？"

"哪敢看啊！"妻子终于睁开了眼睛，"说吧，到底什么事，直接说。"

"我记得黄小姐鞋号没那么小，那吊死的人看起来也比她矮了不少，就算人死了会抽缩，会抽缩得那么厉害吗？那个，那个人不是她吧？"

"唉……"妻子叹了一口气，异乎寻常地冷静，"谁说不是呢，其实我也看出来了。"她似乎想挪动身体，可因为借不上腿力又放弃了，接着说："当时场面太乱了，我反应过来后就晚了，我也不敢声张，免得惹麻烦，不是吗？"

王先生没有接话，妻子也不再言语，两个人都闭上眼睛，静默着。不知道他们是睡着了，还是清醒着。

第二天，猛烈的敲门声惊醒了这对不知自己怎样睡去的夫妻。王先生赶到客厅开门时，才晓得已十点三刻了。多少年了，他总是六点半就醒了，今天这情形实在是稀罕的。

原来是警察又来问讯。今天一共来了三个人，分别是一位年轻的女警员和两个年长些的男警员。警员详细问了关于黄秋影生前的一些细节，夫妻二人也借机诚恳地说出了自己的疑虑。那位年轻的女警员说："是的，我们也发现那位死者不是黄秋影。不过，在一件罩衫的口袋里，竟有一封署名为黄秋影的告别书，我们现在还在确认信上的笔迹是真迹还是伪造。假如真是黄秋影亲笔写的，那案情就更复杂了。"

夫妇二人在惊惶中连连点头。年轻的女警员感觉良好，接着说："还有，法医鉴定表明这个尸体的死亡时间没有超过72小时。据我们掌握的材料来看，黄秋影在此之前已经失踪很久了。她未取的报纸和信件，最早的日期，距今已二十三天。也就是说，我们发现的死者，是几天前专门进到这幢公寓将自己吊死的。或者，她是被别人逼迫并杀害的。"

"警官，我没明白，那么，黄小姐到底是自杀还是被谋杀的？不，我说的不是黄小姐，就是那位死去的女士，究竟是自杀还是谋杀？"王先生问道。

"目前断案困难很多，这个还不好说，即使法医鉴定出尸体的很多特征都符合自杀，但是从我们掌握的死者身份信息来分析，这是一场精心策划的谋杀所呈现出的'自杀'。"那位年轻女警员的语调非常严肃，话说完后，她对自己很是满意。

"现在这些都不重要了，"一位年长些的男警员打断了对话，"你们对黄秋影是真不了解，还是知道些什么却不老实交代呢？黄秋影的案件之所以复杂，是因为她的身份极其特殊。"

"身份特殊？"王先生和妻子互相交换眼神，然后都低下了头。

"她是政府某核心人物的亲密同伴，不，说是情妇更准确些。她掌握了那位核心人物的许多重要机密，这是关系到我们国家命运的大事。不然，以现在这样的情势，谁会重视这么一桩命案呢？"

"情妇？"妻子忍不住反问道。

"是的。那位核心人物是政府的重要首脑之一，他的妻子是商会会长的独女，也是位举足轻重的大人物。她对她丈夫的这位情妇是知情的，昨晚还专门致电警署的领导，表达了她对这个案件的关注，要我们一定妥善处理，有进展就向她汇报，并希望我们不要扩散影响……"

"你已经扩散得够多了！"另一位年长的男警员打断了那位正说得兴奋的青年女警员。

"我们真的完全不知道她的私人情况，黄小姐平常看着很和善，而且是个很内向的人。虽然做邻居好多年了，但我们实际和她交往得并不多，而且，我们夫妻俩也不爱去探究别人的生活。"妻子平静地说。

"我是前几天在楼下看到那些各地的来信以后，才感觉到她也许是有一些复杂的社会关系的。那些信不是来自重庆南昌，就是来自东洋海外，我那时才感觉她有可能不像表面看上去那么简单。"王先生说。

"上海本地的来信有吗？"一位年长的男警员问。

王先生想了一会儿，说："没有，我没见过一封上海本地的来信。"

"你确认那些你全都看了吗？"另一位年长的男警员问。

"我向之前的警察都交代过了，是这样的，我这人看不得乱，所以那天取报纸的时候就大概整理了一番，也没弄全。怎么说呢，警官，我那时真的没有多想，我也并不能确定我是不是看见了全部的信，我只能说我印象中见过的信都是外来的，没有看见上海本地的。"

三个警员互相交头耳语了几句。

"看来有人来过了，那些信已经被拿走了。"年纪最大的那个男警员说。

　　"那个，"妻子忽然怯生生地问道，"请问，死者的身份知道了吗？"

　　"已经知道了，她更不简单……"

　　"初步判断是个青年女子，别的就不知道了。"那年长的男警员又一次迅速地打断了年轻女警员兴奋的讲话。

　　接着，警员们就讲了一些例行的套话，说完，匆匆离开了王先生的家。

　　几天后，报纸上刊登了这起案件，并在尾部附上了向全社会征集信息和证据的悬赏公告。黄秋影成了失踪者和嫌疑人，而那个疑似他杀的上吊女性，其身份被查明为那位核心人物的正牌妻子的唯一养女。

　　"还没完吧？"

　　"完了，故事已完结。"

　　"案情没有了结，真相没有大白，怎就结束了呢？"妈妈嚷道。

　　"我看的那篇报道就只说到这，接下来没有后续了。"

　　"这算什么呀，都不是一个完整的故事！"

　　"不是完整的故事就不能写吗？"

　　"作家都要写完整的故事的。先有起因，然后是经过、发展、矛盾、冲突、高潮，最后才能结束。"

　　"你那都是什么猴年马月的定义了！写作不是这样的。"

　　"不管这定义是不是猴年马月的，你都是虎头蛇尾的！"

　　"你就那么需要有个结局吗？"

"不是我需要，是故事必须有，不然怎称为故事？"

"但人生的很多事不是都没有结果，也没有答案吗？有些人忽然就死了，还有些人即使活了很久，但到最后一刻也可能什么都没弄明白。"

"人生是人生，写作是写作。故事由你开讲，你就要一直讲下去。"妈妈故作严肃起来。

"那我就接着告诉你吧，"我说，"黄秋影其实顺利逃去了香港，她避开了一场精心谋划的刺杀。而她的相好，那位核心人物，是后来组成伪国民政府的重要首脑之一。王先生的妻子有印象吗？其实她是案件的关键人物，她是黄秋影的好友和内线，是她收走了那些重要的上海本地书信，也是她掩护黄秋影顺利离开的。"

"死掉的人呢？那个养女，她是怎么回事儿？难道也是王先生的老婆干的？"

"这个说起来就复杂了……简单说，整个案件就是大老婆嫉恨小老婆而不小心促使另一人死亡的故事。她想要害的是黄秋影，结果害死了自己的养女。"

"这样啊，"妈妈说，"你就按此写下来呀，把谜底揭开，还有，养女是如何成为替死鬼的，也都讲讲清楚，这是一个多好的故事啊！"妈妈恍然大悟一般，很是激动。

"好什么呀？我随口瞎编的。"我说。

"瞎编都比你正儿八经写得好。"

"我知道你要什么，按着你的需求编就行了。可你从来就不懂我想要什么。"

"那你说说，你到底想要什么？"

"说了你也不懂。"

"你不说，我当然不懂。"

"唉，"我叹息起来，"人生真难，好想一下子就变老啊！"

"又犯神经了。"

"我宣布，下周开始，读书会取消了。"

"你不是说要当一个作家吗？就知道你坚持不了几天。"

"我现在要全力以赴准备高考，别的都先停下，以后再说。"

　　我只诚实了一点点，其余全在瞎扯。就像之前随口编故事一样，每个人天生都有张口就胡说的本事。好像人一生中所说的很多话，都是顺着当时的情绪随意流洒的、没什么价值的话，而我想进行的写作，就是要抵抗这个的。尽管我自己并不能完全摆脱它们，可我希望自己至少能在写下来的时候避免。我要写出心里真正滚涌的东西，而不是那些来自惯性或者软弱的冠冕堂皇的胡话。

　　等妈妈睡下，我又悄悄出门，去我的秘密基地。

　　我的秘密基地在一处顶楼，但不是我所住的那幢楼的顶楼。那幢楼在街道更深的地方，需要继续朝里再走三百米左右。我的小学同学，几乎都是同一街道不同楼里的，其中一人，就住在秘密基地这幢。如果不是他，我不会费力再多走三百米的。那时候我们只是小学生，对社会规则和法律限定都搞不清楚。之所以邀我们过去，是因为那同学的父亲将一楼的两间房打通，购入了多台电脑，开了一个家庭网吧。我一向对游戏、竞技类的东西不感兴趣，尽管那次为了凑趣也和同学们玩了一下午某个射击类的警匪游戏，但后来就很少光顾了。即便去，也是为了陪其他同学，我不打游戏，只是在那里看看网页、聊聊天。很快，他们家的口碑就传出去了，生意很红火，除了我们学校的人，还有一些附近街区的人都来了。现在想想，这也是必然的，他们不仅比正规网吧便宜，夏天还会将空调开得很足，冷饮冰棍也多多地备着。当然，最关键的，是他们接受未成年人，这显然是法律上不允许的。

对于我的全部人生来说，这是陈年往事了。忽然念起，却像几天前刚发生的，好像离我还并不远的样子。但实际上连我的昨天都遥不可及，又更何况那么远的某些昨天呢？但记忆的排列似乎并不按这个逻辑。我上初中之后，与那位小学同学就没有联系了。我再去的时候，家庭网吧也已经消失了，但好在后来机缘凑巧发现了我的秘密基地。

经历那些往事，大约需要五六年光景，而现在趁着从家里走过来的一截路，忆起那五六年，不过才五六分钟。到楼前，我踟蹰一下，望一眼天空，云遮住了月亮，星星也无一闪现，空气的湿度很高，视线右上角处有一片地方正透出隐约的银光。我拉开没有闩锁的铁栅，走进楼梯间。

楼梯的级数我都背下来了，十二级，九级，九级，接下来每一层都是由两组九级组成的，直到七层才会换作两组十二级。因为所谓的八层，就是顶楼。我怎会发现这里呢？我拉开紧绷的弹簧门，出到顶楼，跨过三条水泥横柱，走到我的老位置，先坐下再说。

曾经，我暗恋过一个人，那人就住在这栋楼里。我是在放学回家的路上发现他的，他比我大些，在我六年级的时候，他已是初中生了。他就读的那所中学，是离我们街道最近的一个学校，市十一中，就在邻街。开课的日子，如果在家的话，能听到十一中的各种上课铃、下课铃、课间操广播。遇上秋冬季高中提前开学集训的话，校长广播那串长长的废话，是全街道都可以共享的。我记得那种感觉——那种明明隔得很远很远，明明知道对方绝不可能发现自己，可一旦他在附近，心就突突地跳个不停，脑海里什么故事都上演，各样激烈激动的情节全踊跃，对话的措辞排了又排，练了又练，可脑海中的浮想才刚要泛起波涛，就发现自己已经到家了的感觉。后来，我上了初中，遇见他的机会就少了。因为我就读的中学离家有三站地，每天上学放学都要乘坐公共汽车，与他上学放学的时间就错开了。

好不容易再遇上，是在一次放学后，我看见他走在我前面。我的心扑通扑通跃着，蹦跳得很不规律。我的手发胀，指间麻麻的，不知是兴奋过了头，还是紧张过了头，双腿发软，感觉马上就要昏倒一般。走到家，没有转进去，反而鬼使神差就跟着他了。他家到底住哪里呢？从多年汇集的各方信息来看，我心里对大概位置是有数的，但我却始终不敢断定他究竟住哪一栋，是否真有那么巧，就在我去过的某一栋呢？

脑海里什么剧情都来了，忽然回头发现被跟踪，忽然发生的讲话，都让我愈加不知所措。可我就是控制不住自己，对暗恋带来的感受特别执着，只想跟着他，别的什么都不晓得了。我的心是矛盾的，既希望被他发现，又希望不被他发现。他停住了，拉开没有门闩的铁栅，走进楼梯间。是我待过的地方，就是家庭网吧那一栋！我和他原来冥冥中有过联系，这让我更加坚定了自己的跟踪，大不了就说是过来找同学的。我那位小学同学的名字我还记得，作为邻居他多少也听说过，不会起疑吧。可惜家庭网吧不在了，不知是被举报查封还是自己关了，要是还在的话多好啊！想着想着，我已走在楼道里了。我听着他上楼的脚步声，缓缓地跟着。哪一楼呢？只要确定是哪一楼了，我就离开。我也只能离开，总不能跟上去敲门，直接去他家吧，我可没有丧失理智到那种地步！

然而，他的脚步并没有如我所期很快就停下。我保持着与他相隔一层或一层半的间距，慢慢地走，也踏出正常的步子，尽量不让他起疑。每到一层，我都希望他就在我上面那层停住，然后我就可以继续上行，趁他在门口时有个交汇……可是，我已经走到四楼了，他仍没有停下的意思，还在走，还在走。这栋楼到底有几层呢？既然如此，无论多少，再高一些吧，就让他一直在我前面走着，让我一直在后面跟着，一个走，一个跟，长久地这样，似乎也很好……

　　我的浪漫主义思绪刚铺展开，还没有发展、矛盾、高潮，就走向了仓促的结束。他在七层停下了，我听见他取出钥匙开门的声音。我暗自深呼吸几次，低着头，鼓足勇气接着往上面走，可惜走到七楼时，他已经进屋要关门了。路过时我听见门里头传来几句带着"杨鑫"这个名字的话。杨欣？杨鑫？是他的名字吗？我只得到了语音，却不晓得 Yang Xin 这两个发音究竟对应着哪两个字。Yang Xin，多普通的一个名字，甚至可以说平凡，一点都没有传奇的潜质。难道，我的暗恋就是这么平凡的吗？

　　我对 Yang Xin 这个名字是不满意的，心里有点受打击的感觉，可当我走到八层，才真正觉得难堪起来——七层是最后一层，八层没有住户，只有一张弹簧双拉门，我使劲拉扯了几下，推开其中一扇，走进去是一个凹陷的小平台，台口有五六级水泥台阶，上去了就是顶层天台了。

　　那天的阳光很充足，好像是初冬什么时候，我穿着长袖校服，里面套了好几层厚厚的大孔毛衣。我不记得自己当时的心情到底是羞愧占上风还是恼怒占上风，反正此时想起来，觉得又懊恼又好笑。

　　下个星期就立秋了，但这几天还是很闷热。知了在叫，这么晚了还叫，是我刚听见它们叫唤，还是它们忽然开始叫了呢？在家里很难听见知了的声音，可在这里竟听见了，恼人的不停的知了声。人活得都不如知了真诚啊！我在哪个地方看过，说会叫的知了都是雄知了，而雄知了叫唤是为了引诱雌知了来交配的。声音越大，求得配偶的可能性就越高。所以，知了叫唤或者不叫唤，都不是为了烦我们，而是在表达爱意，表现自己的渴望和需要。它们不掩藏自己，也不害怕别人笑话、不顾忌别人讨厌，它们顺服自己的优点、缺点、习性，并且，它们不计较后果——并不是所有拼命叫的知了都能叫来一只雌知了的。这一切都是命定的，不是靠理性、逻辑、分析、科学、生物、化学、物理能解决的。

所以，学那么多，到底有什么用呢？说到底，我似乎连一只知了都不如。不敢恋爱，不敢面对社会和人生。逃避，逃避，逃避。对于青年人来说，最容易做到的，永远都是逃避。虽然我强烈地厌恶以妈妈为代表的庸俗社会，但我难道就比她好吗？她能做到的那些我都做不到，我有什么资格厌恶她呢？见妈妈在街上帮人，心情好时就为她骄傲，心情不好时就嘲弄她逢场作戏，说她虚伪。年轻人啊，真是一群不知贵贱，完全自私自利目光促狭不负责任的坏家伙！我们才是最虚伪的那个群体。

月亮忽然透出来了，真好，希望我心中的迷雾也能散去。很快就十八岁了，冬天，圣诞之后两天，我就要成年了。可是，法律意义上的成年，并不意味着我真正成年吧。很多人到了中年，甚至老年，都没有甩掉青年时期的弊病，这样，就不能算进入真正的成年。

青年人的失败，不是抗拒劳动，而是抗拒失败。我们清楚地知道我们讨厌着什么、憎恶着什么，很容易看不惯什么、鄙夷什么。但我们会怎么做呢？我们知道自己想要什么吗？具有把眼前的事情做好的实际能力吗？即使明确了自己心中想要的东西，有以死相争的决心和勇气吗？我们只是喜欢论断短长，却什么也不愿意做；我们觉得自己无所不能，实际却一无是处；我们拒绝承认平庸，然而根本上却最平庸。

畏畏缩缩不敢行动，害怕受伤，于是预先毁灭。年轻人太偏了，偏得自己都从不觉得自己是偏的。纵使我们掌握了很多书本上华丽的辞藻，可实际上对人生一点儿真切的体会都没有，也根本不敢去体会。因为，去体会是很累的，也很痛的。那些来自饥饿与成功的各种叙事，压在我们身上实在太沉了，所以物极必反就走向了麻木和怠惰。我们身陷所谓个性的圈套，总是大声宣称要追求个性。然而，当所有人呈现的所谓个性都是一个模样的时候，还如何称其为"个性"？明明就是"通性"。偏很容易，人天生就会。顺服很难，只有顺服才是个性。如果不敞开心扉去接受自己的软弱和糟糕，生活永远都没有开始。

泰戈尔说他要向小孩子学习，他觉得小孩子是天生的先知。先知就是早就知道了，不需要经历和体验。可是，人为什么长大了就不再知道了呢？成长难道不应是让我们知道得更多的一个过程吗？

托尔斯泰说过，有五块钱就过五块钱的日子，不要想六块钱的事。是啊，人所有的不愉快，都是不珍视已有的、贪图未有的所带来的。不过，其实这话不是托尔斯泰说的，是我外公说的。

当人知道自己离目标很远，不想脚踏实地步步为营地前进的时候，抄小道贪便宜走捷径的心思就全来了。之后，鬼使神差就把所有的努力和聪明都放在了如何不去努力之上——这才是最荒谬的人生悲剧吧！

想到这里，我的大脑空了一会儿。它想不动了，需要休息。

知了的叫唤声壮大起来，但此时空着脑袋的我，不觉得聒噪，反而感觉安宁。空白，一切都空了，白了，无所谓了。

等我长大，直到进入老年，能这样发呆静思的时间，只会越来越少吧？我开始敬畏起老年，渴望老年了。好像人生最美好的时段，一是幼年，一是老年，别的时间都是一团麻，是用来扰乱、迷惑，使我们无法健全地成年和老去的。人生真难，好想现在一下就老去，而不用经历必须成年的困苦。

我把那些规则和头衔都太当真了，就像我之前把那所谓的初恋太当真了一样。任何刻意，都会使人错过真实。怎么说呢？就是你也许已经是一个作家，因命运允了你，你顺其自然就好。但你不信，非要靠自己去立志追求，按自己道听途说的标准去判断是或不是、成功或失败，终究把自己本有的丢了，误入了歧途。阻挡我成为一个作家的，不是妈妈，而是要以妈妈的标准来判断问题的我。所以，任何阻碍都不来自世界，而在于要按世界的标准来判断的我们自己。就像我之前把所谓初恋太当真一样，没有初恋的人生就不是人生，就不再美好了吗？命中预设的初次恋爱，也许发生在九岁，或者是十五岁、五十岁，又或者一辈子都不会来，那又怎样？为什么要按照那些所谓初恋的标准去自己强撑出头呢？初恋只是初次，不代表一定有浪漫和美丽的悸动心跳。那些都是听来的，都是自己在心里建设的假楼。真正的圣殿早就筑成了，远在我们到世之前就筑好了。人降世，也与圣殿在一起。看护好自己，因为圣殿也在看护你。守住自己，就是圣殿在守护你。只有你真正努力了，才知道，所有人可以尽力的事，价格都能估量，而真正重价的，是人力无能的一切事，那才是最贵的，人买不来。

我不想说，暗恋已经消失了，我曾喜欢的人也消失了。因为，秘密基地会消失，这栋楼会消失，也许有一天，月亮也会消失。什么不会消失呢？好像命运不会消失，决定命运的，也不会消失。

关于黄秋影命案，我又写了这些：

当王先生得知那个死去的人不是黄秋影时，他好几次都差点控制不住自己的狂喜！难道那个替黄秋影死去的女孩，不是别人的宝贝女儿吗？不管！王先生知道自己是不对的，但就是忍不住要窃喜，忍不住要高兴！

爱，就是残忍的。

你只能对你喜欢的人好，只能将喜爱和情感寄托在与你有联系的人那里，而那个别人家的女儿，王先生就无能为力了，人都无能为力。他无法控制自己的心，将爱也分给那个别人家的女儿。但是，他自己也觉得自相矛盾，因为黄秋影并不是他的女儿，也是另一户他不认识的人家的女儿，为什么这个别人家的女儿得到了他的爱，而那个替死的别人家的女儿得不到呢？

不管，不管了！哪怕不是我，总有爱她的人会记挂她的！王先生这样想。

其实，我也想这样想，但我不确定自己是否有资格这样想，于是就给了黄秋影一个会记念她的王先生。因为我和王先生不一样，我可惜的是那个替死的养女。她十七岁，和现在的我一样。

既然现在妈妈不用看了，我想，我就应该要脱离故事、情节、氛围来阐述我自己当时最真切的感受。报纸上的故事之所以令我震撼，是因为最下面备注的那一行小字：

死者名周彦，养母杨淑慧，随养父姓。

我们不仅同岁，连名字都一样。

她知道世界是怎样的吗？我不确定，就像我也不确定自己是否清楚这个世界一样。在那一刻，就像王先生的心被逃亡的黄秋影牵走了一样，我也极其自私地将所有的情感倾注在她身上了，那个被领养的孤儿。

她为什么会替死，没有人知道。接下来的案情揭秘我更是无从得知。但是，也许是因为同名的魔力，我必须说，必须在我一个人的时候说出来——当我看完整个案情的报道，当我将自己安放在某个情境中体验的时候，死者就活了，她领着我看见了她的一切，得知了她的全部。

谁都不知道她要替死的原因，谁都以为她是受了怀恨在心的养母指使，去杀害黄秋影的，而谁都想不到，她做这一切是为了她的父亲。是的，不是为了养母，也不是为了搭救黄秋影，而是为了他的养父，为了他的爸爸，为了成全他爸爸的一切，无论是爱情还是事业，她必须死，以死保全她的父亲。

只有这样，才能对她所得到的爱有所还报。

尽管，她的养母待她很好，但那种好是为了完善养母她自己的。人心是很奇特的，不需要学识经历，就能读懂那学识和经历无法说清楚的东西。谁对你好，你自己心里最清楚。即使养父与她很少见面，可是，养父真的待她好过，是这世界上唯一对她真切有关怀的人。他记得她喜欢什么，爱吃什么，以她的欢乐为乐，为她的伤痛而忧虑……

算了，不用写了，因为当我写下来的时候，心里得到的呼应就淡了，反而不再是原本的样子了。我所有的证明都是徒劳的，但是我知道这一切是出于爱的还报。对一个没有得到过爱的孤儿来说，她比别人更能辨清爱是什么。

虽然这次是为我自己写的，不是为了给妈妈看的，我却好像有点懂了妈妈所说的那些话的意思。没有故事，我说的，就没有人信。是啊，心的呼应，好像就是不那么容易写下来的。我写不动了。

周六，没有读书会了。但我还是要成为一个作家，成为一个我自己认定的，不需要面向别人的作家。

我仍然在写，也会一直写下去，只是我不再需要获得妈妈的认可，不再会为别人的评判而写了。不管好坏，我都决定自我判断并且自我承担。我从我的内心对话中得到的，从来都不是对好坏和善恶的审判，而是安慰和力量。哪怕是懊悔、悲伤、疑虑、嫉恨，也都会在那些记录中成为安慰我的力量。故事并不重要，意义并不重要，就像我那次因暗恋而实施的跟踪，难道对我的影响是"说明了什么"，"代表了什么"，"指向了什么高尚或低廉的思想"吗？

是的，好坏和善恶也不重要。就像洗那些碗和杯子，我知道，虽然暂时洗净了它们，但我也还会再次用脏它们。所有暂时的好，都会经历暂时的坏。生活就是这样的，人生就是这样的，好好坏坏，需要我们始终不弃地一遍遍去重复最简单的劳动。清洁，整理干净，干净了，再脏，再清洁。这是现实，是宿命，是人作为人那点不大不小却无可估量的福气。

也许我想要的成就感，就来自于此吧。

我想，我可以一直写下去了。

"燕燕。"

"在这呢。"虽然大名叫周彦，但我的小名是燕燕，燕子的燕，只有家里人知道。

"黄秋影怎样了？"

"她醒过来了，挺好的，明天就要走了。"

"不多留些日子吗？"

"一个差点被杀死的人，死而复生，不容易啊。"

"我说，你怎么不让她再多待些日子呢？"

"她想回去，要回到民国，去找她的爱人。她说，哪怕是今天把她救活了，她也不愿意活在今天，她过不惯。"

"是想她爱人了吧。"妈妈的语速慢下来一些。

"我也觉得她是想念他了，只不好意思明说而已。"我的语速也跟着放慢了。

"人真是奇怪啊，好话不好意思说，坏的恶毒话却很容易就说出口，拦都拦不住。"

"妈妈。"我打断道。

"怎么了？"

"妈妈。"我又喊一句。

"怎么？"她有点不耐烦了。

"没什么，就是想喊你，你可以不应我的。"我接着说，"妈妈。"

"又犯神经了。"

"妈妈，"我忽然说，"我也打算走了。"

"走？去哪儿？"

"我要离开你，去过真正的生活。"

"我们现在不是真正的生活吗？"

"妈妈。"

"怎么了？"

"没怎么，就是想喊几句，你不要应我，妈妈。"我接着说，但不确定这些话是在心里想着，还是已经张口说了，"我们都将不断地跌倒，也只好不断再站立。人生是虚无的，妄想不虚无会痛苦，顺着虚无而虚无也会痛苦。只有明知虚无而不放弃，认真地完成虚无，才是我们唯一的出路。"

"妈妈，"我接着喊，"妈妈，妈妈！"

她一点反应也没有。

"妈妈，"我说，"叫你呢，怎么不应我！"

"你不是让我别应你吗？"妈妈没好气地说。

"妈妈。"

"你到底要怎样？"她生气了。

"没什么，就是愿意这么叫，妈妈。"我笑起来，真正开心地笑起来。

"真不想理你啊……"

"但你不得不理我，有时也不得不不理我，对不对？"我不无感慨地说，"这就是你的命啊，妈妈。"

"以后，你一个人能行吗？"妈妈问。

"不行也会行的。你是怎样行的呢？我不怕了，妈妈，我找到爸爸了，只要跟着他走，一切都会好的。"我说，"我虽然没有得到全部的爸爸，但爸爸早就留给了我全部。"

本来的样子

"没有，不可能，不是我偷的。"我再一次强调。

"小偷针来大偷金！哪儿学的毛病？再不治你，我就对不起你父母。"奶奶很激动，天塌了一般的激动。

"她还小，不懂事，我看就算了吧。"一旁的姑姑说。

"嘴硬不认错，行，等着，有你一顿揍的！"说完，奶奶就出去了。

我到这世上已经五年了。五年，人世什么样，我已经足够有数了。我没有说谎，不怎么说话是因为我还没能将人世要说的话都学会。不过，我的心是带着一切道理的道理降生的。这事儿，任何小孩都懂，或者，任何一个还记得自己是小孩的人都懂。

事情是这样的，我姑姑的钱包里有四张被称为钱的东西，那四张钱每张都长得一样，都是十元。我知道，钱是一种东西，是可以用来换另一些东西的。但姑姑钱包里的钱，与我心里的钱很不一样，几乎可以说是完全不一样的。于是，我拿走了姑姑钱包的那四张钱，依照自己的心意重新做了四张，裁成标准大小，并在每一张上都用笔写上"十元"，然后将它们放进了姑姑的钱包。

"偷四十，揍你四十棍！"奶奶来了。

"我没有偷。"

"算了，算了……"得了我那四十元的姑姑说。我不知她是真心为我辩护，还是幸灾乐祸。总之她那几张原本不对的钱，已经被我用去换一些对的东西了。

好了，不说了，我要挨揍了。但是，请你们记住，我所告诉你们的，才是事情本来的样子。

御龙山路 58-4-1304

这世界是真有奇事的。

　　陈学松，泰山省润水市曹县人，毕业于深南大学历史系，是新城一家报社的总编。他看起来很普通，但他的经历却不能说是普通的。当然，要说传奇，他还差得远。在老家，陈学松非常有名，他的高考成绩是当年的曹县第一名，润水市第三名，泰山省前十名。对曹县这么个小县城来说，这算是顶天的大事了。陈学松成了曹县的骄傲。但是，谁也没想到，高考后陈学松竟放弃了北方大学的就读机会，选择了在梅岭以南的深南大学。也许，是因为从小在北方长大的他，太向往南方了吧；也许，是因为他实在想离家更远一些吧。陈学松在深南大学一直读到硕士毕业，才进入社会参加工作。

　　毕业后，陈学松继续在南方漂泊。那年头，即便是高学历，也没那么容易找到好工作了。经过一些辗转，陈学松到了新城，由导师引荐进入新城商报社工作。经过多年勤奋经营，陈学松在新城娶妻生子，安家落户，从老家接来了父母双亲，还随着年月逐步升迁，就在前年，他当上了报社总编。这可不是那么容易做到的。

一天夜里，陈学松像往常一样加班到深夜。即使已审完所有文稿，他还是忍不住反复与下属交代修改事项，直到百分之百地确认他们已完全领会，他才放心离开单位。虽然已经很晚了，但他仍不想走近路，依旧选择从悦新广场那边绕行回家。因为广场尽头有一家地道的曹县烧饼店。

悦新广场是跟周边商场和写字楼配套建的人造绿化广场，虽然刚建成不久，但学松已经带父母和儿子来过很多次了。他很喜欢广场上种的那些槐树。来南方快二十年了，他总算看腻了榕树、椰树、棕榈等南方树种，欣赏起那些他原本不喜欢的周正的树了。这些新来的槐树，在新城的夜里，仍有些突兀。它们刚到这里，异乡客的气息还很明显。但学松就是喜欢这种气息，他很高兴能亲见这些树在异乡扎根的全部历程，就像他自己从北方迁到南方所经历的一样。

烧饼店的生意很好，这么晚了还有人在排队。等待的间隙，学松思忖着烧饼的分配。老头老太是肯定会吃的，但他们年龄大了，分量要有所限制。妻子吴悦不爱吃这类东西，所以无须考虑她。比较麻烦的，是济新那小子。小孩儿做事没个定数，遇上想吃的时候，就吃个不停，但凡不想吃的时候，一口都不愿意碰，怎么劝也没用。真是难办啊，谁知道他今天想不想吃呢！要是买多了，老头老太舍不得扔，肯定明后天还得接着吃剩下的。算了，就这么定了，一共买四个，父母分一个，自己吃两个，给儿子济新留一个。若是济新不吃，那他就自己吃三个，一点儿不浪费，皆大欢喜！

刚想好如何分配，队伍就排到他了。学松拿到烧饼后，用他们本社的报纸，在店员装好的袋子外又裹了好几层，才放心往回走。

没走多远，陈学松就遇上事了。经过一个巷口时，他听见里面有某些奇怪的声音，具体是什么他也说不清楚，但显然气氛有些诡异。他迟疑片刻，本想接着往前走的，却还是鬼使神差般地退回了刚才那个巷口，不由自主地往里探寻。越往里走，越没有照明，陈学松依着那若隐若现的细碎声响往里缓缓走着，渐渐地，那声音终于变得清晰了，原来，是个可怜的女人在哀告求饶！

他耐着性子继续摸黑往里走，总算看见了声音的来源——那边榕树下，两个男人正围着一个女人鬼鬼祟祟。其中一人手中抓着个女士包，而另一人正在松自己的裤腰带。这下可再也来不及多想了！陈学松立刻冲过去，朝榕树那边大喝一声："干什么呢！"话音刚落，人就扑上去了。那两个男人立即转身逃走，没想到却被陈学松堵住了。

好在这巷子是条死巷。陈学松把他们逼到巷底，一手夺过皮包，另一手揪住了其中一位男子，控制住他后，就将皮包朝那榕树下的女人扔过去，示意她赶紧离开去报警。就在这时，另一位男子忽然抽出了随身携带的匕首，直接就朝陈学松刺去。陈学松并没有躲，反而在挨刀之后越战越勇，不管那男子接连朝他身上捅多少次，他都不闪，只是更牢地抓住之前那人，然后用自己的全部身体，堵住了那名持刀男子逃走的路。陈学松竭尽全力将他们二人挡在了巷底，虽然身上已经多处受伤流血，却还是一直坚持到警察们赶来，将那两人制服，铐上手铐，才松懈下精神。直到被抬上担架，他才终于放心地昏过去。

第二天，《新城特区报》本地新闻版面的左侧，刊登了一篇题为《商报总编见义勇为，英雄牺牲光耀新城》的报道，内容是这样的：

昨日晚9时许，我市《新城商报》总编陈学松下班回家，途经福部区景华东路某路口时，听见一位女士的呼救，当即循声往深巷探寻，见有两名青年男子围住一位女士，其中一人抢劫了该女士的随身财物，另一人则预谋对该女士实施强奸。陈学松没有犹豫，立刻上前抓住其中一名歹徒，夺回遇害女士的皮包，不想却遭到另一名歹徒的袭击。该歹徒见同伙被擒，即刻拔出随身携带的匕首，向陈学松刺去。受害女士脱险后，陈学松一人留在案发现场与两名歹徒进行搏斗。持刀歹徒用刀刺穿了陈学松的手臂后，又先后将陈学松胸部和腿部多处刺伤。见义勇为的陈学松不依不饶，顽强对抗两名歹徒，始终将他们控制在该路段的尽头。

民警接到受害女士报警后，迅速赶往现场制服了两名歹徒。英勇的陈学松浑身多处被刺，鲜血淋漓，伤势严重。陈学松被立刻送往医院救治，经奋力抢救无效不幸逝世。

据悉，两名作案者是本市无业青年，名为骆家涛、闵文喜。我市福部警方正在进一步调查案件细节。骆家涛、闵文喜二人已被刑事拘留，等待他们的将是严厉的法律制裁。

陈学松，泰山省润水市人，毕业于深南大学历史系，获硕士研究生学位，1990年4月起在新城商报社工作，先后任记者、群工科副科长、副总编、总编，终年36岁。

（《新城特区报》快讯2001.5.16）

陈学松再次出现在单位，引起了极大的骚动。

第一个被吓倒的人，是传达室的马大叔。那天，他是凌晨六点赶到传达室去接早班的。直到七点，人仍然迷迷糊糊，半睡半醒。他看见陈学松往大门这边过来时，直以为自己是做着噩梦见到鬼了！

第二个看见陈学松的，是财务刘姐。她和学松一样，总是单位里到得最早的那几个。那天早上，她正在过道做伸展运动，陈学松则如往常一样途经这里，朝刘姐笑了一下，然后才往自己的办公室走去，把刘姐吓得魂飞魄散。

等单位里的人渐渐到齐，陈学松再现的事就被大家传开了。众人你一言我一语的，措辞都很激烈。有人说，他这是返魂再生；还有人说，他得罪了《新城特区报》领导，所以遭了抹黑报道。陈学松的几个徒弟从他办公室出来以后，又提供了一种更合理的说法，说那报道的主人公其实根本就不是他，是另一个与他重名的人罢了，但报社不小心调错了资料，如果再重发一次勘误，多少会有些丢人，所以……不过，即使众说纷纭，还是有人始终都不信他还活着。

尽管如此，生活一路向前。这种无法改变的规律既激人奋进，也衍生出人怠惰麻木的罪性。不管人们一开始的激情和疑虑有多大，震撼和惊恐有多真，不管人们所见的有多么荒诞离奇，所遇的有多么费解难咽，这世上总少有人会较真到底，一路寻求答案而至死不渝。时间，既是人生的动力，也是淡化的温床。人总会寻到万般借口，来言说他自己为什么要无所谓于寻求答案。

所以啊，生活是这样一直向前的。渐渐地，人们对陈学松生死之谜的关注，从狂热到消遣，从消遣到冷漠，直到最后都默然接受了他活着的事实。

现在，说说事发那个晚上吧。

失去意识昏迷过去的陈学松，在救护车上被一位女救护人员唤醒了。她孜孜不倦地摇着伤者的胳膊，时不时掐，时不时捏，总之，哪样动作能使对方有反应，她就做哪样。她不断用言语鼓励着陈学松，让他不要放弃，坚持住，并不断地告诉他马上就能抵达医院了。学松在她不弃的温暖鼓舞下渐渐醒来，想到自己刚才的义举，以及这会儿医务人员对他所作出的人道关怀，瞬间沉醉进一种美好的梦幻之中。

只可惜，这种美好的徜徉还未满一分钟，就被对方接下来的问题打断了。恢复清醒以后，那位女救护人员就不再说一些温暖鼓舞的话了，而是立刻开始了对他的调查——"叫什么名字？""本地人吗？""有单位吗？""结婚了吗？""家庭住址？""老婆的姓名？电话？""老婆的单位？""怎样联系到家人？""家里的电话是多少？"……

学松一颗好不容易暖起来的心，又凉下去了。原来，死是那么不容易啊！让他心寒的，不是他身体的剧痛，而是随刚才那些问话一起扑过来的、这世间的诸多杂事，他无法摆脱的各种烦恼。他真恨自己做了英雄还不能死个痛快！

通知老婆？算了吧，吴悦知道了，除了着急烦躁，毫无用处。她只会恨他，恨他没用，一路恨，让学松做了鬼也无法安宁。通知父母？那更不行了。父亲又有糖尿病还有高血压，对了，学松还答应他，这次过年要带他和母亲回老家去的。他派头都向乡亲耍过了，要是不去了，他怎么下得来台？母亲呢？她心理脆弱，一点儿小事都要放到很大，更何况是这事呢！她要是紧张慌乱起来，家里就全完了。唉……

陈学松皱起眉头，闭上了刚睁开没多久的眼睛，打算用装晕来避开那位一直在追问的女救护人员。学松对她没有意见，甚至很能理解。令他烦恼的，不是这个女救护，而是这个女救护所问的那些联系人。他猜想，那救护人员不断询问的目的，或许只是为了试探一会儿有没有可能从他家人那儿得到点意外的好处。因为嘴上绑着氧气罩，陈学松只能在心里长长地叹一口气。

学松和老婆结婚八年了，孩子今年七岁，小学一年级。他老婆家很有家底，父母亲都是经济学教授。刚改革开放时，这两人是第一批被新城请来规划经济建设的。后来新城组建商学院，老两口又被请去培养下一代经济人才，一直在商学院任教至今，吴悦的爸爸现在还是学院副院长。吴家有两个女儿，吴悦是姐姐，还有个妹妹吴然。他们家的根也在泰山省，在润水北面的北水城。其实，学松在大学时有过一个交往得很深的女孩，两人感情非常好，一起读完本科，又一起读研究生。但是，毕业进入社会以后，两人的人生价值观突然有了很大分歧，最终只好分手，从此分道扬镳。与女友分手以后，学松就来到了新城，进入新城商报社供职。工作不久后，经一位同事介绍，认识了吴悦，两人很快就有了来往。

那时候撮合这对的，主要是学松的妈妈。

学松爸爸不是关心这些事情的人，他虽然是地道的农民，连小学都没有机会读完，但对"读书"有极大的向往，始终有一种怀才不遇、报国无门的文人情怀。学松妈妈的情况很不一样，按现在的说法，是个官二代。她父亲在曹县经营多年，虽只是村委会干事，却很看重自己的官职，培养子女的方式，全按"官宦家庭"的那套规矩办。因此，学松妈妈从小也对学松的生活起居、言语谈吐、待人接物有严格的要求。她希望儿子能在官道上有所作为，所以一直暗暗地为他埋线铺路。当陈学松把吴悦的家庭背景告诉她后，她立刻就要求儿子带吴悦回来见她。那时，学松爸爸还在老家，只有她和学松住在新城。她左张罗右筹措，忙上忙下地帮着儿子规划婚姻大事。

要说起来，吴悦的长相还是不错的。眼睛大，额头宽，除了胳膊略有些短小，整体还是比较端庄的，很有一副官太太的样子。也正是这一点，让学松的妈妈很满意。对她来说，有个双教授的亲家，是再称心不过的事了。见过吴悦后，学松妈妈就撺掇这两人赶紧结婚成家。那时，学松的事业才刚刚起步，心里并不踏实。可母亲不断地煽动怂恿，甚至当着吴悦的面就把话说出去了，让他很是为难。他担心自己再不有所表现，吴悦就要生出误会，便索性向吴家提亲了。

　　好在他后来的确争气，不仅置办了这套复式公寓，为吴悦买了车，还有家里人提出的各种要求，他几乎都一一满足了。而他自己在单位的发展也有条不紊，市委宣传部的领导都很器重他。

　　吴悦是新城大学中文系毕业的，常常对学松的稿子评头论足、挑剔指责。她原本是个中学老师，可没教几年就被调到小学部了，心里颇为不爽。她一直盘算着想要老公把她弄到某杂志社去，因为她老公所在的那个报社，她还看不上呢。为了这事，吴悦挺费心的。每个月，她都至少会安排一个饭局，让学松去见某主编、某主任，或者某领导、某书记。而学松呢，一直坚持以和稀泥的策略对待老婆，也就是说，他绝对地服从配合，但就是不作实际的努力。就这样一直混啊，混到了现在。说起吴悦，她最近的闹心事还真有点儿多。一，想要换车。吴悦每次回父母那边，总觉得她自己脸上挂不住。她爸爸是商学院副院长，哪怕不跟院长家的孩子比，她怎么都不该落后于那些她爸爸下级们的子女吧！对比那些人的好车豪车，她那辆不上不下的车，每次开回去都让她觉得很没面子。学松同意她换车，但他的想法是先把旧车卖了，折价后再补些钱买辆新的好车。可吴悦不同意他的想法，她担心太好的车开到自己单位会引起非议，因此想要在保留老车的情况下再添辆新车，而那辆新车，主要就是回她父母那边时或出去应酬时才开的。二，吴悦想把妹妹在远郊的别墅买下来。吴悦的妹妹吴然，毕业于天京大学英语系，丈夫是做进出口贸易的。这两人结婚多年，一直没要孩子，如今着急想要了，又打算先移民，让孩子拿外国身份。他们夫妻二人在新城有两套房子，一套在城里，一套在郊区。既然他们已决定要移民，就打算卖了原先那套远郊的别墅，只留城里那套两室一厅的公寓。虽然那套别墅的地理位置不太好，但房子的整体装修是吴然老公托一个澳大利亚知名设计师设计的。那设计其实不算很精巧，但正好符合了吴悦对家居的一切幻想，所以她最忌妒的就是她妹妹那套房。如今，那套房子要卖了，而吴悦是知道她妹妹当初买房的底价的，她谅她也不会按现在的市价卖给自己，于是就生出念头，要把妹妹在郊区的那套别墅给买下来。还有第三件闹心事，是有关她父亲的健康问题。吴悦的爸爸从去年开始，肾脏就出了严重的问题。吴悦让学松给安排了一辆专车，让司机每周都准点到学院去接他，带他去医院做透析。尽管学松有些为难，但也还是照做了。

不仅是吴悦那边事情很多，学松自己的父母也很难应付。经过和老婆的协商，陈学松终于答应了他们，今年过年回润水。当然，吴悦是不去的，她要留在新城照看打理。而济新也不去，因为学松怕他受累。学松的爸妈非要回润水去过年，其实也并不是思念故里，而是各自都有别的心思。陈学松在老家是很出名的人物，所以很多乡亲都非常羡慕陈家，都盼望能跟他们攀上点儿什么关系发达发达。这次不知谁出的主意，启发学松爸爸返乡重修祖屋。这种事情学松爸爸一听就来劲，乡亲们还自告奋勇将各自能干的活儿都向他表明了一番。学松爸爸得了重视，整个人都不一样了，立刻就把话放出去，说他一定要回去重修他们陈家的祖屋，光耀门楣。不仅如此，他还将各街坊邻里的分工都安排好了，酬劳也全部答应了下来，就等着回去开工。而学松母亲的那番心思，也没好到哪儿去。本身她在新城待着，时不时就要请亲戚到新城来玩儿，往返车票都让学松支付，吃住若不在学松家里，就要求学松给他们安排豪华酒店。到了周末，她还非要学松带着他们去四处闲逛，临走时还要给他们塞些红包礼品之类的，让他们带回去。对于母亲的那些人情交际，学松向来就心怀不满。如果不是出于一个特殊的原因，他早就跟母亲翻脸了。而正是这特殊的原因，使母亲的错误行为反而带来了些好处，这才让学松默许了母亲的那些荒唐事，甚至有时还鼓励她请人来玩。这原因，就是母亲一接待起客人亲戚的时候，终于顾不上管教济新了。学松妈平常没事的时候，盯济新盯得太紧了，这也不行，那也不行，压得孩子根本透不过气。学松平日里也不好说什么，因为他越是阻拦，母亲的行为就越是极端，反而对济新不利。只有她招呼客人的时候，才能自然而然地疏漏对济新的管治，济新才能得到些许快乐。这次回润水，母亲当然也打算"大显神威"。她弟弟，也就是学松的舅舅，在润水的统计局当干部。趁着这次回去，她想安排学松到他舅舅那儿做个采访，对舅舅进行一些包装和报道。她想，如果有媒体给她弟弟作篇正面报道，一定会对他的仕途生涯有推动作用。学松虽然还没答应下来，可母亲已经把话说过去了，她每次都这样，逼着学松只好照办。消息递到老家以后，迅速就在家族中传开了。这下好，一大群七姨八姑九婶就等着学松回去时使劲儿讨好一番，都想争取个机会上上报纸。

一切都是麻烦，生命也少不了麻烦。陈学松早就明白了，人生就是在付出中行进的。人来一趟，并不能真正拥有什么，能做的只有付出。尽管他还没搞清楚他是为什么而付出，或者根本就来不及想是为什么要付出，他就已经在付出了，一直忠心耿耿地，为家庭不断地付出着。其中，最令他窝心的，是他的儿子济新。尽管儿子还很小，却承载了太多来自不同方面的人的不同愿望。吴悦要培养他出国，希望儿子能下海经商，成为企业家。他父亲则始终相信三代跳级理论，等着他孙子成为全国状元，光宗耀祖。他母亲呢，希望孙子能从政立功，走进党中央或国务院。他们每个人都深信自己的道路一定会走通，每个人都在为自己的愿望打造着济新。济新确实聪明绝顶，他爸读书时费苦力所得到的，他无须很费力气就能掌握得很好。可恰恰正因为这样，长辈们的幻想和邪念才有了根基，他的日子就彻底没了快乐。尽管学松自己选择了妥协和接受，但是他莫名地就有一种愿望，纯粹地希望他的儿子能免遭劫难。他想要儿子快乐，真的，只要快乐，什么都行。

怎么办呢？他不能倒下！

老婆会怎样？父母会怎样？儿子又会怎样？学松再次想到了自己的父母，顿时又开始感叹起他们的不易。尽管如今他们让自己有些烦恼，可自己毕竟是他们的独子，为了培养自己，这两个人是不遗余力，殚精竭虑的。现在他们老了，的确老了，不正是到了要回报他们的时候吗？如果没有他们，自己就不会有现在的成就。他又想到了吴悦。吴悦虽有些虚荣，但仔细想想，除了母亲，她就是天下对自己最好的女人了。吴悦是个细致人，很多平常人都注意不到的细节，全逃不出吴悦的眼睛。比如，学松的袜子是不是扎进了裤脚，衣服有没有折进裤子，腰带多出来的部分会不会太长，等等，所有学松的日常装扮打理，都是吴悦事无巨细地教导和管理过的。以前学松在形象上很松懈，只有吴悦才能把他收拾明白。玻璃丝袜全部扔掉，凉鞋西裤不能一起穿，棉袜上必须没有花纹和图案，等等。他所有高级品牌的鞋包衣裤，都是吴悦东奔西跑为他买来的。她虽不擅长做家务，却总是坚持把他的衬衣和西装熨得平平整整的，定时为他的鞋子上油擦亮。还有，一切眼下时兴的物件或服装，她总是抢先就去为他买上。学松不禁想，她为自己也付出了不少，难道他作为丈夫，满足一下妻子的愿望就要怀恨抱怨吗？她既嫁了我，我便有义务让她风光，也应该使她快乐。何况，她要的并不多，实在是不多的……儿子多好啊！这不也是多亏了她吗？陈学松就这么想着，想到的越来越多，越想越清醒，越想越不能自已。他躺在病床上，吊完几瓶消炎水就起身穿衣回家去了。

就这样，陈学松带着这诸多烦恼，回到了生活中。见义勇为的事迹给他添了几分神气，却并没有改变他的生活。他还在奋力地付出，拼命地活着。活着，给老婆拼出一辆好车，为老婆长脸；活着，买下那套别墅，让老婆称心；活着，带父母回乡修祖屋串门；活着，看自己的孩子是否能活得快乐。

不过，那次事发两个星期后的周日，《新城特区报》A五版右下角，还是登了一条讣告，说《新城商报》总编陈学松，因见义勇为抢救无效而光荣牺牲，终年36岁。

也许你跟我一样是个有好奇心的人，总不想就这样罢了，实在要再多挖些材料出来，探个究竟。所以，我找到了那位编辑，询问他消息到底是哪儿来的。他告诉我说，当时医院确实出了死亡证明，他还像模像样地拿了复印件来给我看。他说，他是收到宣传部领导的通知，专门刊登讣告的。据说，遗体告别仪式和火化都已经做完了。

之后，我就去了一趟殡仪馆，看能否再寻出些情况。据新城市殡仪馆一位不愿透露姓名的工作人员说，正是他亲自给遗体做的仪容整理和化妆。他说，死者身上的刀伤及破处太多了，收拾起来很费劲，所以令他印象极深。他还说，遗体告别仪式根本就没有亲友参加，只来了几个领导走走过场，然后就火化了。他也不知道费用是医院付的，还是公安局付的。不过，骨灰盒倒是被拿走了，但他并不清楚后续是怎么处理和安放的。

可怜我又打听了好多地方，才终于得知他的骨灰安放在吉田永久墓园。我去那里看他，墓碑上并没有照片，姓名却格外清晰，漆刷得很亮。我在墓园管理处咨询墓碑位置的时候，工作人员不慎透露出有位女士也经常来给他扫墓。我想，这或许是当夜被救的那位女士吧。

另有一件奇事，是这样的。

年初，我去参加同学聚会，没想到一个小学时非常调皮的男孩现在竟成了医生。我赶紧抓住机会，向他咨询了一些关于健康的问题，接着就和他聊到了一个当下颇有争议的话题。就在我们争论激烈时，他跟我讲了一个故事，主人公是他曾经的一位患者。他深信这个故事一定能改变我的偏见，于是就讲给我听。

我这位同学是一名内科大夫，在当地一家大医院工作。大约五六年前，他结识了一位来体检的病人，患者名叫杨义升。一般体检顺利的话，患者是不会和医生有接触的。遗憾的是，这位患者在尿检后，被检测出了尿蛋白异常迹象，于是医生就必须对其面诊，并安排病人做血检等其他专业检测来排除或确诊疾病。经过一系列检查，杨义升被诊断为慢性肾衰竭晚期。

那时，杨义升差不多四十岁，女儿正在读高一。他个子很小，看上去像一个喜剧演员。他性格极其开朗，声调高、语速快，对人总是过分热情，脸部就连放松时都是带着微笑的。我的那位医生同学呢，尽管小时候非常顽皮，长大后却变得严谨有度，虽身在医院日理万机，但重复的忙碌和千篇一律的说辞，并没有耗尽他对希波克拉底誓言的忠诚。

第一次在诊室相见，他就令我那位医生同学印象极其深刻。为什么呢？因为进来的那人精神抖擞，红光满面，气色甚至比医生他自己还要好得多！杨义升一看见医生，就眯起他极具喜剧色彩的一对小眼，嘴角上扬，浑身热情洋溢。他戴着一副与他本身的小眼睛十分不搭的大框眼镜，这更加烘托了他那滑稽的气质。

其实，医生在见过杨义升本人之后，也不由对常规尿检的结果产生了疑虑。但是，等杨义升又去做了几个他建议的专业检查后，竟然无一不证实常规尿检的结果是对的。医生把杨义升再次叫到诊室，满脸严肃地告诉他，你被查出肾衰竭，很严重，晚期。除了肾脏移植以外，没有治愈希望了。

杨义升惊讶片刻，很快就回到他一贯的状态，笑嘻嘻地对医生说，自己感觉很好，不可能有病。而且，他说他自己非但没有不适，反而浑身舒畅，精力充沛（其实，医生也并不怀疑他的说法）。他认为自己的检测结果与其他人的弄混淆了。接着，他向医生说明了此次来体检的目的，希望能得到一张健康证明。出于对患者的担忧，医生让杨义升再去做几个精密检查。杨义升却请求医生快点放过他，因为他没有时间做检查了，他必须赶回去给女儿做午饭，下午还要送她去上补习班。

医生想了想，建议他再去做一次血检，做完就走，以后再来取结果。杨义升为了不让医生过于忧虑，就同意了。他又去做了一次血液检查，做完就急匆匆离开医院。

他驱车回家，将车停在地下车库的专用车位。紧挨着的那个空位，是妻子专用的。女儿已经到家了，电视开着，人躺在沙发上。杨义升一进屋，女儿就立刻汇报说米饭已经煮上了。杨义升笑笑，从冰箱里取出一盘切好的水果，端到女儿身前，叮嘱她多吃水果，然后就进到厨房去做午饭。食材昨晚就预备好了，只要稍微加工，就可以下锅。一边灶头炒菜，一边灶头炖汤。近三十分钟，几个大菜就上桌了。

等女儿吃好，义升就安排她休息。他快速洗好碗筷，擦净灶台桌面，出门往父母家去了。他是去给爸爸妈妈洗碗的。杨义升的父母住在一个环境很好的小区，开车过去很快，步行需要二十分钟。那个小区正在扩建新的楼盘，杨义升正盘算等时机成熟时，将现在的住处卖了，买一处那边的房子。因为义升妹妹一家也住在那个小区，他如果搬过去，就能在照顾女儿的基础上，将大家都照顾到了。

不过他也知道，这个计划要彻底实现，还得有些时日。他实在担心女儿等不到那大团圆的局面，就已经出国读书了。

在父母那边洗好碗，收拾完，他还会帮他们做做清扫，陪他们说说话。义升的爸爸出身教授家庭，在一家重工业的工厂里担任高级设计师。义升的妈妈则出身普通市民家庭，是一名工人，和义升他爸在同一个厂工作。他父亲不苟言笑，从小家教严厉。好在杨义升很吃这套，一直规规矩矩，非常顺从父母。父亲在前年完成了心脏搭桥术，身体状况时好时坏。杨义升很清楚，不管二老中有谁倒下了，日子都得翻天。所以，为了能避免那种恐惧，现在就算再辛苦都不算苦。

看杨义升，小小的个子，比例却很协调。他老婆不穿高跟鞋都要比他高出半个头。最让人搞不懂的，是他的眼睛分明那么小，却非要戴一副和他的相貌很不匹配的大框银边眼镜。眯眯的小眼总是那么热烈，热烈地对待他所遭遇的一切。在他那既平凡又普通，甚至平庸，平庸到不能再平庸的生活中，他那双眯细着的眼睛所投射出的，却是一种很不寻常的狂热。他的脸总有一层油光，不是那种油腻的光，而是一种荧光。不过，那种光也常常引起误读，反而更给他增添了喜剧色彩。

他并不是不知道世界的精彩纷呈，也并非对灯红酒绿没有欲念，他只是做了选择，做了一个与他人不一样的选择，他选择了不计较那些。这并不表示他被那些计较打败了，而是因为他有更重要的计较。

杨义升从父母家出来，赶回家去叫醒女儿。他帮她一起检查书包，然后开车送她去上补习班。虽然女儿刚读高一，但他已经在为她读大学做准备了。

除了为自己的父母亲买房，杨义升还为他丈母娘置办过一套不错的房产。但他怎么想不到，丈母娘拿到房产证后，竟转手就将房子过户给了他小姨子，甚至将新房也让给她住，自己仍住在老屋。义升想想也就算了，关键是因为这事儿，他老婆气得跟母亲断绝了关系，好长时间都互不来往。还好杨义升是个真正的大方人，他不但没脾气，还十分耐心地劝慰老婆，劝慰丈母娘，积极修复了她们的母女关系。并且，他还向他丈母娘保证，说以后还会给她买一套房。

杨义升的老婆是个热心肠，为人泼辣，大部分人都不会喜欢她，觉得她过于精明刁钻。可她不管对外人有多精明，对自己丈夫却非常照顾，一直以她的方式死心塌地，一往情深。她为人侠义，就是脾气实在不好，常常暴躁发怒，要与人吵吵打打。幸亏她遇上杨义升这么个好脾气的人，不管怎么闹也不生气，否则真难有人吃得消她。其实，这样的夫妻就叫绝配。他们恩爱至今，不离不弃。

虽然杨义升总显得很大方，但实际上并不是什么富豪财主。年轻时，他是给装修队做帮工的。帮工做了大概五六年，他才开始自己做起装修建材的生意。只可惜他不善经营，买卖做了三年，连起摊的借贷都没还清。无奈之下，他只好再回去做装修队帮工，又做了好几年，才把借款还清。还清债务后，杨义升四处凑了些本钱，租了个很小的门面，开了一家租碟店。租碟店虽不能大额赢利，但维持日常开销是足够的。义升工作吃住都在店里，比从前省心多了。

就在这间租碟店，杨义升认识了他老婆。同样，就在这间租碟店，他还成全了妹妹的婚姻幸福。义升妹夫身材高挑，相貌英俊，虽家境殷实，却不愿意吃家里的老本，是个决心靠自己努力奋斗的有为青年。他是来租碟时与义升相识的。这两人一见如故，非常投缘，总有聊不完的话。有一次，义升的妹妹到店里来找哥哥时，碰巧他过来还碟，一下就相中了义升妹妹。

租碟店的生意没几年就遇到了瓶颈，还好有妹夫帮忙，杨义升才渡过难关。义升妹夫是做食品加工仪器买卖的，公司经营得很好。租碟店遇上困难以后，妹夫主动让义升去他的公司做事。一开始，杨义升只是帮妹夫拉业务，跑合同。但杨义升实在太努力、太刻苦了，没几年就从一个彻底的门外汉，成了半个专家。于是，妹夫就让义升去开了一个分厂自主经营。就是这样，他的日子才逐渐殷实起来。可是，社会发展太快了，起伏也太大了，技术和热点的更迭让义升和妹夫的公司，都遇到了困难。于是，妹夫决定将两个公司一起并入一个老品牌旗下，找一个愿意收购它们的大公司。这才有了这次体检的事。

妹夫来过好几个电话了，义升都没有接听。

他送完女儿，又驱车赶到医院，补交了一笔相当可观的费用，做了好几种误差率极小的高端专业检测，只是仍来不及取结果，就又得赶去补习班接女儿放学。把女儿安全送到家，他就独自去菜场买菜。回家后，又开始做晚餐，顺便还要将明天的午餐食材也预备好。

妹夫发来一条短信，问有关体检的事。没办法，为了推进收购事宜，他和杨义升都要尽快完成资质认证，而企业管理人的身体健康证明，就是资质认证的一部分。

义升将许多事务都差不多弄妥后，才终于得个间隙给妹夫回去一个电话。他没有告诉妹夫有关肾衰竭的事，只说医院里人太多，体检项目没有做完，要明天才能弄好，暂时搪塞过去了。

老婆到家时，已将近六点半了。义升的老婆是个护士，尽管也就职于医疗单位，但她入职的那家医院是个皮肤病专科医院，不符合资质认证的要求。所以，他没跟老婆提需要健康证明的事。老婆回来后不久，义升就把饭菜端上桌了，一家人便一起吃晚饭。席间，他总要问问女儿学校的事，也总会去听老婆说单位里的轶事八卦。女儿不愿意说，他就想尽办法逗她说；老婆总爱说，他就努力耐心聆听。我们都很难看见，那时在场的，并不仅仅只有杯碗盘碟，也不仅仅是你我，或者他，而是某种难以被描写出来的爱。那种爱，常常只出现在你不太在意的，被烦躁和苦恼纠缠的时刻，也总是隐藏在那些身边人看起来并不精彩的表现中。

晚饭后，杨义升收拾好家务，就给老婆按摩捶背，与女儿聊聊生活。或者，时间充裕的话，他会再去看望父母，帮他们送药查药，给他们添米加衣。另外，一些别的时候，他会接待亲朋好友，或者陪妹夫去公关应酬，谈判商议。他的每一天都是满的，没有任何一点空档，但他却始终乐此不疲。因为，他是做了选择的，并且他将所有的努力，都用在了顺从他自己的选择上。他已经得了人生的最高乐趣。

杨义升又去医院。那些高端精密检测的报告出来了，结果竟和先前一样——肾衰竭晚期。医生虽然诧异，但没办法，只能着手帮他安排治疗方案。可杨义升仍然拒绝接受治疗，趁医生的长篇大论还没来得及展开，他就抢先对医生游说，求医生通融，为他开具健康证明。然而，不知哪句话里提到了老婆，医生发现，他与杨义升的老婆竟是相识。他们不但是大学校友，还有过较为密切的来往。虽不是一个专业，但当时他的兄弟正好与她的好友恋爱，于是这两人就有了很多交际。他甚至还为杨义升的老婆打过饭，献过不少殷勤。果然啊，这世界看起来很大，实际上却是很小的！

杨义升嘱咐医生不要提肾衰竭的事，就在诊室给老婆打电话，让医生和老婆互相联系上，然后便借着这份人情再次请求医生帮忙。有了老婆这张牌以后，事情果然不一样了，医生给他写了一个面诊说明，说义升在面诊中一切正常，检测结果有误，并在下方亲笔签字盖章。凭着这个说明，杨义升就可以得到体检合格的健康认证。不过，人情是人情，责任是责任，医生要求义升一个月后必须再去复查，如果义升没有自觉去复查的话，他就会直接联系义升的老婆说明情况。

于是，老婆这张牌，既让杨义升有所得，也成了他不得不再去医院的牵制。不过杨义升并不为此忧虑，对他来说，只要解决了健康证明就行。医生除了以通报他老婆作为筹码钳制住了义升，还将自己的联系方式留给了他。他告诉义升，一旦出现任何不适，就立刻联系他。杨义升爽快答应了一切，拿上面诊说明，风风火火地走出诊室，得了健康报告就离开医院了。

杨义升继续忙碌地活着，顺着自己的选择而活。他认为爱就是付出，无条件地付出，无止境、无抱怨、无悔恨地付出，一路付出，不断付出，付出至死！他根本不知道停，也不想停，更没有时间停。在不断的运转中，他无比幸福满足。在他口中，从来没有那种老气横秋的冠冕言辞，他只是笑，永远都在笑，你不以为他是傻子，就会觉得他虚伪。

一个月后，杨义升去医院做体检。然而，检测数据表明，他的两个肾都已彻底坏死，失去功能了。可是，太奇怪了！按理说，双肾坏死了，患者老早就会被各种症状缠身，浮肿不堪，恶心呕吐，生活难以自理。然而，以医生来看，杨义升不仅看上去很正常，所言所行也根本与正常无异！医生不得不开始怀疑杨义升有什么感知障碍，对他展开了一系列问话。而杨义升不仅没有任何紧张感，还不识趣地说了很多活跃气氛的话，想松弛一下气氛。医生在万不得已的情况下，只好将检查结果告知了他，并对这种医学诊断做了详尽专业的解释。

杨义升又笑了，像平常任何时候一样地笑了。他坚信检测的结果是错的，甚至对医生说，他最近办妥许多事后，身体比之前还要舒爽些！医生真的不觉得杨义升在说谎。在没有对策的情况下，他只好对杨义升说："那么，你先回去吧。有什么不舒服就跟我联系，一个月后再来做检查！"

一个月后，公司成功被收购，他去医院被检查出缺血性肠坏死；两个月后，义升给女儿请了英语外教，开始为女儿出国上大学做准备，去医院被查出了胃萎缩；三个月后，义升给丈母娘物色了一套新的房产，为她付清了首付，去医院被查出肝衰竭及胆囊癌；半年后，他终于还清了父母住宅的贷款，并开始为自己换房准备预付款，去医院检查后，被查出患有肺结核引发的肺源性心脏病。近半年以来，我的那位小学同学，如同看一出戏一般，不断对比着他笃信的医学检测所给出的数据结果与他所接触的那位患者的真实身体反应，慌乱不知所措。然而，在每一次强烈的紧张过后，渐渐地，他也就糊里糊涂地习惯了。

又过去了三个月，杨义升再次去医院做检查。他告诉医生，最近他父亲住院了，也就是说，除了每天的日常事务，他要接送母亲，给父亲送餐、买药，有时护工休息，他还需帮忙给父亲擦身子、洗澡、洗衣服。这两天父亲的身体稍稳定些，他才有时间来做检查。我那位好心的医生同学敏锐地发现，这次，他看见的杨义升，面色竟比以往更加红润有光，头发也长长了很多。医生认真地端详这位患者，矮矮的个子，偏瘦却并不精瘦，身体的比例还挺协调。他的眼睛很小，细长，却总要戴着那副很大的银框眼镜，也许是为了放大他眼神中那永远都不缺少的热情吧。

医生突然停止了对他的观察，严肃地说："把外套脱了，我给你做个听诊。"杨义升笑了，他永远是笑的，却一点都不让人厌烦。医生手持听诊器，在杨义升背部好几个位置先听一会儿，然后又转到前面几处听了一阵，最后索性掐住了杨义升的胳膊……他看起来有些慌张，一副很想讲些什么却被堵住了说不出口的样子。他这里听听，那里听听，又换地方再听，甚至把听诊器放到自己的胸前也听了一会儿。长久的听诊后，他终于忍不住了，激动地说："你的心脏停搏了！"

杨义升显然没听明白。于是，医生就放慢语速，再说了一遍：
"你的心脏停止跳动了。"杨义升没有任何反应，医生接着说："检查
数据显示，你的心脏停搏了。按理说，已经可以出死亡证明了，但
我实在也难以相信这份报告，因为你的确活生生地就在我眼前。所
以，我决定用听诊器来确认一下，但是不管我把听诊器放在哪个位
置，结果都是一样的，我真的听不见你的心跳了，你的心脏已经没
有任何反应，脉搏也消失了……"他停了一会儿，用比之前更凝重
的口吻说，"按医学的标准，你已经死了。"

　　杨义升耐心听完医生的叙述后，没有迟疑，一秒都没有，诚恳
地说道："谢谢你，医生，你是个好人。但，医学却实在不如你好！"
说完，他就从诊室的椅子上站起来，"既然如此，我以后再也不用来
检查了吧？"医生点点头，表示同意。此时，尽管杨义升有令人出
乎意料的坦然，但医生却并没有从刚才发生的一切中反应过来。

　　杨义升笑了，他永远是笑的。他笑着从桌上拿起自己的检查结
果，将其折起来放进自己随身携带的手提包里，然后又笑着弯腰向
医生打了个招呼，转身就往外走。医生也站起来了，目送他出门从
楼道穿过，走向电梯口。进电梯前，杨义升对医生喊道："你接着忙
吧，我走了！"

　　医生回到诊室，在自己的位置上坐下，接着忽然起身，又走到
诊室的窗边朝外望。几分钟以后，医生看见杨义升从北出口出来了，
径直朝地面停车场的方向走去。他拿起停车条与看车的师傅寒暄了
几句，交好费后，没接师傅递过去的小票，只是笑了一下，就打开
驾驶座的车门坐了进去。很快，医生似乎就听见了汽车发动的声音，
然后就那么眼睁睁地看着杨义升离开了医院。

　　医生在窗前站了很久，才回到自己的座位上。他始终停留在一

种反应不过来的迟钝中，至今仍是这样。有意思的是，每当我这位小学同学忆起这件事时，总有一个令他耿耿于怀的疑点。他说，当时的季节，正值南方的雨季之初，几乎都是多云阴天的日子。他记得，他最后一次在医院里看见杨义升的那天，就是个多云的日子，天一直阴沉着，整日都没有阳光。这件事，他很多同事在那天拍下的照片都可以证明。所以，令他觉得诧异的，是他每次想起杨义升离开时的那个画面，天都是亮着的，阳光穿透了所有的场景。他无数次都认为是自己记错了，于是就不断地追忆，不断去搜集证据排查。然而，不管他如何回想，不管他如何取证，那天是个阴天是事实，而记忆中的明亮也是事实，只是它们无法吻合而已。是的，完全就是那样，他的记忆告诉他，那天，杨义升是在满满的阳光中交好停车费，打开车门，发动汽车，然后离开他的视线，离开医院，回到他自己的生活中去的。

我的那位小学同学，是个良心很好的医生。他虽然向我述说了整件事的来龙去脉，却并没有告诉我，也没有告诉任何人那位患者的真实姓名。杨义升，不过是我一时随意给他取的。我想，我们有幸能听到这个故事，就不要再去计较姓名的真假了。谁也无法知道，他是否就在我们身边。

两件奇事，都不符合现实，却都是人间的真实。

有的人明明死了，却不得不活；有的人明明活着，却执意要死。他们一个是还活着的死人，一个是已经死了的活人。这是一个"活死人"和一个"死活人"的故事。

最后，请允许我再讲一个故事。这故事原本也是个令人称奇的传说，但相传的人多了，日子久了，也就变得不那么稀奇了。这故事主要流传在司机间。

某夜，有货车从遵义过境至贵阳。经息烽某路段时，突遇前方一辆来车，速度极快，直逼货车，司机便连忙急转避让，结果冲出了路面。

在猛烈的震荡后，司机昏迷了，魂飞魄散。等逐渐恢复意识醒来后，他发现自己被卡在了座位上，身体也已经不受大脑控制了，完全动弹不得。他努力让自己定下神来，可过了好长时间，仍旧惊魂难定，浑身也止不住地战栗着。又不知过了多久，司机仍然懵懂着，不知道是清醒了，还是更加昏昧了，只是忽然觉察到自己刚才遇见的事十分反常……首先，对方来车为什么完全行驶在错误的车道上？其次，为什么自己一转方向盘避让后，那辆车就消失了呢？他甚至感觉自己没有听见任何声音。难道一切只是幻觉？

这个货车司机姓丁，名未然，陕西汉中人。丁未然刚满二十岁，刚入行不久，这是他第三次跑贵州山路，没想到竟出了这么严重的事故。车损坏不说，现在整个人都被卡在了驾驶座里，也不晓得身体四肢是否还完全。当时是十一月，虽然南方天暖，可毕竟是在贵州的山里。一过下午四点，便寒气阵阵，阴冷起来。

天黑了。他担心这是否是一种对他命运的暗示。此时，他仍旧被困在座位上，一点儿也动弹不得。他摆出一副任命运宰割的神情，由绝望和寒气肆意欺凌，不打算再为自己做任何努力。正在他浑身僵冷几近昏迷时，远处传来了一股热流，有一个人正在朝这边过来。丁未然一切的感官瞬间复苏了，他仔细辨别着热流与自己的距离，一分一厘都能被精准地感受。那时，哪怕只是一根头发坠地，对他来说，也是天雷滚动。

突如其来的热流似乎拉长了时间。小丁心里虽急切地盼着那暖流靠近自己，却因过分紧张而闭上了眼睛。他感觉着，打开身体一切去感觉着，那暖流近了，越来越近了。他鼓起勇气睁开双眼，看见她过来了，一个女孩朝他走过来了！

女孩似乎很年轻，身后背着一个竹筐。竹筐像是空的，里面什么也看不见。她的个子不矮，手中执一根高出她很多的长木棍。不知那木棍是用来行路的，还是防身的。

这时候，不只是身体，小丁的心也开始战栗了。他既希望自己能得救，又害怕希望落空，担心这一切只是个幻觉！他再次闭上眼睛，不敢面对即将发生的一切。然而，女孩径直朝他过来了。她小心地靠近货车，拉开变形的车门，一言不发直接就把小丁从货车中解救了出来。小丁真切地感受着全部过程，但不知到底是出于生理原因还是心理原因，始终都没再睁眼，就那样真真假假地晕着。

不久，小丁沉重的身体有了一些轻松的感觉，呼吸也渐渐变得顺畅起来。他的身体暖了，两条毫无知觉的腿竟有了一些麻感，那麻感很快又变成热感，接着又从热变成了痒，好像可以听他使唤了！直到他完全从身体复原的自我陶醉中出来时，才终于缓缓睁开了眼睛，看那位救了自己性命的女孩。

女孩确实很年轻，看上去和他差不多的年纪。她的皮肤很白，面貌清秀。小丁不好意思起来，欲言又止，过了很久才嘟囔出一句谢谢。然而那女孩并没回话，只是笑一下，接着就回身往竹篓里翻找什么东西。她从竹篓底部取出了几片叶子，先将它们对折，再依那折印撕开叶子，迅速朝小丁身上有伤的地方涂抹。原来，那叶子撕开后，会流出一种青色的液体。女孩就是要将那青色的液体涂在小丁受伤的各处。不一会儿，小丁脸上和身上的多处擦伤、划伤和淤肿部位就都不再觉得疼了。开口的皮肤迅速合上，一些浅层的创面竟马上就结痂了。

小丁觉得一切都妙不可言，如梦似幻，但不知怎的，他虽有千言万语在心中，却就是难以开腔。他付出了极大的努力，才从口中又挤出一句谢谢。女孩还是笑笑，回答他说，不用谢，我只是刚好路过，你应该没多大问题了。说完，就准备离开。

小丁忽然站起来，他也讶异自己竟真就站住了，对她说，谢谢你，要不是你，我会死的。救命之恩当涌泉相报，你对我恩重如山，我以后定要回报，请问你叫什么名字，住在哪里……女孩没等他将想说的都说完，就露出推辞谢绝的神色，回答说不用回报，转身就走。小丁不断挽留她，一再重复问她的名字和住处，女孩就是不肯告诉他，直是要走。小丁没办法了，他想报答的心是真诚的，于是就抓住女孩纤细的手腕，半蹲下双腿，做出下跪的动作，对女孩说，你要是不告诉我，我就在这里跪着，你也别想走……

"徐莹洁，双人徐，晶莹的莹，洁净的洁。"女孩只说了一遍，但小丁全部记住了。得了她的姓名后，小丁便继续追问她的住址，说日后一定要登门答谢。没想到，女孩又开始含糊其词绕弯子，好半天也只透露说她住在息烽县里，什么街道、路名、小区就是不说。小丁一直跪着，手也始终抓着女孩的手腕。之前被暖流拉长的时间，此时不知为什么又被缩短了。眼见着天欲放亮，小丁心里着急起来，他跪着的双腿已经僵了，而姑娘似乎比小丁更急，看着渐升的日色，终于不再推诿拒绝，她告诉了小丁一个地址：御龙山路58-4-1304。

对很多人来说，现实和时间都是冲淡愿望的主要利器。两年过去了，尽管小丁又跑过好几次贵州山路，却并未如约去寻那位救命恩人，感恩之心早已冷却。眼下，又轮到他跑贵阳了。经过反复的心理斗争，他终于下定决心这次一定要去息烽找她。他一到贵阳装完新货，就马不停蹄往息烽开去，宁愿牺牲自己的休息时间，也要寻空去拜访恩人。也只有这样，才不会耽误回程交货的工作。

旧货卸下来了，又装了新的。车上东西一多，总归是跑不快的。小丁即使心里再急，也只好耐着性子慢慢磨。事实上，每当他再经事发之地时，仍不免后怕。虽说时间已过去那么久，且自己还路过好几次，但那惊恐的感觉却一丝未减。汽车从高速公路息烽出口驶出，随公路绕行一段，就开进了息烽县城。

县城比小丁想象中要大，发展似乎不差，只是人烟略显稀疏。进来好久了，想找个问路的都困难。小丁开着货车在县城里慢慢兜转，一碰见人就停下来打听咨询，好不容易才问出些眉目。不出差错的话，只要上到云色峰路，到头右转就是御龙山路了。

云色峰路上，两旁已没有任何商铺摊贩，树尽管很密，也填不了人烟稀疏的缺隙。在这样的路上开着，小丁不寒而栗，战战兢兢。云色峰路开到尽头是一个丁字路口，到头只能左转或右转。小丁按先前路人的提示右转，理论上应该就驶入御龙山路了。这路并不宽敞，也不见有楼房商铺，看起来还要开很远才能再见人烟的样子。也许她是这里的富户吧，小丁疑虑着，车速仍然很慢。大约又继续行驶了三公里后，才终于看见一块大牌坊，牌坊上有"御龙山路"几个大字。这就奇怪了，好端端的，路名不在路牌上，倒是专门做了个牌坊。带着种种疑虑，小丁接着向前。

过牌坊不久，忽见一间简易的小屋，里面似乎有人。小丁停好车向小屋走去，里面的老头正在打瞌睡。小丁推门进去向他问路，老头半醒着回了小丁一大串话，但他口音太重了，小丁根本就听不懂。他们互相比画半天，小丁才明白对方要告诉他前面有个指示牌，找到指示牌就能找到所有号码的所在处了。于是，小丁上车继续前行。果然，往前不久就有一个铜铸的大牌，上面详细画了各区域号码的路线方位。小丁在车里看不见图的全貌，倒看见了那牌上指示的停车区域，这便按指示行驶到了大车停放点，将车停好，取出从贵阳买好的礼品，走到指示牌前来看路。

等他走过来看见整张指示牌时，一如撞了马蜂窝，战栗又来袭了。他怎么也想不到，那指示牌的标题处竟赫赫写着"御龙山路墓园路线指示图"。墓园？小丁毛骨悚然，不敢相信现实。他不知道接下来该怎么做，只是木然地看好58号4组的位置，毫无意识地往那个方向行进。

这是丁未然第一次走进墓园。长那么大，他还没有去过任何一座墓园。哪怕小时候去扫墓，也都是跟着大人到山上去找坟头，而这种现代墓园，他从未见过。路的两边，是一层层墓碑，它们被归置得很整齐，一个个挨得很紧。他心里估摸，这里每个墓碑的占地面积，加上两边留出的一点距离，怕是统共也超不过一平方米。原来人最后的栖息之地不过如此。

逝者长眠后，很快就会被人遗忘，如果没有这些墓碑作为纪念，谁能找到他们？谁又会记得他们？那些记得他们的人，不也终归是要离开的吗？

一直到51号之前，都是这种一个连一个的墓碑。从51号开始，就进入一幢楼房。楼房里不再是一个个独立的墓碑，而是一个个单独的小抽屉。小抽屉被用来储放骨灰盒，它们被鳞次栉比地归置在一间一间的屋子里。小丁穿过长廊，很仔细地从51开始数起。原来每一个号有两间屋子，过两间屋就是下一个号。小丁终于数到58号第4组，眼前密密麻麻的号牌扣在这些密密麻麻的小抽屉上。他屏住呼吸，开始寻找1304号。也许找得再久一点，他的心情会完全不一样。可偏偏1304号就在正中偏左稍高一点的位置，他马上就看见了。

这里的每一个抽屉，表面都跟墓碑的形制差不多，只是比墓碑要小很多倍。1304号的正中上方有一张一寸照片，照片下面漆上了名字——徐莹洁。徐莹洁，双人徐，晶莹的莹，洁净的洁。真的是她！清秀的脸，淡定的眼神，真的就是她！她死了吗？她怎么会在这里呢？是自己来晚了？可这地址又怎么会……丁未然不敢往下想了，因为他已经知道了答案。

在这之前，他从来不知道，由熟悉带来的恐惧，竟远远超过了陌生！

他退回到长廊，再次努力地回想着那天夜里所遭遇的一切，她的一颦一笑仍旧非常清晰，历历在目。墓园的走道上每隔两间屋就有一个木架，木架上方摆了很多白玉兰，木架旁边则有一个透明的塑料投币箱。小丁走过去，从裤子口袋里取出一张十元的纸币，投进投币箱，然后在架子上拿了几朵白玉兰。他照着旁边那些为数不多的有花的抽屉的样子，在她的那一格别了几朵白玉兰。

碧玉簪

一

　　这里有一棵树，比大城的树要高。也许同样的树，到了这里，树叶都会变得轻盈薄透吧。光线穿过叶子，从枝杈间透出来，晃得人不自觉就要眯眼。比起大城，这里实在凉快多了，可人却反而懒了，做什么都提不起劲。女孩子们熙熙攘攘，声音细碎，跟着婉转的风一起飘过去飘过来，像莺歌一样。来之前一直不懂，原来真正的繁华是安静。

　　叶丽姐姐说的话，全被印证了。在顺风的日子启程，不足半月就能到达。一路上看见了很多好看的花，可惜都说不出名字。越到上游，水的腥气就越小。等彻底闻不着了，就知道离家很远了。啊，这就是中国的南方，从小听了无数遍，想了无数回，一直梦着的中国。我在中国了！可是，即使早就穿好了叶丽姐姐为我预备的汉服和布鞋，人们还是一眼就能知道我是个外国人。不过，我自己也觉得格格不入。

水系贯穿了整个中国南部，到处都有江、河、溪、泉。河堤上的人都是瘦瘦长长的，跟那些岸边的树一样，远远看着，总叫人担心他们会被风吹走。能在这里读书，在暹罗人看起来，即便是贵族也难有这福气。只可惜我换来这份福气的代价实在太大了，真不知到底该高兴还是忧愁。

父亲失踪快一年了。一年前他离开大城那天，我和妈妈还有妹妹送他上船，就是我们最后一次见他了。据说，在中国，他最后一个见的是李大人。他从李大人家离开后，我们就再也没有他的任何音信了。我们家没有男丁，而我是长女，这就是说，我们普拉家世袭的木材买卖要由我继承。好在父亲从没嫌弃过我是个女孩，自从妹妹出生以后，他就开始教五岁的我读书识字，看木头，学生意。所以，我很小就知道我将来是要承继家业的，只是没想到有这么快。

李大人和我父亲是多年往来的朋友，当然，他们相识是因为生意。李大人的府邸、家私、礼品，但凡需要名优木料的，几乎都是我们普拉家提供的。虽说父亲在中国的生意很广，但能玩得来的人却几近全无，唯独和李大人投缘。只要来中国，我父亲就一定会去拜访李大人，而李大人就一定要留父亲在他那里住宿。

李大人家也有个女儿，是独女，与我相差一岁。从我很小开始，父亲就让我与秀英互相交换书信和礼物，还经常会从中国带秀英读过的书回来给我看。我对秀英的想象，直到自己都踏进了李家大院，还在延续着，甚至在见过第一面之后，仍未停止。我完全不敢相信，这个透着罗斛香味的清秀女孩，就是一直在与我传书的，可以称得上是我朋友的人。她简直就是仙女。我甚至一度以为，中国的女孩都有那么漂亮，这让我发疯极了——止不住地开始烦恼自己为什么不是个男孩了！神为什么没让我是个男孩呢？如果我是男孩，不仅能名正言顺地继承家业，还可以娶一个中国姑娘回去，给家族长脸。等后来在中国的日子久了，我才明白，秀英是个特例。她是即使在中国也难得一见的美女，同时也是一位难得一见的，家里肯让她读很多书的姑娘。李大人和我父亲都是难得的，对女儿能像对儿子一样，甚至比对儿子还好些、更疼爱女儿的人。这或许是他们能投缘的一个原因吧。

李大人完全不是我想象中那种高大威严的样子，反而面容十分和善。他下颚很宽，个头与我父亲差不多高。他夫人是个非常热情的女人，比我母亲要外向很多。多亏了当初李大人家捎话，我们才知道父亲不见了。当时秀英来了一封信，问我父亲什么时候能再去，说他父亲正着急要一批料子给她制作些物什当嫁妆。不明就里的我，立刻就把信的内容翻译给妈妈听。妈妈听完，一句话也没说，马上就合掌祈祷，接着就十步一叩地往玛哈泰寺去了，在那里直待到夜里才回家。

我心里多少也有点懂的，但还是难免有不想去面对不幸的侥幸心理。然而，我还是带着妹妹在家里进行我们普拉家传统的烛火仪式。我们把所有的帘子拉上，小心地点上蜡烛，然后就对烛芯默念祷语。祈祷完，我们两人就轮流用左手的拇指和食指去掐火苗，所幸谁都没把火掐灭（掐灭就是火神暗示所祷之事不吉，没有掐灭代表所祷的事会顺遂），这才放下心来。这已不是父亲第一次没有消息。之前几次，母亲的叩拜和我们的烛火仪式都让他音信复至或平安归来了。可这一次却不一样，我们三人四处打探，在家里又等了一个多月，还是没得来任何一点父亲的消息，只收到了一封来自秀英的更加焦急的信。信里明确指出了父亲最后一次出现的日子，也提了当天谈好的一桩木料买卖。秀英还极不好意思地，用毫不张扬的语调，催促着这桩木料买卖的进展。她说，她也很无奈婚期定得那样仓促，但家里实在是着急要赶制出一批家私给她当嫁妆，于是就十分需要联系到我父亲以了解进展。信末，她措辞委婉地说出了他父亲高妙的见解（以他父亲对我父亲多年的了解来看）——我父亲怕是已经失踪了。

以我当时并不高深的汉字功夫，还是读出了这封信的多层含义。但这次，我并不打算马上就把信的内容翻译给妈妈，而是独自先去阁楼待了很久，想了很久。

等我从阁楼出来，我就向妈妈和妹妹宣布，说秀英来信告诉我们父亲出现了，只是不幸染上了很严重的风寒，目前正在李大人家里医治。我说，这封信是父亲委托秀英写来向我们通报平安的，同时，他还交代我要准备一批木料，是给秀英成亲用的。

母亲和妹妹听完我的话，都长呼出一口气，放下心来。妈妈先为我和妹妹贴上几张饼，然后就马上又十步一叩地，去玛哈泰寺还愿了。妹妹则兴奋地看着我，满足于我们的小仪式又灵验了，然后还打算去削几个菠萝供拜火神。而我，因为这样一件事，无师自通就学会了精妙的表演，在妈妈和妹妹面前演得毫无破绽。

我是这样想的，不管爸爸将来还会不会再出现，即使会再出现，现在也没有办法马上就回来。我是长女，是我们普拉家的下一代传人，这家的担子要由我来扛。那么，既然由我来扛，就不要让母亲和妹妹也一起担心了。当我在想这些的时候，忽然也就对我父亲从前的很多行为有了理解，一种切身的、贴心的理解。这种教育是最关键的，比直接跟我讲，要入心得多。

我安抚好母亲和妹妹之后，就给秀英回信了，并联系了叶丽姐姐家一起安排木料的事。我跟秀英说，感谢李大人提醒父亲可能失踪的事，并告诉她，无论如何我都会把这批木料如期送到的。当然，我也的确做到了。

巧合的是，就在我安排好诸多事宜，送叶丽姐姐和木料上船的那天，我又收到了一封秀英的来信。信上说，李大人希望我到中国去一趟。他说，这既是为了找我父亲，也是为了完成他对我父亲许下的诺言。我父亲一直希望我能有机会去中国读几年书。李大人懂他，也曾承诺过一定尽力相助。信上说，李大人认为这次就是个机缘，如果我在暹罗没什么要紧事，就到中国去。秀英还附言说，李府已经收拾好了屋子随时恭候我光临，而他父亲也正在寻找能给我授课的私塾先生。

我的人生就是被那封信改变的。它使我终于有勇气下决心去中国。当然，我心里不是没想过要去中国找父亲。可我实在想去，却不敢。别开玩笑了，中国，是中国啊！我对中国的想象太多了，无论好坏远近，那都是我心里一个不一般的地方。也许去一趟中国对暹罗人来说不是多难的事，叶丽姐姐就跟着他爸爸，从小往来中国好多趟了，并没觉得怎么样。但是我不行。我是要去中国上学，要去那里对应我所读过的诗句的。我去中国，是完成一种朝圣。我忽然产生了这样一种感觉，忽然怀疑起这一切是不是爸爸的一场阴谋——为了成全我去中国读书，为了使我下定决心成长。不管怎样，我再次用我出色的、无可挑剔的演技，骗过了母亲和妹妹，带上谎称要送给爸爸的草药和一些简单的行装，出发往中国去了。

由于我的口音实在太奇怪（父亲仅教过我一些基本口语会话，也许发音还不对），李大人很难听懂我说什么。当然，他说得再慢我也不知道他在说什么，除了靠身体语言和表情猜个大概，关键时刻还是只能笔谈。秀英第一次见我时也很诧异，她原以为我是很会讲官话的，根本没想到我完全不会说，只是大概知道部分汉字的读音，而且发音还很可笑。

我就这么顺利地在李府住下了，至今想来都觉得不可思议。那段日子的脚步实在太急，以至于不管我怎么回想，都想不起更多的具体细节。倒是住下以后的日子变得慢起来，越来越慢，故事也越来越长。

二

中国的屋子一般都只有一层，除了街上的茶肆、客舍、一些商铺，自家用的房子大都是一层，很少有好几层的。我到李府的那时，正值秀英准备出嫁，整个李府热闹得很，都在忙着准备嫁妆和礼品。来道贺的人络绎不绝，走了一批，又来一批。有举家来的，有派管家来的，有托信使送信带礼物来的，还有让自己的儿女来的。我觉得，我也算是我父亲派来给李大人贺喜的代表。想到秀英嫁到夫家的床柜、条案，都是我们普拉家供应的木料，我心里特别骄傲。李大人府上的家丁和奴婢都很善良，我感觉，关于我父亲失踪的消息，他们大概都知道了。出于对我的处境的理解和怜悯，他们会特意在我面前收起喜悦，尽量小心不让秀英成亲的热闹来令我更加失落。敏感的我一开始对他们的作为感到非常不适，后来才渐渐心怀感激地接受。司马先生教过我"君子成人之美"，我不能得了人家的好，还说这不是我需要的。接受别人的好意，也是君子所为。

虽然我和秀英在会面前已经相识十几年了，但真正见面时，还是觉着生疏。我们花了好长时间，才渐渐热络起来。秀英有两个近身的女仆，其中翠环跟她更亲近些。她常常在秀英的屋里跟秀英聊到很晚。每回秀英要找我或者传话，都是让翠环来的。翠环是女仆里个子最高的，有一双很长的腿。她给人留下深刻印象的，是与她身形绝不相符的声音。她的声音非常宽厚，有些低沉，却并不沙哑。因为她声音太好听，所以我很喜欢听她讲话，也难怪秀英最爱和她说话。人在回忆的时候，天然会遮蔽很多令自己不适的部分，再到讲出来给人听的时候，讲出来的内容又离真实更远了。我真的很想说出我在中国那段日子的最真切体会，却发现忠实是非常非常困难的。

我很难说清楚，秀英到底是怎样的人。但可以说，她是我见过的人中最近乎完美的。她不仅有惊为天人的美貌，还有温和的脾性，完善且细腻的情感。她真是少有的，看着也舒服，交往也舒服的女孩。认识她，只能让人感叹神天的伟大，或者猜测她祖上积下了什么美德。于是，我便开始好奇她要许配的夫家。我对那个人既有期待，又有些不满，主要是忧虑他能否配得上秀英。

我第一次听见他的名字，是从翠环那里。我的心，立刻就被那几个字砸中。由于担心自己听到的和写下来的有异，我专门去向秀英求证。玉林，王玉林。玉，是我最喜欢的汉字；林，是两个木。我是世代做木头买卖的普拉家的孩子，我的汉字名是榕，也是木字旁。没想到，原本对他产生的疑虑和猜测，竟因为名字而完全瓦解了，继而都转换成了期待。我想看见这个人，看见这个叫玉林的男人，我期待他能像秀英一样给我震撼。

除了上司马先生的课，其余的时间，我自发加入帮秀英准备婚事的热闹中了。李大人也一直帮我搜罗着父亲的消息，派出去问讯的人回来了又出去，出去了又回来。我有闲时，还会教秀英一些看木头的简单门道。她是个极敏慧的人，我讲的原理方法，她都会按照自己的感受去理解，然后很轻松就记住了。但凡她有兴趣和有感觉的，一定怎样都不会忘记；只要她辨不清、没记住的，一定是她不感兴趣的。

玉林和秀英的婚事，是两家大人做主定的，据说这两人到现在还没见过面。每当我想问些有关玉林的事时，一句话刚起头，秀英就羞了。我也不知道为什么，她一羞，我竟也会开始觉得羞，于是就不再问了。

在中国想看树，一定要走出屋子。房子在树阴下头，你从门窗往外看，是望不见树枝树叶的。不过，雀鸟的声音非常清晰，听一阵就可以很清楚地辨别鸟儿们当时的心境。中国竟然是这么安静的。我从这种安静中，感觉到了富足、满足，和中国人那气定神闲、非常可靠的自信。这自信的安静并不陌生，我在那些已经很熟悉的诗词、文章和画卷中，早已无数次和它相遇。

是月亮啊。忽然抬头，又看见月亮了。无数次了，还是忍不住想，这里的月亮和大城的月亮是同一个吗？看起来真的很不一样。"此生此夜不长好，明月明年何处看。"那么多诗词，这会儿心里就单单浮起这两行。今晚的月亮看起来并不怎么明亮，周边染着很多重叠的晕，也不怎么圆。尽管如此，望久了，人还是会醉的，还是会闻到泥腥伴着香竹混成的清香，会听见远方一阵阵隐隐轰隆的象鸣……大象们最喜欢在夜里嘟囔，嗡嗡的声音混着汩汩而行的湄公河流淌蔓延。我看见父亲，黝黑的指节，亮闪的皮肤，对我说："榕，你是我们普拉家的长女，会成为普拉家第一个管生意的女孩。做买卖要吃很多苦，爸爸觉得对不起你，让你一个姑娘家来担负这些。""不，不是这样！"我紧拽着爸爸，生怕他溜走，怕自己永远也没有机会告诉他——从出生起，我就是怀着感激的！"爸爸，我感谢神让我成为你和妈妈的孩子，成为小善的姐姐。我是多么爱普拉，爱我的姓氏，爱神为我选择的一切。我迷恋木头的香味、油脂，甚至那些裂缝和虫斑；我喜欢阿瑜陀耶每一刻不间断的细碎声响，喜欢潮湿的水汽混着诵经的声音弥散……爸爸，爸爸！我怎么抓不牢你？我已经长得这么大了，怎么还不够力气抓住你？"

爸爸消失了，还是没来得及听见我这些话。我一定会找到你的，爸爸，我现在在中国了，官话也说得越来越好了。但是，那些你带着口音教我的官话，我怎样也不愿意纠正，能说好也偏不说好。我留住那些口音，就是在留住你，我只相信你教我的。爸爸，请你告诉我，你现在究竟在哪里？

三

秀英出嫁了，李府一下子空了似的，安静得过分。有个叫顾文友的，是秀英的表兄，自秀英出嫁后就常来陪秀英妈妈，给她解闷。我看见秀英妈妈离开女儿落寞的样子，就想到了母亲。尽管一直在给母亲和妹妹写信（继续欺骗），但实际上爸爸到现在也没消息。如果我嫁人了会怎样呢？母亲也会像秀英妈妈那样黯然神伤，默默想念的吧？我是不是太自私了？家里的生意停滞了，她们将来怎么办呢？我该回去才对，我得接下爸爸的担子照顾她们才对。

我的中文比来时长进不少，官话的进步尤为明显，讲起话来算很流畅了。尽管如此，我还是不想在这时候给李大人添麻烦。他虽不像他夫人表现得那么明显，但其实也很不适应女儿的离开。于是我打算等他心情平复些，再寻个合适的时机跟他提回暹罗的事。幸运的是，没过多久，秀英给家里寄来的报安信就到了。

秀英来信说，一切很好，让家里放心。如果真是这样就太好了，只可惜事情似乎没那么顺利。同时回来的，还有一封信，是秀英不知道的（除了李大人以外，谁也不知道）。事事周全的李大人，从王家回来时，特意留下了几个干活的家丁在王家，说是帮忙收拾家当和打点嫁妆。其中有个叫少华的，是李大人的亲信。他刻意让少华隐匿在随从里，帮着掌握秀英在王家的情况，让他在安置好各项事情之后，再带着随从和消息一起回来。这会儿，那边的事情还没有全部安置妥当，消息就先来了。那天，我本是想找李大人说回暹罗的事，可李大人好长时间也没回答我，只说，榕，你帮我来看看这两封信。我先看了秀英的来信，然后再是少华的。

天哪！我等了那么久的所谓合适的时机，竟是个最不合适的时机！少华的来信内容很简短，但其中"玉林不与同房"几个字实在是令人震撼。李大人也不知是在发怒还是难过，面上的表情让我难以理解。又过去了好长时间，他才问我，你觉得是怎么回事。有些事情，再傻的女孩，或多或少也懂一点吧！虽然我还没结婚，但我知道夫妻应该是怎样过日子的。新婚之夜，不管是在暹罗还是中国，都该是丈夫和妻子同床的吧。尽管我并不清楚事情的来龙去脉，但，只一句"玉林不与同房"，就知道事情的严重性了。我不知该向李大人回答什么，一个丢失父亲的人，和一个为女儿离开自己身边而焦急的人，一起在这个厅堂里沉默着。

我心里很崇敬李大人，也很喜欢秀英和她妈妈，我真的很想为他们做点什么。沉默随着时间把我的心催得越来越紧张，我只能求助于神，祈祷秀英一切顺利。好在神立刻就给了我智慧，让我忽然间有了办法。真的，有时候特别简单的一桩事，偏偏之前就是想不到。我对李大人说，不要着急，我可以作为秀英的朋友去王家探访，因为打算回暹罗，所以去向她告别。只要不是李府专门派去的，就不会破坏两家间的情谊。我去了，不仅可以了解情况，还可以正大光明地留下帮助秀英。少华毕竟是男人，又隐匿在家丁里，不但不便打听消息，安顿好物件也没理由继续待着了，更不好暴露出来帮助秀英。我去是最好的，我这外国人身份是天赐的方便。李大人是实在人，听到我这样讲，高兴极了。其实，他比我更早就想到了这个主意，只是碍于情面及对我的怜悯，不愿意主动提出。我知道，假如我一直想不到要这样做，他就绝不会提的，且内心也一定不会有怨念，他是个真正的君子。

"玉林不与同房"这几个字不停在我心里转悠，始终不肯散开。玉林，又遇到这两个字，我最喜欢的两个字。这两个字似乎暗示着某种特殊的缘分，让我对他有种比对秀英更熟悉的亲切感。我甚至认为这个人一定是完美的，他不能不完美。为什么？为什么他不与秀英同房呢？我对"玉林不与同房"这件事的紧张、猜测、期待，很好地冲淡了我因找不到父亲而打算回暹罗的念头。

第二天一早，李大人就派人带我出发去王家了。虽然我在中国有些日子了，可自从在李府安顿下来，就没再去过别处，只是有时会到城中或集市走走。

我一个人坐在马车里，拉开垂帘，看车窗外我正经过的一切。人们闲适地在热闹中走，尽管人比大城看起来要多很多，可实在没有大城的喧闹。鸟鸣的声音大过人声，风的呼吸强过人的呼吸。

四

我的到来，让王家措手不及，也令秀英十分震惊。好在我讲官话的能力已经提高了很多，不需要秀英为我翻译解释，自己就能讲得清一些事了。我向王大人和王夫人讲清了来意，并恭贺两家的婚事，顺道也骄傲地提到了我们家弄来的名贵木头。王大人和王夫人非常高兴，尤其是王夫人，对我很热情，好像很喜欢我。我能感觉到，王夫人也很喜欢秀英，她说着说着，就总要去问秀英觉得怎么样，很重视秀英的感受和意见。不过，谁都见到了，唯独没有见到王玉林。我与秀英和王夫人在堂屋聊了很长时间，他始终没有露面。王大人公务繁忙，简单寒暄几句后，就去做事了。而王夫人似乎对我很感兴趣，不断地问着我对中国的印象，问我学中文的体会，问我大城和中国的各种差异，等等。我陪她聊了好长时间，才终于寻到机会含蓄地问了秀英一句："你丈夫好吗？"秀英的神色令我很陌生，回复我说她丈夫昨晚通宵在看书，所以这会儿还在休息。她说，她不忍心叫醒他，所以他才没过来会客。王夫人听了这话，直夸自己的媳妇懂得体恤丈夫，但不多久又把兴趣放到了我身上。虽然我心里总觉得有些不对，但表面上看起来好像真的没什么，翠环也没有一点不愉快。

我很喜欢中文里的一个词：一叶知秋。如今还没到秋天，只是初夏。院里的地上有几片跌落的花瓣，折曲的身子静静地躺着。我很想拾起来看，却又舍不得，只蹲下身子，凑近了看。中国的花比暹罗要薄多了，人也是。我们的皮、身子骨，就是比中国人要厚些，花朵也是。我还不知道它的名字呢，是否它已察觉出我是外国来的看客呢？我忽然发现了一朵完整的落花，就挪动到它那里，静静地看着。我伸出手指靠近它，但是绝不碰到它，只是在很凑近的情况下，跟着它每一道皱褶的纹路一条一条地捋，想象我的手指抚摸着它的每一道折痕，有的抚摸是夸赞，有的是羡慕，还有的是安慰……我确信它是有感觉的，花是有感觉的。我对它的每一种心情，都随着手指的动作被传递过去。在我和它的交流中，下落不明的父亲，来王家的任务全都暂时地消散了，只剩下我和它，虽然我们相互间并没有触碰，却互相给对方以慰藉。

"我本想跟你打招呼，看你那么入神，怕吓到你，就一直在边上等着，结果还是把你吓着了！"

我完全不知道身后什么时候来了人，来了多久，一下慌了神。正准备起身，两条腿不争气地疲软起来，差点跌跤。

"你是秀英的朋友，暹罗来的榕姑娘吧。"

我被这一张洁净英气的脸晃得什么反应力也没了，哑口无言。

"我是王玉林。秀英的丈夫。"

"你好。"

"我就是怕吓到你，才一直没喊你，没想到还是把你吓着了。真对不起。我看你看花看得那么认真，实在不想打断你。"

"我是看得太出神了，一点没发现有人来了。我们暹罗没有这种花，我今天头一次看见，却感觉挺亲近的，好像早就认识似的。"

"我真没想到你官话说得这样好。来的路上就听见他们在议论，说实话，我当时心里一点都不相信。没想到，他们说的是真的。"

然后，他开始问我一些关于暹罗的事，也表现出对木材的浓厚的好奇。我们就这么开始说话，一直说，说到吃晚饭。

玉林的突然降临，打乱了我原本清晰的思绪。原来这就是玉林，是玉林这两个字所代表的真人。他真的浑身都散发着珠玉的光亮。

太奇怪了，我对他竟和对那不知名的花一样，在这陌生的地方一见如故，他甚至比从小就交往的秀英更让我觉得熟悉。我说的话，他马上就能接上；他说的话，也让我觉得亲切自然。真的，我跟他讲话，就像和家里人说话一样自在。我们轻松地交谈，从花、天气，聊到诗，聊到那些打动我们的月亮、空山、云霞……

我不得不向自己重复，我来这里是干什么的，我要完成哪些事，可头脑里偏偏就是"玉林不与同房"这几个字不断在回旋。真不能理解，他看起来英俊大方，秀英也很完美，这不正好是极匹配的一对吗？修过怎样的福报才能得来这么恰当的姻缘啊！素不相识的完美的人，竟然在这人世间遇到了跟自己相称的另一半，实在是太难得了！他们真是天造地设的一对啊！

但是，但是……我心里一直想避开不看的部分，还是不受控制地浮现出来。玉林，一点都没有"不与同房"那几个字所体现出的强硬。我们说话的时候，他一直为我考虑，很在乎我的感受。他的在乎，与其他人对我是外国人的在乎是完全不同的。我虽说不出来到底是哪里不同，但我知道，那就是不一样的。一个看着心那么软的人，为什么会"不与同房"呢？难道他不喜欢秀英吗？难道，他有别的喜欢的人了吗？

我很难面对自己内心所产生的矛盾，也实在不愿去强化我对玉林的好感。似乎我对他越有好感，就意味着对秀英越大的背叛。人都不傻，心里知道的。只是人很善于逃避这些"知道"，会用很多别的"知道"来掩盖自己的不堪。我和秀英是十几年的朋友了，来王府也是为了帮助她的。难道，我这么快就被那第一次见的，她的丈夫王玉林给吸引了吗！我不想面对自己对秀英的不忠，于是接下来的几天，索性就躲在屋子里胡思乱想了。既没有去找翠环，也没有再见过秀英，我想躲避他们所有人。谁知道，几天后，竟是玉林来找我了。

他带上一些现摘的杏果，几本词话，就过来找我了。我一看见他，那些对秀英不忠的感觉就不知飘到哪里去了，全都忘光了，轻易就和他聊了起来。也许他对我的吸引是致命的，是不管我怎样有意想躲避都逃不开的。我们又开始说话，说了很多话。因为感觉很放松，我的官话也讲得比平常要顺很多。

"我这几天都特别兴奋，真的太高兴了！我怎么都没想到会和一个外国人想到一处去！水里的月亮，云上的花，一个跟我隔得那么远的人，却和我有一样的心境，太不可思议了。其实，那天我听你说话时，心里就哭了，那些散碎的影子总算在心底被推开，能摸到那月亮了。"

"其实我心里也很乱。从开始学汉字、读诗文起，我就被缠住了。不是我自己想找它们，而是它们缠上了我、不放过我。我觉得我在那些诗里读到的，和我在大城的生活既有关，又无关。我可以在汉字里看见山川湖海，可以用现在的心，和过去几百年甚至上千年的心呼应……我已经记不得自己是什么时候有这想法的，反正很早，就是特别特别想来中国，一定要来中国看看。"

"说出来你可能不信，我那天第一次见你，就觉得跟你认识很久了，跟你说话，像跟我自己说话一样，一点不陌生。"

"……"（他竟然又跟我想到了一处！我真不知道该说些什么。）

接下来的日子，我们每天都说话，什么都说（除了秀英的事）。诗、木头、云、花、香料、菠萝……我们想到什么就说什么，说什么都不觉得无聊。总是等他离开我了，秀英的事才出来折磨我。我真希望我永远记不得才好！为什么？为什么我没早点认识他呢？是我有什么行为触怒了神吗？这一年多以来的种种遭遇，是不是神对我的惩罚？我心里烦恼，而更多的是羞愧。不仅是秀英的事，还有父亲，我那不知去向的父亲。我来中国，到底是要满足我自己，还是要找到父亲呢？我已经够不堪了，而玉林的一些话，更是千斤重锤，压得我透不过气。

"你来那天，我起先不知道，后来才知道，就想着怎么样都得来打个招呼。走到庭外，我见你蹲在地上，在跟花玩。我当时就在你身上看见一种不一般的东西。你那么专心于你的游戏，以至于我已经走得很近了，你都一点没发觉。你看花的眼神，让我一下就懂了什么叫'思无邪'。可后来你一站起来跟我讲话，从你嘴里说出官话的那一刻，那眼神就忽然没了，你好像成了另外一个人。"

我不记得我回答了些什么，也许当时只是笑笑就过去了。可这些话其实并没有过去，它们像枪戳针刺，让我面目全非。我完全知道他在说什么，就是因为知道，所以尤其不堪！我无话可说，也知道他是对的。这片梦幻的地方，有我一直想印证的东西，也有很多烦琐无聊的东西。我不知道我什么时候学会的，我也惊讶自己怎么就学会了！我问他："我想找诗里的那些月亮、山川，是因为我是外国人。虽然离得不远，但外国毕竟是外国。而你是中国人，就生在这里、长在这里，难道不是天天和这些东西在一起吗？为什么也要找呢？"玉林对我的问题并不意外，他说："你来中国也快一年了，你先想想你现在找着了多少？这里的每件事、每个人都和你原来想的一样吗？都和你在书上看到的一样吗？"尽管我们相对无言，但我知道，我们的心呼应了。

是啊，榕，该想想了，你到你所向往的中国后，学会了什么？是司马先生教的那些字，还是你总算说顺了的官话？或者，你学会的不过是这里的人情世故，交往转折，学会了如何对自己说谎！你还能抬头看见月亮吗？还会关心那些不知名的花吗？知道它们的名字难道比看见它们更重要吗？我想起妈妈、妹妹，想起曾经在大城的日子。那时候真没有现在这些忧愁啊！有爸爸管生意，有妈妈照顾家里，还有妹妹陪我玩……那些宁静的生活，那些看起来一点也不跌宕起伏的生活，其实是因为有他们在不断地用爱丰满，才显得轻而易举、唾手可得的。正是那样平静的生活，我才能在文辞中见到诗意！如今我离开那些，专门来找，反而找不着，看不见了，甚至快把自己给弄丢了……

　　从李府到王府，远不及我从大城到中国的距离。可对我而言，这段路是人生中最长的一段。我和玉林不再谈那些我们在寻找的东西了，这件事，我们都不成功，所以心意相通。有一天，我终于放下心来问他和秀英的事。

　　"你喜欢秀英吗？"

　　"我没法说。"

　　"为什么？"

　　"我说不上来，自己也糊涂着。还好你忽然来了，才暂时能透口气。"

　　"为什么？"

　　"我真讲不清楚。"

　　"其实我这趟到王府来，就是来搞清这些事的。"

　　"我是知道的。"

　　他怎么会知道呢？我很惊讶他对我的意图竟然早有估计！难道他把我给看穿了吗？我呢？我为什么不能像他明白我一样那么明白他，我总是不知道他心里在想些什么，也真的搞不懂他为什么会那样想。

"你现在和秀英到底怎么回事？你怎么想的？"

他安静了好久，所有声音都消停了。我能听见光线穿过空气的声音。

"成亲那天，是我和秀英第一次见面。我见到她后，就觉得她是对的那个人。当然，成亲之前，我也有过怀疑，甚至也想到了事情最糟的结果，连二房三房的后路都想好了。可是见到她以后，那些疑虑就都没了。晚上，等酒席散了，亲友们洞房也闹够了，我就关门打算跟她独处，结果门怎么关也关不紧，低头一看，才发现门下夹着一封信，信封上写着，文友表兄亲启。我家这边，没听过有叫文友的，这信怎么落到门口的，甚是奇怪。那天我喝酒不少，于是借着醉意发作，礼仪什么的就顾不上那么多了，当下就把信拆开看了。信里通篇写的都是什么恨自己不能主宰婚事啊，伤心不已啊之类的，还附了一支碧玉簪子做定情之物，落款地方写着秀英。"

"这不可能吧！"我的震惊无以言表，"文友表兄是顾文友吗？我走之前，他常常到李府陪秀英妈妈的，我见过他几回，秀英和他并不亲密，我都没听秀英提起过他。"

"我不知道，榕，我真的不知道是怎么回事。但这些都不重要，重要的是，我开始怀疑了，怀疑我和她的婚事，怀疑一切的顺利，怀疑我和她毫不相知，怀疑我接下来的人生。我怕了，我也会害怕的。"

"这封信现在在哪里？你还留着吗？"

"留着，信和簪子我都收起来了。看完信，我关上门就走了，只留下她一个人在屋里。我一直在书房待着，把这事仔仔细细想了一夜。我觉得，秀英不是这种人，这信多半是有人在作怪，不想她和我好。可你知道吗，当时我心里不但不恨这封信，甚至还有些感谢它，感谢它的忽然出现让我得到了解救。秀英没有错，真的，是我有问题，我得缓缓，把一切想想清楚。"

我的猜测杜撰，统统被彻底粉碎，这与我所想象的任何一个版本都不同，谁能想到是这么横出一杠的事呢？到底是谁写了这封信，为什么要破坏他们的婚事？我的好奇和想要解密的兴趣水涨船高，不停跟玉林讨论着事情的细节，想实在找到几个值得怀疑的对象，来完善我的故事情节。然而玉林并不关心这些，他强烈地表现出他的不耐烦，反复地对我说，榕，这些都不重要。

"秀英漂亮，有礼，善良。我所想要的一切她都有，可这些就是不能打动我的心。我怀疑，不是怀疑她这个人，而是怀疑我们两个人的结合。你看，我跟你很轻松就讲出来的话，对她就是说不出口。从见到她第一眼开始就那样，我没有想和她说话的愿望。我一直晾着她、冷落她，她到现在也没来问过我一句。你说，这是她真心不在意呢，还是她也在怀疑些什么？"

"……"

五

到秀英百日归宁的那天，他们之间还是毫无进展。不管我怎么劝，玉林也不肯跟秀英一起回去。他是故意的，故意要激化矛盾，让真相有机会浮出水面。而秀英却并不知道这些，我执意要和她一起回李府，被她彻底拒绝了。

她们一从李府回来，翠环就来找我倾诉，说她多少次已经气得发抖，又多少次快忍不住要说了，尤其是当秀英向她母亲夸自己相公时，李夫人还不知轻重地回头问她："是这样吗，是这样吗？"能想得到，依翠环那欢快张扬的脾性，她得要多努力咬紧牙关才能忍得下来。虽是主仆，可她对秀英的感情是真的，她是真不愿意看秀英受苦的。后来，翠环隔三岔五就会来找我一趟，每次都要把王玉林彻头彻尾地骂一道，直到骂透骂爽骂得力竭，才开始进入玉林母亲有多么善良体贴，王家大人又是多么诚恳恭敬的话题，到最后才肯给玉林一点宽恕。

你们不要误会，玉林并不是完全不理秀英的，只是有意回避与秀英亲近的事而已。这么长时间了，二人难免有许多接触，但玉林总有意保持着一种距离，让秀英摸不着头脑，干烦恼，自己折磨自己。秀英是一点也不会为自己出头的。她被父母养得太好了，心地善良，不会给自己伸张。我不断开导她要她直接问玉林为什么与她保持距离，她即使勉强答应下来了，却始终还是做不到。有一回终于问出口了，却因玉林没马上答她，便作罢，再也不提了。不知是她太害怕失去与玉林仅有的一点关系，还是放不下自己的颜面，她始终就是跨不过那道坎儿。我知道，你已经看出来了，我和这两个人都有一种微妙的关系。我既要维护和秀英的情谊，也不能不对玉林负责。

"我真的很羡慕你，羡慕你的纯粹。对你来说，人生只有烦恼，没有痛苦。你对待任何事都能直接、简单，只需要对你自己负责。"

他完全不知道我正在经历的复杂，我又怎么能让他知道呢！

"难道你不是这样的吗？"我问他。

"别人也许都以为我是这样的。可惜我不是。"

"我倒觉得，是你自己想岔了。要知道，在我眼里你有多么幸运啊！首先，你是男孩，男孩就能读书成事。其次，你出生在中国，生在这么好的家庭，能许配这么好的妻子。我要是你，天天都会感恩的。"

"……"

"你怎么还不和秀英说话呢？拖了这么久，就这样耗着她，对她太不好了！"

"我也不想这样对她，可我没办法。要么是对她不负责，要么就是对我不负责。我现在只能对我自己负责。"

"那你一开始就该讲清楚，或者早就该做得明白点。现在这样，谁看着都难受。"

"所以我说我羡慕你啊，对什么事都能简单纯粹。我也不想搞成这样，可我父亲怎么办？母亲怎么办？我也要对他们负责啊。"

"……"

"榕，要是你也是中国人就好了。"

"真不一定。如果我生下来就是中国人，也许你永远都不会和我说话的。"

"你现在倒是很像一个中国人了。"

"就算像，却总归不是。不过，我还是更愿意做暹罗人。还有，你怎么不说，要是你是暹罗人就好了？"

"……"

六

生活总不会风平浪静一路下去的。一晃眼就到了第二年春天，我在王府住了半年了。和玉林可以朝夕相处的日子，不能继续了，他要去京城参加会试。据说，会试考得好，就能在京城直接参加殿试，而殿试的考官是中国皇帝，殿试就是由他亲自面考书生。玉林是独子，家里从小就对他寄予厚望。我听秀英说，他是这里遐迩闻名的才子。教过他的先生，没有不称赞他的，都说他是科举状元的料。我对中国的科举考试很好奇，便向秀英请教了很多。等我渐渐了解这个制度在中国的重要性后，才终于理解玉林之前讲的一些话。考试前，玉林还是现在这个玉林，是这家的公子，而一旦参加考试，考成秀才、举人，或贡士、进士，他就不再是现在的这个玉林了，而是一个有身份、要担任官职的人了。这些考试，决定的是他接下来的人生。我的感觉实在是没错的，当听见玉林将要离家去考试的消息时，我就知道他真的要离开了，不是那种只离开一阵子的离开，是长久的离开。我们两个人，一个这家的儿子，一个外国来的过客，谁能想到先离开的竟是他呢？玉林走了，再回来也不是这个玉林了，我是在和我所认识的玉林诀别。

都是水，可湄公是湄公，长江是长江。或者说，虽然长江是长江，湄公是湄公，但它们都是水。我为什么会对中国心生向往，而不是别的地方呢？因为文字，诗词，学问？暹罗也有诗，也有经文圣昭，它们和中国的就那么不同吗？并不是文字、诗词、学问有多厉害，而是造就这些的序令和法则在吸引我。或者说，这些吸引是预先就定好的宿命！在与玉林的相处中，我清醒一阵，又糊涂一阵；糊涂一阵，又再清醒。如此循环往复，闹得我已搞不清自己何时是清醒，何时又在糊涂中了。人的心思实在无常。已经烂熟的诗句，再读也总会有新意。文辞在心里撒的种子，人永远无法预计它会长多高，长成什么样。事到如今，我只好承认我对玉林越来越有期待的事实。

我和他，可以有说不完的话，也可以一句话也不说地就那么一直待着。可现在，他走了。我的心没了支撑，悬空了。

我找不到在王府继续待着的理由，总感觉自己无颜面对秀英，也不好意思面对玉林的父母。榕啊，这么短的时间，你不仅学会了掩藏心意，还学会了掩藏歉意，掩藏悔意！对这些你应该致歉的人，你是如何做到若无其事，毫不在意的呢！

七

从小，妈妈就跟我说，人是跟着太阳起落而作息的。太阳出来，人就起床；太阳落下，人也得钻进被窝，到第二天再跟着它起来。小善出生后，听的也是这套，所以我们俩都一直以为太阳落山还不睡，人就会死掉，再也起不来了。直到我十三岁那年，才终于得知人是可以在夜里不睡觉的，便逼着妹妹和我一起守夜。小善虽然很怕，但还是选择了相信我。夜里，漆黑漆黑的，我们俩手拉着手坐在地上，一点也看不见对方。我们等星星，等月亮，等一切有光的东西来驱散我们的恐惧，但兴奋总不能维持多久，两个人就都睡着了。往后我们仍不死心地试过好几回，结果无一例外，总是变成第二天东倒西歪地起来互相责备。有趣的是，我和她从来也搞不清楚，昨晚究竟是谁先睡着的。

说起这事，是想说我从小到大是一个入睡多么快的人。真的，我入睡很快，且一睡着就睡得沉，极少做梦。像如今这样，夜里做梦，还一连好几天，真的是我生命中从没出现过的事。更可怕的是，每天的梦都是同一个内容——父亲牵着一个男孩从远处一直朝着我走。不知是梦里的父亲走得太慢，还是我在不受控制地后退，无论走多久，我和他之间的距离都不见有任何变化。梦里的我一直在叫他，一直喊一直喊，可他就是听不见，只是手搭着身边的男孩，一直往我这里走。

刚开始，我因能在梦里见到父亲而感觉欣慰，心里暗暗觉得这是爸爸仍然安好，我们即将相见的征兆。但连续几天梦下来，我就紧张了，那段始终毫无变化的路，让我极为心慌，哪怕今天比昨天近一点都好啊！我害怕这是来自神天的一种不祥预示，整天都惴惴不安。于是，我开始留意起梦面爸爸身边的那个男孩，对他寄予了一些奇妙的希望。男孩看起来很年轻，可距离太远了，我无法确定他到底有多年轻，看着那张模糊的脸只觉得似乎是认识的，又似乎是生人。梦始终没有进展，父亲怎么走也走不过来，而我只能僵在那里等待，偏偏没有往前走的能力。我对梦越来越恐惧，甚至都不敢睡觉了。

我没有跟秀英说这个梦给我带来的不安。因为玉林，她已经够烦的了，每次与我说话，都是在强颜欢笑。近在咫尺的人我不想说，而我想说的那人，却离我很远很远。他正在进京会试的途中，或者已经考完会试，在等着接受皇帝亲自进行的殿试了……这个不久前还每天见面常常说话的人，忽然就离得远了。即使他再回来，我们的距离也不只这条路的远近了。我想说话的那个人，是以前的、走之前的他。那个他走了，再也见不到了。还有我不知所终的父亲也这样，忽然就消失，什么话也没留下，我甚至都不知道他是不是还活着。

秀英收到家里来信，说李夫人受了寒凉，身体情况很不好，盼她能回去看看。一面是等自己丈夫殿试的消息，一面是自己母亲生病，秀英的心真是不得安宁。我得知后，立刻就拉着她一块去跟王夫人讲明情况，然后便收拾停当带着她和翠环急匆匆往李府赶去。我就这么走了，潦草又迅疾地离开了王府，似乎是刻意要终结自己的一段命运。

李夫人确实出问题了，根本不是普通风寒。我们众人轮番守夜，精心料理了好多天，她才终于回过神来。她见秀英和我在，又急又高兴，连忙问秀英她到底昏了多久，她女婿考试结果怎样。

李夫人醒来时，秀英坐在她床边，而我贴着门站在后面。病危的母亲终于醒来，秀英有些激动，我从后面能看见她瘦削的肩膀在微微颤抖。我听着她们两个人说话，呆呆地望着秀英因抽泣而起伏的肩膀，心里忽然特别不是滋味，也十分惊讶自己竟然这时才发现秀英瘦了，竟然这时才想起要关心她！这个被父母珍视、无比宠爱的掌上明珠，自出嫁以来，吃了多少她父母难以想象的苦啊！这些苦痛，她一点都不穿戴在身上，一点都不要别人分担，只自己一个人扛着顶着，虽然毫无解决的办法，却一直努力承受，服从人生对她的安排。这就是坚强。看她柴瘦的身板，谁知道她肩上扛着那么大的重量呢！我又发现了一种属于中国的美——从我第一天来就惊讶的柔软曲线，内里原来是一股强健的韧劲。

我想起小时候，有一年，父亲从中国带回来一个泥塑的兔人像，说是秀英专门要送给我的。虽然我从小就不缺玩具，但它们都是木头做的，泥塑的对我来说太稀奇了。父亲告诉我，那兔人像叫"兔儿爷"，是神仙，是秀英非要她妈妈买下来送给我的。据说，当时店里有两个兔儿爷，一个骑老虎，一个骑大象。秀英妈妈给她买了那个骑老虎的，而秀英看见另一个骑着大象的，就想到了我，非要她妈妈一起买下来送给我。起先，秀英妈妈还担心我会不喜欢那个兔人像，只是迫于秀英的情谊，才不得不把那兔人像交给我父亲。谁知道，我父亲一看见那个兔人像就很高兴，说榕一定会喜欢的！于是，那个骑着大象的"兔儿爷"，就被我父亲一路小心护着带回了暹罗。中国人说知子莫若父，真的很有道理，那个"兔儿爷"是我小时候最喜欢的玩具。

来中国这么久，我一次也没哭过。即使是因为父亲的事，我也没掉过眼泪。可这会儿，我的眼睛因浮出儿时记忆，忽然就湿了，泪水决堤而下，让我措手不及。秀英回头见我这样子，还以为我太担心她妈妈，反而起身来安慰我。天哪，她的安慰才是折磨，让我更加难受！我经受着自出生以来最不明不白的情感的冲击，对自己觉得陌生无比。

等李夫人的身体彻底好转，我也整理好思绪，逐渐恢复了理智，就想跟李大人再提回暹罗的事。谁知又是一封突然的来信，将我的计划全部打乱。我去找李大人，话还没来得及张口，他就先兴奋地说，他女婿高中了！而且，玉林不仅仅是中状元，还在殿试中深得皇上的赏识。据说，这次他只回家稍作停顿，就立刻要回朝廷就职。接着，李大人又递给我一封信，说是玉林叮嘱专门要交给我的。当时，玉林并不知道秀英和我已经回到李府，信是先寄到王家，再由王家那边派人送过来的。我还来不及多想怎么会有专门给我的一封信，手就已经拆了封口，一看，信上竟是一个令我始料未及的惊人消息——我爸爸还活着，正在京城，他和玉林遇上了！

事情是这样的。父亲最后一次从李大人家离开，是要送批木料给京城那边一位新认识不久的客户。谁知运料路上突遇悍匪，伙计们寡不敌众，死的死，伤的伤，损失惨重。好在我父亲送料时，从来都坐在最后，这才得了机会逃生。但是，他没跑出多远，就被前车滚落的木料砸伤了，晕过去了。等他醒来，已身在京城一家旅店，他是被那家旅店的老板救了。父亲随身的物件，已全部不知所终，虽然性命留下了，但两条腿被木头砸中，骨裂筋损，不能动弹。

这位好心的店老板救下父亲，也是有命定的机缘的。这些年他的旅店经营不济，一直有念头转做别的买卖。他打听到南部诸国物产多、入门经费少、生意好做，非常动心，可惜他周边一点资源门路也没有，愁苦得要死。正巧那回从他丈母娘家回京城路上，遇上个南洋鬼倒在路边（我父亲一看就是外国人），当下就让手下人抬起来接回家救治。等我父亲醒来跟他讲官话，告诉他自己是在暹罗做木头生意之后，店老板连连向老天感恩，说自己不是救人了，是撞上大运了。而我父亲了解到店老板的心愿后，立刻就承诺以后要低价供给他木料，助他在中国做生意，作为对救命之恩的报答。

事情至此，一切都很美好，可天底下怎会有一件处处完美的事呢？父亲身体稍恢复些，就让店老板帮忙联系他来京城要找的那个客户。谁知那人恰好几天前因租约到期迁了新址，问遍邻里也没人知道去向。于是父亲就想到了李大人，给他写了一封很长的信，详细说了自己的所遇和境况，恳请老友速速派人来救济，助他回到暹罗。写好信，父亲便拜托店老板帮忙寄出。店老板拿到信，就把信给了他的妻子，让妻子安排寄出去。事情的漏洞就在这里。店老板的妻子，娘家是做酒买卖的，一直有心想让老公跟娘家合伙。原本她丈夫终于打算要关店卖酒了，谁知却忽然被我父亲这半路杀出的南洋鬼给坏了事，不做酒买卖了，要做木头生意。店老板的妻子多年的盼望眼看要落空，心里有怨说不出，牙都恨平了。所以，她觉得只要能阻止我父亲回去，他们的木材买卖就做不成，她丈夫就能再回到酒买卖的计划里。于是等店老板一走，她就把我父亲的信撕了。我可怜的父亲当时丝毫没察觉这些，只焦急地盼着李大人回信，结果却令人心碎。后来，他厚着脸皮还写过几封信，可每封信都石沉大海，没有回音。其实那些信都是叫店老板娘给毁掉了。不知内情的他绝望至极，以为李大人嫌他没用，不理睬他了。无法行动的他只好继续耗在那店里，哪儿也去不成。

父亲突遇意外而大难不死，已经很传奇了，可后来与玉林相遇，又被认出而获救，才更是不可思议！当时，玉林住在另一家出过几代状元的著名旅店。在殿试前夕，一位室友非要拉着他到我父亲所在的这家店来饮酒聚餐，一群人吵吵闹闹，从傍晚直喝到夜里。快散席时，玉林想趁大家聒噪时自己先去结账，就暗自往账台那边过去。我父亲当时恰好就坐在账台那边——尽管他在那里已坐了一天，可之前谁也没往那边看一眼。当然，不管怎样，最后看见就足够了！感谢神，让我和父亲生得那么像，让他可以因此而获救！接下来的事就无须我赘述，想必聪明的各位已完全能猜到了。

玉林遇见我父亲后，一边接着准备考试，一边就开始安排送我父亲到李大人府上的事——既打点好旅店一家人，又要找个可靠的人护理并护送我父亲。又过了几天，我收到一封来自我父亲的信，信又是王家托人转过来的，玉林不知道我已经走了，专门向我父亲留了王家的地址。我见到信上熟悉的字体，亲切的暹罗话，心里才终于踏实下来，确信了玉林之前那封信里所说的是真的（那时我还完全不知道父亲经历了什么，玉林的信里没说，父亲的信里也没说，一切都是后来我和父亲见面才得知的）！信的内容很简单，说他一切都好，不用担心。得知我在中国他很高兴，尤其感谢李大人能安排我读书。他让我速给家里去信报平安，并让我收拾好行李去李府等他。

夜里很容易就入睡的我，这次竟整晚都睡不着了。好几次，好不容易快睡着，就会浮现爸爸的声音。一听见他的声音，我就又清醒了。我实在太想他了，太想他了！在真真切切能看见他、摸到他以前，我对一切坏消息比怀有希望的好消息更加敏感，因为我特别害怕希望落空，那对我将是致命的伤害！我开始小心自己的一切言行，生怕自己任何一点出格的、不好的事，都可能会让神改变主意，收回恩典。天啊，谁能想到，促成这美满结局的人，不是我，不是李大人，不是秀英，而是玉林。果然，这两个我最喜欢的汉字，从我第一次与它们相遇开始，就在我的人生里施了法术。爸爸，快些到达吧。不，慢一点，路上千万当心！我既迫切想要见到他，又担心路上有风险。我被这虔诚焦躁的心，折磨得不堪重负。

等了好久，煎熬了好久，盼来的不是爸爸，而是玉林。玉林回来了！他特意不提前通知，想给家里惊喜。结果到家后，发现秀英和我因为李夫人的事早就回到李府了，就只好又带着随行人马风风火火地往李府来。李大人对他女婿满意极了，李夫人得知女婿中了状元，身体精神都好了很多。这是玉林娶了秀英后，头一回和秀英一起在李府，我知道，秀英心里特别高兴。李大人这个善良人，为了不让我从这喜庆中抽离，一直说着玉林高中，我父亲终于找到了，家里喜事连连福运高照之类的话。厅里的热闹持续了很久，等到终于散了，玉林才到后院来找我。

"碰上你爸爸真是太神奇了，我一看见他，就知道他是你爸爸。"

"是啊，实在万幸！我和他长得太像了。"

"第一眼看很像，就像一个模子里刻出来的。看久了，就能看出其实你们不太像，是两个完全不同的人。"

"还没人说过我和他不像的。其实我到现在都不敢相信这一切是真的，这比书里的故事还奇的奇事，真的发生在我身上了吗？我心里有点怕。"

"我也觉得吓人，传奇得吓人。不过，还有感激。你知道吗？正因为有遇上你爸爸这件事情，我心里才得了底气去参加殿试，这才有了好结果！"

"真是这样就太好了！可我觉得你这么说只是为了安慰我吧？好，就算是这样，我也接受了。"话一出口，我就觉得自己说了一句不该说的话，于是，赶紧接着说，"听李大人说，你要带着秀英搬到京城去了，没多少时间就要走了吧？"

"是，是这样。但我现在还没想好是不是带秀英一起过去……"

"别想了，玉林，就这样吧，这样最好。反正我……"

"我知道你的意思。所以，我既为你找到父亲而高兴，也为你找到父亲而烦恼。到你一定要回暹罗的时候了。"

我不想和玉林一起陷入难堪和尴尬，说："父亲找没找到，我都打算回去了。妈妈和妹妹两个人在家里，生意又没人管，我始终不放心。"我这样说，只好这样说。真话总是不那么容易说出口的。其实，我这趟回去，跟从前那个那么想要出来的我，已经不是一个人了。就像他这趟考试回来，也已不是原来的那个他了。原先的玉林和原先的我，都停在从前的某个时刻，终止了。

"我好不容易有个说话的人，却要走了。唉，要是你是中国人就好了。"

"不，不会好的。假如我生来就是中国人，我们永远都不会说话的。"

沉默开始侵袭接下来的时间，我不想被沉默打败。这是头一次，我因为和他之间不说话而特别紧张。那种不说话的心安消失了，剩下的，只是令人煎熬的折磨。我讨厌这种气氛，讨厌极了！可我，已经能够娴熟掩藏自己心意的普拉榕，无论怎样都张不开嘴，即使张嘴也发不出任何声音！

总算，很久之后我挤出了一句话："你要对秀英好。"

然后，他也隔了很久才回答："我只能对她好了。"

"嗯，对她好就是对我好。"

"是，我只能这样对你好了。"

我笑了，不知道为什么要笑，没发生任何能让我笑的事。就是笑了，突然笑了。鬼知道为什么！然后，玉林也跟着我笑。我们笑得越来越开怀，越来越像是在真的笑。我们看着彼此，像两个摔倒的小孩儿站起来互相看对方脸上的泥，疼痛是丝毫不顾忌的。玉林说，走之前一定要给我一样东西，我却问他要另一样东西。

"你和秀英结婚那天捡的碧玉簪子还在吗？"

"信和簪子一直都收着，怎么，你知道是谁放的了？"

"还不知道呢，以后也没机会知道了。我觉得，那簪子对你和秀英不好，你别留着了，把它给我吧。我想带走，带回暹罗去。"

八

玉林带秀英回王府之前，当着我的面，把那封影响他婚事的信撕了，也按我说的，把那个簪子交给了我。"还有个东西，是我一定要给你的。"他说。然后，他就把一块玉放到了我手里，一块真正的玉，玉林的玉。这是一块没有经过人工雕琢的、莹润、光洁的玉，一块白白的、暖暖的，总有光从它里面往外透出的玉。它柔滑细腻，越抚越软，好像一块马上就要化开的凝脂。我从来就知道玉是美的，但直到自己真正拥有了它，才知道它原来有那么美！玉，一旦你看进去了，看懂了，就一定会被它那浑然天成的美征服，变得再也不愿欣赏那些人间自以为是的雕琢物件了！它的每一个折角、拐弯，哪怕是凹陷、绽裂，都是它美的一部分。真的，人造的怎会好过神造的？我，也是神造的。

玉林和秀英一走，李府就恢复了平静。秀英为不能陪我一起等待父亲而感到遗憾。她真傻！只有她不在才是我的福气，因我实在已不想再承受一点她对我的好了，一点都不行！去吧，好好去和玉林开始你们的新生活吧。无论如何，我已经有了我的圆满，我找到爸爸了。这次回去以后，我就再也不会来了，我希望，这也能算是我对你的一份好吧。

陌生的中国，我从未到过的地方，在内心深处，却一直是熟悉的。我的眼睛只为我心里有过的风景停留，一切与之无关的，我都没有能力去看见。我爱我的家，爱大城，但我也不喜欢在中国被别人当作大城人。从我开始学习汉字，读到由它们写成的文章、诗词起，我就相信我已经看见了中国，我是懂中国的。

我知道，也许，聪明的你已经看出来了，那么，就请你看破却不说破，成人之美，原谅我对自己的部分掩盖吧。是的，我对自己的某一份深情，始终在竭力地掩藏。我的心，实在很难对自己说谎；写下来的字，也无法做到颠倒心意。我能做的，就是靠我仅有的那一点点能力，去删节或淡化这份我至今仍不想昭之于世的情感（我这样做，是为了秀英，也为了让自己对她不那么愧疚。这是在现实中我所亏欠她的，只好用我一厢情愿的文字作为补偿）。我现在和我的木头们交往得很愉快很顺利。父亲的腿伤虽还没有完全医好，但在大家的照顾下，至少没有再恶化了。他现在倒是乐得在家里休养，反正有我管理生意，还做得有声有色。当然，我也没有忘记去践行父亲对那位京城旅店老板所作的许诺，他现在已经是一个京城有名的木材商了，还很好地帮我完成了在中国的各种联络（这真是神的安排）。

阿瑜陀耶的声音还是那么喧闹，实在很难与安静的中国相比。但我的心，已经学会了那种中国的安静，在大城中也找到了富足而深远的宁静。是的，直到今天，我还是一个人。可是，那又怎样呢？我有玉林给我的一块玉，还有那支差点坏了一段好姻缘的碧玉簪。虽然我至今也不知道玉簪究竟是谁的，又为什么会被放在那里，但我可以确定，我是那个最该把簪子拿走的人。谁放的有那么重要吗？知道一朵花的名字比你看见那朵花重要吗？我现在还能常常看见那朵花，那朵我拒绝让玉林告诉我名字的、他第一次见我时我在看的花。它常常在我心里开放、凋落，然后又再次开放。

人这一生，搞不清楚、不确定的事太多了。我们为什么要将每件事都搞清楚？又怎么能将每件事都搞清楚呢？对我来说，最可贵的，是知道自己永远也搞不清楚。不过，有一件事我现在是确定的，那就是每当我再抬头寻找月亮时，看见的就是中国的那个月亮。

断桥

一

　　末未挣扎着，就是安静不下来。所有的日常，全都成了她逃避
自己失败的有力推手。她输了。

　　从前，她知道自己买不起爱情，于是就选了一个自认为可以掌
控的男人。可她实在不明白，已经退而求其次了，老天怎么还那么
不留情面！她已经不漂亮，个子不高，身材不好，声音不好听，头
发不柔顺，等等。那么多的欠缺，竟还不够换来一张圆满的脸面吗？
所谓的公平到底是什么呢？她想不通。结婚以来，家主要靠她一个
人撑着。她收入比老公高，老公也是她亲手从农村带出来的。老公
的相貌是公认还不错的，除了身高差一口气，没有哪处不符合现在
的美男标准，要不是从农村出来，性子较弱，在城里肯定是很吃得
开的那种人。末未的老公，性格柔顺得很，末未言东他从来不朝西。
在家里，只有末未吼的份，他横竖都只能听着。

一开始，末未只是心生猜忌，也不知怎的就莫名其妙有了那种想法。但架不住她是个热闹胚子，管不住自己那张爱八卦的嘴，于是就到处跟人瞎说诉苦，说觉得自己老公有外遇什么的。其实，那会儿她心里并不相信，一点儿也不，只是控制不住自己那张嘴，就是爱说，好像说这事特别过瘾，能得到某种特别的关注。

　　一天晚上，老公去洗澡，末未拿起他的手机，翻看里面的各种记录。她经常趁老公不在查他的手机，每次都无果而终。当这次她真看见那个女人发来的一条短消息时，整个人当场就要爆炸了。她迅速在脑海中联系起各个疑点，想到了她老公最近穿的几件新衣服大概就是那女人给他买的……她万万想不到，他竟然真的有外遇，竟然真的敢骗她！他说那些衣服是别人送给老板，而老板不喜欢才转送给他的。当时末未就觉得奇怪，他老板大腹便便，跟他根本就不是一个尺寸，要真是他说的那样，那送的人也太缺心眼了，送来的衣服全都小了，还真只有她老公穿着合适！

　　她反复思忖着手机里显示的那个名字，目前还不能核对上到底是谁。不过，在印象中，她依稀好像是听谁说起过的……对了！还真有点熟悉，就是她，错不了！现在，她确定他真的背叛她了，不是假象，不是自己一直以来吹嘘的那样，而是真的，真的发生了！就这么个人，竟然真的背着她和别人好了！

　　末未五雷轰顶，怒不可遏，她的愤恨冲进骨髓，灌注进每一条神经。她又崩溃，又愤怒，但胸口被坚实地压住，一点也喊不出来。从那天起，她就失声了。她看见这男人，再讲不出一个字，发不出一点声音了。刚开始那段日子，他们还会吵吵。末未用嘶哑的喉咙对着他咆哮不止，而他仍然温温的，三棍子打不出个闷屁。

　　末未只有绝望，彻底地绝望。生活还在继续，他们之间因为日常的必需，仍然有对话。但那些声音都不是从末未的心和意志中发出的，她自己也不知道自己到底说了些什么，是怎么说出来的。因为实际上，她已经再也讲不出话，永远地失声了。

二

潮汐将月华涌到地上，一吞一吐。夜里，断桥边，不喝酒也会醉。末未觉得昏沉无力，两旁的屋瓦都盛气凌人起来，它们显出一张张神憎鬼厌的脸面，暴突出眼球，直朝她仅存的那最后一点虚弱的道德逼来，连伪善也不放过。末未突然想，这么美的大西湖，为什么不能是属于自己的呢？这就是她发现豆豆和老板的私情后，心里涌出的第一句话。

第二天一早，她就把消息汇报给老板娘，然后向其他姑娘宣布，要整死豆豆。老板娘的意思是暂时先不想闹大，于是就拦住末未先别拆穿这事，打算只教训教训豆豆。老板娘说，再观察观察，想想办法。

豆豆今年刚二十一岁，是店里唯一一个福建女孩。她来的时候十九岁，说话轻声细气的，身体也很柔弱。老板已经快六十岁了，开店的二十几年中，见过的漂亮姑娘并不算少。有那么几年，老板还算年轻的一段时间里，店里来过几个顶漂亮的年轻姑娘。那会儿的诱惑那么大，他都丝毫没出格。豆豆呢，样子一般，性格还很古怪。末未实在不理解，他怎么就大风大浪不翻船，偏偏栽在阴沟洞里？由于总是与自己老公出轨的事联系起来，末未时常忍不住要给豆豆来上那么几句，让豆豆毫无防备地在众人面前难堪。她可不像老板娘那么沉稳冷静！

不知老天究竟是对什么不满，忽然就对众人作出惩罚。连续几天了，西湖被水汽闷得阴沉湿重，人也浑身上下没一处是爽利的。天把云压得很低，沉甸甸锤击下来，整个杭州被挤压得很紧，众人也仿佛全被压扁。在这种情况下，豆豆和老板，竟仍在苏堤那边的长凳上悠闲地坐着，似乎这次惩罚与他们无关。

　　阳光唯独就洒在他们身上。在他们正坐着的位置上，仍能听见水流和鸟鸣的声音。豆豆踩了一下老板的脚，老板装作生气回踩了过去；豆豆又踩过来，老板又回踩她。他们你一脚我一脚，就这么游戏着直到太阳都看乏了，卷进云毯中昏睡过去。

　　然而，同样的这几天里，末末却难受极了！

　　沉闷的天压得她快死过去，备受煎熬。她感觉自己的头顶覆盖着鼻子，鼻子压到了嘴唇，颈部被挤进胃里，整个上身全被塞进子宫往下笔直地垂着，两条腿只好与极大的下坠感奋力拼搏。什么时候，才可以不用呼吸呢？末末这样想着。不，心怎么会想呢？心，是心脏。心脏是个器官，负责搏动、运输血液，怎么会想呢？想，应该是头脑的工作，头脑就是大脑。为什么我们平常不说，我脑想怎样怎样，而要说我心想如何如何呢？心怎么会想呢？对，还有什么心痛！心，是不会痛的。她想起自己昨天刚看过虾皮转发的一篇文章，正巧就说到了心脏。心脏上是没有神经的，没有神经就不可能有痛感，怎么可能会痛呢？心痛？太不科学了！人类原来这么愚昧落后，竟从来分不清脑子和心。说到脑子，末末最爱吃的，就是猪脑。但这会儿，她忽然想吃猪心了。对，现在就去跟老板娘讲，明天让老板做炒猪心！

三

"你带上你的兄弟，我把店里的小姑娘全叫上。"末未说。

对方是男方那边的老大，末未是女方这边的头。那男的常常在周末组织活动，要末未带人一起去玩。末未非常享受这种做老大的感觉。自从通过社交软件与这男的勾搭上，一个月的时间里，末未已突破自己人生中很多个第一次了。第一次去酒吧喝酒，第一次去卡拉OK唱歌，第一次去高档会所喝茶。从威士忌到伏特加，从玛格丽特到长岛冰茶，这些新鲜的刺激，对于从没见过世面的她，是怎样的滋味和挑战。在同乡人中，末未一直是新潮和世面很广的那种人，因为她有一个在上海的大姑。小时候寒暑假，大姑总会把她叫到上海。图书馆、游乐园，这些乡里人不可能接触的地方，她都去过很多次。在农村还没有红绿灯概念的时候，末未已坐过公共汽车、出租车、摩天轮等。所以说，有个上海的亲戚，在村里是大场面。很多农村成长的孩子到城市里来，第一次看见十字路口，立交桥，大厦和商场的时候，那种惊喜与震撼，是在城市长大的孩子永远都体会不到的。城市的各种资源，只向城市的孩子们开放。图书馆、游泳馆、少年宫、游乐园，各种小吃、点心和冰激凌，还有汽车、火车、飞机，都是城市的孩子们随时可见可用，并不珍惜的事物。而这，对于在农村长大的孩子，就不是我们想得那么简单了。他们很多人第一次到城市时，根本就不知道红绿灯是用来干什么的。进城以后，往往还要经历半年到一年的时间，才能逐渐养成看红绿灯的习惯。对于很多城市人心里约定俗成的规章和节奏，他们更是没有感应，常常显得很不合拍。

尽管如此，我们仍然输了。是的，城市输了。

城市中无比丰富的资源，城市的孩子们并不珍惜，他们从小努力学习和改变命运的愿望，压根就不如农村人强烈；他们获取成功的手段，比起农村孩子来说，又太过于束手束脚。胆子没他们大，愿望没他们强，身体没他们好，心更是没他们刚硬。

末未是从江南农村出来的。她的出处，相对全国范围内的乡村来说，已经算顶富裕和挺有深厚底蕴的了。就她现在这个妍头，也不过跟她相隔几个村。两个同根生的人，都在杭州这座所谓人间天堂的城市里，找到了属于自己的、一份看上去很体面的日子。而埋藏在这番体面下头的，是城市人永远摸不着头脑的一些思绪和念想。

四

路，走的人多了，也就成了路。路，走的人多了，也就断了路。路，你走和不走，它都在那里。末未的名字写下来总容易搞错。她只好刻意去拉长每个字中该长出来的那一笔，也努力强调其中短的那一横。

月亮那么明亮，裸露而清澈地照着我们，我们却呆呆地望着它，回报出无尽的疑虑、猜忌、悔恨和抱怨。一切多么好啊，人生多好，生活多好，现实多好，困难多好，痛苦多好！这血淋淋的现实，令人揪心而无力面对的沉重苦痛，多好！因为会痛，所以你还有血有肉！心真的会痛，会抽泣，会颤抖。这种落空的悲伤会蔓延到全身，让人食而无味，辗转反侧。一具躯体，丧失的不是灵魂的意义，而是将那颗会痛的心搞丢了，压住了，忘记了，麻醉了。

人应该是痛的，很痛很痛。从出生开始，痛就是被注定的。想想现在被大家追捧的红人——婴儿，他们一来到这个世界，就会哭。

在世界中，他们的躯体实在太小，他们既不通语言，又没有行为能力，彻底需要庇佑和保护。而那颗心，却是先于这个世界智慧和文明的存在。所以，婴儿一降生到尘世，心就会告诉他，在这世上，你暂时是弱的。所以，他会纯粹地渴望庇护，又万分虔诚地学习如何在这地上世界生存。而世间所能带给他的一切，就是痛。唯有痛。

人生因痛而光荣，只有痛是光荣的。

你还会痛吗？我想你大概不会了。我曾经也有很长时间忘记了心痛。别说你天天在痛，我不相信。你只是恼火，只是愤恨，只是不满，只是充满嫉妒和不甘。你又气又恼，恼羞成怒，一味地怨恨上天给你的太少，给别人的太多。而这些，并不是那种通向光荣的痛。或者说，这样的人生，还远远没有资格痛！

五

末未恨死了，恨死这个世界了。

一切都太不公平了！相貌、幸福、金钱，等等等等，没有一样是如意的！

她说："我已经不恨世界了，如果要恨，我只恨我自己。一切都是我造成的。"

六

绕着西湖边的路一直走，不管方向多么清晰，人总故意想要糊涂。几座塔、两道长堤、几个洲，在同一个平面呈现时，很像是某种折射出来的幻影。难道在白娘子之前，这里没有过故事吗？故事，是因景而美，还是景色因着故事才美起来呢？如果你什么也不知道，什么也不认识，看到美和丑，会觉得一样吗？

末未换上新买的连衣裙，坐在店门口，让艳霞给她拍照。这时候已近黄昏，末未在店门口的大石桩上，两腿往前伸出去交叠着，脖子歪向一侧，头低下去，眼睛微抬，望向镜头，而镜头来自她自己的手机。艳霞不断调整着拍摄的角度，非常努力地寻找适合的光源，可惜无论怎么拍，都是一个样。末未穿的裙子是大红色的，艳红，比艳霞还艳。这浓重的红，能立刻让人产生一种腹胀、呕吐的感觉。

我记起第一次看见末未，是在几年前某个晚上，在这湖边的一个亭子里。她说话时极其嘶哑的喉咙令我印象很深。我记得那会儿天气已开始闷热，末未手上持着一把蒲扇，慢慢地摇着，徐徐地说话，并且缓缓地笑。她的个子很矮，腿短短的，迈步又小又慢。当时，看她零落迟缓地离开的步子，消融在西湖边的夜色中，是契合的，不知怎就觉得美好，竟美好得让人汗颜。

七

小桃晚上和老乡去消遣，回来时醉醺醺的。她还没进自己那屋，就先来敲末未的门。

"胖姐，"小桃边敲门边喊着，"胖姐。"

胖姐只好去开门，拉她到过道，见她情况不怎么良好，就带她回她自己那屋去了。两人刚开灯坐下，小桃就哭了。她不知道接下来的人生该怎么办，路要如何走。她很早就没了爸爸，被视为精神支柱的妈妈最近也突然病倒，情况严重。她奶奶告诉她，她妈怕是得了癌症，镇上的医院已经说没救了。她奶奶联系小桃，是想等小桃拿个主意或者寄些钱，好去临近的城里大医院看看还有没有救。说起这些，小桃眼泪扑簌簌往下落。她恨自己不长进没出息，这般年岁也没混出个样子，这么多年还是个打工的。她也恨母亲不能再多等她一阵，等她自己先站稳脚跟，然后再来讨孝顺的债。她自己不荣耀，怎么能荣耀家呢！

小桃是江西人，很有几分姿色，是当时店里最漂亮的一个。她水灵、聪明，在南方人中算个子高的。十六岁辍学后，她先在南昌挣扎了几年，后来经老乡介绍到了杭州，就在这个店里做工，到现在快两年了。末未表面上很宠她，实际上心里最不盼她好。漂亮虽漂亮，漂亮有什么用呢？再漂亮也还不是在这店里做人手下的，天天得听人使唤。如今整个店里的店员都要巴结末未，每天端茶递水摇扇子不说，逢年过节的，还要先给末未送个礼，然后才轮到老板娘。时不时地，就有人会买东西或让老家寄特产过来孝敬胖姐。胖姐以大姐的姿态关怀着她们，也成了这些可怜的小店员争相讨好的知心人。

但凡小桃有什么情况，都会首先告诉胖姐。以前小桃不知在哪里认识过一个有点阔绰的小商人，年纪不很大，一副暴发户的做派。那男的隔三岔五就会到店里来找小桃，一来就带几十杯奶茶，每个人都能分到好几杯。他的意思，是让小桃不要做了，跟他一起过。尽管这男的长相不尽如人意，头顶的毛发也有些稀疏，但小桃并未因此就不搭理他。她认真地考虑过这个男人，也非常仔细地思量过将来的可能性。但有一点，她无论如何也过不去关。这个男的在河南有家室，至今没离婚，且表态将来也不会离。自己一旦跟了他，不是二房就是小三，连个正经的身份都没有，日子怎么过呢？再说，她也并不喜欢他。虽然她并不是非得要自己喜欢才肯嫁人，但因着前面所说的那一点点道德，她终究是迈不开脚，死活也没肯答应他。

那会儿，末未对这些情况了如指掌，常常劝小桃，索性就跟了他。她说，那个男的都被你迷成这样了，你还怕什么？你想要什么他会不如你的愿呢？你现在左挑右选的，不管选到哪天都不会有你满意的。人最后都会选现实中最有利的那条路，只是早晚的事情而已，你可别这会儿耍骄傲，错过了这趟就不会再来下一趟了，到时候后悔都没地方哭！末未说，你干脆就跟了他算了，也不用打工了，还愁什么呀，什么都不用干了，去享受还来不及，还怕有什么愁苦？你到时候天天想法子花钱，根本就没时间愁苦了！

小桃不管内心有多忍不住安逸的诱惑，仍然不肯接受末未的建议。她那些命运各异的老乡好友，不管是谁的经历，都被她看在眼里，在心中暗自比较。她们中有好些人，都出来嫁了厂长、总经理什么的。还有一些人跟她一样，边打工边等待机遇。她知道那些嫁了有钱夫家的女孩，表面虽然风光了，实际却根本不像胖姐说的那么无忧。

除了这个，小桃还遇上过一个特别的男人。那是个广东男孩，比小桃大不了几岁。他十三岁就离家闯荡，在外多年一直没混出什么名堂。他有个哥哥，前几年到了杭州，做假砗磲和低档珍珠的买卖，没想到竟发了点小财，于是把弟弟叫出来帮忙。他和小桃相识，是在一次帮哥哥取货的时候。他哥哥在老板娘店里进了五十斤茶叶，要他来提货。男孩虽然取走了货，但心却被小桃留在了断桥边的店里。自从见过小桃后，他就再也不能忘记她，无论如何都控制不住自己想去再见她的念头，于是就开始拼命追小桃。

每天傍晚，他都会来西湖，就坐在店前离白堤最近的那排木凳上。他不会进店去打扰小桃，只是时不时走过去看她一眼。或买瓶饮料拿过去，或送个饼干到柜台，然后就坐回木凳一直等啊等，直等到夜里八九点，等到小桃下班，再陪她一路走回去。男孩的样子还算清秀，是小桃喜欢的。只是日子稍微一久，小桃一想到男孩的背景，两人的将来，心就开始下沉。

她为此常常堵得慌，而且焦虑，越来越焦虑。直到焦虑多得心里装不下了，就开始堆在脸上。男孩看出小桃的心思，就找了个晚上守仓库的兼职，想着再增加点收入，结果反倒减少了两人本就不多的相处时间。小桃心里很不好受，三天两头就去找胖姐哭诉。胖姐看着落泪的小桃，拍拍她的手，让她不要这么想不开。她说，既然不会有结果，你们就不要在一起了，天天这么痛苦，哪是谈恋爱啊！他给不了你将来，你还这么跟着他，是你更不对。你既然接受不了，还跟他在一起浪费时间干什么呢？

"我是过来人，不怕告诉你，将来你肯定会后悔的。千万不要为一个错误的、没有结果的人，浪费掉你大好的青春和时间。你为了那些而错过的，将来但凡想起一点来，都能把你肠子给悔青了！"末末说。

小桃就这样一个接一个地错失，扔掉，离开了很多人。她内心的矛盾和挣扎，不仅没有缓解，反而愈加强烈。她更恨自己了，恨自己好也好不彻底，坏也不够有胆。这么不尴不尬地活着，难道就真要在这店里打一辈子工，当一辈子小妹吗？

桃花又蠢蠢欲动，有好些新品种已经热闹得提前开起来了。小桃站在白堤边，意识有点失控。生命仅仅是活着就可以吗？为什么她活着却并不觉得满足呢？到底要如何才能满足呢？原来，正是她的容貌，给她带来了最大的压力和伤害。在她还没有意识到自己漂亮之前，她从不觉得自己有什么缺失。可如今她长大成人了，开始知道自己是好看的，吃了一些好看的甜头后，倒开始埋怨起天命的不公了。她恨自己的出身，恨自己的格局，恨自己的天分与换来的所得不成正比。多少比她难看一万倍的人，在那里当大明星赚钱；多少样子比她差，心地不如她的人嫁了富豪贵胄，挥金如土。而她，作为一个美丽的活着的存在，却在这样一个小店里，被人呼来喝去。为了卖出一条三十块的假丝绸，她满脸堆笑，双眼放光。她的美貌，不过为这个小店赢来了一些销量，而这一切与她的美貌是多么不匹配啊！

在桃花还开得很艳的一个晚上，小桃又一个人在西湖边闲走。平常的日子，她都是从店里望着断桥，这天，她走到断桥上，朝店里望去。已经是晚上了，一片漆黑，漆黑得什么东西都显不出来了。小桃站在桃树下，因为太黑，已根本辨不清桃花的颜色。她做了一件既想好了，又并不确定非要做的事——她在慌乱中，喝下了整整一瓶敌敌畏……之后，她便在焦虑中往树下一坐，开始等待死神前来亲念判决。正当她怀疑自己的决定、质疑毒药的效果时，死神就来了。小桃就这么死了。毫无预兆，不清不楚地草草离开了人世。

末未得知后，哭过一场。但没过多少日子，她就像双脚踩上不慎掉落的花瓣一样，对此再无知无感了。

八

因为工作关系，前天我不得不去拜访一位很久没联系的好友。和她有年头没见了，大家各忙各的，见面的理由总不够充分，而互相躲避的理由又实在太多。结婚前，她是个工作起来很拼命的人。路上与她通话，她莫名其妙把声音压得很低，说话鬼鬼祟祟。我搞不清楚状况，就问她为什么那样，才知道原来她有孩子了。

好不容易到了她家，却得知我需要的东西并不在那里，而在她的办公室。所幸办公室离她家很近，她二话不说，抱起孩子就带我过去。

她的办公室在一座很高的写字楼里，下面十层都属于一个商场。我们终于等到一辆直达电梯，她抱起孩子就往里面走。商场那几层就是这样，上上下下的人多得很，所以电梯里很挤。刚一关门，孩子不知怎的，忽然就哭起来。好在她这儿子是个漂亮孩子，一对眼睛又大又圆，哭泣的样子不但不招人讨厌，反倒还惹人怜惜。电梯里的陌生人纷纷过来逗他，又是哄，又是握手的，这一闹倒让他成了众人关注的焦点。"真可爱啊""不哭不哭啊""多大了啊""长得真漂亮"……不过，这孩子，的确漂亮。他皮肤白皙，脸圆乎乎的，哭起来的时候两条胳膊一举一举的，样子滑稽极了。我那位朋友给他穿了一条有点儿厚的连体开裆裤，看起来既舒适又可爱，两只脚上还套着有小鹿图案的厚棉袜。

可爱的孩子，在哪里都有人爱。

除了要获得我所需要的材料，当时还有个急事需要用电脑处理，朋友只好把办公室暂借给我，自己带着孩子先回去了。等将事务都解决以后，我就给她关灯关门，走出来乘电梯下去。

电梯下行到第九层，又有很多商场的顾客陆续进来。有一对夫妻抱着孩子进到电梯里，电梯门一关，这个孩子也开始哭了。他的父母都很年轻，看肤色和服装，就知道是外来务工者。孩子的妈妈手上拿着一块硬纸板，轻声对孩子说，不要哭不要哭。她很担心孩子这么闹影响到其他人，招人讨厌。孩子的爸爸抱着小孩，可这爸爸自己看起来还没长大，顶多二十出头吧。遗憾的是，个子再小，面相再青涩，也改变不了他已经承担的社会角色。他既是一位年轻的务工者，也是一个孩子的父亲，更是他们那个小家庭的一家之主。他看老婆拿孩子没招，不由有些生气，整个电梯里的气氛也变得尴尬起来。

他不得不板起面孔，示意他老婆快些搞定孩子，而孩子却不肯安静，越闹越凶。小孩的头上戴着一顶红色的毛线帽，黝黑的皮肤怎么也藏不住两颊的红彤，他身上套了一件红格子棉背心，背心里是一件深蓝色的小布衣。你知道的，同样是蓝色，有与时代接轨的所谓洋气的蓝，也有那种不与时代接轨的所谓土气的蓝。孩子身上穿的就是后者。他的哭声越来越响，母亲怎么逗他也没用。我觉得他是很聪明的，因为任何正常的孩子进去，遇到这样不友善的环境都会闹的。周围的乘客没有一人来逗他，他们都挂着一副烦死了、怎么回事、能不能管好孩子的表情。我就站在这对年轻夫妻的后面，紧挨着他们，脸正冲着这个胡闹的小家伙。等电梯终于到达一层，这对夫妻赶紧低头往外走，一出电梯就往边上靠，似乎还怕挡了其他人的道。

怎么说呢？当时我也不知道自己是怎么了，就觉得五雷轰顶，心很沉重，甚至还有些绞痛。首先我必须承认，我那位朋友的孩子真的很漂亮，真的很招人喜欢。可那对夫妻的孩子就不是他们的宝贝，不是父母的心头肉吗？为什么同样的情况，遭遇的却是完全不同的结果呢？且不说他们来这商场是干什么的，光是看到那对年轻夫妻的样子，我的心就有点替他们难过。我为什么要替他们难过呢？是不是将自己搁在了不合适的位置呢？

这个世界的外在，外壳，条件，因素，实在太多了。而我们所谓的那个本质，那个在外在事物之下的本质，难道要以这样的方式被蔑视和唾弃吗？人是不是都那么容易将自己搁在不合适的位置呢？

九

离开一个地方久了，就很难再找回去了。即使找回去，那地方也很可能已面目全非。末未现在下定决心要去捉奸。她已不堪折磨了。老公的始终不承认，她自己的失声，都让她难以承受。一种怨感沁入骨髓，让末未几乎再也无法感觉到自己的呼吸。看看西湖边川流不息的人群，看看那路上来往不止的车流，末未实在不解，难道其他人真的都觉得活着有意思吗？

有一种生活，叫别人的生活。这种末未想象中的别人的生活，是非常美好的。她一向不贪图大富大贵，只要能车房俱有，家庭和睦，孩子体面就行了。这些目标听起来并不难，也许真的不难。她不是一个贪心的人。她不需要当领导或店铺的主人，只要得到那些人应得的敬仰和重视就行，这就是她所谓的不重视名誉和地位。她也不需要发财，挤进什么福布斯、斯布福，只要自己在小康社会中获得阶级准入证就行，这就是她所谓的并无心争夺权力与待遇。她想要的一切，说穿了，就是只需在她所接触的人群中有足够的风头，比她所认识的大部分人都过得好那么一点点，真的只是一点点，她就非常满足了！难道仅这样的要求，就要被说成贪婪、野心勃勃、心怀鬼胎吗？

末未每两周休息一天，其余时候都要在店里做事。店里管中饭和晚饭，也就是说，她只消在早上顺路买个包子和一杯豆浆，一天的伙食就解决了。倒是晚上回家后，末未总容易饿，所以就常要求老公给她做夜宵。末未吃喝起来，十分粗鲁野蛮，尤其最近，更是咆哮震天。但她老公就是不生气，无论她怎么喊叫，他都不生气，只是安安静静地转身去厨房准备，等做好了就端来给她吃。这些冷淡的反应，全是伤害末未的利器。她那种热闹胚子，最受不了沉默和寂静。她自己虽然不能说话，但她最盼望的，就是某时某日能产生一个燃点，点燃她心中的那根引线，使她的闷气能得以宣泄爆发。只可惜，那个燃点始终没有出现，和其他所有末未所期待的一样，始终没有出现。

不知道为什么，人往往在荒废中会感觉比较安心。只有在荒废结束后，不安和焦躁才会出现，然后开始循环。人似乎对各种来自命运的惩罚不长记性，而那些积极的方式和前进式的付出，并不能打动我们。实际上，对于岁月的流逝、体力的衰弱、青春的消逝，一切那些最自然的无法逆转的命中注定，正是贪婪的人类最无法自然接受的。相反，于那些我们无力改变的事，人反而愿意付出更多热情和努力，好像偏就喜欢跟命运作对。对那些能力范围内的，哪怕一丁点儿小事，比如好好吃饭、好好睡觉、好好工作、好好学习，人却始终做不好，不愿意做。这算是一种野心吗？想要挑战天意，以堂吉诃德战风车的决心去质疑神的权威？

十

如果你天天置身于西湖的美，就未必会觉得西湖是美的。而末未，仍旧不断地重复说着西湖的美，对所有人。要知道，这并不出于她的真心，只是关乎生意。她对眼前所见的两道长堤，熙攘的人群，绿叶红花、桃梨樱棠、映月之湖、镇山之塔可以说是十足地厌恶。

她真想离开，又不能离开，结果就致力于如何把西湖说得更美更绚烂。这种自我催眠和麻痹形成习惯以后，竟变得尤其自然和舒畅了。

她说起西湖的美丽是非常有信服力的：这些景色如何影响她，如何在四季的不同时间给予她不同的体验，给予她生命的力量，让她一次次在挫折中重见希望。听起来真的很美妙——艳丽的夕阳怎样慷慨地照耀她怀孕时的期待；柳树招摇到哪种幅度便使她回忆起初恋的美好……那些景与事的交相辉映，让听者对末末羡慕不已，投来崇拜的目光。他们都说，唉，能像你这么舒服，天天都置身天堂就好了。那些被骗的人，总是轻易就让末末实现了目的，使末末的自豪感不断攀升，使她越发提高了自己行骗的技艺。其实，这令她厌倦至极的、烦透了的西湖，她一想到就要呕吐。可为了生意，为了骄傲，为了资本，她一路享受，一路歌唱。不仅热衷于谎言，还于此中陶醉得不能自已。

豆豆的白裙子晾在窗外的长杆上，随着充满潮气的风飘忽着。南方的风丝毫没有北方的凛冽，不会有钝刀的刮擦感。它吹起来软乎乎的，令人舒爽无比。你知道吗？其实南方的风比北方的风要重，重很多。现在，它像戴着拳击手套的拳手，一拳一拳击打着豆豆的白裙。一拳，打在左腰，豆豆往右一缩，然后就完整地舒展开，动作非常漂亮；又一拳，打在小腹，豆豆整个人往后缩了两次，又柔软地展开，继续以优雅闲适的姿态和拳手玩着游戏。锁骨、臀部、膝盖，每一个部位，豆豆都会配合着翻身、紧缩、摇摆。两者的配合简直天衣无缝，直到对方戏谑地锤向胸口——心脏的位置，豆豆才停住。这次，豆豆没有翻身，没有回弹，没有收缩，也没有摇摆，只是击中的部位被锤到后面，很久以后才恢复原样。

拳手不乐意了，它不能接受玩伴突然的阴沉，于是再次朝同一个部位锤过去，豆豆还是与之前一样，不再有积极的反应，她似乎不愿意玩了。

这是拳手好不容易寻到的游戏，它不愿意轻易放弃，于是，又开始锤打豆豆的心脏。一次、两次、三次，不断地锤……豆豆始终不再有什么反应，直到风越锤越重，锤得它自己都感觉累了、没意思了，才终于离开。

豆豆恢复成原样，仍旧挂在那里，舒展得非常漂亮。不仔细看，谁都不会发现，她的胸口处其实有了裂缝，非常微小的一道裂缝，因为太微小，所以很容易被人忽略。不管多大的拳，再重、再猛，力量都会被这微小得看不见的裂口分散，使豆豆不至于受伤。

这个裂缝是天生的，是我们降生于这个世界与生俱来的一个隙口。它一直通着，我们便可以通到天空，通到万物，通到时间之外的空间，或是空间之外的时间。而如果你不小心将它堵塞，那么，它就仅仅只是这人间的，一颗完整的心脏。心脏不等于心。

十一

需要什么样的眼力，才能将夕阳看作朝霞？老板和豆豆坐在长凳上，两人谁都没有说话，也并未看对方。他们只是在一起，一起享受着寂静。那寂静，包含千言万语。

豆豆穿了一双新的短跟皮鞋，橘黄色的，小羊皮，是老板两个月前偷偷给她买的。那是一双露趾的凉鞋，脚背上有三道微斜的皮条交错着，底下是一截三厘米的鞋跟。豆豆伸出腿，以足跟为轴，抵着地面，将前脚掌和脚尖整个悬起来，左右摇晃。她顺着西湖波纹的节奏晃着，莹润的脚趾比湖面要闪亮得多。

老板扭头看看她，笑了。她马上就低下头去，也回以笑，却不看他。这是典型的恋语沟通。豆豆高兴得把另一条腿也伸向前晃起来，似乎是想用脚趾的亮光盖过日光。

忽然，老板朝豆豆的右脚踩了过去。豆豆反应很快，马上就躲，可惜却没有躲开，于是就回转来朝老板的左脚狠狠踩过去。老板不甘示弱，又回踩豆豆，这一次，他竟直朝着豆豆的脚趾踩下去了，那发光的、均匀的脚趾。五根指头排成一道整齐的斜线，没有一个破坏线条的冒失鬼出来抢风头、夺关注。老板踩过去，豆豆生气地又回踩。虽然老板穿了一双不露趾的鞋，而豆豆的脚趾裸露在外面，但豆豆的脚趾坚实无比，任再大的力气都踩不坏它们，哪怕脚趾上堆叠的鞋印已经很多了，但只需轻轻一拍，立刻就完好如初！

他们你一脚，我一脚，直踩到老板的脚开始流血，血又顺着踩向豆豆的脚，流到那雪白而又坚强的脚趾上时，两人才终于转头看向对方。他们会心一笑，然后就依偎在一起。

十二

如果仅凭颜色，我在同一个地方，一起拍下朝霞与夕阳给你看，你未见得能发现它们的差别。

1979年，冬天跟春天较上劲了，往后延长了许多。杭州的一切都被冰封，冒着极大的风险想将自己定格止顿。物是物，人是人。虽然人与物共处一世，但多数时候，并不能做到步调一致。因为人总是不想去顾及物的意愿，只想按人自己的要求索取。

不管冬天以什么方式拒绝离开，人们还是飞蛾扑火般地投向春天，拼命地催化春气。大多数人在这时候变得异常团结，一起集中力量抵抗顽冬。无辜的冬天，受到人类无情的攻击和唾弃，心情沮丧。它恨自己偏偏被安排在这时候出现，偏偏被放在该死的春天之前。它恨这个它无法改变的宿命。于是，在人们催雨、烧火、架炉等一系列攻击下，冬气被渐渐击溃。春天带着狡黠明艳的笑，骄傲地铺满人世，以瞬间的速度席卷大地。

一切都有重量和速度。悲伤有0.5克的，也有重6000吨的；有比光速更快的速度，也有比空间更大的空间。决定这一切的标尺，并不是我们已知的任何数据，而是人心。

然而，这世界也多得是不按人心标准而存在的标准。

比如，花就不会因人的喜恶而决定自己是否绽放，鸟也不会因人的评价而改变飞行的姿态。你看，满山的花，没有人看，它还是那么红。不管你是赞誉还是诋毁，或者如何不屑一顾，花，总会顺着天命的秩序如期开放，又如期灭亡、陨落、化作尘埃。

你踩在一片花瓣上，脚底并没有什么感觉，就像你直接走在大地上一样。你甚至不知道，在你无意时已踩过多少花瓣。它们轻薄的身体，因为柔软而被忽略；淡淡的香气，也因敌不过艳俗的味道，而无法进到人的鼻腔。但是，它们毫不在意。它们美丽，不因你的心意；它们死亡，也不由你命令。

直至隆冬彻底消散，我们始终没听见任何响动。然而，当这个春天的第一朵花瓣落在断桥上时，巨大的轰鸣声震惊了整个杭州。人们无法判断，这一声巨响是来自哪里，又是因为什么。是炮弹，是天雷，还是山体倒塌？一时间，杭州城人心惶惶，看什么都害怕，总觉得有什么暗裂在潜伏，伺机一夜之间将人们侵吞。

断桥上的人群还是没有停歇，本市的、外埠的，趋之若鹜，络绎不绝。断桥其实断了，有一道巨大的裂缝在桥面上，像被炸开似的，烂在那里。

但是，除了稀奇，我还是只能稀奇！究竟那些行人是怎么避开断裂，走缺口如履平地，能那样泰然自若地，日复一日地，就那么过去，又那么过来。

十三

她也是父母的孩子，她也曾是一个小宝贝，有一双渴望世界，渴望爱的眼睛。如今，为什么一切都不见了踪影，一切都凭空消失。

现在的末未，与她的出生、成长都没有关系。她是全新的，真的是全新的。一个无根的浮萍，飘在西湖的湖面上，随风摇摆。浮萍们相见，并没有同类感，因为都无根。而无根就是没有属性的。于是它们聚在一起，数量再多也没有同类感，即使满大街都是和她一样的人，她也并不这样认为。

末未走过来了，嘴角藏着某种讪笑的纹路，即使她再温和地看着我，那种善意也始终会流露出尴尬。我知道，不管从哪个方面来说，我都不是一个她看得上的人。

天空的颜色很淡，湖面拼命往上凑，想贴到云层上，越过大地和天空的距离。即使它抬到自认为很高的地方，离天仍然很远。天是一种绝对，你不断地向上，它也在向上，你与它的距离永远相等。我们都是莫名其妙地，或者说是在意识不清的情况下步入人间之路的。这个人世，靠着不断涌出的美好，挫败，光荣和羞愧，弥合了断断续续的道路，在不断充满中，支撑着人生前行。

音乐学中，有个非常重要的理论：休止也是音乐。在交响乐演奏中，一些乐器通常只出现在某一乐章的几个小节里，余下的部分全是休止。按照聪明的人类的想法，那就等到那一章再上去演奏不就好了吗？或者只在那几小节出现不就完了吗？因为人们都非常聪明地知道，其最后呈现的结果完全是一样的。且先不论这样的音乐观念是否正确，在此之外，我有另一层意思想要表达——如果你是乐团的一员，不管你愿不愿意承认休止也是音乐，按照规矩，哪怕你只演奏一个音，也要整场坐在上面。这种强迫关系，因为牵扯到制度和利益，所以就被我们习以为常地接纳了。可你想不到的是，在整个人生中，是同理。那些休止的时刻是完整乐章的组成部分，从第一小节开始，从第一拍开始，不管有没有乐音需要你演奏，你都已经在演奏了。所以，烦恼、静止、寂寞，都是人生；苦难、快乐、精彩、无趣，都是人生。这些与你在人生的谱面上，遇到无数的休止是一样的。

说起来，人生还是比那场残酷的音乐会要丰富许多。演奏一整首乐曲，最糟糕的情况，也不过就是整场只演奏一个音。而一旦你想通休止也是音乐的这个道理，就会明白，你当然不是只演奏那一个音，而是在演奏全部的乐曲！从第一小节到终止。

十四

等我再走过去的时候，末末已经不在原来的地方了。

如果你的心是空的，那一切就都空了。湖水是空的，柳岸河堤是空的，钱是空的，名是空的。什么都没有意义。有的时候，你自己都无法确定和相信，仅仅是最后的一厘米，却决定了门到底是掩着还是关上。尽管你已经把门推到锁口，但就是最后一厘米的力气，你不想出，你没有出，门就没有被关上。没有把门推进去，往往不是因为懒，而是总希望留下另一条路，然后又侥幸地想保住现在所拥有的。可是在理论上，门没有关上，即意味着开。不管你关了一半、掩住，还是已经抵住锁口，它都是开着的。有时候，我在屋里坐着，觉得外面吵闹，便把门关上。而有时，又担心外面会不会有什么状况，就把门打开些，两边都兼顾着——既堵一些噪声，又关注外面的动向。可是，只要门没有扣上，不管我合拢多少，噪声其实都存在，只有全部关上才行。

人生没有那么多模棱两可的事情，有的话，都是我们自己折腾出来的。事情的结果通常都非常简单和明确，我们不愿意放弃就是因为无止境的贪婪。这种贪婪带来侥幸、小算盘、便宜账，而这一切的共性是什么都想要。这也想要，那也想要，最终哪一样都没要到，人生就此被浪费。经济学是门很好的学问，它把一切关系都交易化，非常量化地计算出地上世界的利益账目。这很好，这使人类不得不学会理解代价。你想要任何一样东西，都必须付出代价。比如现在，你要在 A 和 B 中间做出选择。要知道，结果肯定也必须不是 A 就是 B，绝不会有一个折中的半 A 半 B 存在。所以，你选择 A，就意味着失去 B；而选择 B，就意味着失去 A。这是必然。如果你主动放弃 B 而选择了 A，而后来又很幸运地得到了 B，那么，恭喜你，这是上帝的恩典，非人力可为。

末未开始让妹妹在网上给她购买各种各样的洋裙子。曾经那些很罕见、漂亮、令我妒忌半天的布鞋和凉鞋都不见了。她开始穿上那些很不入流的高跟鞋和皮鞋。她原初不需要刻意追逐美丽，只需把持着自己从出生以来的禀性就足够美丽了。一旦她放弃这些，要去追逐世界的潮流时，天哪！她得重新补多少课！潮流，真不是她那种出身的人可以迅速学会的。若在她自己的潮流中，她是顶尖的，天然玉成的，毫不费力的；若在世界的潮流中，她这装扮怎不叫人扼腕悲叹呢！

末末的老公，眼睛一日比一日没有神采，简直就成了一条死鱼。末末越来越看不惯他，厌恶他的一切，他所有的行为。

一想起她那个神秘客户，末末胸中更是憋屈！那人是末末的老客户了。第一次来店里时谁都搞不定他，只有末末出手才摆平拿下。于是在那以后，他便三天两头就过来光顾，每次都会在店里消费好几千元，买了不少丝绸和茶叶拿去送礼。他从不透露自己的身份，但他很爱和末末说话。就在前几天，他告诉末末，他要退休了，以后恐怕就不会来了。临走时，他专门语重心长地对末末说："你在这里真是大材小用，浪费了啊。"

以前，他也说过一些类似的话，但当时末末总在忙些别的，所以只是听见了，心里并没在意。前几天，他又这样郑重其事地说，终于让末末听进去了，也激起了她心中的波澜。如果心海能够喷涌，那么，整个西湖都会被末末心中的浪涛瞬间淹没。她维持着表面的平静，对那老顾客笑了一下，说："没有啦，我就这么点用处。"

这会儿她又想起那句话，心中实在难以宁静。她怎么这么苦，为什么命运要这样捉弄她呢！她深感自己的能量远不止如此！那么多比她差、比她笨、比她坏的人，都过得比她自在，都过得比她要好。她愤愤不平，觉得一切都是因为命运和机会的不公。她始终认为，要是她的出身不那么低，她就绝不可能是这种境况。

十五

断桥的故事和传说太多了。

关于断桥这个名字的由来，也是人们一直津津乐道的。似乎，人们对名字的好奇，远远超过了对桥本身的感受。多年以来，断桥修了又修，断了又接，断桥桥未断。或许，正因为它是一座不断的断桥，人们才尤其爱它，在所有桥中最关注它。

两道长堤纵贯西湖。这线条，既不是直线，也不是曲线。一苏一白两位诗人，用青与蓝中过渡的那一笔，揉开画纸，浸墨至今。虽然，我一生中只去过三次西湖，可我的心意却长久地被留在两堤间游晃……

断桥，断开的不是桥，是时间的缝隙。为什么看到断桥会觉得美呢？我可以觉得它不美吗？日出的样子，日落的样子，春天的样子，冬天的样子。不同时间、不同环境、不同气氛下的断桥，都被我们看见了、接受了。然而，人呢？从幼年、青年、中年到老年，或者从无知、错误，再到失败和虚度，即使是对爱的人，为什么也常常只想接受他好的、成功的样子，而不想去面对他失意、无能、无助的瞬间呢？难道他不够好、不够成功，就不爱了？立交桥、公路、红绿灯、穿梭的汽车……桥旁边的世界变了又变，桥给人的心象却一直延续到今天，并将比我们更快地走向明天。

1921年冬天，杭州虽没有冷得刺骨，却连着下了好几天大雪，两道长堤都成了"白堤"。除了湖面，雪覆盖住所有地方。夜，黑漆漆一片，湖边也并没有灯光。每一粒雪都独自映着月光，闪出辉芒，从地面反射出亮光，直到空中。

桥拱挺得太高了，断桥累了。那般妖娆和骄傲，是要付代价的！

雪粒因吸收了亮光，而变得重起来，整整三丈高的雪，十吨、二十吨、三十吨，越来越重，越来越沉。桥的身子背负着这些雪粒，紧张得不行，却又忽然轻快、舒爽起来。

就这样，桥又断开了。而那万吨的，每一粒都充满了光华的雪，又正好填满了所有断裂的部分，把桥面连接得很好。翌日，人流依然穿行。

十六

人不能什么都想要。

每每想到未来，当下就变得令人焦急，有什么念头想法都恨不得立刻就做。一旦真开始做了，又总被拖后。今日复明日，明日何其多；今日复明日，明日不复来。时间只会顺势往前，从出生开始，人生就是一场倒计时演出。

有些东西并不会越来越多，只会越来越少，就像时间。说人天生没有资本概念吧，也不尽然。人年轻的时候，正因为有充盈的资本垫底，所以就挥霍，就冲刺，就拼搏。但只要活到一定的岁数，就开始叹息，自己所剩的资本已经不多，于是就牢牢抓住自己已有的不放，从攻到守，不再出击。这就是这种资本观念带给人的自然反应。想想，哪个人能在年轻时就懂得精力的有限，珍视时间，而年老时，又可以勇敢地放下已经有的，重新开始，不断进取呢？

末末看着老板娘，第一次看出一份可怜。她自己都觉得很意外，这个她十分依靠、仰仗，甚至被她奉为人生楷模和人生目标的人，竟忽然显得那么悲惨！半截入土的年纪了，什么事儿都攥得紧紧的，老公也服帖踏实了那么多年，偏偏到这时候来给她难堪。她是多要面子的人哪！一辈子付诸这个店，现在丢人也丢在店里。每天还得装作没事的样子跟大家一起八卦，想起来都难熬！还有她女儿，相貌平平也就罢了，还没有半点聪明和机灵，从小被宠坏了，除了撒娇、花妈妈的钱，别的什么都不会，升学靠母亲，留学靠母亲，眼下，寻个男友结婚，还得靠母亲。

末未想着想着，一时觉得清楚，一时又有点迷失。她一向最理解、最看得懂的，就是老板娘。可是，从刚才那一瞬开始，竟再也看不懂了。

说到底，还是因为老天不可靠，男人也不可靠啊！她想。

十七

有话说，宝塔镇河妖。雷峰塔就是被造在夕照山上镇守西湖的。

民国十三年，断桥边的大亭开始修建，而那头的雷峰塔却忽然倒了。这个已存在一千多年的雷峰塔，在民国十三年时，倒了。不管后来怎样重建了，曾经的它，也已经倒了。

断桥边这个修好的大亭，就是末未工作的旅游纪念品商店。而夕照山上，又重建了一座新塔，仍叫着上一座塔的名字。不知道这新雷峰塔所镇的，是不是还是从前所要镇压的。

重复。人生在不断的重复中，等待着某些不会重复发生的事。我们的生活不在镜头里，没有音乐响起，也不会只有那种看起来很轻松美好的精彩画面。

只顺一条道下来，让末未没有得到充裕的思考时间，而是就那样顺着，一路顺，顺到现在。她从来不会去思索人生到底是什么，能有多少可能性，因为她觉得她已经知道了，全都知道了，而且，还狭隘地认为所有人都是一样的。即使她现在感觉有些不顺，也还是不认为她的人生方向有什么问题。

但凡如此的人，都有一个共同点，那就是再也不会认为自己有错，不可能，绝对不可能，错的不是他人，就是社会，再不济都只会以为自己运气不佳，总之，错的绝不可能是他们自己。因为，他们是绝对良善的，是时刻持守着社会公约道德操守的，所以，怎么可能会错呢？他们就是为了"对"而活着的，怎么可能不对呢？久而久之，他们彻底消灭了对自我的怀疑和猜忌，且永远都会以自己在外部表现中那无限正确、无限美好的形象自居，当然，也一定不会忘记借助道德的威力，将自我欺骗成良知的楷模。

水流在途经断桥时，忽然绕道，不愿从断桥的石洞下穿过。可惜，这刚烈的气节，并没能坚持到底。当水堆积到一定高度后，重力就带着后头那些还没考虑清楚的水流，一起朝这石洞下沉鋆。

傍晚的这场雨，下得很及时。湿黏的水汽，混着泥土的味道，冷眼看着路上一心要赶回家吃饭的车流。人们到底是要去什么地方呢？人们都知道自己要去哪里吗？雨滴，按预定的方向下落。即使狂风呼啸，吹斜了身体，也仍旧不弃要奔向预设的终点。纯粹的生和死，原来都是简单而壮烈的。

雨滴下来的时候，如果很急，线条就很短；如果是缓和的，线条就会被拉长，使人的思绪有时间随它们一起在空中发散，慢慢地落下。

雨滴和断桥没有关系。雨滴和末未没有关系。雨滴，和我有关系。那些不得不从断桥穿过的水流，因为拒绝穿过，而拒绝失败了，就从整个桥上吞咽过去，直落到桥的另外一边。

看来，没有人能决定水流的走向，甚至包括它们自己。即使它们意志再强烈，也会被某些既定的方向决定，那种预设不容改变。

桥被击打出一道裂缝，雨，顺隙而下。不知道这雨，是滋润了它，还是给那伤口增添了苦痛。这是1999年的一个傍晚，我亲眼看见断桥在水的拍打下断裂，愈裂愈深。

十八

那个女的根本就不漂亮嘛。这既让末未高兴，又让她生气。高兴的是末未不觉得自己比她差，生气的是想不通老公怎么找这么个寒酸的。可是，假如她老公找的那人很漂亮，她一定比现在还要崩溃。她拼命地回忆出了有关那女人的一切，用那些零散的记忆碎渣，试图拼凑出敌人的全貌。敌人？她根本就不配做我的敌人！末未心里想。

她明明很在乎，却故意要给出很多那种不在乎的态度。思来想去，那女的实在没什么突出的地方，不过就是一个闷屁。对，恐怕就是这个原因让他们走到一处了！不过，这些都没什么，最令她不满的部分，是那女人的年龄。她实在是想不通啊！那女人年纪轻轻的，还有那么多路可以选择，有那么多男人能够接触，怎么会偏偏就看上她的老公，看上这个农村出来的闷包呢！他不过是个司机，还是个已经结了婚的司机。

末未走到楼下，离开那个死气沉沉的住所。这地方，她知道自己迟早是要离开的。一切都是暂时的，都是为了过渡到她所想去的地方而暂时停留的。人生糟糕透了，命运不但不能助她，反而给她添了许多绊脚的石头。她是她们家的救世主，没有她，全家就不行。可谁又能成为她的救世主，为她带来光彩，给她带去她所期盼的呢？末未去年在家乡的镇上，买了一套复式住宅，现在，倒是只愁着一直没时间去考驾驶执照了。

离乡出来打拼很多年了，末未目睹了众多外来务工人的起起落落，尤其是外来务工的女孩。她们中有好些人没坚持住，最后都只能选个差不多的嫁了，靠出嫁脱贫。明面上，末未虽仍和她们往来，但心里却充满了鄙夷。

她讨厌那些女的，心里觉得她们很脏。尽管她们中有一些人，根本就是受了她的影响，靠她做工作才慢慢变质的，她心里还是瞧不起她们。她觉得自己比那些女孩贵重多了，比她们不知道要纯洁多少！那些人，只配跪到有钱男人脚下做牛做马，成为笼中小鸟。

所有能让人爽朗的元素，都不由人自己掌控。比如空气、风向、水流、时间前进的节奏，等等。皮肤努力分辨着阳光照射下来的温度，以不同的表情回应那些暗语。睫毛带动眼睛，一眨一眨地从光线中划过，尽情地跳跃，它们傲气地翘起，十分为自己自豪，因为它们自以为切开了这世间最难被切开的，它们所崇拜的光。

恰好来的一阵微风，吹扬起末未心里的松快，让她终于笑了出来。她激动于自己的高傲和洁净，感怀那些年轻姑娘的卑微下贱，忽然觉得幸福无比。

浣云的人

她这几夜一口气读了好几本书，通通毫无意义。曾经招摇着向她示好的文字，如今都悉数沉默。蜻蜓在几处水洼上旋转，一场预料中的雨，准时抵达。这场雨，是不是落遍长安各处墙隅，还是只在她这里肆虐，并不打算去侵扰别人？

　　雨索性来了，她就索性呆了。她忘了自己之前在想什么，要做什么，只是静静地跪立在案前，听雨穿过时间，领她迁回到人生的路上。

　　一路回看，她好像总是在笑。欢笑、狂笑、嬉笑、嗔笑，各种各样的笑，一种笑接着另一种笑……究竟是为什么而笑呢？为什么只有笑被留下了，那些笑的原因却找不到了？如果没有原因，是否意味着那些笑是假笑，都是些笨拙而虚伪的表演呢？还有她曾经所收获的风光，那些尽情尽兴的挥洒，那些抵抗、斗争，那些挑衅、报复，竟然都随着这场雨，变得荒唐幼稚起来。她随着雨的节奏摆动几下身体，自由地伸展，忽然意识到她自己穷追猛舍的一生，原来并不是拥有得太少，而是拥有得太多，太多了。

她还来不及紧张，差役已经临到跟前了。他迟疑了吗？即使迟疑，他停顿的时间也无法估算，因为她的心律已经脱离了尘世的节拍。

那差役掐住她的胳膊，将她整个拽起来，疼得她忍不住晃了一下。但她还是笑了，又一次，因她感觉到的疼痛而笑了起来。

绿翘

死其实很好分辨。一摊没用的皮肉，精魂俱散。而人若是睡着昏倒，虽无力，却始终有魂魄拎着精神，气血还在流动。

现在，她只好确信，绿翘已经死了。

玄机

人怎么这样贪心？做了噩梦，白日里就烦闷恐慌，心里不安。做了美梦，醒来后觉得幸福不再，心里更加难过。昨晚，我又梦见陈三了。是旧日我年轻的模样和现在的他在一起，欢笑着，互相取暖。梦里的一切轻松自在，可从梦中醒来，剩下的就只有现实的不幸。

不幸，我为什么会觉得不幸？很多事，明明近在咫尺，看起来唾手可得，可那隐藏在表象之下的万丈鸿沟却是人不可逾越的。我有为自己感到满足的时候，但更多的还是不满，心，总是无处着落。

她死了吗？绿翘死了吗？因为她，我也要死了吗？如果不是因为我，她就不会死，那么，人是我杀的？如果道理是这样，那我早就被很多人杀死，也被杀了很多次！

只有死亡临近，人才会不那样爱说谎话。我也想知道，自己是从哪里开始错的，为什么错了，怎样才能不错。可是，死到临头，才明白正是一切想要解释清楚的执念将我带到了今天。人都以为我放纵不羁，自由安逸，实际上，我也怕死，我也想活，我太想活了！

这世界没有玄机，真正的玄机就是苦罚，只有甘于苦罚，才能得到安宁。没有快乐，原来，人生是没有快乐的。如果我早一点认了苦罚，我就能得到快乐。

陈三，我最后爱上的人，甚至没有像样的名字，没有头衔，没有官职、地位。可是，我竟终于爱了，像我真正爱的，我第一个爱上的人一样。只可惜，我没有机会知道他是否也爱我。

我曾经爱过那么多人，都是在爱我自己。

我让英雄在我怀中沦落，而爱是让卑微者在她怀中得到安慰以升华的。爱让懦夫成俊杰，可我要的不过是英豪在我面前匍匐，沦为懦夫。

天再也不如原先那样透亮了。韶年那样短暂，难道一旦流逝，人就一生都要在追忆往昔中度过吗？看天不如从前透，看云不如以往轻，就连走过的路也变得愈加坎坷可憎，说过的话尽是玉珠跌落，让你只能低下头去，一颗一颗重新好好拾起。

这么大的长安，这么大的世界，为什么，我总是无处容身，即使有了暂时的栖处，心也没有安宁？

我现在什么话都说不出了。实在还算年轻的身体，却经历了多少并不年轻的事。我的遭遇、年华，本当使我更坚毅、更勇敢。可为什么，我却越来越胆小怯懦？我甚至不敢去想夜里忽起的风将吹向哪里，任何一丝光的游移都令我心惊胆战。我所记念的人还好吗？

还活着吗？念想与日俱增，直怕有一口水没喝好，怕食物被什么毒汁侵害，怕雨水一来就淹了屋子……我不敢再说错一句话，不敢再放纵，不想再因一时的情绪而伤害别人。这一切全因我终于懂得了敬畏，我开始害怕返报。如果一切只报在我自己身上，我或许还能承受，但上苍的大能实在超乎人的想象，不仅全知道人之所想，还懂得你隐匿在心底的暗伤，只往你在意的地方安置坎坷，让你不堪承受。

人活久了，竟越来越胆小。我究竟什么也没拥有，却那样害怕失去。

我感谢先生，让我早早走过那样一条路。一个壶倘没有水盛进去，就没有内容，就不会有人取用。没有人取用，就只好一世孤零零地待着。我多想活出作用，活出一种价值。在价值的肯定中，我能为我这条命是活的而喜悦。先生能教我诗，能教我人事，也能教我俗世，最重要的是，先生能陪我玩耍。玩耍多快活啊！我高兴什么，他就跟着高兴什么；因为他这样好，所以我也愿意去高兴他高兴什么。我不懂得玩耍，先生就教我懂，教了就能一起玩。所以，不管长幼，不论贫贱，两个人在一起的乐事就是一道玩耍。旁人看着傻的游戏，这两人可以一起玩得很好，就是相爱了。

爱过了，就够了。不管是早一点、晚一点，或者时间长一点、短一点。爱过了，就是有，和没有是两回事。爱本就不以一种面目常在，也不会长在。无论如何，我懂了，有过，就满足安宁了。那些在我全部人生中为数不多的时刻，已经足够让我觉得幸福。

人的故事终要落下帏幔。谁人是诉说他人，谁人只是诉说自己。山川经万世，仍这样沉静，人只几趟漫游，就湿鞋阻行。人生实在只有片刻的快乐，余下的全是痛苦悲伤。那就索性抓牢它吧！紧抓这快乐不要松手，哪怕肉上的快乐也好，肉快活到顶处，或者就可以动心！

所以，我也迷失过。但我并不是放纵，而是惩戒自己。追求任何虚的东西还不如去追寻人原初的罪孽。多吃一口，多睡一下，多纵情纵性，大大好过你追名逐利，比肩人世虚无。我最厌弃那些来空谈仕途、理想、抱负的伪君子。他们实际都在垂涎美色，却非要以道德高尚自居。还有一些僵死的男人，就算去风月之地，也只当官场娱乐，对美色美食美酒无意，只想着交际攀附，好寻到机遇引荐升迁。我用美色牵制他们，一惩戒我自己曾经糊涂，二救他们离苦海远些。力争寸土。离苦海之渊一寸、半寸，都是度人。

又到了槐花坠落的时节。我看它们零落得这样美丽，就想也置身其中，任由花瓣如雨跌落，想起来都觉得美。可当我真的站在其间，我就看不见任何美丽了，只能静静等着风吹来，将我想象中的美丽赐给我。我忽然就明白了，人站在旁边看时，会觉得槐花落得很美，而一旦自己站在其间，就看不见那样的美了。美，是给有幸经过的别人看的。

人生悲哀无尽，你不想见，天意也总要将它横到你眼前铺展摊开。有的人无视此处，悲哀就会降到彼处。反正，它总会选你在乎的一处着陆，猝不及防就将你的骄傲打得溃败不堪。黑夜不等于黑暗。这世界全然是亮着的，时刻亮着，如槐花垂满枝头，总有风来吹散。我们这样盛开，这样衰亡，是对天命的服从。

原来，对命运无可奈何才是人生的常态啊！我定是原先走错了。人可以决定的事真的少之又少。逍遥和愉快都是给别人看的，余下的不自在是真的。接受平庸，不是变得平庸。接受平庸的现实，生活才会变得真实尊贵起来。有时候想着想着，感觉世界就静止了，或许世界原本就是可以随着我的心境变迁的，而不只是我会随着世界而变。

如果要灭亡，那就灭亡。

一句话也不能讲了。

人越来越胆怯，越来越不知所措。你又一次离我远去。

一个接一个，你，我，都这样远离，而鱼，始终在原地。

西江的水东流无歇，人间的奥秘玄之又玄。我厌恶规则，想抗争，要掠夺，将美好全部追回！

漂泊又漂泊，栖落又出发，我不再年幼，也绝不接受卑微。

我有过父亲，失去了父亲，又寻到父亲，却不能嫁给父亲。

人不应当选择所爱吗？

这骗子一样的人间，这堕落的大地，让时间空虚，逼人心惶恐。

槐花又落了一地，难道只有落地，才能被看见吗？

没有刀剑如人心尖利，没有铁壁比人心刚硬！我无所可藏，也毫不在意。

如果每一秒都有重量，也要从我遇见你才能开始算起。我的第一个爱人，我的父亲，一个新的父亲，不是那给了我名字就死去了的父亲。因为我爱你，世间望我的眼神就变了，日子长了，呼吸短了，冬天，春天，所有排列，全乱了。

因为我爱你，所有过往就有了意义，都是为了认出你，而无关乎得到你。

我为什么是女孩呢？女孩只好成为装点，成为安慰。

可是，你还是出发了，并没有带上我。

人的起初，也许就已指明了最终。啊，如果我不坠落到底，又怎能抵达内心？

先生

我很遗憾，不能为你读这首诗。我，在你抵达之先，就老了，等你醒来，就已经死了。

谁承想，我还与衰亡较量，你就先走了，永别人间。然而，那场火，大难不死之后，我始终做同一个梦，只想将时光返还。

你救了我，你一定要记住。从天上到地下，从大江汇入海洋，像那些鱼一样。

我只是人，半个人，枯朽的，不堪的，遭人厌弃的，不能全部裸露的，半个人。

我不能再为你唱歌，不能再为你写诗，不能再想你了，没有眼泪，这一切我都无能为力了。

没有一句话能说完我的悲痛，没有一丝爱我还能再添增给你。全部的人生，加起来不过才几句，甚至构不成一首短诗，结束，竟在休止以前。

会有崭新的日子吗？会有更美的别离吗？

我再不能写诗了，也不能歌唱，不能经过，经过所有你存在过的经过。为了苟活，我用尽了全部气力，却仍然一无所获。

你究竟是怎么找到藏在云后的我？而我却始终不敢看水中的你。

全部我，最后，只是你的一句诗而已。

柳先生

　　长安城里，没有不知道柳先生的。他学识渊博，著述颇多，还是众人心中德行的典范。所以，玄机想，谁来了，他也不会来的。可偏偏就是他来了，柳先生来了。

　　"我从前错了，全错了。"他说。

　　"为什么这样说？没有人不知道柳先生，没有人不称先生大德，你怎就错了呢？"玄机问。

　　"人大凡老了，没气力了，才会老实一点。我曾经不是说你于长安乃不净，于祖宗乃不敬吗？我真的错了，全错了。"

　　"我不懂你说的话，也不明白你怎么突然要追风逐月？"玄机又问。

　　柳先生说了很长一番话：

　　"我一向讨厌沉迷莺歌，贪图享受。不过，我的意思不是断绝享受，而是要保有节制。如今市面上盛行攀比风情，我对此甚是不解，也颇为不满。有些无聊的传言诽谤我，揶揄我，说我不谙世故，呆若僵木。试问僵木怎娶三房妻妾，又怎生儿养女呢？

　　"夫子曰，'三十而立，四十不惑，五十知天命'，而我年逾花甲，方觑天光。看来今人实在不如前人！我如今唯感叹自己顽劣不自知。人心不古啊！竟比前人整整晚了十年！

　　"我从前说，读书比风流要紧。现在老了，身心俱衰，才明白风流是顶顶紧要的一本书！环顾左右，但凡领会风流奥妙的，何须苦读？那苦读的，无非实在不解风情，毫无风流之才，遂寄托于勤读苦学。学问有何用？人谨守德行又为了什么？我说读书，说道理，结果却助人去追人世功利。读书难不成是为了做官？为了娶妻生子？为了改命换运？命不在人手中。人只能做人该做的事。

"人能不吃？人能不喝？人能不饿、不怒、不贪，不起邪念？如是，非人也！是人必有长短，是人必有罪孽。天下人既有万千之众，罪孽长短亦必万千各异。是故，勿以己之尺规量他。于是乎，我错了。我之前论断你，贬损你，何等荒谬！我如今才看清那不净之净，才晓得那不敬之敬。

"我无意再逞强，我宁可袒露难堪，因我不得不可怜自己，并指望你也可怜可怜我！我食不甘味，熟视无睹，置千万里美景于罔顾，更不知如何近美色，如何讨美人欢心。我的身躯，既不知疼，也不觉痒了，就像是死掉了一样。或有救，不如先弃了之前的执迷。

"人既生，亦复长。木岁一轮，人这一世如何又仅凭一时来定输赢呢？我此刻只想得救，求你可怜我，求你让我的身子再觉出痛，再觉出痒。我急急苦求那刺我、伤我、觉醒我的万事万物通通袭来，叫我活过来，不至于死！"

玄机听说这些，就将身子凑过去。

她并不是被什么道理打动了，只是忽然特别想占有这个曾经自恃才高不可一世的可怜老头。

乘虚而入并不可耻。

她对他微笑，缓释他的不适与尴尬，只由着自己把控节奏。

就这样，她倾尽全力玩弄着这截朽木，异常满足！

河

玄机想到那些年，想到先生，想到子安，想到母亲，不得不再一次面对记忆中的那条河。她抬起手腕，又由手腕连到臂膀，顺着心跳的节奏把光线映在流淌的波纹中。

那时，她还不知人世的忧愁，虽然在河边很快乐，却一心只想着要离开它。她总以为，离开河她就自由了，解放了。她觉得自己是这世上最可怜的。她以为她的诗才和美丽被那条河，被那些不属于她的衣裳，被那双浣洗揉搓的手给捆住了。她想挣脱，要颠覆，不知道正是那些孕育出她的诗才和美丽。

她最爱看那清澈水里的影像。日头把身影拉得很长，很薄，侧边棱角都历历分明。正午之前，影像由西斜出，正午一过，又渐渐东移过去。光影往复循环，从来都不累，人也不觉得累。一朵云在水中渐渐漂过去，又一朵云漂过来，从上游到中段，再从中段顺流而下，接续，移动，漂浮……这是她最喜欢的，看云在河中漂游，沐浴，清洗，焕然一新。

那时候，她还不叫玄机。那时候，她有她自己的名字。

但她还是离开了河，也离开了云。在后来的一次次挫折、一次次不安中，真相才越发清晰。但她仍旧不愿意看，也不愿意想。即使她认为自己很可能错了，也依然忍不住试探。

所以，她已经很久都听不见自己的笑声了。她只能听见别人的笑，甚至是鸟儿的、花草的，她都能听见，就是听不见她自己的。因为，再没有一件事能让她笑了。她的心满目疮痍，除了用身体去撞那极限的边际，已经毫无知觉，更别说有什么大悲大喜了。

或者，将心取出来拍打？心可以洗涤吗？自从她离开那条河，心就染上了烟尘。如果能够将心取出，用她那少时熟练的动作洗净，再由河水冲刷，还能纯洁无瑕，完好如初吗？

梦中，她带上几壶酒，一个人来到河边。她眼前的河，只是一整条河的一段。但是，只要这一段就够了。一段，就足够流淌全部一生。她把酒杯摆好，斟满，坐在自己曾经坐过的地方，先敬河流，然后给自己倒出一杯，一饮而尽。

幼微

很久以前，没有人叫我玄机。

我的名字，谁关心我的名字？我的名字是幼微，幼小、微小、微不足道。然而，我是名不符其实的，我没有活成我的名字，没有按照名字预设的台本演出。我总是在抗争，不知道为什么抗争而抗争，不知道什么反驳而反驳，也不知为什么就笑了，更不知为什么就爱了，爱得死去活来，又恨，恨得咬牙切齿，却又再爱了。

如果世人不知道我为什么会成为一种玄机，我多少感觉有些遗憾。因为我不想成为玄机被留下，而想要回到我最初的名字，归于我自己本初的样子，即使是微不足道的，我也愿意以那个样子被留下，或者消散。

起初，都是幼小，
幼小而微不足道。

勇敢和毛躁，
落在微不足道的幼小上，

连势力也无法掠夺无知，
无知使人强大。

可无知却不懂得坚守，
时间的骗局，
带我第一次见到堕落的槐花，
叫人执迷于沉坠的绚烂！

爸爸走得匆忙，
家也散得仓促，
为什么幼小得不到看护，
人只能去强盛中厮杀？

水中是我的手，
浣洗的却是别人的服饰，
啊，同样的污渍，
却被冠以不同的姓名。

那么多不同的云，
都只是云，
那么多的一地槐花，
不管是在这里还是那里，
近处的，远处的，
仍旧都只是槐花。

都是做梦的人，
都是不认识自己的人，
都是选择遗忘的人，
都是被人遗忘的人。

你感觉到我，
却并不能理解我。
多少感觉带着欺骗，
甚至是自我的毁灭！

但是，
还是要相信感觉，
最初的感觉。
隐匿在幼小和卑微里的那感觉。

是云，
一朵一朵漂游远离，
带来了颜色，
和几近无暇的心。

断云江上月。

二十四桥明月夜

一

一百天，俯趴在垣垒上看他，已经整整一百天了。一百天，两个不同的季节，无数的变化，进阶，倒退，逆转……

人生在世，在春不言夏，在冬勿论春。只有到了秋天，才得见秋天的样子。要不是如今活到三十岁，我仍不会认为从前的自己活得那么潦草空洞。要是这样就好了，要是那样就好了，想起从前，实在悔不当初！真对一个人好，与真想让一个人觉得我对他很好，是有很大差别的。不过，这些差别，不到三十岁，全是明白不了的。难道年龄是一种预设的魔咒吗？我想知道，有没有什么能偷取时间的办法……

他出现了。又一次，我头脑空眩，昏茫茫的，有云絮一般的温软漾散在心里。

我的视线只及他后颈，再高些的位置就失真了。人眼睛所见的与所见那实际的不会产生失真吗？无论与否，人还是只能依靠那所见的，并相信它带我们所见的一切。

他稍微侧转身体，下颌边缘闪出钻石精准切割后所折射出的亮光。我要求自己呼吸得轻些，再轻些，生怕不小心惊动了他的心境，失却光炫的角度。如果我可以消融在空气中，悄然地贴近他，蹿入他鼻息，沁浸他的身腹……啊，那么顺当，毫无痕迹……

他又转过去了，仍旧没有回头，与前一次，前九十九次，如出一辙。但我还是觉得幸福，收获了一整天的喜悦，为接下来的寥苦日子找到了目的。

尽管，他只是一只瓢虫。

二

O, that you were yourself ! but, love, you are
No longer yours than you yourself here live:
Against this coming end you should prepare,
And your sweet semblance to some other give.

他不像你，没有承接你雅正的鬓角，没有你微耸明晰的眉骨，甚至下巴也要比你长出很多。可是他一笑，我就能看见你，就好像你还在我身边。

原谅我没有告诉他你是谁。他只晓得自己是老天的孩子，却不晓得给他这血气发肤的生父的姓名。是啊，我也未曾问过你本来的名字，只知道人家怎么唤你，并自作主张为你起了许多新的名字来叫你。你是命运给我的礼物，也是他的礼物。现在我日夜看管他，却总嫌照顾得不够，常要忧惧他哪次顽皮过头，生出什么险事意外，那会让我很难过的。

回不去了，不管是认识你以前，还是认识你之后，我都回不去了。如今，只剩曾经的我，仍在曾经的时间中，经历我从前经历的，做着我从前所做的决定。我所亲爱的，请你一定要原谅我，原谅我没带他去送你最后一程。他还小，什么都不懂，假使你听着他喊"爸爸"却无法应答，该有多难过啊！你知道我最见不得你难过，见不得你充满悔恨又无可奈何。我总是恨不得变成你，变成你的样子，我是多么愿意舍弃肉身，和你一起离开这纷扰嘈杂的人界啊！

可是，现在不一样了。他来了，这个并不像你，却是你亲生的小孩子来了，我的想法与从前不一样了——他是我的礼物，也是你的礼物。

如今，我再也无法仇恨自己是谁，就如你始终无法移易你的类属一样。是的，人云亦云的伦常从未羁绊过我们，而他的来到却使我对你的爱有了改变，让我在痛苦中又寻着了另一种欢乐。

所以啊，离开了的我的爱人，只要是命定的，即使是飓风，也令人喜乐不是吗！

So should that beauty which you hold in lease

Find no determination: then you were

Yourself again after yourself 's decease,

When your sweet issue your sweet form should bear.

真的，他长得既不像你，也不像我，但形貌却生得和母亲一样——双足站立，双手用以劳作。尽管他现在步履蹒跚，可他已能站得很稳、跳得很快了。在他只能躺只会爬的辰光，你将他负在背上满院悠走的样子，我还记得很牢呢！你那样克制着躁性，缓缓，平稳，踽踽前行，我知道，那是你生怕有什么闪失摔疼了你亲爱的小孩。

离开了的我的爱人，我想，我应该要对你坦白——请原谅变心的我吧！我是那样地害怕小孩子长大，又是那样地期待小孩子快些长大，长成不像你那般形貌的样子。你四足代步，脊骨有尾。你不能言语识字，只能嚎吠嚷扰。我想你是知道的，为你我所受的那些指摘谩唾，我从来都甘心情愿！可他来了，我们的小孩子来了，我实在不能想这一切将要临到他身上，我一想到心就要撕开！

但是，离开了的我的爱人，我再向你讲一句实话吧，纵使我有天大的罪过，如今，我也不忌惮你的记恨。我这样天天来望你，就是乞求你将仇恨都归向我，而千万不要怪罪他，怪罪我们亲爱的小孩。他还小，什么都不懂，连快乐都品尝得不够，哪里能懂得痛苦呢？那天，他真的只是太想走过去，太想抓住那东西。他甚至全然不知你是为了给他抵挡那块绊脚的石头而跌倒才阻碍了他，他那样无知地将你推开，将你推往那激流滚滚的河道是不对的。可是，纵使他再不对，他是无知的。我所亲爱的，请你原谅你的小孩，就如你生时那般宠爱他吧。

Who lets so fair a house fall to decay,

Which husbandry in honour might uphold

Against the stormy gusts of winter's day

And barren rage of death's eternal cold?

离开了的我的爱人啊，我想我错了，又一次错了！我们的男孩儿形貌虽随他母亲，可脾性言语全是像着你啊！昨天，我牵他去你跌坠殒命的河，他忽就沉沉凝视，忽就嚎叫大吠，难道这是什么感召吗？

我所亲爱的我的爱人啊，我实在是没出息的，那一刻，所有的痛都纠缠一道，我的热泪止不住就汩汩外涌，人站也站不住了，直就朝地上落去……我并不知是什么力量使我张口，也不想刚会走的小孩能不能听懂，只是说："掉下去的是你爸爸。我亲爱的孩子啊，那就是你的父亲……"

O, none but unthrifts! Dear my love, you know
You had a father: let your son say so.

桥下，月光穿过孔洞。

三

现代文明？
好吧，
一切都要从那个跳动的开水壶盖说起——

四

我气死了，恨死了，实在是怒不可遏！

他们怎么能那样对待你呢！我不管他们怎么对待别人，总之，绝不能这样轻贱地对待你！你是皇帝，是伟大的英雄，是尊贵中最尊贵的，他们怎能识不出泰山，就像对待普通人那样对待呢？你绝不是一个普通人！

深呼吸没用，我就是无法平静。哪怕我现在把怒火怨气全咽下去，也完全是为了你。我是把你当帝王，当最了不起的人养护的。就算你打我、骂我，我都甘之如饴！可他们怎能将你当作普通人呢！我再强调一遍，你不是普通的，你是皇帝，是骄傲的王者，是至尊的典范，你说出的每句话都有音乐垫底，每一个动作都能拎起日光。

你就像一个傻子那样被摆弄，他们问讯时也毫无礼貌尊敬，这是为什么？他们不晓得你对我来说有多宝贵多精细吗？我那么宠着护着依顺着的皇帝，为什么临到此处不过是个普通人，与别人一样被随意对待呢！我都舍不得对你高声说一句呢！更何况随便就拉扯你的衣服、眼皮，将冰凉的听诊器粗暴地置在你胸前。

这世界怎么了？为什么不能像我一样珍爱我所珍爱的呢？这些非礼的粗蛮事情我是可以承受的，但怎样也不应该临到你身上，你这样受着，其实就是对我不好！

我真的气死了，怨死了，想来想去的结论就是现在要开始讨厌你了！你，坏家伙，十足的坏家伙，对我粗暴、蛮横、毫无理解！你从来不愿意与我交流，从来都只是让我跟着你的心意。苍天啊，你的心意变化万千，一个个要求都那么挑剔！可我怎会那么没用，竟然真就只晓得执行执行，做好了一点就乐得飞天，做不好一点就对自己焦躁埋怨。我为你忧惧的心啊，天天悬着，时时挂着，分秒都随你的鼻息颤晃……

算了，总是这样，恨世界能恨许久，而只要恨你，如何也撑不过三分钟。看来，这就是我的命。我想，即使他们将你当作普通人，你也仍然是我的皇帝，我要对你好是真的，是我怎样也逃不掉的。但是，这一切能做到哪天，就不一定了。如果非要获得什么征兆，那就在下次我恨你时计个钟点，看看怨恨是否能撑过三分零一。

五

特莱莎的昵称是苔丝，托马斯的昵称是汤姆，你的昵称是：鲁啦啦，哈哈宝，阿布，阿鼓，坏人，笨鸟，蠢货，乖毛，混蛋……混蛋……

其实，你的昵称是我爱你。

是的，我爱你。

可惜，写下来，说出来，都不全是我心中的那个爱。

桥下，月光穿过孔洞。

六

没有人比我更需要光——我爱上了影子，我的影子。

七

发生什么了？这是哪儿？为什么在杰夫的头的后面，还有那么多陌生的、悬空的头？刚才明明不是这样的！等等，我想一下，刚才就在这场景，我就在我眼下所站着的位置，我不过是忽然打了个喷嚏，然后一个趔趄摇晃了一下……接着，一阵眩白的视象之后，我就看见这些古怪的东西了。不可能吧，前后不过几秒，只是来了一个喷嚏而已，我怎么忽然就不一样了！

这是梦吗？如果是梦，那一切就都是可能并合理的，那么，我也就敢承认我现在能看见鬼了！杰夫还在兴奋地描绘他的未来蓝图——他要去首都，要从此告别一成不变的、落后的、没有希望的乡村生活。他甚至不承认乡村有生活，而仅仅只说这里是农村。他搭上了一个开牛皮厂的大哥，那个人是从农村往城里进军的成功人士之一。那位大哥的公司所生产的牛皮，据说现在已经成功吹上天了。而杰夫，无数的杰夫，在他的感召下，都决心加入这项伟大的事业。当然，我知道，杰夫不过是想过上城里人的日子，对什么牛皮羊皮人皮都不感兴趣，只是在自欺欺人地假装热情而已。他为了自己可以住进电影电视里看见的那种楼房，为了自己的儿子、儿子的儿子，为了将来延续他血脉的每一个杰夫，终于决定跨出这一步，正式向城市进军。他说，他将成为他们家族的兴旺者。

好了，我没有精力向大家介绍杰夫了，说真的，我根本不知道自己刚才到底说了些什么，要知道，当那些鬼头悬在杰夫身后，没有支点亮光而自己飘着亮着的时候，我根本就感觉不到我自己是存在的。并且，不管我往哪里看——窗外、床边、墙沿——全是鬼，全是鬼，全是鬼！如果你自己不是鬼，你就很难学到关于鬼的知识。以往的信息恐怕都是空穴来风或者断章杜撰。但是无论如何，我可以确定，我现在看见的是鬼，全都是鬼，是同一种形态的，没有脚看不见身体的，只有头并且高度还错落悬着的那种鬼。

我真不知道我的虚伪能达到如此登峰造极的程度！我承认我从小就是个心口不一的家伙，可是，我现在被吓成这样了，杰夫难道还发现不了吗？我不敢回头，我知道我背后肯定站着一群鬼，他们不干别的，就是阴阴地瞪着我。不，好像不是瞪，应该说是盯，算了，鬼知道是什么，我压根就不敢直视那些东西。

杰夫一动，跟在杰夫周围的那些鬼就跟着动，仿佛是杰夫专属的随从一样。天啊，够了！这玩笑也开得太过头了！我到底是哪一步走错了，竟忽然看见了这些东西呢！难道我死了、杰夫死了、所有人死了以后，都会变成那种东西吗？我现在到底是该让杰夫赶紧离开，还是让杰夫留在这里陪着我好呢？

杰夫忽然说他累了，他的徜徉已经接近尾声。我知道，他来找我，其实不过是想为自己凑够一张去首都的车票钱。他拥有那么多田地，有那么多谷子、果子、鸡、鹅、牛、鸭，但是，他就是没有钱，没有那一张被限定成货币的纸。他吃得饱穿得暖，看得见日出日落，而现在，却决心要告别这种温饱去发达的城市，去喧嚣中索取那种叫作发达和文明的温饱。我是有钱的，我很愿意帮助他，因为我就是吹牛皮的大哥的儿子。而我正是从那样的喧嚣中逃离过来享受田野生活的。所以，杰夫不能走。如果他走了，就没有人为我打理田地，拾掇庄园，管理鸡鹅了……我连去窝棚里取鸡蛋都会被吓得魂飞魄散！一切都是给杰夫买了个手机而闹出来的祸患！不过，现在这些都不重要了，一个喷嚏以后，我竟然能看见鬼了，总不能这样一直看见鬼吧！干脆让杰夫带着这些鬼离开，或者我就索性借给他一张车票的钱，算了，在这节骨眼上，一张机票也行，不要他还钱也行！

杰夫简单地谢过一番就离开了，并没有带走那些鬼头。我还是被鬼包围着，钱一点用都没有，杰夫也一点用都没有。我真想再打一个喷嚏来结束这一切，可我自发打出的喷嚏根本就不管用，甚至将鼻子打肿了也不管用。我睡不着，吃不好，到哪里都被那些鬼头跟着，好像被锁定了一般……

自从杰夫离开，我浑浑噩噩的，也不知究竟已过了多久。杰夫那小子再没与我联系过，我也不知道他如今在城里过得怎样。反正我已不再享受田野生活，而成了孤独的荒野求生……不，连孤独都没有，是伴着鬼头环绕的荒野求生！

再这样下去是不行的，不仅时时刻刻被鬼惊吓，还要被四处乱走的鸡鸭虫兽包围……什么蚯蚓、水蛭、鼹鼠全钻出来了，我不行了，我真的受不了了，我要逃走，哪怕带着这些鬼先逃回城里，也肯定比现在这样要好！

桥下，月光穿过孔洞。

八

我真希望自己是一棵树，或者树叶上的一条筋脉，不然，成为一根羽毛也好。总之，我多么不情愿自己是一个人啊！

九

睡不着，只是睡不着。

但，因为睡不着，你想起了明天需要早起上班，参加一场需要你展现形象与能力的重要会议。是的，你与领导一样清楚地知道，好的形象就是一种能力。可糟糕的是，此时你睡不着，而时间已经到了凌晨一点。让你感到苦恼的，是不管你多么早就已躺倒在床上，也无法改变一个事实——你命定的睡眠量——如果它早就被限定为"今晚是不足的"，那么任你再怎么挣扎，你都摆脱不掉失眠的命运。

两点了。本来只是睡不着，而此时，你却想起了恋爱、学业、过去和很多早已忘记的隐秘心事。这些莫名涌现的东西不请自来，无一不指向你当下人生处境上的种种失利。这和睡眠有关系吗？这些时间要是睡着了，该有多好呢？你控制不了自己的想法，头脑好像知道你在夜晚的力气是不够的，所以更加放肆地侵袭你全部的意识、潜意识、非意识……通通乱套了。手无缚鸡之力的你在床上翻滚来翻滚去，连头脑里冒出的琐事都无法自行选择，只能任焦灼和忧虑在大脑里来回地穿梭循环。

三点半了，你想，哪怕这时睡着了，至少还能捡回几小时，哪怕只有一小时也总比彻底无眠要好得多吧！可你越是想赚回睡眠，睡眠就离你越远，你的焦虑和烦恼在这种念头下加重了，你更不安了。

这感觉太痛苦了，你多么不喜欢它啊！它让你痛苦，让你怨恨自己为什么不是个什么心思都没有的傻子！你不得不明白，所有在白日里所作的那些机灵又聪敏的努力，全都换不来一个傻子所拥有的酣然的睡眠。也许，没有睡眠并不会让你失去你努力拼搏到的人生地位，但此时你却不得不开始羡慕那些脑子一点儿也不聪明、情感一点儿也不敏感的傻蛋了。

街道开始活动，垃圾清运车笨拙的行驶声渐渐靠近了。远处不知什么地方，似乎隐隐飘扬着一点点雀鸟的碎鸣……真要命啊，这时的听力竟比任何时候都要灵敏！你分明不想自寻烦恼的，可半睁的眼睛却也忍不住地瞥见从厚重的挡光窗帘底边透进来的白光，还有一道因昨天着急上床而潦草拉帘子留下的中缝，让光无所忌惮地猛钻进来——你的视力此时更放大了那些光，或者，光就是不怀好意地尤其集中在你留下的缝隙中，要扑向你……

你犹豫不决地终于看了一眼时间，近六点了，离你自己预设的闹铃还剩下四十分钟。你索性起来，却又躺下去；躺下去一会儿，翻滚两下，又决定起来。你的脑海里不断循环着一些负面的思绪：

对时间的浪费，身体的损耗，新一天的精力不足，等等。你多么想告诉自己，只是睡不着，只是睡不着，可你就是难以自抑地被那些自涌而出的想法控制。

终于，你只好拖着这样的身体，重新开始一个比平时更需要抖露机灵而又卖弄聪敏的一天。

十

我们行进，穿过光和光，将那承载我们的都甩在后头。

影子和身体也跟不上你我，停止在某一刻，分离着。

我们越来越没有气力，感受也变得愈加穷乏。

可我们停不下来，仍然在行进，行进。

我们忘记了对方，以至渐渐模糊了自己，只是被行进引领着，行进，行进。

可我，或者我们，并不知道，虚无和行进是预设的诅咒，将使罪疚和悲痛充满存在。

我，这个已经抛却身体、影子、承载的一切的、穿越光和光的存在，全都是错误和痛苦。

这时，欲望竟抢先复苏，影子也随着光一起来临，使身体和我得以并拢在一道。

我浑身痒痒的，饥肠辘辘，这时才觉得说人话有多么神奇和了不起！

桥下，月光穿过孔洞。

十一

如果找不到爱人，就干脆制造一个谎言，不是制造爱的谎言，而是制造一个谎言，然后与之相爱。

你需要的不是去爱一个人，也不是谎言，而是去爱，是爱的能力，爱。

十二

神回应了我的祷告！在这个多云阴雨的午后，奇迹发生了！我终于入了他的身体，与他归在一起合二为一了。"二"，分明两个笔画，此时却合成了"一"。这种合成的路径，不是互相靠近，就是其中的一横要努力向另一横靠拢。管它的，反正，我成功了！

现在，我就在他的鼻里，即刻就要顺路入他内里，往更深更深的地方去了……

十三

我记得古书中这样一个故事：

在灾难中逃离的父亲，带着自己的两个女儿，成了仅有的幸存者。地上的一切都变了，他们即使回转，也找不见家，而前进的道路，尽都毁灭。他们只能待在山上的洞穴里。

作为灾后仅有的幸存者，他们三人在洞穴中生活，竭尽全力维持着生命。随着时间流逝，父亲渐渐老了，女儿们业已成人。

一天，姐姐对妹妹说："我们的父亲老了，这地也已经毁灭。你我所知的近处是没有人的，而更远地方的年轻男子，没有人会到我们这里来。如此这样，我们将失去后代。既然天让我们存活，就是对我们的选择，我们要留下后代重新将这地昌盛。"

晚上，姐姐取来美酒。

第二天，姐姐对妹妹说："今晚，你去取出美酒。"

十四

第十四孔，是一个黑孔。月光照不进来。

这孔下有一个父亲，有一个女儿。女儿是智障，没有人要她。父亲死了，女儿又生下一个女儿。这女儿是健康的，活泼的，照顾她母亲，为母亲送终。

十五

他和她看电影。散场后，他问她有什么感想。她低下头去，没有说话。他有些不快，追问她这部电影到底讲了些什么，她还是没有回答，仍旧低着头。他开始责难她不懂得别人的心思和好意，大声呵斥她到底看了些什么。她只是抬起头，似乎要说些什么，却欲言又止。

他很不愉快，直想要悻然离开。要知道，这是一部他最喜欢的导演和最喜爱的演员共同合作的最新电影。为了使她也能喜欢上这电影，他甚至提前两个星期就做了许多基础知识的铺垫：他告诉她什么是好电影，什么是好演员，哪些才是深刻而富有关怀的电影主题。对于欣赏这部电影所需要的一切储备他全都教她了，全都提前预备了——当然，一切是从他自己所喜爱的标准出发的。

现在，他对她感到厌烦，对这个有俏丽身形和端庄面容的她感觉到不齿和蔑视。他失望于自己对她的选择，也开始否定自己和她的交往。他虽然说不出口，但心中已很是不快。他开始计划着如何摆脱她了。

其实，看电影的时候，她到底看了些什么呢？她真的什么也看不懂吗？

她，一直在看他。

桥下，月光穿过孔洞。

十六

心总会将别的什么放大，而在车厢的窗前，总会让广袤的田野变得比实际要小。人的视线和心思多么巧妙！

十七

"有你的信！"门外的人大声嚷道。

这年头还有什么信？就算有，还有什么信是需要送上门来签收的呢？我坐在桌前，秉承自己对任何打扰都一贯装死的策略，对猛烈的敲门声继续置之不理。

"303，住303的作家，我知道你在屋里，快开门，不然我就要砸门了！要知道，今天这封信我是非送到你手里不可的！"

听起来我已遇到一个不得不解决的麻烦，只能起身去开门。说实在的，连续一个星期写不出一个字的我，早就烦得不行了。

"这就对了！"我才刚转开门锁，他就推门而入。

在我还来不及做出反应的间隙，他已经反锁住大门，将我整个人都挤到了墙边，用相当魁梧的身子堵住了我，说："好了，作家先生，放弃你的写作，来给我看个手相吧！"

"你不是说有什么信要给我吗？"

"别装傻了！你是一个作家，是个聪明人，难道你不明白这年头早就没有信了吗？要知道，是你亲自来给我开门，亲自把我请进来的。"

我看这家伙面貌粗鄙，谁知还挺乐意咬文嚼字的。我猜，"要知道"就是他的口头禅。"我不认识你，我不知道……"

"少废话，我受够了你们知识分子假装谦虚的各种托词。别啰嗦了，赶紧给我看手相，你要是说得准，我就把信交给你。"

说到底，果然是有一封信的吗？"抱歉，我有些糊涂了，我想您刚才的意思应该是，我不应该相信有什么信的，难道……"他的胸口压得我不敢喘气，我不自觉就把称谓换成了"您"。

他毫无耐心听我讲完，事实上，我还有一大堆疑问没解决，他就一把揪住我的肩膀，用力将我推到沙发上，立在我身前，从口袋中取出一把带着刀鞘的匕首，指向我说："我已经警告你了，不要装傻！要知道，我们笨人虽然没有知识，但有你们所不齿的粗鲁！你想尝尝粗鲁的厉害吗？别废话，趁我还没光火，赶紧给我看手相！"

"可是……我根本就不会看手相啊！"我不慎将心里话脱口而出，并天真地渴望得到谅解。

他举着匕首朝我逼近，将带着刀鞘的刀架在我颈缘，咬牙切齿地冲我喊道："你在你的书里构造了那么多过去、未来，甚至描绘出那样多不同的人生、世界，现在你说你不懂看手相，你是瞧不起我们这些粗人吗？"他歪头啐出一团唾沫，虽然方向是朝着地板，却还是溅到了我的脸上。

"那么，请你把手伸给我，我来帮你看看。"

"左手还是右手？"

"我想，还是两只手吧。"

他伸来两只手，却没有左右，是的，我说的是真的，我是受过教育的人，不会分不清左右的。他的手没有左右，就是说，两只手的方向是一样的，或者都是右手，或者又都是左手，因为我翻转了他的双手，两面都是手背，是根本就没有手心的……

"怎么样，看明白了吗？说说，我的命到底如何？"他的样子十分迫切。

"先生……我……我看你的命是很长的，因为你的生命线很长……"

"是这样吗？到底有多长？说清楚一点，我能活多少年，能活到多少岁？"

"这个嘛，是很难说准的。"我瞥了一眼他的反应，识趣地说，"不过，目前看来至少会活到九十岁。"他忽然就高声哼了一嗓子，接着狠狠地朝我的胸口一顿猛踢，道："你给我认真点！我现在就已经九十多岁了，你这意思是说我就快死了吗！"

这魁梧汉子不说年轻，看着顶多也就四十出头的样子。他说他自己已九十多岁了，我想多半是因为计算上的差异。可是，眼下的情形使我丝毫不敢造次，纵使再后悔为他开门，我也只能先把目前的困境解决了再说。

"请你冷静一点，老实说，我真的不太懂看手相的事，我看你……"我的话还没有说完就又被他打断，"老实说，老实说，你们成天最爱说什么'老实说'，可你们实在是一点也不老实！你少装蒜，铁定是你看见什么特异迹象不敢告诉我吧？快说，我可告诉你，你的时间不多了！"

"303，开门！有你的信！"

要命了，怪事怎么都爱扎堆来呢？这是怎么了？我这些日子除了在书桌前苦恼于写作，什么恶事也没做啊！

"303的作家，快开门，我知道你就在屋里，那个看手相的家伙也在里头吧？快开门，是我，我是来给你送信的，要知道，这封信今天我是无论如何都要交给你的。开门吧，不然我可就不客气了！"

真是一波未平一波又起。我不明白自己是在何处触了霉头，要遭此一劫。可我眼下着实想不出对策，只能去开门。

奇怪的是，那个要看手相的男人突然莫名安静，竟配合着我去开门，将我推到门边。我转动门锁，刚开出一条门缝，另一个人就立刻蹿了进来。什么？这人竟是长着尖长耳朵的小矮人！

"你好，兄弟，我的入场时间挺准吧？"他一进来就跟那个要看手相的男人打招呼，然后立刻掏出一把勃朗宁手枪，抵住我右侧大腿，说："作家先生，先把你的创作停一停，我知道你也没什么好点子可写了，人类各种悲欢离合的闹剧你都编排得差不多了，给他看好手相，就来给我看看面相吧！只要你面相说得准，我就把信交给你。"

果真有什么信吗？我又要糊涂了，这两人一个接一个，都说有信要给我，可一人要看手相，一人要看面相，都是我实在不会的事情啊！老实说，这世上我会的事情挺多的，但今天怎就偏偏来了两个挑刺的，非要戳我难处呢！

"这位先生，你好，我不知道你们从哪里认识我的，总之我现在不得不向你们说实话了。老实说，我既不会看手相，也不会看面相，你们实在是找错人了。"

"老实说，老实说，我看你们这些自命不凡的知识分子最不懂的就是老实！"不管怎样，这个尖长耳朵的小矮人比那个魁梧汉子要有耐心得多，他至少会听我把话说完再反驳我。并且，为了我的讲话不被打断，他已经拦住那个暴躁的魁梧汉子好几次了。

"你在《纽蓝岗的一夜》第四章第二十一节的第三自然段里写道：'风子的手纤润如玉，肌肤透明而润泽。她的手相非凡，毫无杂线，仅有几道交织稠密而硬朗的长线钤在掌中。'作家先生，这是你写的吧？"

我大概想得起这部分内容，但具体用词和描绘早就记不清了。我写了那么多书，怎么可能记住所有细节呢？好在他提到了书名和人物，对的，《纽蓝岗的一夜》我写过，风子就是那本书的女主角，那部小说的整体风格是照着川端康成的《雪国》写就的。

魁梧男子终于准备将刀拔出刀鞘了："我说你别再磨蹭了，看个手相有那么难吗？"

后来的小矮人果断制止住他，说："他还不知道我们是谁呢，干脆再给他一次机会，或者让他给我先说说面相也是可以的。"

"两位，我真的既不会看手相，也不会看面相，老实说，我写的那些东西，不是我自己都懂的，或者说，有时候就是些模棱两可的感觉而已……"

"可你接受电视采访的时候显然不是这样说的！"魁梧汉子说话时唾沫星子又溅到我脸上了，我几乎像受了他一巴掌似的。

"需要我提醒你在接受采访时说过的话吗？我的记忆力是非常好的……"小矮人笑盈盈地补充道，完全是笑里藏刀。

我接受过太多采访了，要我记住自己所有说过的话，可能吗？再说，谁不会在大庭广众下稍微虚饰一下自己呢？这是文明社会的共识啊！

"那么，我现在郑重向你们道歉。我既不会看手相，也不会看面相。老实说，我这次是真的老实说——我并不博学，也不伟大。写作不过是我的谋生手段，只是我恰好走运稍微有了些名声而已。名声嘛，总是容易让人迷失的，所以……"我有些说不下去了，但这两位闯入者此时却很安静，尤其那个魁梧汉子，"所以我现在一个字也写不出来了。"

"那为什么不给我一双正常的手？好让我至少可以劳作！"魁梧汉子忽然咆哮道。

"你也不该让我成为半个钟楼怪人！好家伙，半个人，半个钟楼怪人，既像他，又不是他！"矮个子的闯入者接着说。

"你为什么要用虚假的修辞，造出一个个怪异的乱象？在小说里，你知道我们活得多么憋屈吗？我一点也不愿意走进别人的内心，可因为你那该死的名气，我每天都要在那么多人面前表演，用你写出来的蹩脚台本描绘苦难，我甚至连一双正常的手也没有！"魁梧汉子说着，好像要哭了。

"或者你也从来不知道，有一天，你要被你写出来的那半个钟楼怪人给杀死！"小矮人忽然变脸，举起勃朗宁手枪紧紧抵住我的大腿。

天啊，我想起来了！他就是我照着钟楼怪人的形象重新创作的高楼怪人！还好他真的够矮啊，否则，这会儿枪口抵住的就是我的脑袋了！

　　魁梧汉子终于拔出刀，却不见刀刃；矮个子也激动地拉动枪栓，却没有子弹。空气静止了，两人面面相觑，眼睛里淌出浓稠的浊水，棕黄相间，流到地上，闻着却有血腥气……

　　迨一阵爆裂的晕眩之后，我是说，我再恢复意识的时候，我已浑身僵硬倒在地上，骨节肌肉疼痛剧烈，根本就动弹不得。我的脸面发胀，连睁眼都需要耗费极大的精力，皮肤也似乎有多处崩裂，略微发力就有痛感。

　　地上全是泥浆一样的浊水，一摊一摊，腥的，让人忍不住胃里难受，呼吸道痉挛。我想咳嗽，却忍不了胸口的疼痛，生生把自己给憋了回去。我没有手了，我没写清楚的那双手，没有左右，没有纹理的手，到了我自己的手上！那么，我的面目或许也已经消散，成了从各种历史遗物中拼接而成的怪相……

　　"303！你的电费已经拖欠三个月了，再不补上，今晚十二点准时断电！"

　　又是一阵粗暴的敲门和狂吼。

　　"听见没有，303，可别说我们没提醒过你，快开门！电费单子拿去！"

　　我用自己不成手的一双手使劲拖着身体爬到墙沿靠住，伸长胳膊按动门锁，一张盖满各种红章的催款单就钻进来，粘在地上，有一半浸在地上浑浊的泥浆中……

　　我只好低头，低头匍匐着爬过去，直到自己整张脸都垂向那张戳满红印的催款单。所有的字我都看不清了，算了，都这样了，我还是老实说话吧——所有的字我都不认识了，我丧失了识字的能力，或者，我混了那么多年，根本就没认识过字，全篇的字，我一个也不认识！只有到最后，临近落款处的上边，有那么四个字，我看清楚了，认出来了——等待审判。

啊，"硬心肠化作一团温软的模糊"，这是《浮士德》开篇献辞中的一句，没有比这句诗更能准确描绘我此刻感受的话了……我僵硬的身体瘫软了，眼泪接眼泪，从身体所有裂口汩汩外涌。我的刚强消解，顽劣也趋于穷乏。我那在强硬中早已瘠薄的悲悯终于浮涌而充满了我，使我难以自抑。

此时的我，不知道有多么为自己还认识那四个字而欣喜若狂！可是，之前的我，怎能懂此时的我呢？我离开我自己已太远，负重太多，也已经强硬到头了！可怎么办呢？人能做的，大概仅仅就是认输、懊悔，而后等待审判——审判就是一种救赎。

一只狗从留着的门缝进到屋里。它开始吸吮地上的浊水，很快就将地板舔得光亮起来。它近前来看我一眼，然后便凝视，双瞳噙泪，缓缓垂头贴向我，用它下颏窝的温热软毛抚我，然后舔舐我的身体，舔舐我的每一处裂口。啊，我被它安慰，被一只狗所给予的巨大的安慰而安慰了！因这安慰，我，此时的我，多愿意自己的裂口再多一些，更多一些，或者全身都是裂缝才好啊！

"304，开门！有你的信！"

我听见有人正在敲隔壁的门。

"304的那位，我知道你在屋子里，快开门，不然我就要砸门了！要知道，今天这封信我是非送到你手里不可的……"

十八

身体是迎接美的祭坛。

月光穿过孔洞，从水面映到天上。

我们抬头，将月光承受心底，贴紧，压牢，

撕毁一切时间的限定。

桥下，月光穿过孔洞。

十九

有这样一道菜。取上品火腿（金华火腿或宣威火腿）二两，以水洗三次，再过酒煮洗，待酒气散尽，切片待用。再将咸肉三两按此处理解腥，切片待用。最后再处理鲜猪五花肉六七两，切小厚片待用。将二斤冬瓜去皮清洗切块，置一旁沥水待用。

生火起热油，将火腿片置于烫油中滚炸，至两边微黄以漏勺舀出，倒废油。烫第二锅鲜油，将鲜五花肉置于烫油中滚炸，均匀微炸后，即刻以漏勺舀出，倒废油，以净水再起汤锅。

汤锅水沸后，将火腿、咸肉、鲜五花肉置入，待再滚透时加酒少许，勿盖，借沸水汽将酒气散尽，再等片刻，关盖以文火煨焖。

一小时后开盖，将冬瓜块置入，放盐，转大火待水沸后再关盖调至文火继续煨煮四十分钟或一小时。复倾入若干鲜小葱，葱叶多放，葱白只用少许，至多七丁，入汤锅中煨焖片刻，断火，让汤锅在炉上再停十余分钟，即可端锅上桌。

这样菜，并非做法困难，其门道在于吃法。实际上，火腿、咸肉与鲜肉完全可弃之不食，因鲜美皆已沁入冬瓜，清雅亦全在汤中。是故，懂经人常故意劝不懂门道的来客或下人吃各样肉，而自己则佯装低调仅饮汤啖瓜，实在是虚伪造作。而人若不懂门道，对吃下剩渣余废还感恩戴德呢！

桥下，月光穿过孔洞。

二十

圣诞节又要来了。

我住的地方并不很北，也不怎么冷，没有大雪覆盖在屋顶、街道，没有卖火柴的小女孩在冰天雪地售卖火柴，也没有燃尽最后一根火柴而后被冻死的人。可是，我并不喜欢我住的地方。在这里，活着比燃尽最后一根火柴而后冻死要艰难且痛苦得多。

在卖火柴的小女孩的故事里，人们要么注意到那些不需要火柴、燃着暖暖壁炉的富裕人家，要么就怨恨致使卖火柴的小女孩死去的贫困和严寒，却总是忽略她在一根根火柴燃烧的火光中所看到的幸福。那是她爱的人，她的外婆，在火光中带给她最庞大最丰盛的温暖和安慰。这不是贫困和富裕的矛盾，这是比富裕还要富裕得多的珍贵。

所以，我不喜欢我住的地方，这是一个只有富裕和贫穷，只有矛盾和对立，只有妄理或者真理的地方。那些被赋予意义的东西实在太多了，多得都快放不下了，却一点也不能使我喜欢上这个地方。这里缺少的，就是卖火柴的小女孩点燃火柴后所看见的火光以及火光映照出的莫大的安慰。对，是爱。

桥下，月光穿过孔洞。

二十一

到今天为止，我已经参加过九十九次葬礼了。不知道这数量对一个还未满二十岁的人来说，算多还是算少，也不知道一个殡葬专业人士一辈子一共要经历多少次葬礼。反正，我很快就要经历第一百场葬礼了。

我入行不算早的，做事也不算很积极。老实说，干我们这一行的，不是祖传，就是为生活所迫。假如有人说他做这行当是因为兴趣，那只有鬼才会信。我第一次参加葬礼，是在十七岁的时候。那次我没被安排做什么工作，只是在一边儿待着，静静观看。我觉得，整场葬礼最让我感到不舒服的，不是那个化了妆的死者，而是那些为了缅怀死者来参加葬礼的生者。

参加葬礼的人总是很多。不过，比起人一辈子全部认识的人来说，会去参加葬礼的，只是其中很小一部分。而且，根据我的经验，去参加葬礼的，和死者有实在关联的人并不多，大部分人都是因着血缘关系才去，只有很少一部分人，是因为与死者生前的情谊去的。

在一场葬礼中，如果那些与死者没什么实在关联的人来得太多，就会让葬礼的气氛变得有点奇怪。主持人说着说着，总会感到一种莫名的压力，好像有什么力量在逼着他要加快完成所有的程序，使他无法很好地完成师傅们所教他的镇定技巧，还有那种主持葬礼专用的，能平衡阴阳的发声方式，也总是在那种莫名的逼迫下，很难做到位。

我记得，在我十七岁第一次参加完葬礼后，就产生了一种从未有过的忧惧。我开始害怕死亡——不是我自己的死亡，而是一切与我有关的人的死亡。比如，从那天以后，我就生出了一种毛病，总忍不住要怀疑妈妈突然就死了。如果她午睡的时间比平时要长，起床晚了，我就会开始忧虑，她是不是已经死了。我也不知道这是为什么，反正大脑不受控制地就往那里想了，而且还会很自然地想到对后事的安排——如果她死了，我该怎么办，她的父母会怎样，我该怎么安慰他们，要通知哪些人来参加葬礼……诸如此类的，还有很多，总之就是我常不由自主地想到死亡，想到与我有关的人的死亡。

所以，我觉得，人活着最可怕的一件事，不是别的，是面对死亡，面对与自己有关的人的死亡。死是没有预告的，喝水、走路、看书、跑步、打闹、吵架，甚至睡眠中，都有可能会死。也就是说，死就藏在生里，是生的一部分，只是人不知道它什么时候会出现而已。

我不怕我自己死，因为人是无须面对自己的死亡的。反正离开了，就没有感觉了，即使还有牵挂，也只能在另一个世界完成了。所以，相较于担心自己，我更担心的，是和我有关的人。人这一辈子会认识很多人，会经过很多人，也有可能认识不了几个人，或没接触过什么人，但总归有那么几个让你真正在乎的、真正关心的人。我所担心的，就是那几个我真正关心的人，如果他们不在了，我的关心该怎么办？活着的人，如果失去了可关心的，该怎么活下去呢？

一些经验丰富的前辈总是对我说："不要想太多，干久了你就会越来越无感，就能免疫，工作就再也不会影响到自己的生活了。能不能干这行，看起来是你自己的选择，实际上是老天爷对你的选择。如果你不是这块儿料，你肯定就干不了这一行，能扛下我们这些事儿的，都不是一般人！所以，你尤其要谦虚谨慎，不能因为自己有这仨俩，就骄傲逞强，每一次都要认真仔细，都要老老实实，千万不能懈怠，一定要做干净啊。"

从我成年到现在，一年多的时间里，我已经参加过九十九次葬礼了。我也不知道我这个数量到底算多还是算少，毕竟由于年龄还小，再加上业务生疏，我与那些前辈们参加葬礼的数量肯定是不能比的。我的几个师傅有时忙起来一天做三场都不算什么，最多的时候，一天要做五场。我真不知道他们是怎么调整自己的，也不知道他们到底是怎样去平衡生与死的关系的。反正，我不认为他们已经麻木了。每当我看见他们终于得闲在楼后吸烟，在食堂里吃饭，在休息间午睡时，总会有泪花充盈于眼中。那种眼泪是暖的，恐怕也不咸，它们只是涌出，却不会落下，始终充盈在内里，好让我时常能真切感觉到活着的力量。

二十二

你总觉得我是完美的，
啊，我多高兴你这么想，
可我也觉得有负担，
因为我那么想要在你心里完满，
却总不得不面对我自己的平凡。

我的心，
春天就生发，
夏天就被炎热烦闷，

秋天就开始爽利而畏寒，
到了冬天则想着躲避隐藏。

看见吗？
我就是这样，
跟着节气规律，
随着自然的脚步，
一分不特殊，
一毫也不特立。

我只有在和你吵得不可开交，
你忽然静默转身时，
会觉得自己有点特殊。

是的，
只有在明明应该愤怒、讨厌你、恨你，
而我却分心，
忽然可怜你、爱惜你、更加喜欢你时，
才觉得自己是特殊的。

可是，
只有天晓得我的特殊，
而你并不知道。
因我实在难以言表……
在那样的时刻短暂来临时，

我仍会说讨厌的话以继续之前无聊的命题，
而实际上我的心却早就一点儿也不生气，
一点儿也不烦恼了……

也许，
我只是被自己的后悔包围而不想承认和面对罢了。
也许，我想，
这就是最平凡的人都拥有的最特殊的秘密。

桥下，月光穿过孔洞。

二十三

"这本故事集里的事，为什么都有些暗黑？"
"人难道不比这更暗黑些？"
"我觉得，暗黑的是世界，人总要好过世界的。"
"是人影响世界，还是世界影响人呢？"
"这就好比你问我是先有鸡，还是先有蛋。"
"造物的疑惑留给造物主，人最好多想想自己，想想人自己的事。其实，看清自己是很难的。"
"我不明白，你说的这些和故事里的暗黑有什么联系？"
"救赎往往只临到暗黑，就像光下总有暗处，而暗处总有光要显出来。你已然成光了，还需要光吗？"
"……"

二十四

那么，为什么总有月光要穿过桥下的孔洞呢？

人，走在桥上，从一边到另一边，从那一边到这一边。光落在桥上，人也走在桥上，而承受其上的，是其下的孔洞。孔洞是虚空，也是亏缺。亏缺承住桥，光也总要由暗处而显出亮来。

所以，我实在告诉你，光是绝对的——即使深夜，即使月光，即使低处，光总能穿过去。无论桥有多长，或者桥洞有多深，无论它是五孔、七孔还是二十四孔，甚至是二百四十孔，月光总会穿过去，总会。

我把我真的人格带入梦中回不来了

如果你只打算上楼进门，重复那个你已重复不下一千遍的惯常行为，那事情就会简单得多。不过，是在我告诉你"柏拉图的第三脚趾"之前。

　　是的，原本你是可以回家的，但我告诉你"柏拉图的第三脚趾"之后，事情就变了。因为从今天开始，每当你上楼，脑袋里绝不能出现"柏拉图的第三脚趾"，只要出现，门就打不开，你再也进不去了。

　　"我为什么会去想'柏拉图的第三脚趾'呢？在你说之前，我压根就没想过什么柏拉图的脚趾！"你说。

　　然而，事实就是，你再也回不去了。因为每当你告诉自己不要去想"柏拉图的第三脚趾"时，你已经想到这个莫名其妙且与你毫不相关的"第三脚趾"了。按照规则，你再也开不了门，进不去了。

　　门，所有的门，到底是为了打开还是关闭而存在呢？

　　"几点了？"

"十点半。怎么，想回去了？"

"我也不清楚是回去好还是再待会儿合适，我现在进退两难。"我说。

"回去也不早了，索性再玩会儿，反正我还不想回家。"旻佳说完，又把双手举过头顶，像投降那般摇晃着身体。

"越大越不害臊！平常挺得体一人，喝点酒下去就这副样子，实在令人崩溃啊！"我随口打趣着，自己都觉得无趣。

"我可是为了给你释放心魔才来的，好家伙，你不是受困于什么'柏拉图的第三脚趾'吗？这都多少天了，愁眉苦脸的，全世界都还不清欠你的债似的。"她措辞激烈，语调却很懒散，嘴角隐约挂着微笑，身体的摇摆也仍在继续。

她不提这茬，我几乎要忘记了，真晦气！不过，这一切都要怪严欣，她自己出差就罢了，还非给我安排这一出活动，说实在的，我跟周旻佳一点儿也处不下去。

其实，周旻佳并不知道我这些日子以来心里真正的恐慌，所谓"柏拉图的第三脚趾"，是我为那恐慌所做的掩护。真正的心魔早就模糊了，徒有恐慌被切切实实地留存了下来。我甚至都记不全那场梦境的内容……不过，我到底挣脱出来了吗？真的回到了我的现实吗？即使是那个被我讨厌着的、一地鸡毛的悲苦现实，我现在也迫切想要回到其中！不管在哪里，怎样都比我丧失掉我自己要好得多……这就是我的忧惧，是我越想要挣脱，却被拽得越紧的忧惧。

全区联防报告会如期举行。我自己都觉得我的发言令人生厌，但我实在没心思去整理一份有价值的成果报告。退一万步说，就算我用心做了，结果会有什么不同呢？将各种老料交错拼凑，看起来就是新货的样子了。大部分时候，大部分人，都是这样混混日子就把整个人生给混过去了。

我常听人说，要狠下心做事，狠心就是心硬吗？人体很多部分都会随着年龄而渐硬，就像皮肤，韧带，还有心。为什么心原本是软的呢？如果初生是人最丰盈强盛的时候，那么，软才意味着强盛，而硬就是虚空衰败吗？

"梦里，我好像是一个保安。"

"你本来就是个保安。"严欣说。她是如今这世上与我最亲近的，却没有血缘关系的亲人。

"不，我是安防科总管，但在梦里就只是一个普通的保安。"我不确定这是否是一种诡辩。

"虽然只有我一个人，但我知道，我存在过的人生就在这个狭闭空间的外面。外面，外面……我却怎么都再也去不到外面。我被关起来了，甚至不知道是怎样被关的、被谁关的，就是被困住了，却并不知晓前因。"我回到之前的话题中。

"梦都是这样的，直接就进展到中心部分，不会有铺垫和预热。"严欣冷静地说道。

"当我终于站在外面，站在有人的空间、回到我原本的生活里时，我还是出不来。我被锁在我的躯壳里，或者也不是躯壳，我不知道，太吓人了，我不敢回想——就是'我'被困在里面了，真正的我出不来。我很想说话，想告诉我见到的人'现在跟你们讲话的并不是我，真正的我在里面，里面'，可我说不出来，一点儿也说不出来。我内心的对话只有我自己能听见，就是那个被困住了的我自己，而出现在外部世界的那个我，与被困的我，并不是同一个我！我的心脏还在，我能感觉到它跳得很快，一直悬着，心下却是巨大的虚空。尽管我慌张得要死，却实在一点儿办法也没有，甚至连希望都抛弃了我，因为我根本得不到一丝我可以挣脱出去的征兆。对，你也知道，人做梦时，总是知道自己在做梦的。但那次，即使我一开始就知道这是个梦，也仍然感到可怕，因为我的梦在发生的时候已提前告诉了我，这场梦你是出不去的，与你的现实是相连的。"

　　从很小开始，我就想搬家，去一个我理想中的、像样些的住宅。一直住在同一个地方，总是令人生厌的。人就是这种生物，并没有高级到可以不被新鲜和刺激那种感官化的生理反应所左右，当然，这或许也正是某部分人觉得人类应该引以为傲的，区别于低级生物的高级所在。

　　不知是老天专要与我开玩笑还是怎样，附近的房产都开发了，但这开发的脚步，偏临到我楼下那条街就停住了。我讨厌这条街，从它的名字开始就讨厌，我讨厌它的一切。但从我降生，父母为我办出生证、报户口时，我就被安放在了这里——穷文乡。

　　我曾无数次追问命运，为什么要把我放在穷文乡，并始终将离开穷文乡树立为自己的人生第一目标。但，显然，人生并不如我预期的那样简单。马上就要四十岁了，不仅未在社会中功成名就，连自己的衣食住行也只是刚好应付。曾经，费尽心思发奋努力才考上了理想的大学，结果在大学时，又去做了所能做的一切报复性敷衍和娱乐，于是，人生索性也就对我进行了报复……我想，归根结底，我只能做一个平凡的人——尽管无数次幻想不凡，但人生要教我的，恐怕就是要面对平凡。

　　分不清是梧桐的枝条还是电线，玄砺的树枝与黑色的电线缠绕着、交合着，让我不愿意再付出耐心用视线将它们分别择出。我趴在阳台上，越过晾衣竿上的衣物，去望那既不白又不黄的灯光，觉得它好亮，太亮了，亮得我发昏。有话说"利令智昏"，光也会令人昏吗？光所令昏的，也是"智"吗？还是别的什么呢？

这盏老路灯，恐怕也正因为太老，才终于赢得了我对它的一份认同吧。我知道自己这样是不好的。什么呢？就是专欺负那比我弱的。自己不怎么样，有什么资格去讨厌别人或别的什么呢？按理说，这盏路灯还在亮着照耀着，没像我一样厌弃这里，我早就该无限感激了，还有什么资格去讨厌呢？可是，对啊，我就是这么没出息的。时至今日，如果不经历那个梦，如果没有对自己绝望，我还是会讨厌它，厌恶穷文乡所包含的一切。真的，我就是这样，厉害的从不敢惹，只寻那比自己弱的、对自己好的出气。

从前，穷文乡是一个菜市场，街两边都是摊位，有卖菜的，有置盆桶卖鱼的，还有摆笼卖鸡鸭、架斜钉案板剐鳝鱼卖田鸡的。本就狭窄的一条路，因这些赤裸裸叫卖的商贩，变得更拥挤了。于一个弱小的孩子而言，这个菜场太可怕了。人群、血腥气、吵嚷、推搡，都让我这个天性稚弱的孩子不堪其重。

或许，这一切是因为我妈妈是个太温柔的人。我的母亲，总是轻声细语，和善温良。不管我在记忆里如何进行地毯式搜索，都始终找不出她对我讲一句重话的蛛丝马迹。但是，尽管如此，我仍旧忍不住经常质问自己，当初到底做得对不对——当初，如果不是因为要奋力挽救身患重症的妈妈而把存款用尽，并向银行借贷的话，我早就能实现搬家的愿望，即使负有房贷，也离开穷文乡了。是的，我知道自己当初的决定在道义和情分上来说，都是十分正确的事，可是，即便如此，人就不会生出后悔了吗？显然，道义和情分的力量，在我身上是不足以抵挡这种后悔的，尤其是在我付出了一切，却并没有将妈妈的生命挽回之后……我必须承认，这个一般价值观会对我称赞和颂扬的事，并不足以让我心安理得，且引以为傲。

如果大家都能轻易做到，那么，好，我就是那个最糟糕的人，坏透了的人。心安理得的意思，莫非是心将安于理之所得？我是因为没有得到"理"，所以心才不安吗？道义、情分、社会评价不是"理"吗？一般人都觉得那就足够了吧？所有人表面上不都是为那些东西而活着的吗？是我不一般还是我们都没有寻着那真正的"理"呢？算了，想不明白，不想也罢！我认输，认糟糕还不行吗？我知道，我就是那种坏到骨子里的人——平日里看着对谁都无害，也从无什么唐突行径去惹怒别人，但心里却完全是另一番景象！依我看，人若不行恶，多数情况是碍于能力有限而无法实施。

我记得，年幼矮小的我只能使劲拉着妈妈那只戴着手钏的手穿行于菜场的人群中。那时我大概四岁出头，紧紧拽着妈妈的手，走在菜场的人流中。人太多了，多得我无法抬头，连呼吸都很局促，只能死死跟着那只手走，左右压挤，慢慢往前挪。不知是被什么吸引了注意，恍惚中我竟松开了妈妈的手，迨反应过来时，戴着手钏的手已经与我的手分开了。慌张的我四处寻摸，好不容易才望见那只戴着手钏的手，便赶紧伸手去抓。谁知那戴着手钏的手，却对我伸去想获得牵握的手排斥拒绝，惊恐当时就袭击我，我的心也瞬间冻结了。在一个热闹喧腾、人声鼎沸的地方，我凝固了，意识到自己很可能是要被遗弃了。悲伤涌上心头，无须要人教的，顷刻间就全然开窍了。想起来，那是我人生中第一次感觉到悲凉。不过，令人意外的是，人除了感受悲伤是天生的，还有另一种被称为抗争的东西，也是天生的。我一方面悲凉，另一方面则不弃地将左右手轮流递过去拉拽那只戴着手钏的手。我晓得自己是要被那只手抛弃了，我甚至也已想到这是一场预谋完善的弃女阴谋，但那天然的抗争意识，让我越难过，就越要伸手去探那只戴着手钏的手。直到我终于靠坚定的意志抓住了那只手腕，那就任凭她再怎么甩，也不肯松开了。

我到底做错了什么，使她要抛弃我呢？我还小，将来会怎样还说不准呢！是因为爸爸不喜欢我吗？是因为我平常哭闹太多吗？是我不够听话，长得不够高，说话太少吗？想着想着，我的眼泪嗒嗒滴落。但我不允许自己抽泣，不允许自己表现出哭闹的样子，我强忍悲哀，决心要管好自己，让他们不能讨厌我，无法生出要抛弃我的心。这样的思绪，一直延续到我遇见在前面空处着急等待的妈妈后，才停止下来。原来我根本就找错了人，不知是抓着哪个戴着类似手钏的阿姨了！

严欣跑回饭店去拿伞，总是这样，匆匆忙忙的，其实并无人催促，但她还是着急忙慌的。我站在原地等，转身换个方向，计算出这家饭店我已经光顾八年了。八年过去，店家的生意没有愈加红火，反而已处在被迫停业的边缘。和我一样，人生混得有点失败。是啊，这世界怎么可能谁都冒头，谁都成为那一览众山小的精英人士中的一员呢？八年了，我真担心它开不下去，不多久就要关闭了。但我也搞不清楚自己，八年，一直念着这碗馄饨的我，是真喜欢这一口，还是出于图便利怕麻烦，才守着这一口呢？

严欣出来了，说："没等很久吧？"

"伞拿着就行。"我说。

然后，两人都不再说什么，只是一起往前走。

与熟悉的人待在一起就是这样，不再有心上跃动的刺激，但很省力、安宁，免去了许多毫无价值又浪费感情的客套话。其实，人的本性就是懒惰且自私的，随着年龄愈增，就会活得越来越图省力。

这是秋天，是否萧瑟只能用来描述秋风呢？难道只有秋风才是萧瑟的吗？那么，其余时候的风是怎样的呢？我和严欣各自怀揣心事，并排走在路上，都不言语，却都很踏实。

这条路，我走过很多次，不仅是和严欣，我一个人，和他，和好些人，都走过。回忆里泛出为了和他迈出同一侧步子而作弊的光景——从馄饨店出来，在穿过那个小路口，正式走到街沿上的人行道以后，我和他也是这样不言语地并排走着。人一旦交往久了，就不会像初识时那么话多了，但我和他不是那样的。我和他有讲不完的话，只是因想说的太多，又羞怯，才显得两相无言。

我喜欢他走路的节奏，不紧不慢，坚实却不沉重。所以，在穿过小路口走到人行道以后，我就会用余光瞥他的步子，确认好左右后，再趁势跟一小步，然后和他用同样的步幅、同样的节奏迈步。我们的影子随路上不同的光源，交替着倾斜的角度，但不管怎么变换，影子总要比人靠得近些，有时甚至完全贴紧，像两个身体连在一起的人。

"二十岁的时候，觉得三十岁还很遥远，于是胡乱得很，任性妄为。三十岁了，又感慨自己浪费了青春，蹉跎掉好时光，但仍然会以为四十岁、五十岁还很远。真到四十岁了，又觉得其实三十多岁那些年是最好的时候。然后，以此类推，一路这样下去，五十、六十、七十，时间总要过去了才会显出当时的珍贵，而在当时的我们，一点也觉不出有什么值得珍视的。"严欣说着，步子却分明仓促起来。

"普希金有一行诗就是这意思，大概是说，过去的总是美好。

还有，你现在还没到四十岁，所以这感慨不算数。"我回应道。

"我这不是被你影响的吗？上次是谁对我说，时间的计量是人为限定成统一标准的，计量的时间不是时间的事实来着？我这是充分体悟了你的话的表现。"

严欣话音刚落，我就被当时的时间踢出，又进到梦与现实之中的那个狭闭空间里。

是的，我说过，严欣的话使我想起来了。她所说的，就是我所说给她的。我将那个记忆模糊的梦反复述之于她，并和她说了关于时间计量的骗局……即使在已进入现代文明的二十一世纪，对某些古老部落的人来说，一年仍然不是365天，而是366或者别的什么数字。所以说，我们习以为常的标准，都只是一种惯常的、人定的计量而已，并不是事物本身的还原和真实。严欣说，这很深奥。这深奥吗？我反而觉得，这是每个人心里早就有的答案，只是人活着活着弄丢了而已。那么，倒不如说是终于找回来了，找回了那原本就应该存在的、属于人的基本认识。

是的，基本认识而已。不代表我们非要寻出什么别的认识去反对一种认识。说白了，这就好像抓阄，在我们降世之前，我们都会经历一轮抓阄，抽到什么签，就会被预设一种基本认识，循着那个基本认识过活。

所以我要找回我自己，也许是一件很可笑的事，也许我的人格本身就是不存在的、没有意义的。这样想我是不是就不会觉得可怕，不再感到恐惧和不安了呢？我们人类变得像笑话的开端，也许正在于我们误以为自己是人生和这个世界的主人。那么，我们降生究竟是为了什么？

"我"到哪里去了？严欣呢？她找不到我，她有没有属于她自己的"我"？虽然人的烦恼时常源于他人，但真正使人受困的其实是"我"本身。"太深奥了！"所以，我们应该用那些所谓的"正常生活"，所谓学业、事业、家庭、成就、爱情来拒绝这种"深奥"吗？

"干吗呢你，又丢魂了！"严欣喝道，"好点儿了吗？要我送你上去吗？"我能感觉到她并不全然愿意陪我上楼去，不过是出于某种善意的要挟，于是不得不这样问我。

可是，谁有那样全然善良的心意呢？我也做不到。

"不用，我自己上楼就可以。"看，我说的也是假话。人一生所有说出的话，怕是有百分之九十都存在着各种程度不一的虚伪。其实我内心就有百分之八十期待她能陪我上去，甚至接下来还有百分之六十渴望她能陪我在家里坐一会儿……

不要问那剩余的百分之二十或百分之四十是什么，它们有时是单一的，有时又可能夹杂着成千上万个复杂因由。我们很少能百分之百地全然在一件什么事里，没有为什么，但就是这么一回事儿。人的复杂就在于，任何一个属于人的时刻，都是复杂的，都是由好与坏，善良与卑鄙，罪恶与恕释结合的产物。除非我们迎来了那不属于"人"，而属于"心"的时刻，否则我们就肯定无法免去这种复杂的侵扰，还原到统一而和谐的百分之百的全然当中。

"算了，我还是陪你上去吧，看你状态也不好，我担心你想不开。"严欣说。这次，我能感觉到她的真心了，她现在是真想送我上楼了。

"要不，我再陪你待会儿吧。反正我今晚没有别的安排，就睡你这儿也行。对了，我那个充电器还在你这儿吗？"她问。

"别麻烦，你回去吧，我没关系了……"也许是觉察到了她的好意和真心，我的心意也变换了，开始可惜她要陪我荒废这一个夜晚。她有她自己的生活，有她自己的时间和快乐，我不应该占用别人的人生来减少自己的恐惧。

"别阴阳怪气浪费时间了，走吧，来都来了，咱可以在家里一起喝点儿小酒，再聊聊天儿什么的。"

我知道她是刻意为我打气，我也很想顺势就那么做，但我越那样想，就越是将拒绝的话说得斩钉截铁："绝对不需要！我已经醒来了，放心吧，我一个人没问题！我已经醒了，我就是我，回来了，放心！"说完，我挣开她的手，转身先快跑几步离开了她，然后才回过头来，一边朝我住的那栋楼移动，一边对她说："你回吧！我走了！"

于是，我又回到了穷文乡的家，是的，还是穷文乡，我只能做一个穷文乡人。我那么想要摆脱的穷文乡，却始终没有厌弃我。

整个五层断电了，黑魆魆的，肯定又是昨晚哪个加班鬼图方便，去把警报系统的电闸给拉下来了。这下好，早来的某人为了开门去强行重启，安防系统就启动了自动保护，然后不明就里的某员工，在未解除安防保护的情况下继续生硬拉闸，得，保险丝烧断，事情变大了。

安装安防系统可不是我的主意。虽然我的确能从中获利，但谁都知道这是一个毫无产出价值的事。昂贵的价格，复杂的工序，讨厌且不便捷的日常操作，都是它值得诟病的缺陷。尽管如此，所有的公司、企业、工作室，都还是要安装一套，好像不装安防系统就无法证实它们的实力一样。听厂方的营销经理说，他们接下来的营销重点，是要将这类产品普及到家用体系中去，啊，资本主义，实在是！

如果已经装了完善的安防系统，那就老老实实服帖地用，但愈先进的安防系统，意味着愈加的麻烦与烦琐。老板们都并不打算为那些流动性极大的员工做瞳孔甄别和指纹录入，因为录入程序需要联系厂方来统一执行，当然，是需要另外花销的。于是，简单说吧，这套安防系统就成了那种为了有安防系统而有的安防系统，实际上，一点儿都没用，只是给员工增添了几分震慑与极大的烦琐而已。

再告诉你们一句实诚话，你们晓得这些企业的管理人，装备安防系统最重要的防护对象是谁吗？对了，你的直觉是对的，并不是外人，而是内部员工。这在我刚涉足行业的时候是不理解的。我以为是防盗防贼防丢失，鬼知道这只是管理人对其员工所实施的全方位监控手段而已。一方面震慑，一方面管控，还有就是监督。

等等！理论上来说，五楼断电了，现在电话铃应该要拼命响，我应该正对来抱怨、催促、责难的各种人声应接不暇的，怎么可能这么安静呢？该死，又是梦！对，我又在梦里，这是接着之前被困锁的那个梦后的另一个梦。之前在哪儿？我记得严欣送我回家了。我们一起去饭店吃了馄饨，然后就一块儿散步回家，就像我们经常做的那样。吃饭时我们没怎么讲话，回来的路上也没怎么讲话，但是在家楼下，我们说话了，很正常地说话，告别，互相显示好意……难道那也是梦？

除了黑，难道这里没有墙，没有障，没有阻，没有边界吗？如果真没有边界，我怎么出去呢？又是什么使我知道自己受困了呢？

电话铃终于响了，我听见了，可真正的我还在黑里，并没有回到外面。我继续探寻梦的边界，仍旧无法言语，只有内心活动。全部记忆都变了，当我回忆往昔，只有语言，画面都消失了。在漆黑中，我想起的妈妈，只有"妈妈"这个词，却没有妈妈的样子，我失去

了"全部样子"……还有晚霞，我昨天遭遇的那么美的晚霞，没有
形象了，只留下孤立的词"晚霞"而已。早晨上班途中，我又遇到
了那个头戴假发，站在大门边，要从牛奶箱取牛奶的老太太。我总
能遇到她，要么是她行路到半截时，要么就是她站在牛奶箱前转钥
匙的时候。她行动不便，跛足而迟缓，头戴的假发是黑色的中分式
样，中等长度，非常毛糙，而且总是歪扭着。所以，只要你对此稍
有关注，就能确信那是一顶假发。一切在记忆中都那么清晰，包括
全貌和细节，但，形象消失了，内心能组织的只有文词……

在漆黑里，即使睁眼，看见的也只是漆黑。是什么让黑显出黑
呢？是黑本身使其显得黑吗？就像白，难道是被白自身呈现出来的
吗？好比味觉，妈妈做的饭，我只能记得好吃，但为什么好吃，那
个好吃的味道究竟是怎样的，是没有形象出现的。在漆黑里，所有
的感知都成了对味道的记忆那般，只留下描绘印象的文词，却失去
了形象。

我所经的全部时间都在这一片漆黑中。此时，既已只剩下文词，
我就给这个空间一个命名——漆黑境地。漆黑，不是手的众多双手
覆盖住我，掐噎所有形象——无论已见的、经验中的，还是在我来
以先就见过的、先验的，全部被漆黑阻隔，而我，所有存在过的每
一个我，或者说，我自以为的那个属于我自己的"我"的人格，被
彻底锁闭了。

我的样子也消失了吗？无所谓，反正我原本就不喜欢自己的样
子，消失了倒更好！人天生就应该对自己满意吗？我有太多不满意
了。所谓的公平世界，完全就不可能是公平的。树没有态度吗？花
草没有情绪吗？天空和云雾真的没有欲望吗？我不相信。为什么正
巧我经过，树就要垂下积攒在叶上的水滴？我散步，花草就一齐改

变了原本的曲直？而云，也偏偏只喜欢汇集在我的后方呢？

如果没有想法，没有认识，没有心理活动，失去感受，一切是否会简单明了得多？人又何以有一种被称为"比较"的天性呢？在"比较"中获取快乐，在"比较"中尝到痛苦。而一种被称为"不甘"的怨愤情绪，又会激起一种被叫作"抗争"的东西……精神分析、心理分析、潜意识……人类有可能通过理性，解决这些非理性的部分吗？现实与真实的屏障究竟是什么？令鲜花得以盛开的那"一念之间"，到底何时才能降临？

没有了"我"，外面何以继续运转？佛陀所言的"天上天下，唯我独尊"，难道是不可信的吗？还是仅有佛陀的"我"是重要的，而我的"我"于世界不重要呢？那么，独尊的佛陀所说的"众生平等"难道也是信口开河？

愤怒来临了。在我与佛陀的比较中，怨恨嗔怒蜂拥而至。它们本来就是没有形貌的，只是属于情绪的一些不同色彩。而色彩是没有的，在漆黑境地中，连色彩也是没有的，只有黑，漆黑。所以，愤怒只会让我被自己灼烧得更加浓烈，让我恨不得自己能被撕裂瓦解，因为我实在寻不着任何一星，所谓光的救赎！

可我为什么难过起来？我，被不是手的众多双漆黑之手锁困的我，为什么被紧扼住脖颈，却仍然得以呼吸存活？原来，"活着"对人来说才是最简单的——只要我们不去探寻那所谓活着的意义——一切就都不是问题——不需要外面，不需要像样的住宅、体面的工作，不需要美丽的外形，不需要父母、家世、婚姻、爱情，不需要财富、地位、兴趣、爱好、学历、能力，甚至不需要"我"——就生命本身而言——人都能活，好好活，与拥有那些一样地活。可为什么明知"生命是最重要的"我们，却谁都不可能满足于最简单的

"活着"呢？

内陆长大的人，对海的认知是促狭且充满梦幻的。于是，无论是看海前，还是实在见到海之后，我都会在意识中将它美化。

所以，我对那些美好的誓言不仅深信不疑，还对它做了神圣化处理。

在海边旅店，一切看起来都是好的无害的，也正是那脱离实际的过分的美好，给今后失去了这份美好的人带来痛苦。

"暖了吗？"他问。

"好多了，越来越好了。"我迟钝地说。

虽然已经分开，但我却发现自己变得越来越像他，尤其是我过去最讨厌他的某些部分，竟全都转移到了我的身上。是因为恨吗？将那些我所讨厌的、不属于我的部分，转移到自己身上，终究是因为恨他还是恨我自己呢？

存在是否会随着存在的消亡而消亡？我无法作答，越来越无法对越来越多的疑问作答。妈妈的离开至少告诉了我，只要有记忆，存在就不会彻底消亡。于是，他离开了——虽然只出离了我的个人世界，而不是整个世界——却因为记忆而依然存在，无法消散。

那些曾令我感到"就算现在死了也没有遗憾"的幸福瞬间，在如今的回想中，变得比那时还要美好了。原来，人的失落来自颠簸的幸福曲线，而不是我们自以为的低处绝境。正在我习惯背后有人贴着环着还能安稳入睡时，我就失去了这个人，而又要重新再去适应没有这个人的时候了。所有的紧张和心跳，都历历在目。我这个生性怯懦的人，对一切陌生都需要经过漫长的适应，才能变得不再陌生。一个惯于在计划、日程、规律中获得安全感的人，正在好不容易适应他的随性后，失去了他。

他和我很不一样，连住处都会选择在闹市。他家在二楼，卧房临街，楼下正好是一个三岔小路口。在一些窗帘没有完全拉紧的深夜，人行信号灯最后倒数十秒的闪光透进来，投向天花板与墙相接的角落。光因遇着折角而被分节拉长，一闪一闪的，令我短暂地出离当时那一刻，使我更深沉地跌坠进那一刻。

那时，出离就成了贴近。心，涌出音乐。

一个人是无法爱上全部乐曲的，有喜欢的，也有讨厌的。人类已存在很久了，然而，四分音符、八分音符、十六分音符、附点、延长、三连音、休止，仅凭这些就足以体现全部人的全部情感吗？音乐家们又是如何以有限的手段，作出那么多的乐曲的呢？

一个人的时间并不多，即使有九十年，于世界的存在而言，都实在是微不足道的。造物主创造了世界，创造了人，可是，人来这世界到底应当做什么呢？

"为什么你每次完事儿了，总一副愁眉苦脸的样子？看起来很可怕。"我问。

"有吗？"他露出意外的神色。

"你不知道吗？弄得我以为我哪里做得不好，得罪了你，怕得很。"

"没有吧？"他说。

"你只会说'有'和'没有'吗？总是这样，中间好好的，一结束就愁眉苦脸，好像我是什么神憎鬼厌的东西一样。"我夸张地说。

夸张不是我平常的做派，但不晓得为什么，人在某些关系里，就会让自己变成另一个人，做很多平时不会做的事，尤其会说出很多平日里绝不会说的话。理性在这些关系中，总是慢一拍，等临到它出场，又往往伴随着懊悔。

和他在一起的那个我，完全不同于其他时间里存在的我。

雨夜，我和他躺在卧室的床上，互相挽着胳膊，腿时不时触碰，说着一些有一搭无一搭的、全不必要说的废话。而那时刻的废话，不同于平时别的情景中那些废话，那时的废话不会令人生厌，反而充满暖煦的滋养，得到的全是安慰。我们滔滔不绝地流淌着，但凡要陷入无话可说的境地，其中一人就一定会又找出话来……

"我喜欢你起床时翘起来的头发。"

"我喜欢你说话前总要抿嘴的样子。"

"我喜欢你眼皮黏着，睁不开眼的时候。"

"我喜欢你头发是软的，不毛糙的。"

"我喜欢你手腕上没有晒黑的那一圈手表印。"

"我喜欢你手肘旁边那一圈小疙瘩。"

"那不是小疙瘩！"

"又急了！说着说着又急了……"他说，带着笑意，让我也很想笑，可表面却更要做出生气的样子。

床头灯的颜色是暖黄的，灯下凑近，能看见他皮肤最顶端的那一层薄薄的无色的绒毛，好像是一根一根分离的，又好像是整片连在一起的，看起来透明无色，从有些角度看又像是淡棕的。

为什么就是讨厌不起来呢？明明应该感到非常讨厌的，也确实令我讨厌的那些部分，为什么在分开以后反而被全都遗忘了？人的记忆是可以自己编纂的吗？

作为一个安防科主管，监控室36块显示屏上所有时段的内容，只有我是可以全部看到的。每个显示器上有四个分屏，是同一区域的四个不同定点，也就是说，轮替员工只能看当时的影像，任何人要调取超过十二小时的内容，都需要由我核准，因为只有我可以打开管理者软件。也就是说，在我的私人电脑上，我可以随时登录查看所有分区和每个不同摄像头的存储内容。是的，也就是说，我看见了太多不可言说的秘密。

电梯里隐秘的事，身边总是换人的男员工，对女士上下其手的领导，部分阴谋与黑手，停车场里的明争暗斗……这些令人大跌眼镜的、藏在我们平凡日常背后的秘密，每天都在我眼前上演。

真的，没几个人会一直盯着监控看，而不坐在监控前的我，却反而真会那样做。因为，管理者权限在播放云存储的内容时，可以快速进退，还可以倍速播放。尤其在你熟悉掌握被观察对象的活动时间和活动区域时，一切就更容易了。

相信我，即便是强烈的好奇心使然，你也不要轻易尝试去揭开那些人们愿意隐藏的秘密。不管出于好心还是歹意，人的困惑，总来自我们所知的，如果尽都未知，将极大减少我们或将面对的折磨和苦痛。

"你在哪？"

"电梯里。"他说。

"是上还是下？"

"你不是能看见吗？我都知道。"

"有些东西监控是看不见的……"

"我知道你看见了什么，你要怎样都随你。"

"我没……"我停顿片刻，也说不准这片刻究竟是多久，"我没打算怎样。"

"你想想，你这样子，我该怎么办？"电话中的他说得刚毅果决，丝毫没有犹豫。

"还没到地方吗？"

"我又按了。"

"你……我……"

"我不想再说什么了，也不想再被你看着了，我们就此结束吧。"说完，他走出电梯。是的，我在监控里看得一清二楚，他走出了电梯，然后很多人又进去。

我本能地快速阅览其余的监控画面，想找出他的路线继续追踪下去。可在我还没有追踪到他时，电话铃响了，我揉揉眼，眼泪在眼睛里晃着，接起电话，是二层会议室的警报铃莫名其妙地响了。我在通话中，仍用着平常那种看似不厌其烦而实际冷冰冰的言语指导着慌乱的员工，同时马上安排了一个老练的技术员去二楼的会议室解决问题。直到挂断这通电话，我才获得机会伤心。

我看到了什么？他与别人亲近，拥抱，牵手，在车库、在楼道拐角、在电梯里。还有更多吗？当我看见了这些，自然就能将更多我看不见的地方所发生的事都勾勒出来……我为什么要看呢？看这些监控是我的工作，且我也并非想看什么都能看的，我能看的，不过是一些有限的地方。那既然不能不看，是否可以看了当作没看呢？对那些与我无关的隐秘，我不是都处理得很好吗？怎么临到自己身上就不行了呢？我能想到的，曾在私下用以指摘别人的话，此刻放到自己身上，全都再合适不过了。假使有高于人存在的神，时刻看着世上那么多隐藏在表象之下的不堪，是怎样做到心平气和的呢？或我们是被厌弃了，或我们仍然被爱着，可我们谁也搞不清楚，这一切究竟是怎样的。

我历来就胆小，时不时就担心自己是否处在哪种危险里，比如害病、被抛弃、讨厌、孤立、遗忘、蔑视等，诸如此类的，各种各样的。有人说，这种症状近似一种叫"被迫害妄想症"的病，但我自知并非如此。我的忧惧与被迫害妄想症根本的不同，在于被迫害妄想症患者总认为别人是坏人，而我的忧惧根源在于总认为是自己不够好。尽管我的外在表现会显得更倾向于抱怨他人或他物不够好，但实际那只是我软弱的反驳，越不想承认自己不足，就越要显出都是别人不足的样子。

四季驻留的时间，比我们所想的要短。因为季节交替的过程很长，真正进入严格意义的某一个季节，实际上，需要很长时间。也就是说，彻底赶走冬天又无须抵抗夏天悄悄潜入的纯粹的春天，实际上并不长。人生也是这样，我们多数时候，都在事情交错发展的过程中，进入完善纯粹的结果的时间，于那些交错过程而言，不过一瞬而已。

所以，我和他五年的感情中，有很长时间用在生长，很长时间用在淡化，或者别的什么交错中，而真正纯澈的、只属爱情的时间，全部加起来，或许只有五十分钟。

夏天太长了。当夏天超过我所认知的长度，那么，它就太长了。曾经走在海边沙滩中的我们，踩踏在众多结实而细小的沙粒上，享受它们的柔软的我们，在情愫的光环下，说过那么多稀里糊涂的、毫无来由且没有保障的甜话，但我还是相信，那时刻我们都是诚心的。

人为什么会愤怒？有多少愤怒是真的源于他人？令我们感觉愤怒的，其实是我们自己，是无法面对的一些东西临到眼前，我们才会愤怒。这不是生气，也不仅仅是光火，是愤怒、愤恨，是充满埋怨、不甘、不齿，而又无法克服和战胜的一种顽劣。

我母亲的奶奶是越南人，到我外公那辈才到中国来。按理，我本可以说自己的母系是越南人的。可实际情况是，外公的妈妈之所以成为越南人，是她随着她的父亲，从中国去了越南。因此，刨根究底，不过是类似于出了一趟长途公差而已。所以，我到底能不能说自己是越南人呢？每当我想吹牛，给自己增添传奇色彩时，总还是会觉得底气不够。真的，我实在找不出任何一点属于我的优越与特殊，因此，我好像只能对自己不满！

"你就睡吧，昏睡吧！白日睡，夜里醒，我看你将来有什么出息！

"人家都跳级拿奖学金了，你看看你，总是第四、第五，再发奋一点，冲到前三名很难吗？

"谁都比你强，谁会的都比你多，你让我在单位根本抬不起头！"

父亲的指责和谩骂仍然存在着，随着记忆而存在着。我多想获取删去它们的能力啊，实在不行，难道还不能隐匿吗？

在这世界上，到底有谁在爱我，我能把我的爱交给谁呢？我的失败感，也许正源于自己的爱无处着落，可我真的懂得爱吗？自我懂事开始，"无私"就与我无关，"私"在日语中是"我"的意思，人能"无私""无我"吗？

还有英语，作为谓语的动词，变化是最多的。而时态、人称差异，都要由动词的变化体现出来，可即便如此，一句话能没有主语吗？即使可以省略，但省略不同于没有。没有主语，谓语要为什么服务呢？

有没有另一种可能，就是我每天所面对的人，其他所有人，都跟我一样，在经历一种困苦，只是他们在粉饰太平呢？

她站在狭长的过道尽头，侧身朝楼下的空地望着。在短促的课间十分钟里，校区并没有什么人。尤其是在我们那所面积非常小的学校里。教学楼的对面，是一栋比教学楼矮得多的办公楼。一楼只有窗户，二楼才伸出一条与教学楼正对的过道。二楼的尽头，有一间很大的屋子被用作音乐课教室，其余的屋子，就成了校长室以及别的什么我不清楚的办公室了。

　　教学楼的两端都是楼梯，妈妈现在就站在接近校门那一端的楼梯口，而另一端的尽头，是老师们的办公室。我们学校很有意思，一二年级在一楼，三四年级在二楼，五年级才能到三楼，六年级在四楼。妈妈站在三楼过道的尽头，一直望着下面，根本没有回头。

　　我总是想起或梦见妈妈这个样子——站在我小学的三楼过道尽头，望着，等着，或不是等着，就这样看着下面的一切。实际上这件事确实真的发生了——一次课间，我像平常一样在教室里与同学闲散打闹着，班里有个平日我不怎么待见的男孩忽然过来喊我，说有个阿姨来找我，让我出去看看。我们班的教室在三楼中间的位置，既不是这边的尽头，也不在办公室那边的尽头。我将信将疑地把头探出教室往外面看，没见有认识的人，便回到先前的位置继续玩闹。过一会儿，又有几个同学来对我说有人找我，让我到过道那边去看看。我不耐烦地跟着他们走了出去，啊，就在那时，我看见她了，看见了妈妈，站在狭长的过道尽头，朝楼下空荡的校区望着，既不显得焦急，也没有让我产生不安，却让我觉得非常陌生。

　　她穿着平时从未穿过的衣服，手里拎着一个漂亮的纸袋，橙色的，方方正正，看起来很别致。我没有一眼就认出这个我每天都会见到的人，我像面对一个陌生人那样，用新的眼光审视着她，在原地待了好长一会儿，才想起要往那边走。当我快要走到过道尽头时，上课铃响了，妈妈这才转身朝过道这边看过来，她看见我了，扬起令我熟悉的笑容，带着那笑意停顿了片刻，就示意我回转教室去上课。

只差一点点，也许五步，最多十步的距离，我就要走到过道尽头了。可是，上课铃响了。我知道，响铃的时间是整一分钟，也就是说，我顶多只能浪费三十秒停在原地。我看懂了妈妈的示意，就是那种无法用语言表达的，但任何人一见就懂的示意（扬一下眼睛，然后下巴往教室那边撇动）。我回到教室去上课，上的什么课已经忘了，但始终记得那个站在过道尽头等着我的妈妈。

等到下一节课的课间，她已经走了。我回家以后，她也恢复到了平常我熟悉的那种样子，且完全没有再提过那件事。所以，直到现在，妈妈已离世，我依然没弄清楚，那次她为什么会来学校，是要来找我说什么、做什么、有什么目的。

我总是梦到她，梦到妈妈在过道尽头的样子。随着年月渐增，这个梦越来越让我觉得困惑：这件事到底真的发生过吗？我越来越模糊……况且，我与妈妈相处了那么多年，为什么我却只做这同一场景的梦呢？

人总是担心自己说出的话别人不信。当我认真对别人分享感受时，心里总闪出很多杂念来影响我的叙述。别人的反应、我的忧虑、加强真实可信度之类的各种需求和杂念，全都来了。因为谁都知道，仅靠一句"真的"，是不足以让他人确信你说的是"真的"的。就像我的梦，我该怎么说呢？我说出我所想的全部的"真"，谁能真的全信呢？现实告诉我，反倒是那些经我刻意增加可信度的不是"真"的部分，他人感觉更为可信。

因为"真"的标准，虽说在每个人那里都不一样，但成人后，人对"真"的理解，或多或少都被所谓的"现实"左右了。不符合现实，缺乏逻辑支撑，一定是撒谎，来自虚荣的辩解等这些判断，都取决于你所陈述的是否符合了他心中的所谓"现实标准"。即使他认为自己存在着某种崇高的精神追求，那精神追求也完全是经过现实浸染的。人在多大程度上能摆脱来自"现实"的困锁呢？因为总担心自己的话没有人信，我常常就要对自己所讲的做现实化包装；而当我自己在阅读、观影、听闻时，我的心也难免要对那些看起来不很现实的部分生出怯懦——我发现，我是不敢面对的。但凡不符合常规现实标准的，我就害怕自己去相信，我就要对其加以我自己能理解的现实化解读……难怪"标签化"在今日能得以盛行，它实在是充分捏住了人的软处啊！

如果我的现实是寡淡的，我说出来就不会有人相信，人一定觉得我有所隐瞒。可如果我说得雄伟壮阔，人又会觉得我全是瞎说扯淡。我说我老实，不会耍滑头，人就会说，这正是最大的滑头；可如果我说，我是个暴烈的土匪，我说我嗜血、杀人、爱好掠夺，人又会说我这是异想天开——你那么普通，那么怯懦，别给自己贴金了，你的胆子可没那么大！看见吗？人就是这样，他只愿意相信他所想要相信的，且尤其相信那些经过他们自作聪明地反向评述的结论。你说你老实，他就越发对你警惕，只有你把自己描述成罪犯、暴徒，他们才会想一想你可能的确算是老实的。

我的梦是一种警示，脱离现实的警示。人格，就是一种现实。

我要找到最大的一片落叶。为了寻到最大的一片落叶，我已经连续行走了三小时，中间除了饮水和等待信号灯，没有任何休憩停顿。

我可以拥有什么吗？拥有阳光，拥有空气，拥有年龄，拥有你……每一个令我想要拥有的念头，都使我感到空虚，虚空。是的，我是空的，因为我什么也无法拥有，却无法阻止任何"穿过"。阳光穿过我，空气也穿过我，年龄随着分秒变换，而你，对我来说，永远都在别处，永远都是你，而不是我。

天是没有声音的，大地也保持沉默，只有人迷恋聒噪，喋喋无休。可是，天真的没有声音吗？大地真不会言语吗？还是忙碌于存在的人，不懂得听那些声音，或丢失了听见它们的能力呢？

我，没有我，我自以为的人格，与我在别人眼中的人格是不一样的。也是，谁能一样呢？我们一生致力于完善的，究竟是那自以为的人格，还是我们希望在别人心中塑造的那个人格呢？如果没有人听，人类就无须言语吗？如果没有人看，人类就无须外形吗？那么，为什么不可以真空存在呢？在漆黑境地，一切不就是真空的吗？没有他人，没有工作，没有负债，没有外貌，没有烦恼，甚至也没有了孤独苦痛以及因欲求不满而带来的怨愤！可我却更加感到恐惧了——在没有恐惧存在的真空的漆黑境地，我更加对生命感到恐惧；在没有孤独存在的漆黑境地，我却更加真切地感觉到了孤独！原来人终究是无法脱离令我们觉得沉重的"他人"而存在的……人，归根结底，就是属于人群的吗？

那时候，每周六下午三点，我都会参加斜座书店的读书会。我和他是在便利店的饮食区认识的。那天有雨，我早到了，不想进书店与其余成员闲扯，就在附近的全天便利店买了一杯热茶，坐在里面的饮食区消磨时间。我参加读书会不是为了去表达，而是去搜罗一些陌生的经验的。书店不定期会邀请一些作家来参与分享，有过那么几次，我还真收获了一些耸人听闻又极其特别的体验。

雨越下越大，没有要停的样子。天气预报越来越没准了，昨天夜里看分明说今天晴转多云，今天上午看又变作阴转阵雨，这会儿再看，成了中雨到小雨。于是，一直关心着天气的我，根本就不晓得他是什么时候坐到与我相隔两个座位的地方的。

是他先搭讪的。我忘了具体他是怎样起头的，总之一切很自然，自然得我压根没觉察出他有什么情感意图，反而对他有些厌烦和恼火。为了维持基本礼仪，我先随便答应了他几句，然后，我就从包里取出一本书，打算用看书来打发掉他。

"你要看书吗？"

"嗯。"

"我显然是打搅你了，对不起。"

"没事儿，我就随便看看，一会儿要去参加读书分享会。"

"读书会？是一些关于什么的分享呢？你在看什么书？"

"和我看的这本没关系，读书会的主题是不固定的，有时是听哪位作家来分享，有时是成员们自己畅所欲言，说什么都可以，纯粹就是交流而已。"

我没想到他是这样一个不注重社会礼仪的人，我也说不好，说社会礼仪大概有点太过头了，总之就是人们约定俗成的一些东西。我认为想要结束对话的礼貌暗示我已经给得相当充分了，但架不住他完全不理会。

"你喝的是什么？"短暂的休止后，他又说起来。

"热水。"

"真好，我还以为是咖啡。"

"我喝不了咖啡。"

"我也是这样！太好了，难得碰到不喜欢咖啡的人……"

"我不是不喜欢，是喝不了。"因为极不愿和他产生联系，我在他还没有说完之前就打断了他，"是这样，我现在真的很想把这个章节读完，昨天晚上看着看着睡着了……"

"你的电话响了。"这次换他打断我了。

我没有理他，更坚定地端起手里的书，作出更强硬一些的礼貌拒绝。

"你不接吗？"

"我一般都不接。"我说。

"你不打算先看看是谁打来的吗？你至少应该看过以后再做决定。"

我被他弄得很烦，就从包里拿出手机，看了一眼，是一个陌生的座机号。当我正打算将手机放回包里时，忽然意识到，这或许就是一个可以甩开他的契机，便接起了电话。

"喂，你好，哪位？有什么事儿吗？……是，没错，我是……我现在不在，请你直接联系安防科，那边会有人接待你的……你搞错了，这件事不是我负责的，而且，我今天休息，有别的人在那边值班……我一会儿别的事，我现在过不去，你这种情况很简单，随便谁都可以处理，不一定非要我在……我现在过不去，绝对不可能！"

我的语气由缓和变得急躁，他听懂了，于是忽然就抢过电话，向对方说："她已经说了她过不去，你就不要再说了。要么你就等她上班再联系，要么你就自己去找值班的人，好吧？"

他的那句"好吧"，说得很强硬也很巧妙，既是反问，也像是命令。

说完，他直接挂断了电话，再将手机还给我。

因他这令我始料未及的为我出头的行为，我怔住了好长时间才笑出来。他因为我笑，也跟着笑了。

"雨终于小了，正好，我要去参加分享会了。"和他随意聊了几句之后，我说。

"我也可以参加吗？"

"有人数限制，所以要提前报名的，而且，这个只对书店的会员开放。"

"那……"我起身了，他也跟着我站起来，送我走到便利店门口，接着说，"分享会要多长时间？"

"两小时。"我停在门口，还没有走出去。

"我可以等你吗？"他忽然说。

这下，我全不知如何是好了，好像加上自己迄今为止全部体会到的和从别人那里听来的、书上看来的经验，都不足以指导此刻的我该作什么反应。我支支吾吾，说不出任何一句完整的话。

"我正好没地方去，我可以等你吗？"他与我一起停在门边，接着说，"我可以在这里等，雨停了还能到书店门口的长椅上坐着等。"

我还是不知该作出什么回答，好像顷刻间连手都不知道该往哪里放了，莫名其妙地说："我要迟到了，先走了。"然后，我快速地离开了便利店，径直往书店去了。

那次分享会，竟有一个科幻作家临时到场，整整两小时几乎全是他对天体、时空、克隆人之类的夸夸其谈。我对科幻作品向来嗤之以鼻，所以就更是分神开小差，全在想着刚才与他的相遇。他还在吗？真的在等我吗？也不知道雨是否停了，他会在便利店等我，还是在书店门口呢？如果一会儿他不在门口，我是不是要再去一趟便利店？还是直接回家算了呢？

　　我也不晓得自己是不是疯了，那两小时，虽然因科幻作家的莫名登场而尤其无聊，却过得飞快。很快就到了我要面对刚才满脑子那些疑问的答案的时刻，我从座位上起身，浑身尴尬起来，好像双腿自觉就想要回避迈步这件事，结果令我成了最后一个离场的，还让科幻作家会错了意，以为我想继续深入交谈或寻求签名合影之类的，着实让我陷入了尴尬。

　　应付完科幻作家，我整个人颤颤巍巍走出书店，过程我全想不起了，只记得自己历经千难万险地走出了书店，然后我就看见，天晴了。我一走出书店，就看见他了。他既没有坐在书店门边的长椅上，也没有在便利店，他就站着，笔直地站在书店的正门口，双手插在外套的口袋里，就那样站着，朝着我笑。

　　我视野昏眩，潮汐的声音向我涌来。那时我还从没有见到过海，可是却先就听见了真实的浪涛的声音，此起彼伏，滚滚而来。所以，我后来与他约定，一定要一起去海边。所以，我总是寻找那个波涛的声音，那个并不同于我真的见到海以后听见的现实的波涛的声音——所以，我总是烧水，和他在一起时，我总是烧水——用水壶，听水在升温过程中的声音，涌动，直到沸腾！啊，为什么人探到极限的边界后，总想再往前，再过去一点？又为什么一切有关极限的体验，停留的时间总是那么短，那么稍纵即逝，只留下更大的空！

　　我不知道我是怎么进来的。这也是一场梦吗？如果没有开场，没有过程，我就已经在这个房间里了，那么，是的，又是梦。一位助理把我引荐给一个什么人，我也不知道为什么我会知道这种关系，复述时更无法准确自己是提前知道的，还是在情节发生以后才明白的。在等待过程中，我似乎看见了很多历史，不属于我的历史，而是我即将要见的这个人与其他人的历史。他是一个心理医生，一位非常有名的年轻的心理医生。我不知道自己在其中还是在外面，总之，在助理引荐我以后，在我见到他之前，我先看见了他的历史，就像纪录片的常用手段之一"情景再现"那样，他和众多女患者的历史快速地上演，全是精华部分，结局也尽指向他的胜利、疾病的失败。梦预先提供给我的意识是他长得很好看，但我还不能得见他的面貌，只能看见所有那些女患者的样子。

他出现了，显然与我并非从同一入口进来的，但我还是立刻就被吸引，被他彻底迷住了。为什么忽然就心生出喜欢呢？这不过是初见，甚至毫无前情，毫无标准——各种人为设定的择偶标准——我就喜欢他了，这是一种预设吗？梦的预设？

我喜欢他，不是因为他有明朗的轮廓、清晰的眉宇、活跃的性格，而是我一看见他，就喜欢了。因为喜欢，于是他的一切都是合适的、令我喜悦的，于是我对他的着装、性格、背景等，全都毫无评断。因为喜欢，他是什么样子，我就会喜欢什么样子。他在桌前坐下，让我坐到他对面的单座沙发上，我见他翻了一下摆在面前的病历资料，然后就开始向我问话。

他说了什么？我一句也听不见，但我全是喜悦、幸福、陶醉。他眉飞色舞地陈述，偶尔侧转些身体。阳光从旁边的窗户透进来，照射了半边的他。我发现，光只往他那里聚集，并不愿意投向这个房间的任何其余角落。

轮到我了，无比紧张的我，终于把注意力放回坐立不安的我自己身上。我害怕自己的暗恋被发现，但实在又难以抑制住自己的喜欢。是否是爱还很难说，但我很喜欢他，就是喜欢，太喜欢了！喜欢，就是你放不下某些什么，看见就欢喜，想一直和他待在一起。我真希望我也同样能被他喜欢，希望我也可以吸引他。可是，我的梦没有给我提示，没有告诉我自己是否被他喜欢着，于是，我不想被他诊疗，我甚至也不知道我为什么会进入这里被他诊疗，我只想吸引他，让他也能喜欢我。

　　不然，我就努力地成为某些样子，变成他喜欢的样子吧！我是什么样子的呢？我看不见自己，不知道自己此刻的样子，是否与我清醒时在外部世界的镜中看见的自己一样。反正，不管我自己到底什么样子，此刻我关心的，都是我在他心里是什么样子。只要我能是他心里所希望的样子就行，谁还管我自己到底什么样子，让那些都见鬼去吧！

　　我对刚才情景再现中所有出现的女患者都生出妒意，是啊，这时才注意到，来找他的全是女患者，竟一个男的都没有。啊！他太阳光了，他就是光的化身，或者他就是阳光！我的心被融化，无法抑制住对他的渴慕，分秒都难以自持……我攥紧冰凉的手指，抓握椅边，试图从抓握中去获取一些安全感。可这个皮质沙发的边角太厚了，厚得我的手指很难全部抓住它们。

　　我为什么不坏呢？我为什么不能勾引诱惑他呢？我多希望自己懂得风情，懂得能使他愉悦的伎俩！或者笑一下，或者撩一撩头发，或者将修长笔直的小腿交叠后往前延伸？我到底是什么样子的？发质柔顺而光亮吗？我的笑能打动他吗？我完全不知道……他仍在继续着对我调查和问询，而我，却满心念着勾引！我完全不觉得我的人格还有什么重要的。我不想被他发现我有任何疾病，我没病，我是正常的，我不需要医治，我只是想被喜欢而已！被他喜欢！

我开始行动了，我好像可以控制梦中的我了，虽然不能控制我的梦，但因为太喜欢他，我似乎突然就有了能控制梦中的我的能力。在他的每一个提问后，我都做出虚假的回答；在他出于医生身份的每一次关怀后，我都回敬以鄙夷的笑……我只想着勾引，满脑子都是诱惑，我要引诱他，引诱他喜欢上我！

又进来一个人，一个女人，年纪很大的一个女人。她好像是他的老师，是一个更资深的专家一类的什么角色。她的样子很古板，蕴藏着典雅的一种古板。她戴着一副玳瑁框眼镜，看上去很有学问的样子。她在房间里走来走去，在他与我之间，就是他的办公桌与我的座位之前的那么一小片地方，来回走着，并与他进行着亲切的交谈。我听不见他们的对话，但我始终注视着他，注视着他的一切举动。他蹙眉了，笑起来，又板起面孔，叹气，又戏谑地笑，抿唇，歪头，整个人向后仰……

房间开始闪烁，就像我在外面的现实中曾遇见的，我的那个"他"的卧室里，对面的人行信号灯最后十秒倒数的，那个闪烁的光源，黄色的那种，此刻也弥漫进这个房间，让这个房间也闪烁着，一，二,三,四，越来越快，越来越快……

我冲出来了吗？因为我太想冲破阻碍，而真的冲出来了吗？还是这一切只是我梦中的想象呢？现在，我好像与他，就是那个心理医生，与我想要勾引的他，变了一种关系——他的笑变了，变得与我心意相通，也在展露着爱意了！我的勾引成功了吗？他也喜欢我了吗？我真的被他喜欢了吗？我和他走近了，我们牵手了，啊，拥抱吧，快一些拥抱、亲吻、互相紧靠。交融吧！

这只是我的想象吗？是梦中所做的另一场梦吗？我们拥抱着，

为什么没有温度，为什么仍旧令我感觉空虚呢？我明明靠着他的臂膀，依偎着他，为什么我的喜欢没有得到满足，反而愈加饥渴呢？他现在喜欢我了吗？为什么我竟得到这样一种可怕的提示——他虽然喜欢我，但他也会喜欢别人，而不是仅仅喜欢我一个人呢！这让我发疯，令我崩溃，因为，我只喜欢他，只喜欢他一个人！

此时，我们越是近，我越觉得难过……我们躺在床上，我们奋力地贴合……啊，贴合使我快乐，我们真切地融汇在一起……可是，融合之后，我还是难过，他越是温暖，我越是难过！他的细心，关怀，他的笑……啊，这些，全部，他的全部的好，都让我愈加难过！因为，这一切不是属于我的，不是仅仅对我一个人的，只是暂时的，是随时可以给别人的，或者，他可以同时给所有人！

为什么我不能这样呢？为什么我不能同时喜欢别人，或者喜欢上所有人呢？我为什么不能拥有他，彻底地拥有他一个人，永恒地拥有我所喜欢的呢？我只是能被别人拥有吗？我太不堪了，太苦痛了！为什么仅仅喜欢他时，对一切还怀抱希望时，比现在与他在一起了要更愉快些呢？

是我的欲念让我痛苦吗？

她又来了，医生的老师又进来了，他不见了。我又回到了那个房间，现在却只剩下我和她。我还是坐在单人沙发座上，而办公桌前的人换成了她。那个拥有着典雅的古板的她。

"三、二、一，回来！"

我能听见她的话了。

"你看见了什么？看见你自己的心了吗？"

我作出了回答，可我却听不见自己的言语，似乎又失去了对自己的控制。

"好了，我知道了，这样很好。"她说。

"你不用再对我说什么了，其实，我知道什么并不重要，重要的是你自己知道自己的心，自己能面对自己的心。"在我的一番言论之后，她接着说道。

"行了，你已经好了，不用再来了。我们的治疗结束了，祝贺你！"她说。

接着，她就消失了，换成我坐到了那张办公桌前。阳光从侧面的窗户全部照射进来，除了投向我，也照亮了这个房间的所有角落。我眼前有一本病历夹，不知从哪里来的风，吹动着纸张，让我看见我刚才疯狂喜欢的他了——在此之前，有那么一瞬，我似乎已经忘记他了，这时才又想起来！接着，当病历再翻页，我又看见了她，他的老师，那个典雅的古板女人。我蹙眉了，又笑，又恼火起来，然后舒展肩膀，撇头，整个人往后仰躺下去……

啊，又一次，我视野昏眩，只有声音存在，波涛，浪涌，层层叠叠，将我深埋……我真快乐啊，在原本不让我觉得快乐的世界，竟有那么多快乐早就存在了……

原来，令我感觉痛苦的，是没有人爱我。我想要寻回来的所谓"真的人格"，就是一个能得到"爱"的人格。可是，没有人爱我——无论我的家庭、朋友、恋人，无论是谁，无论在哪个时间，何处空间，都没有让我得到爱。是我理解错了吗？是我所认识的爱，与别人不同吗？为什么，此刻走在路上的我，却不是我心里这个一直渴望着爱的我？我分明与严欣说笑着，可心怎么难过地哭着？一旦稍有爱的行踪，为什么人就会脆弱得无法承受，只晓得哭泣呢？你以为只有流眼泪是哭泣吗？以我的体会来说，哀并非莫大于心死，哀莫大于心永远无法死！

人总以为自己是自由的，可我们实在深深被所谓自由的神话欺骗了！不穷究那些细枝末节，开宗明义地说，人之两件大事，不过生死。那么，生，是你自由选择的吗？死，容得了你自由选择吗？

漆黑境地是我自以为的真正的"我的人格"构建的，那掐噎我的不是手的众多双手，是我自己对自己的锁困。我为什么还活着？为什么如此不堪，而仍旧活着呢？我做过的好事、坏事，我暴露在光下的、隐藏在暗中的，所有所有，一切一切，为什么对"活着"都毫无影响？我怎样才能触及那让我"活着"的，操控着万物万事的，赐予我"我"的，那高于我的存在呢？

算了，无所谓人格，也无所谓苦痛。就像好脾气不是在一切顺当时得以体现的，是完全有必要生气时也能平息怒火理性宽让的，才叫好脾气。所以，想开的源头也必然是想不开，如果一开始就想得开，那是无所谓，是不负责任，不是真的想得开。

我应该更留心于晚霞、晨曦、雨水和风向，我应该要更加努力地去活在人群中，虽然人群的确让我感觉沉重，但我应当去发现，即使这令人觉得沉重的人群，的确有着万般令人生厌的琐碎和昏昧，但它仍旧存活在那至高者给予的无限深远的爱中……

人就是人，仅此而已。只有"人"出了毛病，才需要所谓"人格"来作解释和分析。我们的人格都是"我的"，也可以都不是"我的"。是先天的，也可以是后天形成的；是复杂的，也可以是单一的。按此下去，还有很多很多，不是非此即彼的，而是时刻运动发展着，既精微又简洁的一种存在。要知道，尽管人试图对一切作出解释，但实际上，我们没有解释任何事物的权力，尤其无法解释我们自己。在对自己进行描述上，人是无能的，彻底无能的。

所有人如此想接近真理的目的到底是什么呢？知道死期，难道就能避免死亡吗？我们总以为自己知道了，其实什么也不知道。

算了，想那么多，还不如做好一餐饭，喝好一口水，走好一条路。只有着眼于当前眼下，全然投入，然后才能放开！因为放开的起始是紧握，没有紧握作开端，何来放开呢？

所以，从现在开始，我要紧握——紧握苦痛，紧握不适，紧握欢乐，紧握令我感到丢脸的穷文乡，紧握令我觉得不堪的一切，甚至紧握住我的罪恶——无论在哪里，我都要这样活！即使在仍旧不尽如人意的现实和满目疮痍的人生中，即使在不断流逝的时间里，即使是在漆黑境地……我都要用这同一种活法，去统一那所有不统一的时空，无所谓梦境，也无所谓现实，反正都不是真实。

因为我已经懂得，至少暂时懂得了，得到爱的途径并不是索取，也不是去争夺或埋怨，而是去爱，去爱那一切原本自己不能够爱的。因为，即使没有人爱我，爱也早已存在，一直存在着，且将永远存在。

真实的遗产

我是舞蹈演员，一名普通的舞蹈演员。普通的意思，就是达到了普遍认可的专业水平，却并不杰出。艺术行业比其他行业要现实很多，专业能力决定一切，尤其舞蹈，属于门类艺术中门槛比较高的，要达到杰出，就更难了。基本功之所以成为基本功，在于它是基本的，完成了基本，也不过入门而已。接着，但凡你对此专业有所追求，就绝不可能止步于"基本"，柔韧度、力度、控制力，这些基本功的上升空间是很大的，还需要节奏感、艺术理解力、魅力、表演等各项其他能力去加强对它们的把握。是啊，人的极限有可能是无限的，一山还比一山高，这个事情是比不完的。不过，说到底，完成六十分所需的努力是一咬牙一跺脚就能实现的，而达到九十分后要去往九十一分的过程，却无比艰辛漫长，非常人能为。任何一个行业都是如此。

舞蹈专业的学生都知道专业课上的把杆位置对我们来说有多重要，能多大程度地体现我们的专业价值。舞蹈教室的四面，三面是把杆，一面是镜子。通常，中间把杆长度最短，人数也总按单数来排，于是，中间把杆的正中就成了最好的站位，而站此间的人，自然就会被暗示为专业最好的人。不过有些时候，老师也不得不屈服于身高的平衡等其他条件安排站位。没办法，舞蹈这东西，差一点儿都不行，除了基本功，身材条件也是不可或缺的重要指标。你专业再强，身材条件差一口气，总分还是要下去。这件事儿，找谁说理都没用，艺术行业就是这个理，天赋和努力都占评分，而杰出的顶端，拼的就是综合。

所以，显然，站旁边把杆的人综合评分是肯定不如站中间把杆的。尤其是站两边把杆最末端的人，无须赘述，现在你也一定知道他们的价值指数了。但有站中间的，就免不了有站旁边的，这是序令，是一开始就设定好了的，我们谁也躲不了。只是你有可能在此处站中间，到彼处站旁边而已。我一直觉得，最可怜的是那几个靠近中间把杆的人，尤其是旁边把杆顶头的第一个人，他们离中间把杆最近，只差一个位置，但要换到那里却难如登天，也并非仅凭个人的力量就能确保达到的。

我？很可惜，我站在旁边把杆最末端的倒数第二个位置。不过，我也并不总是站在那里。巅峰时，我站过旁边把杆的中部，这在我的舞蹈生涯中，是很不得了的成绩了。而且，在中间组合的队列中，我站过第四排的正中间，那也是个不错的站位，当然，更多时候，我是站在第四排中心的旁边位置（每排五人）。

学舞蹈不是我自愿的。那时我还小，根本就没有愿望，只是因为人看着较瘦削纤细，身高较同龄人高，身材比例稍显优越，就被妈妈送到舞蹈学校了。她完全是被她的小姐妹，一个自学成才的编舞老师影响的。那个阿姨一直对她游说，说我的天生条件很好，学舞蹈一定大有前途。我母亲信了，于是我就被安排去了，事情就是这样。

现在想来，我可能更愿意当一个普通的办公室工作人员。说实话，我真的很羡慕那些可以上普通中学、大学的人，相较于他们，我总觉得我的人生是不完整不足够的，我缺了很多！

每当参加一些聚会活动，与那些接受正常教育长大的人接触时，我总是缺乏自信。我也不知道这种感觉是从什么时候开始的，但我记得自己一开始并不是这样的。最初，舞蹈学校的特殊性还算是一种很有风头的资本，可这种风头没多长时间就不得力了，在好几次跟不上那些普通生开的玩笑后，我就明白自己已被剔除出他们的世界，成了他们瞧不上的无知的人了。

如果我的专业达到一定的优秀程度，也许还能有十足的底气去瞧不起他们，但我没有，我离优秀还差得远呢！我不知道在普通生那边，竞争是否也那么激烈、差距也那么显著。实际上，不管什么行业，既不杰出也不垫底的中间部分，才是人数最多的。这种处境所带来的最大副作用，就是让人总要对自己的选择生出疑虑。如果当初上普通中学就好了，如果妈妈没有认识那个朋友就好了，如果那个朋友不是编舞老师就好了。如果，如果，当人处于那种中间部分时，就总要对现行路径产生怀疑，对其他路径产生希冀。这种患得患失的根性十分不易摆脱，且这类人往往都欠缺另辟新路的勇气。

消费的骗局就是利用人们这种犹豫不决而征服人的。对于在底层挣扎的人群来说，第一目标定然只是脱离苦境，而已然杰出的顶层人群则往往都目的性很强，时刻把控着人生的主动性。于是，消费主义的陷阱就瞄准了那人数众多的中间人群，乌泱众多，对任何都不满意，对任何都有意见，却对任何都没有勇气去撞击。

这就是命啊！可谁想认呢？

比如，这一届的国际舞蹈赛，由于年龄及身高等各项限制，全班最终只剩下我和王鹊雯符合条件，这对其他同学来说，是多么不公正的巨大打击啊！可是，怎么办呢？这就是命，是我们谁都不想认却又不得不服从的命啊！

王鹊雯的专业能力只比我略微强些，但她却站在中间把杆最右侧的位置，这是由身材比例、形象条件、天生软度、刻苦程度、老师喜恶等附加元素给她增添的价值。我和王鹊雯不是一个寝室的，彼此不很亲近，只在一次晚间自习时，我和她有过一次比较深入的谈话。

那阵子我们正在练习一个以 glissade（滑步）和 assemblé（指一种五位半蹲后单腿擦地踢出，另一腿推地起跳，两腿在空中绷直收成五位，然后双脚落地仍成五位半蹲的跳）为主的中间组合。我和她都是第四排的，她站第四排正中，我就站在她旁边。这是个新学的组合，主体动作是 assemblé，但老师却一直说我 glissade 做得很不到位。glissade 是一种舞步，在这个组合中是用来衔接各种assemblé 的。

assemblé 是一种跳跃动作，主要特征是单脚起跳，双脚落下。按踢腿高度，assemblé 还分大 assemblé（grand assemblé）和小assemblé（petit assemblé）。一般来说，基础 assemblé 有 devant、derrière、dessous 和 dessus 四种，用以区分前后出脚和前后收脚。devant，前 assemblé，从前脚擦地向旁起跳，不换脚，空中并拢，结束在前脚；derrière，后 assemblé，从后脚擦地向旁起跳，不换脚，空中并拢，结束在后脚；dessous，往后收的 assemblé，从前脚擦地向旁起跳，换脚，空中并拢，结束在后脚；dessus，往前收的

assemblé，从后脚擦地向旁起跳，换脚，空中并拢，结束在前脚。

"glissade 的基础是 tendu(指绷脚擦地)，只有把 tendu 练扎实，glissade 才能做到位。"王鹊雯对我说。

"擦地每天都练那么多遍，还要怎么练呢？前、旁、后，就一个擦地，每天把杆都要练十几分钟……"

"我自己练的时候都是一百遍起步，前旁后，两侧，每个方位都要做足一百遍，而且每一次都要带着标准认真做，一定要将控制精确到足尖，还有足跟，尤其在前后擦地时，一定要保持发力控制开度，每一次都要耐心仔细，一百遍是基础。你要把动作标准的 tendu 练成身体的自然反应，练到身体有记忆，不需要过脑。"

"原来你是这么练的……"

"还能怎么练？都是这样的。tendu 练明白了，很多动作就不会出问题，tendu 是一切的基础。"

我和王鹊雯的对话之所以令我印象深刻，是因为在我们这行，练习的奥秘是不公开的。尤其那些专业顶尖的人，她们只自己默默钻研，是完全不与其他人交流专业上的事的。说实话，她们平时反倒比其他人要表现得更平常得多。

"你的问题在于天生软度太好而影响了肌肉的感知和控制。因为凭着软度很轻松就过去了，所以肌肉就没有机会发力，于是自然找不到正确的发力点，反而影响了你对动作的控制。"

"难怪老师总说我像面条。"我自嘲道。

"这事儿就是挺较劲的，没有软度是不行的，软度太好又有软度太好的代价，唉……"她叹息着，"活着就没有轻松的时候！"

我沉默了一会儿，问："你是几岁开始练的？"

"五岁就开始了，"她止顿片刻，说，"我觉得我除了跳舞，别的什么都不可能再会了，不管我跳得好不好，我这一辈子也许都只能跳舞了。"

对于她的话，当时我的体会并不深。因为，我在进入舞蹈学校之前，只是简单上过三个月的兴趣班，获取了一些启蒙而已。我心里产生更多的，是一种感叹和一种怜悯，感叹她对舞蹈付出了那么多，却并没有站在最杰出的队列里；而那种怜悯，我却说不上来是怎么产生的，也不知道是出乎我自己的，还是源于老天预设在我心里的。

不过，有一件事我是确定的，那就是老师对她的怜悯。王鹊雯太努力了，努力得即使专业水平还达不到中上等，也得到了中上等能力才有的站位和把杆位。看，我说了吧，在咱们这行里，专业的标准真的很宽泛，除非你有绝对顶天的本事，否则就不得不受到各种综合指数的影响。但是，说实在的，王鹊雯站在那里，我一点儿都没有不服气，甚至很为她觉得值当，因为她真的很刻苦，而且，我还可以肯定，班里所有的人，都是服气的。

不过，这次国际舞蹈竞赛的参赛资格，让我和王鹊雯都成了众矢之的。人总有一种根性，那就是柿子总挑软的捏。即使王鹊雯令她们嫉恨，但毕竟她的勤奋是大家有目共睹的，于是即使如鲠在喉她们也打算强逼着自己咽下去。这下好，全部的怨妒都集中朝我发射，一股脑儿全算到我头上了！算了，我能怎样呢！谁要我平常吊儿郎当，对自己逼迫得不够呢！人家王鹊雯用刻苦付过账了，我……我只能认命。

国际舞蹈竞赛每三年一届，对参赛选手的年龄、身高、臂长、腿长、肩宽都有明确的限制要求。大部分同学都是在年龄限制中被刷掉了，只有年龄最小的几个人符合这届比赛的最上限要求。而接下来比拼的就是身高等天生条件，层层筛选，一级一级过滤，这便只剩在班上专业成绩并不算突出的我和王鹊雯了。

不管怎样，老师还是很高兴班上能有符合条件参赛的学生。因此，我和王鹊雯除了日常的专业课，又多出了很多新增的课下补习。老师试图在参赛前对我们进行加强训练，想要尽可能地再提高些我们的专业能力。

实在是太累了！现在我倒难以说清自己能参赛是福气还是烦恼了！有时，因为同学们的嫉恨和嘲讽，我就为自己能参赛而有优越感，可一旦到了补课集训时，我就吃力得只想撂挑子跑人，横竖都不想再练了！

之所以只是集训而不涉及编舞排舞，是因为赛制规定。为了尽可能纯粹地体现舞者的个人专业能力，比赛是不接受成品舞蹈的，也就是说，比的不是作品，而是舞者的个人能力。赛前一个月，所有参赛者都会集中到比赛专属场地去住宿，首次集合分配命题后，如果没有自带经认证的专业合作老师，赛委会就会指派一位老师指导及编舞，最后，大家都要用这一个月时间内新创作的舞蹈作品参赛。赛制就是这样。

经过一些资质认证手续，老师告诉我们，她能作为专业指导老师参与比赛了。得知这个消息后，我和王鹊雯心里都多了几分安定，但随之也生出另一种微妙的竞争情绪，因为我们都知道，赛制要求的人员组合是一名老师辅以一位舞者，老师只能选择一人指导，不管她选了哪一人，都意味着另一人要接受赛委会的随机指派。

说实在的，我心里早有预感，老师不会选我。但人是很奇怪的，当面对那些真正在乎却得不到确信的事，反而更愿意让自己充满希望。为了能实现自己的希望，影响老师的选择，在赛前集训时，我化这般希望作动力，不再允许自己像从前那样没出息地埋怨放弃，变得非常认真、较劲，甚至十分迫切。

谁能想到出发日竟是这样一个雨天呢？

昨晚收拾好行装后，我莫名其妙地失眠，即使睡着了也无法深眠，总是依稀觉得自己醒着，头脑里闪烁出很多与比赛、日常都毫无关系的片段。哪怕我不断用理性在半睡半醒的意识中植入清晰的"放松"理念，但意识还是兴奋着，没来由地兴奋着，让我的理性不得不开始担忧，自己醒来后是否会因生病影响身体状态而导致将来比赛发挥失利。

啊，谁又能想到出发日出状况的人竟不是我，而是王鹊雯呢？

并未得到安睡的我，早早就在校门口的集合地等待了。因为突然大雨倾盆，我便回转宿舍去拿伞。等我再回到集合地时，老师已经到了，而她是从她的住地赶过来的，所以并没有带伞。我为老师撑着伞，心中窃喜，似乎这场雨和这把伞成了我那个"希望"的有力支撑。我认为，不管老师先前的决断是怎样的，至少因为我今天早上的表现，或者出于一时冲动也更有可能会选择我了。我努力不让自己喜形于色。

已经到约定集合的时间了，我一直联系王鹊雯，可她的电话却始终无法接通，即使通了也没有应答。老师则联系了几个与王鹊雯同寝室的同学，据她们说，王鹊雯昨晚收拾好行李后就离开了宿舍，说是回家了还是怎样，具体情况没有一人是清楚的。离约定集合的时间已过去近一刻钟了，王鹊雯还是联系不上，老师决定直接联系王鹊雯的家长试试。

终于水落石出了！原来王鹊雯的母亲昨晚就到学校来接她回家

了，而现在的王鹊雯正坐在她父亲驾驶的车中赶往比赛场地，一切是由王鹊雯妈妈的疏忽导致的，她安排了整个接送过程，却忘了通知老师（由王鹊雯母亲解释的说辞）。

我们学校在城郊，离比赛的场地并不很远，因为比赛场地就设在一个城郊的度假中心，而那个度假中心正是比赛的赞助方之一。学校周边叫出租车很不便利，去度假中心的公车约二十分钟才有一班。在我们正获取真相的间隙，公车已经开过去了，于是，不得已，我和老师只好选择步行。

除了突如其来的大雨，还有肆意虐行的风。我的伞虽不小，但随风向斜落的雨滴实在是很难对付的。我为老师举着伞，出于敬意和我的"希望"需求，有三分之二的伞都倾向于她的方向。同时，为了要应对那些跟着风向垂落的雨，我就更顾不上自己了。

由于行走的困难，一路上我和老师都没怎么讲话。除了尽力要避免尴尬以外，我们谁也不想再给自己增添负担。但是，我觉得老师感受到我的用心了，她时不时会伸手将我与她拉得近些，也时不时会侧身向我靠拢。她似乎还担忧我淋雨太多，好几次转身去拍我背着的大包，让雨水尽量不要浸透进去……

她对我产生了怜悯，我想。随着我偶尔听见的几声她不经意的叹息，我的心愉悦起来，因觉出她对我油然升起的怜悯而感到愉悦。有什么比得到他人对自己的可怜更值得欢欣呢？那一刻，我绝不仅仅是因为老师可能会选我而感到高兴，而是因我所做的感动了她，我得了她的怜悯而高兴，非常高兴。

到达度假村，也就是比赛场地时，王鹊雯已经在场馆入口的地方等着了。她一点儿没有慌张的神色，大大方方走过来，几句寒暄就把刚才的事故轻松带过，既没有道歉，也没有夸耀，很自然几句话就将刚才的一切抹平淡化了，像什么也没发生一样。我真不知她是怎么做到的，更十分惊叹她的做法达到的神奇效果，甚至来不及再多想想这些疑问，我和老师就都忘了刚才的事，跟在她的引导下按部就班放好东西，然后又跟着她去集合厅领胸牌等待会合了。而她，似乎就是在用这些行动为之前的事故做解释，好像她就是为了给我们带路而特意违规的。

不出我所料，老师还是选了王鹊雯。无论我为她淋了多少雨，无论我如何艰难地为她撑伞，她还是选了王鹊雯，做了王鹊雯的指导老师。于是，被她挑剩的我，就只好接受赛委会指派的老师了。

我对自己是有掂量的，知道自己几斤几两，所以，我的意思是说，我对比赛结果并没抱多少不切实际的期望。假如老师选择了我，而不是王鹊雯，我就会获得很大的满足——这就是我从这次比赛中最迫切想要得到的肯定，而不是比赛的名次！

经过一些非公开的抽签分组，我的指导老师定下来了，他是一个日本人，一个老年的日本男人，他叫高桥山木。

高桥老师能说些简单的汉语，汉字也能认一部分，毕竟日本至今还沿用着很多汉字。只是他们仍在用繁体，所以认简体字对高桥老师来说还是有困难的。话说回来，高桥老师所说的汉语是很奇怪的，倒不是因为他声调不准，而是因为语序混乱。和他第一次见面，互相做完简短的自我介绍后，他就让我跳一段舞给他看，他说："你一个舞蹈看看。"

比赛对参赛舞者的条件要求那么苛刻，对指导老师难道就没有条件要求吗？高桥老师的身高甚至都不及我耳垂，我真好奇他是怎么通过认证的。莫非对指导老师是另一套标准？还有，尽管他笔挺着身体，但我还是能看出来，他至少已经七十岁了。七十岁，不应该退休养老，安度晚年吗？如此劳心费力的比赛活动，他怎能吃得消呢？

我对高桥老师丝毫没有好感。自从被老师放弃以后，我对舞蹈比赛也放弃了。于我而言，在这场比赛中，已没有任何我想得到的了。如今，我不过在想怎么将这一个月安稳地混过去罢了。

所以，初次见面就这样为难我，只会让我更加对他喜欢不起来。他让我自由地展示自己，按他的奇怪语序是这样排列的："自己展示自由地。"我按他说的做了，选了几个芭蕾基训的中间组合串联一番，大概比画着来了一下。他眉头皱起来，摇摇头，一副狐疑的样子，让我"再来""再来"。就这样，我把中间组合几乎做了个遍，还对大跳、旋转等各种技巧都进行了单独展示，可他仍然没有转变神色，接着要求我"再来""再来"。我只好又做了集训时新学的高难度cabriole（两腿伸直在空中击打的跳跃动作）、pirouette（一种一脚立脚尖或半脚尖，以此为支点所做的完整的旋转）和sautde basque（巴斯克跳，一种移动位置、空中转身、单脚起单脚落的跳）组合，并且尽力在不熟练的基础上保障着高水平发挥，然而高桥老师还是说"再来""再来"……我就这么一直"再来"着，"再来"得都有一个多钟头了，他还是不满，这就让我不得不对他感到恼火了！

当他又一次说"再来"时，我不再执行，只是冷漠地摇了摇头，然后就从练习室中间向他走近，明确地对他表态，说："没有了，我个人已经完全没有任何可以'再来'的了。"说完，就站在原地等待他的回应。或者就这么和他闹崩了也挺好的，我这样想着。然而，他并没有生气，反倒神态较先前缓和了些，对我说："没关系，不要放弃，你一定还可以。"我也不知道为什么这句话的语序他竟然全都说顺了。可我还是决定不吃他那套，继续摇头，坚定地向他表明，我什么也拿不出来了，我的专业情况就是这样，仅此而已。

他没有放弃，仍然保持和颜悦色，对我说："没关系，再来，再来。"这下，我彻底不知如何是好，反而被他弄得左右不是，就干脆取出手机，找了几个曾经的舞蹈视频给他看，让他好好见识见识我的能力到底怎样！

光要我展示自己，你呢？你有几分料呢？如果不是出于"尊老爱幼"的规范，我肯定得考核考核他的专业水平。哪有这样的，一上来就拼命让我展示，还各种不满的样子，我看他才是一塌糊涂，什么都不灵！

看完我的舞蹈影像，他又摇头了，呢喃着"不对，不对""好吧，好吧"。也不知是什么让他觉得"不对"，更不知道他在"好吧"些什么。

他不再让我"再来"了，这下，他亲切地对我说道："好吧，我知道了，让我们一起努力吧。"

我不懂他的意思，只是由于反应迟钝而没有做任何反应罢了。然后，他接着说："好的，我们走开始。"其实，我听懂了他的意思，他是想说"让我们从走开始"。可我虽然懂，却不愿意懂，于是就刻意做出一副完全不懂的样子。

高桥老师可不管那么多，恐怕这就是所谓老年人的反应迟钝吧。他没有用语言做进一步解释，而是直接就开始做示范，是的，我理解的是对的，他就是让我走，走起来，别的什么都不是，就是走，再简单不过的走。然后，我的噩梦就这样开始了。

高桥老师在我前面示范着，我在后面照猫画虎地跟着，从漫不经心到小心翼翼，从自信满满到怀疑否定，我越走越觉得尴尬，越走越觉得困难。当我将注意力完全放在走这件事上以后，很自然就生出了这样一种疑惑：我真的会走吗？我不明白，高桥老师怎能走得那么挺阔平稳，而我却越走越不会走了。

走完一轮，高桥老师就停了。接着，他一个人来来回回在练习室中间列了好几排折叠椅，分隔出四行空地，示意我跟在他后面一列一列地走。就这样，从"走"开始了我们的排练。

尽管我的心态是混混而已，但我再想混，也料不到接下来每天的练习都是走！我颤颤巍巍、摇摇晃晃、不知所措。从我和高桥老师第一天见面以后，我就踏上了这条不归路，什么基训、编舞都没有，就是走，每天都这样走，跟着高桥老师一起走。第一天走，第二天走，走到第十天、十五天、二十天，还是走。

二十天了，离比赛日只剩十天了，别的参赛者都已经开始练习成品舞蹈了，而我，什么也没有，别说舞蹈了，连一个动作都没有，从第一天到现在，除了走，还是走，什么也没有！尽管我已明显感到自己逐渐走得好起来了，可在比赛日临近的影响下，我的心难免焦虑，步子越来越难以迈出，行动的速度也不受控制地跟着放缓。动力都消散殆尽了，整个人可不就是像行尸走肉一般了吗？我无精打采，魂不守舍。

我的魂从躯体脱离升高起来，眼看着走在前面的高桥老师渐渐变小，越来越小，小如针，却依然直挺、坚决。他一步一步，向前，走，走，转弯，步入下一道由折叠椅限定出的路，一步一步，向前，走，走着，一直走，走得道路由窄小变得宽阔，走得他自己愈加细小，直至成了一根完全笔直的黑线，仍然走着。转右，前移，转左，前移，不是飘，而是前移，一根笔直的黑线在持续地前移。我眼睛开始胀痛，既想看，又觉得厌烦。能有我之外的另一个我也离开我而升起去看看我吗？我是什么样子呢？我站不起来，无心迈步。我想我只是一摊土泥，无法成形的一摊土泥，刚聚起，就散开，一散开，又结块，停滞在矛盾挣扎和无所适从中随机地流动，也许往前，也许往后，任何一点移动都不受控制，或者说，是始终不肯站起来接受命运的指挥……

等我回过神来，高桥老师已经停下来了。他说，从明天开始，他不再走了，让我一个人走。他说，当我一个人也能走明白的时候，我的舞蹈就开始了。

离比赛日只剩最后三天了。

对比赛已无心经营的我，抱着破罐子破摔的心态，倒走得愈加好了。虽说这种结果并不是我自觉追求的，可得到它也确实令我高兴。而且，自从我开始一个人走，高桥老师就渐渐地淡出了我的视野。换句话说，他在不在我已经无所谓，也的确是不知道了。这可笑的老头，批判他都是浪费时间，都令我不屑！

老实说，刚开始一个人走的时候，我还对他的话有所期待，就是有关我的舞蹈的那话。他说等我一个人能走明白了，我的舞蹈就会开始。我的舞蹈究竟是什么样的呢？即使我抱着混日子的心态，也实在难以抑制自己对它产生想象。组委会给我的命题是《根》，高桥老师会编成什么样子呢？我的长项是转，是否能在舞蹈中多使用一些转的语汇，好更加凸显我的优势呢？为什么我们要练习走？难道接下来的舞蹈都是基于走来编排的吗？用走作语汇能排出些什么？我一边这样思忖，一边一个人走着，直到这么走过去好几天，直到今天，离比赛已只剩最后三天的今天，我才彻底放弃幻想，不再对那莫须有的舞蹈怀有期待。

谁知道，就在今天，那早被我抛却在脑后的高桥老师竟突然闯入，生硬地冲进了我正在行走的道路，然后以极快的速度移动到了我前面，越来越快，越来越快，直至变换成要跑起来的架势。他回头看了我一眼，朝我点了下头。一次，对，就点了一下头而已。但，就那一下，我就懂了，我已经走明白了，他是在告诉我，我已经走明白了，我终于走完了，他现在要我跟着他一道跑起来。也就是说，反复追寻着他的路径跑起来，就是我的舞蹈。

我终于可以跑了，不管我的念头曾经是多么繁芜杂乱，因着之前多日重复的枯燥，此时此刻都变得简单纯粹了。高桥老师在我前面笑着，眼尾和颧骨上方的皱纹堆叠在一起，根根分明且无比清晰，与他的行动一样有力。我很高兴，并不是因为他的笑，而是因为从走中解脱出来了。当然还有别的原因，一些我说不清楚的、不可描述的原因也在使我感到高兴、欢快。我追着高桥老师在练习室里跑着，一条道一条道地跑，速度极快，却丝毫不觉疲劳。

我们追跑，欢笑，交会，跳跃，折返，又欢笑，愤怒，欢笑……直到他突然倒下，那根笔直的黑线忽然崩开、消散了……

地上，只剩下一颗沙砾。

往后发生的一切，都很现实，可对我个人来说，却始终很不现实。

我很难从先前的欢快中抽离，接受他突如其来的坠落。高桥老师，我和他刚要产生联系，他就崩塌了，倒下了，不再挺直了。一切是因为我吗？我不明白，即使他要倒下，为什么要在我面前倒下呢？我还没学过该怎样面对这种情况呢！

急救车，医院，除颤仪，呼吸机……我记得的就是这些，也只愿意记住这些。等赛委会其他相关人员都到达医院接管高桥老师以后，我就走了，一个人回到了比赛场地。我浑浑噩噩地待着，也不再去练习室，只是一个人待在自己的房间里。直到被通知去医院看望高桥老师时，已经是三天之后的夜里了。也就是说，比赛在当日的白天结束了。我没有参赛，放弃了比赛，只是蜷缩着待在了自己的房间，什么都没有做。

我是被高桥老师叫到这里来的。我到达医院后，工作人员就告诉我，虽然抢救成功，但高桥老师的整体状况并不良好，意识也时好时坏。刚才清醒的时候，他专门通知工作人员去联系我过来，说他想要见我。

我迟疑着步入病房，远远地看着躺在病床上的高桥老师。他不再直挺了，也不再是那根坚决的黑线。他躺在一片白里，头发白，面皮也白，除了眉骨处有几条黑色的细线，整个人都被白浸没了。

我走近他，好像看见了他本来的样子，一个瘦削、枯槁的老人，与我所见过的所有老人没有任何本质差异的一个老人。我难过起来，忽然就难过了，泪珠往下滚着，眼睛疼得都睁不开了。

我在病床边的椅子上坐下，高桥老师睁着眼，动了动嘴唇，声音很小，但我却能听见，哪怕没有声音也听得见他的话，他说的是"来了"。"是的，我来了。"我回答道，可眼泪却不争气地多了，声音也被难过的情绪渲染成特殊的腔调。我呜咽着，不知该怎样接续先前的对话，就莫名其妙地说："都怪你！比赛已经结束了！"

实际上话音还未落我就后悔了，对自己的冲动毛躁追悔莫及！然而，高桥老师非但没生气，反而被我逗乐了一般，竟吃力地笑了起来。我不觉得有什么好笑，眼泪也没打算停下。但高桥老师忽然从白色的被子下伸出手来，将一个东西放到了我的手上……

我怎么也想不到我手中拿到的是一副牙齿！

我慌乱得不知所措，也不敢去想这副牙齿是真的还是假的，是谁的，又是怎么一颗颗取出来，再一颗颗按顺序连接起来的！高桥老师指了指自己的嘴唇。我懂了他的意思，所以问："你的吗？"他点点头。

接着，他就像以前那样（只是明显因身体状况而吃力许多），很努力地用混乱的语序说了一些语音不清晰的话，而我还是懂了，即使语音已经模糊得一塌糊涂，我也还是能懂。他说的是，要让我继承他的牙齿，是的，完整的一副牙齿。他说，这是最重要的，人最重要的就是要学会这件事，就是不管你是大牙、前牙还是门牙，或者任意哪一颗，都不重要，重要的是一整副牙齿少去哪一颗都不对，少去哪一颗都不能被正确排列。人要学习的就是牙齿，学习在人生的暂时中做好每一颗牙齿。因为对整个人生而言，做每一颗牙齿，都是暂时的一颗，先做好这一颗，下次再做好那一颗，所有人在人生中都会随着时空的转移，有很多处境和角色的变化，要像每一颗牙齿一样，随命运的安排做好自己那一颗该做的。还有，一定要懂得排列。因为排列的秩序是天定的，所以，也就是说，一定要懂得秩序。秩序，是这个世界的秘密。

他说，这副牙齿包含了他全部人生所得的觉悟，他现在决定将这副牙齿交给我继承，让我努力去学习做好任何一颗暂时的牙齿，学会遵守排列，懂得秩序。并且，最后的最后，他嘱咐我千万不要吝啬将这个传给后人。

啊，我怎么也想不到自己这么年轻就要继承遗产！

即使要继承遗产，也绝想不到这遗产竟是一副牙齿！

我实在难以形容当时的我有多么不知所措！虽然我听明白了高桥老师要对我说些什么，可我却并没有弄懂那些话的意思。听见、知道与懂是根本不同的。尽管高桥老师与我不算有多么深切的情感联系，但，即使是要承受一个与我情感联系不怎么深切的人离世，对我而言都是很困难的，更何况还要接受他的临终嘱托！

我从病房里出来，问组委会的人，高桥老师有孩子吗？谁知那人却反问我是否听说过黑泽光。这算什么事儿，学舞蹈的谁不知道黑泽光呢！他是当代舞蹈大师，个人经历曲折，但功底和创作却都卓越杰出，即使大部分人都不曾亲见过他舞蹈，但他就是那种仅凭名声就让人知晓他业务能力的厉害人物！我十分急切而不屑地立刻对那人表态自己是知道黑泽光的，只等他对我先前的疑问做出回答。

"那就简单了，"他说，"你刚才见的就是黑泽光老师，高桥山木是他的化名，他就是黑泽光。"

后来，据说，他就在当天晚上离开了，在我离开之后不久就走了。因为辞世，他的真实身份不得不被公开了。尽管我知道自己否认与他存在联系根本就是徒劳的，但我还是对那些来打探八卦消息的人感到非常恼火。说到底，还是因为高桥老师这个人让我怎么也喜欢不起来啊！哪怕他已经离世，却仍在继续地难为着我。即使知道他就是黑泽光后，即使我曾对黑泽光大师怀有热烈的倾慕，可现在，仍然是对他喜欢不起来啊！

那些来八卦的，都在问大师每天排练时究竟教了我些什么。"走。"我如实回答道，一遍又一遍，没有对任何人隐瞒，却没有任何人相信。而且，尽管我坚持强调黑泽光大师没有教过我，我合作的是高桥山木，教我"走"的是高桥老师，而不是黑泽光，却始终没有任何人愿意听。所以，当所有人问我，黑泽光大师临终为什么要见我，当时到底发生了什么的时候，我选择了欺骗，没有对任何一个人实话实说。首先，我仍不放弃强调我去见的是高桥老师，接着，我告诉他们，高桥老师叫我过去是因为抱歉，对耽误了我参加比赛而感到抱歉，所以他只是叫我去接受他的道歉而已，除此之外什么事也没有。遗憾的是，这番假话倒有很多人信。

对不起，高桥老师。我知道，这时该道歉的人是我。因为我并未如你所嘱托的那样，不吝啬将"秩序"传给后人。或者说，我是在按自己的理解执行着你的嘱托。我认为，那些对"秩序"毫无需求的人，是不配得到"秩序"的智慧的，这是我对您交付给我的那副牙齿的一点理解，正是我认为的一种"秩序"。

"高桥老师"，如今，这个称呼成了我长久的挂念。可我还是不打算对他抱有好感，仍旧想守住心中对他的怨恨。我不能忍受他突然离世，不能忍受一个教会我"走"的人自己先走，彻底地从这世间走了。我不知道我的人生会有多久，就让我自以为自己的日子还很长吧！高桥老师，在以后那么长的日子里，我不打算忘记你，也不打算停止对你的埋怨，这就是我从你离开之后学会的成长，是我当下对"做好那一颗暂时的牙齿"的一点浅薄认知。

毕业之后，我认为自己终于迎来了一次可以重新选择的机会，一次属于我的，可以自己做主的机会。但没出息的我，还是向安定稳妥投降，继续走了那条不上不下的老路。在学院里待着吧，继续舞蹈吧！即使不能杰出，不能功成名就，这就是我的命啊！

人生看起来分秒都在选择，其实却并没有我们自以为的选择，安然处之，入了何处乡就随何种俗，轮到你做哪一颗牙齿，就做好那一颗。只有按照排列好好地做，才能完成秩序，完成一整副牙齿的正确排列。是的，懂得这副牙齿，就能学会秩序，自然而精准的一种秩序。只要我们能顺应秩序去排列，那么，在哪个位置都将得到那个位置的安宁与恩典。

我也不知道我的理解是否正确，总之，我现在选择将这份遗产全面公开，就是在执行高桥老师让我不要吝啬传给后人的那份嘱托。是的，不管是杰出还是平庸，不管在哪个位置，不管当下你以什么处境存在，人最终都只能认命。说到底，除了顺服能快乐，还有什么别的办法呢？就认吧！

姜予婕的地狱书

（又名"二十五岁更年期"）

人是应该不会接到地狱来的书信的。

但屈死的冤鬼，其气不伸，

也是定要想方设法地传给人世一点信息的。

我权当这是我收到的她的书信吧！

一

　　根本就没人关心我的死活！这世上活着的人很多，太多了，但真的没有人关心我的死活，我也是一条命啊！

　　我还纳闷呢，为什么路上总有一条道会凸起，一条一条的，总不能是为了好看吧？原来，那是盲道。读过高中的人就是不一样，学校里肯定学过。不过，话说回来，我还真没想过，路上竟然有专门给盲人走的路。村里就没有，镇上也没有，只在城市里才有。这是我头一次感觉到社会和人是有关系的，从前还真没有过这种感受。

社会，竟然真的和人一起活在世上，而不仅仅是一些圈层，也不仅仅是一个需要记住的名目，它竟然真的能关心人，竟然会专门为盲人铺出一条路来！怪了，我怎么从来也没遇见过一个盲人在那里走呢？刚来厦门时，还以为是厦门特色，我甚至还猜过那是用来按摩脚底穴位的。我记得，有一次我清早回家，还真有个老人在那条道上倒着走路锻炼来着。社会竟然是关心盲人的？我还没有瞎，社会是不是就不会关心我了？

　　饿了，却什么也不想吃，但实在就是饿了。胃口再也回不来了。看着那些人劳动节放假热闹的样子真傻，我天天都在休假。25岁，说明我已经活了25年了。一辈子该做的事我是不是都做光了？一辈子不该做的事，恐怕我也都做尽了。所以接下来，人生还有什么活头呢？

　　干脆把刘倩的电话删了吧，反正从来没给她打过，将来也不会打。不过，不删也没关系吧，先留着，指不定将来哪天有用呢？会有什么用？就算有，我也不跟她联系。也许，她早就换号码了，我还假惺惺地留着干什么呢？从前人过得好，你不乐意；现在人过得不好了，你又兔死狐悲。虚伪！算了，这不算什么坏事，谁让她那么嘚瑟呢？不就是长得漂亮吗？从前在艺校里就很受欢迎，可那又有什么用呢？还不是拿出来卖！我混得不好时，就满脸知心姐姐的样子说要帮我；等我稍微有点起色，就不舒服了，耍手段来害我。不就是比我漂亮一点儿吗？真的，也就一点儿，实在不多。要说绝色美女，她还差得远呢！好好感谢高科技吧！更何况，麻姐虽总嫌我没出息，不会做人，还不是更喜欢比她难看一点儿的我吗！玻尿酸、肉毒杆菌都安排上，那一点儿差距很快就追上了。谁要你嫉妒，受不了呢？要不是你动手脚动到朝哥那儿去，我也不至于。朝哥那人，连拼音都不会，别说发信息了，看信息都不利落，手写就更是胡扯了！真好意思啊，八年了，刘倩，我认识你八年了，你是真正从我未成年开始，一直陪我到成年的姐妹啊，你不仁在先，就别怪我不义！

下手狠吗？我也有肉毒的后遗症啊，一说话，嘴就往一边歪，得很使劲儿兜着，才不会偏，你这算什么？你拿你那点儿姿色足足压迫了我八年！你尽管笑我吧，现在你也笑不动了。打针的大夫，是麻姐的熟人，多塞个几百块钱的事情，你也真敢去？要脸不要命！我给过你机会的，记得吧，我劝过你，说你这样挺好的，说我是因为没你漂亮才整整，你够美了，没必要去。结果你不甘心，行，非要比我好看，那你就受着吧！自作孽不可活！听黄艺莎说，你现在回武夷山去卖手机充值卡了，做什么网络代理。你不是说，要让整个思明路，成为你姓氏下的产业吗？人啊，不好太猖狂的，枪打出头鸟，要摔跤的。

<h1 style="text-align:center">二</h1>

妈的！厕所都不能让人舒服上了是吗？真烦，昨晚刚在手机上看的，说冲厕所的时候，不能把屁股留在马桶上，那些溅起的水花很不卫生，很可能携带各种叫不出名的病菌，容易对下半身造成感染。这下好，我是一向最喜欢坐在上面冲厕所的。尤其便秘的时候，水流往下冲的声音，十分有利于排泄。一直以来，只要我解决不顺畅，我就会坐在马桶上不断地冲水，等解决完了，还要坐在上面冲好几遍水。有时，大小便都没有，我还是会坐在马桶上，就那样不断地摁冲水键，让水就那么冲啊，冲啊，一直冲……水冲完了，就

坐在那儿听水接满的声音，等水一满，我就又摁冲水键，不断地冲，就这么重复、重复着，好像这样可以冲掉人生的痕迹似的。

每次冲水的时候，那些水花都会溅上来。多么讨嫌的水滴啊！它们每次都弹在不一样的位置，这不是故意要寻人开心吗！我觉得很舒服，硬的东西都喜欢软，软的东西就需要硬。这些尽情尽兴的水滴，好像是软的，跳起来以后，却硬了。我就像一个大人看着小孩子胡闹一样，为他们肆意的荒诞和跳跃的想象惊叹，甚至着迷。可我自己，好像真的很早就是大人了，真的记不得自己有过当孩子的时候。假如有，那时，我也会这么逗大人高兴吗？能使他们愉快，直到忘我地陶醉吗？

鹭江上根本没有鹭。我总觉得，江水流反了，离要去的地方越来越远。现在这气候，去哪里都不舒服。舒爽，是一种假象，天也只是好像很高的样子，实际上只要你一动，身上就黏糊糊的，实在是不想动啊。

唉，这么没完没了地发信息，小镇青年看来还真是没什么出息，那么容易就搞定了，没意思。聪明反被聪明误啊。自己送上门？不好意思，不见！以为我那么闲没事儿做啊？做梦！

梦啊，全是梦害的！早早地做，把梦做碎，什么都好了！

天倒是亮了。我刚要睡觉，它就亮起来。什么都跟我对着干。这么耗着耗着，一个晚上也就耗过去了。这算是虚度吗？没有什么是虚的。疲倦，烦恼，接下来的打算，件件事情没一个是虚的。

我觉得，所谓的城市，全不过是虚张声势的敲诈罢了。车流声，嘈杂声，家长里短，讨价还价，没完没了的房地产开发……这就是所谓城市的声音吗？这就是所谓发展的脚步吗？死蚊子，这么高的楼，你怎么飞上来的？蚊子也跟着时代进化了？看你长得和那小镇青年高老师，竟是一张脸啊！一副道貌岸然的蠢相！我的血你尽管喝好了，千万别客气。我们吃的是毒食品，你也就只能喝毒血了。蠢蚊子，连毒血还要争呢！在这个充满激素的时代，我们小志才十五岁，就已经长到一米七了。说他是我们家的种，谁信啊？不过，也真是奇怪，他既不像我，也不像爸爸。他长得像我妈妈，像我九岁时就死了的妈妈。我的妈妈，就是他的外婆吧。不管怎样，当初，我离开村子太对了，太对了！谁都知道我妈妈死了，她死后一年，怎么会有弟弟出生呢？我如果不走，他们肯定都会指指点点，要看我们家笑话！这狰狞的世界，哪里逃得过势力的针尖！等小志再长大些，我一定要让他出去。

到现在，我都没对任何人承认过。我说得很清楚，我妈妈是在我十一岁时死的，就是说，她生下小志后，没多久就死了。生孩子是很累的，母亲的身体要在很短的时间内将能量聚集在一处，然后又在顷刻间排出，真的，一下子就被掏空了。周老头又带着小孙女在下面玩儿。那小妹子根本就不关心什么滑梯啊，转盘的，只喜欢去扯他爷爷的白头发，拔爷爷的长胡须。

我爷爷早就死了，奶奶也很少见到，谁让他跟我们住那么远呢！都怪他们！要是我小时候是他们带大的就好了。该死！雨就是不下来，气压还那么低。湿气压得我胸口好沉好沉。那些有学问的人说，武夷山的土话里，有很多古话，而那些古话，是不能完全用现代语言翻译出来的。这么想，其实我的出身还很高贵呢。不管怎样，那里的雨总能下得很透，下得你根本不会再期待太阳能再出来。一整天都下雨的时候，有时是小雨，突然又会变成暴雨，还有一阵阵风吹着的雨……

爸爸说，武夷山上的云是最懂音乐的，所以雨都是在跟着节奏跳舞……他总是说，还有两首歌，还有两首歌你的时间就到了。你要吃饭了，你要睡觉了，你要洗澡了……我问他，你怎么知道它们在唱歌呢？他说，你把手伸出去，伸出去接雨，就能听懂它们的歌了。然后，长久的对话是：

"两首歌到了吗？"

"还没有呢，一首刚完。"

"两首歌唱完了吧？"

"没有没有，第二首才刚开始！"

"这下两首歌该唱完了吧？"

"快了，可是第二首很长很长的呢……"

三

人何必要睡觉呢？一辈子的时间根本就不够用。所有事情都还没经历完全，却要用三分之一的时间去睡觉，睡什么睡？睡了又不会发财！

快二十四小时了，算是一整天了。腿脚好久都没练过了，功夫快丢光了。几年舞蹈也不能白学啊。人类怎么会想出这些事情来折磨自己呢？跳舞苦成这样，到最后，也还不是娱乐了别人，牺牲了自己吗？不过，作为一种谈资或经历的话，舞蹈还是值几个钱的。

现在艺术院校出来的，都被嫌弃没文化了。本科是起码的入行标准，硕士、博士，才能撞上好机缘。幸好我出来得早，要是再晚点儿，蹚上如今这浑水，恐怕就得饿死了。

朝哥也变了。保龄球、高尔夫什么的，都嫌档次不够了。连他都开始看字画，搞收藏了。好笑吧？他认几个字啊？挖煤起家的，到了厦门弄点茶叶贸易，搞点商业房地产，根本就算不上什么富豪，连微波炉都是我给他念说明书，一点一点教会他用的。现在，连他都要挤文化圈儿了，市场形势是真变了。那什么仁波切大师给他起的新名字叫什么来着？记了好多次了，怎么都记不住。想想要是以前胆子再大些，跟小华的哥哥去广州拍广告，恐怕现在我也混出来了。毕竟那时候太小了，才十七，艺校刚毕业，而朝哥也正好答应要给我买套房。要么就是一套房，要么就什么都没有，跟袁昆哥哥一起去广州闯。我当然知道，袁昆哥哥是看上我了。听小华说，他上一个女朋友，就是拍广告火了以后搭上了别人，把他给甩了的。说实话，有时候我是真的看不上我自己！就差那一口气？当时我真不如什么都不管，什么都不要，就放手一闯！我有勇气十岁就跑到大厦门来，为什么毕业的时候就不敢再闯了呢？何必要对朝哥抱有什么感激呢？切！什么不都是可以轻松背叛的吗？是，他是最早帮我，也是最帮我的。学费、学籍，什么都是他弄的。可他也吃了我，满嘴流油了，还大口大口地喝我的血！没出息！姜予婕，你太不长进！这世界挤着那么多人，大家遭遇的时候，互相间看谁都挺好的，可隐藏在其后的悬殊差距，谁会亮出来告诉你呢？其实是人鬼两界啊！

是的，没别的原因，就是因为穷。我穷啊，太穷了，穷得你们都富了！

四

一觉起来怎么比睡下前感觉还累些呢？眼睛又肿了。不是说睡觉会使人变漂亮吗？其实，睡觉补不补，要看你是带着什么心情去睡的。真要命啊，牙膏还是忘了买了！已经提醒自己很多次了，结果还是忘了，是不是我真的年纪大了，要开始记不住事了？可是，为什么那些特别想忘记的事，却一点儿忘不掉呢？

人究竟是什么东西，那么爱和自己过不去。走起霉运来，喝水都塞牙！厕所刚上完，才发现卷纸也没了，裤子都没法提起来，只能先这样拎着去厅里拿。烦死了，一个人住，什么都要自己弄！呵，谁都以为农村出来的孩子特别独立，特别能干吧？算了吧，其实，我也是娇生惯养的大小姐。从小到大，不管什么事，我只要喊爸爸，就都能解决，所以我只擅长一件事，那就是喊爸爸。城里人很笨的，以为农村出来的人，都会种地。我两手空空，什么都不会做。我爸爸是林场的管护工人，这一点一直挺让我骄傲的。

银钟花、天女花都好漂亮啊，但最后，我还是最喜欢樟树。一开始，我总喜欢去追求各种新鲜花样，然而，时间一久，反而就还是会最喜欢那最普通的，没有什么特色的。难怪爸爸也说他最喜欢樟树。曾经的我，实在是不能体会到樟树的好的。尤其是在看了钟萼木、厚朴花，或者半枫荷、鹅掌楸之后，怎么可能不被它们先迷住呢？

直到我八岁时，他才肯带我上去。那时有一种车真好玩，一边是摩托，另一边是一个座兜。我太轻了，一个人坐在座兜里的时候，那半边就老是翘起来。我只好搬个竹凳子放在里面，然后再坐到竹凳子上面去。当时，还不懂虚荣呢，真就只是觉得好玩，坐着敞篷的座位，即使大太阳晒着也很高兴，哪怕淋雨也觉得幸福。可惜，这种感觉再也回不来了。

不过，即使坐那种摩托车再有风头，我也还是更喜欢爸爸骑单车带我上去。单位里别人要用摩托车，他就会自己骑单车过去。

他把我放在后座上，我抓着他的衣服。他在前面骑车，我在后面扯他的衣服，扯啊，扯啊，扯得衣服从腰带里出来了，风就马上钻进去，将他整个背都吹鼓了。然后，我就跟着风一起钻进了他的衣服里，把自己全部地套在里面，将脸贴在爸爸的背上。我用头拱着爸爸的背，拱啊，拱啊，他越痒越难过，我越要乱动，有时会轻轻地咬，有时也会很重地咬，咬下去，咬累了就呼气，用我的嘴唇在他背上弄出各种名堂……

夏夜，我和爸爸躺在床上，天气太热了，他总会对我说，心静自然凉。可我的心就是静不了，也实在是不觉得凉。爸爸没办法，只好拿报纸为我扇风。扇一会儿，他就不扇了。我还是热，热死了。我说，你可以赤膊，我也要赤膊！可是，衣服脱了还是很热。他又开始扇一会儿，停一会儿，安慰我几句，就又不说话了。那么，干脆把短裤也脱掉吧！我滚来滚去的，实在是热死了！他说，你真不怕丑，女孩子不能赤膊，弄成这副样子。可我那时并不明白，为什么不能。难道是人间的某种规定？又或者是什么神秘的力量？所以，我还是经常那样，赤裸着和爸爸一起躺在床上。说真的，我实在想不起妈妈和我们共同生活的记忆，好像她没有死和死了以后都是一样的，因为，她真的没有在我的生活里留下过任何印记。我也不希望自己是那么冷漠无情的，但我怎么办呢，真的一点儿也想不起，她和我生活的任何瞬间。

年纪越小，的确越勇敢。在长大的过程中，一种叫羞耻心的东西也一起大了。现在想起来多害臊啊……我和爸爸躺着，他在干什么我根本不知道，屋里的灯也关了，可外面总有不知道是什么光的光透进屋里来，有点亮堂。我在他怀里躺着，热死了，热晕了也就睡着了。

在我的记忆中，从小到大，我都是和爸爸睡的。床的一边贴着墙，另一边露出来。我总是睡在里边，爸爸睡在外面。三岁，短短的，一小截，我在左边，爸爸在右边。六岁，大点儿了，可以穿裙子胡闹，人也快到爸爸的一半了，我在左边，爸爸在右边。八岁，个子快到爸爸的肩膀了，可能还差一点吧，我在左边，爸爸在右边。九岁，妈妈死了，我把头贴在爸爸的肩膀上，一起睡在中间。

我想，他并不知道，其实我一点也不恨他，我真的不恨他。当时，我很清楚他在做什么，心里一点也没想过反抗。真的，要是我长不大多好啊！做小孩子的时候，没什么羞耻心，也不会有道德伦常的捆绑，我就是喜欢爸爸，真的很喜欢他。他是我的最爱，是对我最好最好的爸爸。我能做什么呢？我只能那样表现我对他的好啊！

但是，人为什么会怀孕呢？为什么要有繁衍的能力，为什么要生小孩呢？等我知道自己怀孕的时候，已经太晚了。而且，我和他都没想过要打掉我肚子里的孩子。虽然他天天让我待在家里，但人云亦云的针尖是能穿透墙壁，刺进屋里，扎到我身上来的。一夜之间，所有人都鄙夷我！天看着也不那么蓝了，太阳都显得沉闷了。下雨天，我把手伸出去接雨，连雨滴都在躲我！我的人生就是从那一刻改变的。命运也逼着我不得不从那一刻开始想未来的日子，我的人生，我，人生，活着……

下雨了。厦门的雨，的确比我们武夷山的雨节奏感要差得多，半天了，律动都没什么变化，没有强弱的呼吸。闻起来，也没有松香和香樟的余味，只有泥沙和飞尘的味道，令人反胃。我的房子里，没有买床。在地面上铺个床垫不就行了吗？而且，要放在中心，任何一边都不靠墙。这样，我就会感觉天花板很远，天还很高，我还很小。

我不愿意任何人睡到我的床上，除了我自己，谁也没睡过。哪怕朝哥，我也总是想办法到别处混过去的。这是一片只属于我的地方。也许，这就是我仅有的一点安慰。是的，就是每当我想这算是属于我的一片小小的地方时。

五.

自从给他发过去那几张照片，他这信息就发个不停了，真烦！所以说啊，不成功又没钱的男人，就是不会追女人，一点格调都没有。轻轻勾个手指，就这么死缠烂打，剖心掏肺的，像什么样儿啊！他真不知道，现在，心和肺都不值钱了。

注射完玻尿酸以后，那部位总要肿两天，如果睡觉时不注意压到了，马上就塌了，又得重新找医生去补去捏。如果当初那人不是麻姐的亲戚，我肯定不相信她。要知道，女人的嫉妒心是很强的，就算她是医生，也不能保证她就会心甘情愿让你变美。理智愿意了，心就会愿意？惹谁都别去惹一个犯了嫉妒病的女人，结局会非常可怕的。

对了，其实我早就知道他已经结婚了。而且小志还说过，他马上就要当爸爸了。这孩子，还挺喜欢他这个班主任的，对他说的事情都很当真。他也太单纯了，不知道这是像了谁，反正一点儿都不像我，根本就没有我那些曲折拐绕的心思。就算没人管，没人教，成绩还一直特别好。老实说，我是不希望他成绩好的，从来都没指望过。我倒愿意他成绩不怎么样，然后混着混到高中，高考再考不过，这样就能直接把他送出去。想去哪儿都行，只要不在国内！再也不见面，再也不回来是最好的。

可他偏就成绩那么好，从小学开始就那么好，人还单纯老实，那么充满希望，那么热爱正能量！老天一定是在惩罚我！他生下来就是对我的惩罚！

六

……，……，……，……，……，……

几个小时过去了，我一直重复着这个。

朝哥这阵联系我少了，挺好，我倒轻松起来。一个月两万块现在什么都干不成，还不是要到处想点零碎办法。都说好马不吃回头草的，亏了朝哥不是好马。David·费真是个骗子！穿得像模像样的，言语也很有魅力。关键是还算年轻，相貌也算不错。开着个名牌跑车，拼命在街上找大排档，文学艺术什么的，感觉他都明白。是不是他真出事儿了？死了？我觉得我智商不会出现这么大的漏洞，被这人卷走二十万！对岸岛上看来真没什么特产，要说有，恐怕就是骗子！一副风流潇洒的样子，说起话来腻死了，大家不都是闽南乡客吗，怎么就他一副优越的腔调呢？还好事情没成，这要是真结婚了到对岸生活，可不得天天忍受他那些软绵绵假惺惺的宝岛话了……

朝哥确实算气量大的，果真不得不佩服。说起来，他也算是看着我长大的。其实，我从没想过他对我是什么感情，也不屑于知道，反正到现在我已经跟了他十五年了。虽然他不够豪，但他这人事儿不多，也不爱折磨人，可以说是年龄大了，有心也无力吧。黄艺莎傍的上一个主，那可是抽筋剥皮花样百出。说真的，何必呢！累死了！几个月前，她那背上，一块一块地掉皮，看着吓死人了。怎么办呢？她只好忍着，尽量藏着，如果有人发现了问了，她就说是去做了光学理疗，还没恢复。可谁不知道呢？最近，恐怕终于手上拿着点钱了，就一顿去挥霍买了好多包啊，鞋子的。不过，我看她再怎么豪买，也是没胆子再穿裙子了。

所以，哪怕我再穷，也不是什么男的都能接受的。而且，我最不愿意跟那种还没长大，不够成熟的男人打交道。完了，他说明天要来厦门了。想什么呢，来了我也不见。这样见下去还得了吗？真以为我把他当回事了！

其实，上次我并没有下多少功夫，难道他还真就爱上了？也有可能，我自己也能理解，毕竟是小地方来的，没见过什么世面，更没见过几个像样的女人。高老师，高老师？我看他真不如他的名字那么高！肯定是书还没读够，才想不到人生存在着各种各样的恐怖反转。

朝哥以前要抛妻弃子甚至放弃产业，带着我私奔去别处发展，我都拒绝了，还轮得到你这么个镇上的中学老师吗？我早就有预感，小志的家长会我不能去。我就不应该出现在任何他的生活轨迹里，可爸爸偏就那时候腰椎又犯病了，真能挑时间啊！不过就是升个高中而已，小志也真是的，那么在意，其实没人去也无所谓的。

高老师说，他表哥和我爸爸是一个林场的，这话什么意思我还能不懂吗？本来村里传来传去的闲话就多，他可能已经略有耳闻。只是他不只是略有耳闻，而是起了坏心思。没事儿，为了我的孩子，这种交易我完全能够接受，只是他肯定没想到，栽跟头的是他自己吧？凡我想到的，照片全都备份了一遍：手机，电脑硬盘，移动硬盘，U盘，存储卡……照片里那戒指还挺明显的，他还真是不聪明啊，出来偷，还不知道藏着点。不过我也没想到，他还真缠上我了。所以，我这样留个底，也不算过分吧，免得他赖账啊！其实，我对他的家庭生活根本就不关心呢!

晕死我算了!这信息电话的,没完没了的,难道还真对上眼了?也就随便应付应付,他还真动心了吗?还说什么某局长的女儿非要嫁给他,还有个什么做记者的前女友?吹吧,一个教历史的,净会篡改历史了,以为人民都眼瞎了吗?谁都活自己的,死人又不会给我饭吃!呵,他还真是吃死人饭的。

七

人的确可以做到主动失忆的吧?如今,我怎么都再也想不起自己是如何生出小志的了。其实,我常常觉得自己精神是有问题的,小志明明就是我弟弟,我怎么可能是他亲娘呢?当我看到这个从我的身体里出来的孩子,红彤彤的,眼睛还没有张开。他被生出来以后,我就只在他刚从我身子里出来的那片刻看过他一眼。就一眼,然后直到他五岁,我再也没有回去过,再没见过他!残忍?我残忍吗?一团小小的肉,红红的,小嘴巴动啊动啊,半天发不出声音,突然他哇地一声,我的心就被震开了!不知道是我太累了想哭,还是太难过,眼泪没有声音地就流出来了……可能声音在他身上,而泪流在我这里……

我恨他!长久以来,我应该是恨他的!我有了孩子,我就再也不是孩子了!躺了两天我就走了,根本受不了他的任何声音。咦、啊、哭、笑……我不喂奶给他,绝不!我不接受他是我生出来的,老天没给我一点反应的机会。爽阿姨是帮忙了,让卫生所的大夫到家里来接生的。"出生证明怎么写?"我听见她问了一句。言语里全是唾弃,鄙夷,冷漠!难怪她刚才的手一直都很重,拉我往上和推我下去的时候，根本就是粗暴的！转眼他现在竟这么大了，十五岁，再过几年就成年了。生命力这东西真强大，我好难体会出小志到底是怎样完完整整地活到今天的。不知道为什么，在他面前我总是演不好。明明想好了戏码，到他面前了就总演不自然。如果他喊我姐姐，我不自然；可如果他叫我妈妈，我肯定更不自在！自从我年龄大些了，就越来越受不了这种情感了……我到现在都没学会该怎么面对他……或许我永远都不会再生小孩了……

姜予婕，你到底要什么呢？从家里跑出来的时候，你一无所有，却有了个孩子。天哪！你自己还是个孩子呢！竟突然成了孩子的母亲！我自己究竟做过孩子吗？是不是我的人生是倒过来的，要先做好成年人呢？做够了，透了，心老结实了，才可以享受做孩子的快活。根本没有人懂我！麻姐，欣欣，黄艺莎，我跟她们谁都不一样，她们也谁都跟我不一样！我不因为我做的事而快乐，一点儿都不！我也不因为有几个男人爱上我，给了我什么，就高兴、满足。我其实谁也瞧不起！真的，我看不上他们任何一个！可我自己是什么呢？我自己……

爱啊！最美好，简单，使人轻盈的东西，却把我扔下万丈深渊，害我成了人间的渣滓、残废、余孽。造了孽了，按我们闽北的说法，真的造了孽了，孽种！老天爷啊，我们姜氏到底有没有祖先护？神灵们都去哪里了，忙着干什么呢？难道和我们人世的俗人一样，嗑着瓜子，摇着脑袋，净在高处看低处的笑话吗？是，你们活了一辈子，然后死了，死得越来越久，死出了好几万辈子，就成了祖先，成了英灵。可姓姜的，在全国一共没多少人，难道你们连这点人都照顾不过来吗？我们毁了，你们怎会有光？姜春平，姜予婕，姜志。这个世界，这三个人是一家人，这一家人却不等于这个世界。姜予婕走了，姜志和姜春平在一起。姜予婕和他们不是一家人。姜志不认姜予婕，姜予婕也不认姜志。老天啊！让我惊醒吧！让我从这个极真实的噩梦里醒过来吧！我保证从此一定会乖乖的，从此什么都听你的安排。别开玩笑了，别吓唬我了。我知道，我已经很多次都拆穿你是一场梦了，别跟我怄气了，让我醒来吧，我保证从此再也不惹你生气了！我知道现在是什么时候，这就是我从前坐在门前听着雨声的时候！

又下雨了。爸爸不在的时候，我一个人听着听着，总是睡着了……我梦见有雨落在地上，然后它们全成了一条条黑色的干虫。它们一齐来扯我，从脚开始，越来越多，爬上来，从脚爬上腰，再爬到脖子，直到它们一个个爬进我的眼睛，我疼得都张不开眼了。我知道这是梦，我一定要醒来，一定要醒来！可我就是醒不过来，我努力要睁开眼睛，睁不开就使劲地挤……越来越多的虫子爬进我的眼睛，我越来越使劲去挤。终于，它们从我眼睛里流出来，竟然又成了雨……

八

烦！我把所有窗户和门都关紧了，楼下装修的声音还是钻了进来！一直就不喜欢《夜上海》这首歌，也实在不懂它有什么可听的。"夜上海，夜上海，你是个不夜城。"我就不明白了，它是不是不夜城，关我什么事呢？有什么可陶醉的？上次无聊看电视才知道，它后面的歌词才是关键，人真是不懂欣赏啊！它明明要唱的就是——"只见她笑脸迎，谁知她内心苦闷。夜生活，都为了衣食住行！"

九

　　人倒真是这样的，酒不醉人人自醉。酒只是用它的力量让人身体难受，真想醉、想晕、想被麻痹，都是人自己的意愿。一开始，我也受不了刘倩那些装醉的伎俩，可后来，我也学着那么干了。没办法，装装醉，示示弱，发发疯，就是会有人理睬。如果我只是镇定地在边上坐着，局就全成她的了。哪怕我对此也很鄙视，可鄙视有什么用，如果坐在旁边把自己熬干了，那就真成药渣子了。学呗，学得比她还厉害不就行了，公平竞争！

　　我人生中最感谢的人，是妈妈。她死得早真的帮了我不少。我绝不是无情的人，只是人们太虚弱，不愿意接受现实。人们着迷的，是同一出戏。只要按照妈妈死了，我多么爱她，是个多么可怜的遗孤，而爸爸又无能，还有弟弟要养这个剧情来演，就一定能为我换来实际的好处，屡试不爽。这，也就是她留给我的遗产吧。

　　所有人都是想一套，做一套。表里如一太难了，基本是不可能的。哪怕想好的事情，说到嘴上，讲出来了，也总是变了。别人都是怎么做到的呢？我感受到的尴尬，羞愧，矛盾，好像他们全都没有一样。难道就我笨吗？不只笨，还特别懦弱。也不知这种懦弱是遗传了谁？爸爸并不是这样的。实在没做错什么，却总有一种做错了什么的感觉。时时担心，处处忧虑，跟做了贼似的！我不是没干过坏事，但我从来没偷过东西！我是被社会不齿的人，的确是违背了所谓的伦理，但你们呢？你们就都那么对，都那么完整，都比我好些？就因为我尴尬，有软处，谁都欺辱我！

　　那次我们一起在外头玩，欣欣丢了两千块钱，在场的人竟然都怀疑是我！虽然没说出来，但她们的眼神和行为就是想怀疑我！老天啊，根本不是我，根本就不是我啊！一瞬间，气氛就全都不对了。我的脑袋全蒙了，说了些什么也都记不得了。那么多人呢，一群人，都在这酒吧里头，怎么就偏偏觉得是我拿走了呢？一定是我？还好我当时包里装着一点钱，也就那么多了，去掉两千，只剩下八百。也许，别人都比我聪明，都能有办法吧。可我就是笨，只有忍的份儿。按说都已经冒天下之大不韪了，可怎么就是这点儿小辱受不起呢？我怎么也不能忍受她们把我想成一个小偷！所以，我能怎么办呢？我只能这么办，否则就成了道德的罪人，成了一个小偷。真要是其中某人干的，一定会觉得我笨死了！但不管怎么样，我还是希望自己后来的表现，没什么漏洞。即使在错乱中，的确有些慌了手脚，但我也只能做到那样了。我趁大家不注意，把自己准备好的两千扔到地上，对欣欣说，你怎么那么不小心，钱都没放好，这不是掉在地上了吗？

从那以后，我就再也不怎么跟欣欣那伙人来往了。我真的很害怕。后来，竟还有传言，说我是做贼心虚。

其实，想想都知道吧。不管怎样，纸币的新旧、软硬都可能会不一样，难道就没人觉得奇怪吗？不过，我自己也想不通，这到底是为什么。按理说，做贼才心虚呢，我不是贼，为什么却心虚呢！

小志小时候倒很盼着我回去，一见到我，就揽上我脖子，姐姐，姐姐，叫个不停。现在长大了，却生分起来。也好，这倒是让我轻松了，可以少听他叫我了。我也记不清自己发过多少次誓，说从此再也不理他了。我甚至排演过好几种戏本，想着干脆惹怒他，让他恨我，就那样再也不见了都好。可是，不知怎的，我始终没有去做，或者是忘了，或者就是根本做不到。

我从不认为他是毫无感觉的。谁都不傻。只要你是活人，心还没死透，就一定会感受出端倪，何况是这么近的血亲。人小的时候真好，还不懂什么是羞耻，只活在自己的世界里，有吃，有睡，能玩自己想玩的，就觉得幸福。为什么活着活着，就要参与到社会中，在乎别人怎么看呢？想当初，我要是打掉了他多好啊！那时候太小了，真的什么都不懂呢！虽然例假早早就来了，可那只是身体的反应罢了，生孩子什么的，怎么可能明白得了呢？就算已经晚了，就算将来不能再生小孩了，当时，我都应该铤而走险把他打掉的！可气的是，爸爸当时竟也没有让我打掉孩子，他难道就不想想未来吗？我还小，他已经是大人了，难道他不懂吗？所以，后来他越照顾我，我就越讨厌他！都是他害的！

还有一条路，那就是我先自己悄悄把他生下来，不让人知道，然后就将他掐死……要是我有现在的智商和经验，怎么会解决不了当时的情况呢？他们总是说，即使再冷血的母亲，等孩子一从自己的身体里出来，看一眼，心也会化了。可是我的心并没有化，我只是觉得五雷轰顶。他的哭声让我厌烦，我不想看见他，更不可能愿意喂他！我怎么就忽然有孩子了呢？他可怜，难道我不可怜吗？他哪一点过得不如我？我少过他一点什么？

是啊，没想到他竟一下子长得这么好了，也高过了我，还真有点小伙子的样儿了，都可以交女朋友了。他的肩膀像爸爸一样，很直很宽。有时候我看着他，竟还会突然害羞，也莫名其妙地心动一下……有时看他坐在沙发上看电视，竟会突然以为是爸爸，差点一下子就靠过去，朝着那个肩膀依靠，笑闹……可我不能，是的，我不能。他不是你，他是你儿子，是你的孩子！还好那时候我跑了，身体稍微恢复些就离开他们了……

我把你们全看透了，因为，我看透了自己。一个个的，都很可笑。

你以为我是为了钱？算了吧，我压根就不爱钱，从来也不爱钱。我只是需要，而需要与爱是不同的。我需要，是为了存在。抽烟，代表我还活着！因为我早就不想活了，我不知比你们这些幼稚的儿童，要早多少时日看破人生。别装清高了，势力的刀没捅过你的心吗？我的心早就被捅穿了，只剩块空板挂着，悬在那里，人尽可夫，却是五毒不侵。

告诉你吧，可怜的人才需要爱！我不需要爱，我只是要让你不得不看见我，不得不在你的人生中和我遭遇。看见我走在你旁边，看见我毫不犹豫地刷卡、付款，看见我在你想要的豪宅里轻松地躺着，看见我吃一碗豆浆还能倒掉一碗，看见我蔑视疲劳的汗液沾在电梯上的神态，看见我嘲笑你苦得吐出胆汁的人生，看见我轻松拥有你想要的一切！无数的我，挤满你的生活，挤满你的日子，挤满你的想象，挤满你的罪恶！我挤！我要挤死你们！就像你们曾经挤死我一样！

十

一场雨，听着听着大了，又听着听着没了。瞌睡赖上人不走，人根本醒不过来，睡也睡不踏实。他要来厦门就来厦门呗，根本不知道我有什么可不安的。难道还可怜他，同情他了？也是，好不容易等着周末，自己花钱过来一趟，我要是一直不理他也不太好。我看他真是特别不识抬举，把我当什么了？倘他不是小志的班主任，我才不搭理他呢！不过，想想这种男人，也是很可怜的。没有魅力，没有资本，很难有女人搭理。小志的好朋友张子杰说我看着才十八岁，顶多二十岁。这小鬼，年纪轻轻的，眼珠子却没踏实过。乡里小孩要么特单纯，要么就特蠢，再要么就从小特别鬼。我看他不是特蠢，就是特坏。分明跟小志说，让他一个人过来，可他非要带上同学，这不是给我添麻烦嘛！这下好，张子杰老是冲着我眉来眼去，一副神魂颠倒的样子，你说我如何是好！

"我好喜欢你姐姐啊，我可以喜欢你姐姐吗？"听他这么问，小志都石化了。其实我也听见了。孩子啊，我是他妈妈，不是他姐姐！可能我的确没有做母亲的样子吧，我娘死了，我就成了娘。小志都这么大了，怎么还浑然不知人心的险恶呢？我离家太早，也隔了很长时间都没回去。所以，小时候陪他是真的不多。现在，有时候，我竟会突然开始后悔自己在他小时候没与他亲昵过，到了这时候，想亲昵也不合适了。

我在小志手机里，看到了他的照片。真有他的，竟然还和从前一个样。怎么做到的呢？时间，难道不是磨灭人最有力的武器吗？怎么偏偏就漏掉了他，没把他磨平，让他衰老丑陋，风采不再呢？我真希望他老掉，快一点老掉，老得牙齿掉光，头发稀疏，脸垂下来，身子再也伸不直……也许，只要见了他衰老的样子，就能抵消掉他年轻的模样。真不公平，我已经变了太多了。看吧，他还是不喜欢别人给他照相。但凡不是偷拍，是小志让他摆拍的照片，他的脸色就永远都不自然，总一副有意见的样子，非让他笑一下，就那么尴尬！他那种衬衣的款式，真是看不腻啊，永远都那么好看。

他让小志传话，让我回去，不要一个人在外面辛苦。说得简单，他太天真了！不用？这些年来，小志穿的，用的，上学开销的，哪一样不是用我寄回去的钱办的？不用这么辛苦？我比他想象的，还要辛苦一万倍！那种坐在电脑前装模作样敲两下键盘的工作，对比我的付出，完全就是简单劳动！下地干活，也不过就是付出点体力而已。我呢？我所付出的脑力，心力，还有真正的身体力行，不是随便哪个人都肯付出的。回去？我出来了，就再不能回去了。在外面，我还能做成个人，回去了，连鬼都不如。

雨水还没彻底干透，一打开窗户，就能闻到泥沙混着潮气的味道。实在是难闻，我很不喜欢。可是，谁在乎我喜欢不喜欢呢？这世上，有什么东西会跟着我的喜好、心情，去改变呢？我的存在有什么意义，我是不是真的存在着？风啊，雨啊，不管什么，跟我有什么关系？没有任何一件事，是与我有关系的，我也不能影响任何人。吃饭，睡觉，喝水，与人说话，不与人说话，我都没参与。是这个身体在参与，身体想拖着我参与，我却去不动。心早就飞走了，离开社会，在人世之外。我痛恨身体，扭曲，变态，肮脏，满是腐烂的味道。那么，是不是有人能告诉我不烂的躯体该是怎样的？我想不通为什么还有人贪恋这样的肉体，并愿意埋单？是愚蠢吧？愚蠢至极！没有人会真正爱我的，爱这个飘忽在身体之外的姜予婕。不是说，只要人心相连就可以感同身受吗？他们一定把与我相连的那条线剪断了，全都断了，他们都拒绝与我相连。混蛋！不要脸！是我拒绝与你们任何人相连，懂吗？我不爱你们，一个都不！要想让我学会爱你们，你们就必须先好好爱我！要明白，爱是最大的痛！爱是最大的耻！对的，这就是你们曾经教会我的人生道理之一。

十一

人想好好地活着，比死难得多！

十八楼，十八层地狱，够高了吧？跳下去会摔成几段？上衣穿了，底裤一定要换！内分泌紊乱，例假不来，乌七八糟排泄的东西很多，没完没了分泌出各种液体。要是他们当众收拾我的尸体怎么办？会脱光吗？短裤脏分分的，实在太难看了！是啊！按年龄来说，我明明还青春着，脏腑怎会轻易就服老呢？我记得曾经在哪里看见过，说子宫是很强大的。我跳下去以后，会不会心脏先停跳，而子宫还醒着呢？它涌动，颤抖，流出各种液体……没错，那些鸡啊，鸭啊，猪的，不管你是割脖子放血，拿开水烫，还是直接拿刀去砍，它们的身体都还会动好久好久呢。人跟畜生真没多大差别，人还不如畜生！我死了，我的脏腑却没死！我不能确定它还要活多久，还会流出多少液体……想想底裤就湿了，子宫会不会因为死亡的快感而更疯狂呢！它好久好久，好久好久都没有这样刺激过了！我该怎么办？难道我要让世人看见，这个人已经死了，身体却跟畜生似的还在扭动挣扎，下身还在流出什么吗？会不会有人上来非礼呢？连死尸的便宜也占？不！她明明是活的，她的子宫还在抖！

抖了？小腿在抖？手在抖？下雨了。天在抖？天和子宫一起抖，一起抖落的东西，叫眼泪，下流的眼泪！那些潮湿的雨水，曾经淋在我身上的，喜极而泣的欢乐之源。哦，爸爸，我明明感受到每一滴水，每一滴落在我身上的水都是你。我把家里的梳子全都毁了，烧了，折了……我最喜欢你用手指给我梳头发，"要是你头发再多些就好了……""是不是不好好吃饭，头发怎么又少了……"你一扯它，我就高兴。我会故意把头发睡得乱一点，那你就要费上好长好长的时间帮我梳理通顺。是啊，你多傻！看不穿我所有向你乞求快乐的阴谋，以为我是讨厌你的，以为我多么难受！这不过是所有女人天生就会玩弄的手段啊！我也是女人！你的女儿和任何女人都是一样的！

心跳怎么快起来了？人也觉得热了……是啊，爸爸，除了我的爸爸，我父亲，我唯一的爱啊，谁能点亮我的命？谁点亮过我的命呢？可是爸爸，你为什么不在这儿，为什么不能接住我？要是我死了，我的子宫还醒着，它没完没了地快活，我到底还能感觉得到吗？死亡是不是比爱还更刺激？我会颤抖吧？会不会颤抖得我死不了，快活得活过来？无耻！卑鄙无耻！死到临头你反倒快活起来了！更年期，不是早就再没感觉了吗？我绝不敢想象一个画面，那就是爸爸让别的女人快活！不行，我受不了，我绝对不能忍受！如果真有奇迹，就发生一次！老天，我求求你了，让他来吧，就是现在，出现，推开门，什么也不说，像从前一样抱着我就行。让我能再次倔强地赤膊，胡搅蛮缠，无理取闹，而你什么也不说，只是抱过来，抱着我吧！让那些快乐的雨水再次来临，再次抽打我的心，洗干净我的灵魂。你要不断地刺它，不断地对准心的正中央刺下去，直到它抽泣着晕厥过去，你不要停啊！为什么你不在这里？为什么我不在那里？这里，那里，到底有多远？究竟是为什么我们要分开呢？

该死的，又下雨了！偏偏这时候，雨也来嘲笑我的懦弱。你都站上来了，站了那么久，还是不敢跳下去。这些雨水一点都不好闻，还有点苦苦的。为什么要下雨？为什么偏偏这个时候下雨？他说过的，我从小就知道。爸爸说过千万遍了，下雨就是要留人啊！有人想走，有人要离开，这世上只要还有一个人爱他，天就会下雨，这就是武夷山的雨为什么那么多的原因……

十二

这个人真的想见我吗？真的因为我而找到了生活的意义吗？他爱我？

男人啊，可笑！你想嫖人，反倒被人给嫖了！我真想不通你们为什么那么痴迷于女人在你们之下的那种软弱和无助的表演！那都是用来欺骗你们，让我们获取利益的一点演技而已！再说了，你们真敢不受约束，在爱的路上撒野，死不回头吗？为了爱，你能比电影里那为了自由而剖膛破肚的勇士还要勇敢吗？英雄？你当不起！

骂出来吧，把你想骂的话都骂出来。你骂出来我才高兴，听这些话比你干什么都让我兴奋！身体已经不会舒服了……男人更不能让我舒服了……只有虚荣……一浪高过一浪的虚荣……虚荣潮……金钱、权利、挥霍……虚荣是最大的婊子，她对你微笑的时间很短暂，一下就过去了。你只能掉得更深，下落得更快，不断地栽进去，不断地找她，求她再对你笑一次……没错，要更刺激，再刺激，一直一直刺激……

我不像麻姐她们，背诵一些名人的名字，记几个警句，搞清楚点历史、艺术名词，就拿出去混了。我要么不看，要么就真的会看进去。那些诗，音乐，绘画，真的会带我去另一个我想去的世界。有些诗人写的，正是我要说的，有些音乐家谱写的，不就是我心里正流淌着的吗？我与他们不同的地方，不过在于他们是用语言、文字和音符，而我是在用生命写诗，感受其实是一模一样的：

我的生命曾两度终止，

在终止之前，它仍在等待，

看第三次苦难的秘密

是否会被时间的手揭开。

如此巨大，如此难于想象，

就像曾经的两次，令我昏厥。
我们只能一次次告别天堂，
一次次梦想着与地狱告别。

还有这个：

说出全部真理，但别太直接——
迂回的路才引向终点，
真理的惊喜太明亮，太强烈，
我们不敢和它面对面。

就像雷声中惶恐不安的孩子
需要温和安慰的话，
真理的光也只能慢慢地透射，
否则人人都会变瞎——

十三

这次终于舍得花钱了，今晚六点的航班。上次，房费饭费都是我付的。从兴田开车到武夷山机场，然后再飞到厦门，起飞后不到一小时就能到高崎机场。这人可真较劲啊，我都没答应要见他，竟然还是执意要来。假如他有什么幻想，以为我会去接他，那就太可笑了。

还好，他不知道我住的地址。我从不带任何男人到家里来的，一般都是睡酒店就行了。只有朝哥是例外，因为，买这房子的钱是他付的。不过，他是最爱去酒店的。全厦门的所有豪华酒店我都去过了，就是因为他喜欢到处睡。所以，除了朝哥，只有一个男人在这里睡过，小志。非要较真儿的话，也就再多一个小志的同学了。

都是快上高中的孩子了，去年还非要和我同床睡！就算是姐姐，也是血亲，怎么可以呢！我九岁就来例假了，谁知道他是不是也很早熟。这种潮湿中带着舒爽感的风，好久都没有过了。我总怀疑，在高层建筑上感受到的风，是否仍是直接来自天的。因为，那些风与我小时候在武夷山感受到的风是不一样的，这种风更像是高楼怪物把风扭曲折叠后的呼啸，吹在人身上始终不是那么个意思。武夷山的风很调皮，总是一团一团的，永远都完完整整地朝人吹过来，没有缝隙和死角。不管是微风、强风，还是暴烈的狂风，都是一整面的。而现在这种风，是一丝一丝的，分开的，断裂了的，吹得人也觉得分裂。

的确，人都是残的，何况风呢？我不同意黄艺莎的话，"人生得意须尽欢"。那话恐怕没错，说得也挺好，但肯定不是她那个意思。青春就是一个诈骗犯，裹挟着人的全部美好，让你以为它就是你一生中最值钱的东西，恨不得当下就产生价值。如果不幸没有获得价值，人就闹心，委屈，不平；获得了价值，却因年华流逝价值不再而更闹心，委屈，不平！还好，我的命是特别的，更年期提前正说明我没有随大流去蹚青春的皮肉浑水。弄清楚，鸡是鸡，蛋是蛋，是完全不同的两码事。

"我登机了，请你为我祝福。我希望能活着见到你，然后我就死而无憾了！"

他以为自己在拍电影吗？清醒一点吧，这是现实生活！带着你美好的梦幻，从哪里来，就回到哪里去吧！你不可能是姜予婕，我也不可能是你要投靠的那个朝哥。

十四

"你可能不相信，但我真的爱上你了。自从上次离开以后，我没有一天不想你的。我不知道你的想法，但我想告诉你的是，对那些照片我真的无所谓！其实，我对我老婆早就没有感情了，是你救了我……

"不管事情最后发展成什么样子，我都愿意冒险，也一定会承担！看在你弟弟的面子上，你回句话吧。我不指望你也爱我，我不奢求那些，但你总要让我见见你，我不能见不到你。我向你保证，我绝不是那种死缠烂打的人！

"安全降落了。感谢老天，没发生意外。飞机之前还因气流颠簸了一阵，当时，我脑海里马上想到的人就是你。刚才在天上，我一直求菩萨保佑，让我至少能再见你一面，接下来就算是死，我也死而无憾了！

"我今天夜里就会坐车回去。你也知道，我出来一趟真的很不容易，但为了见你，一切又都很值得！个中的苦，我就不和你说了，都是我应该承担的。但请你也稍微站在我的立场上想一想，作为一个丈夫和父亲，尤其是女儿刚出生还没满月，到底发生了什么，才会让我不顾一切非要来找一个女人呢？而且，那人还是我班上学生的姐姐！真是，我自己也想不通，但爱情就是这样让人想不通的！求你了，可怜一下我，我什么也不要求，只求能再见你一面就行了。我已无路可退了，求你不要让我白来一场，空手而归。不管怎样，回个信息吧！

"我真的太兴奋了，谢谢你，终于愿意理我了！

"有一件事我必须要告诉你，其实，我从没信过我表哥他们传的，关于你们家的谣言。我知道，你不是那种人。但我想你也知道，这世界就那样。你一个人在厦门真的很不容易，我由衷地敬佩你。我现在已经进市区了，你的具体位置？

"别去外面好吗？我只想来看看你，别的什么事情都不需要做。其实，我问过小志你住在哪里，所以是知道个大概的。而且，我特别幸运，碰到一个厦门本地的司机，我一说你那边，他就知道了，可能这就是命吧！我现在正往你那方向过去，但是，我不想你没同意就自己过去。

"门牌号对吗？

"收到。一会儿见。"

十五

什么也不需要做，却什么都做了。

还是那样，表现平平。没办法，都已经知道我的地址了，再推脱只能降低档次。说什么废话呢，小志当然不像我，否则能被你骗？

我突然觉得，他们这种人一辈子其实都过得挺不容易的，因为，泡妞是真的很难。所有女人都想嫁给大款，如果你没赶在她还不会算账时就占到便宜，今后就再也不可能了！更何况，现在的人都早熟，女孩很小就懂了。说实话，我猜测他老婆就不一定老实，孩子是不是他的，还真不好说。

轻点儿！废话，我这头发当然好了！你也不想想，你现在摸的是你一生中摸过的最贵的头发。每一根发丝的花销，都至少达到了一百块。唉，摸就摸了，还毛手毛脚的，可别给我扯断了！

　　"找什么呢？想喝水就去水池边直接开最小的那个水龙头接就可以了，出来的是过滤好的纯净水，可以直接喝的。杯子？杯子在墙上的架子上，你最好就用那个一次性的纸杯。"

　　一阵乒零乒啷的，也不知道他在那里弄些什么。真是的，没见过世面就是不行啊！我厨房里的那些设备，他一个小镇青年，肯定都不会用。累人啊！

　　"要不要我过去帮你弄？你到底在干吗呢？叮叮当当的！"随便看看？看看就别乱动，任何一件东西，修一下都很贵的。

　　我的决定是对的，真不能带人回家啊，哪怕扶贫也是个巨大的工程，一点点廉价的怜悯，没想到要让我付出那么多！

　　"你开火了吗？我怎么听见开煤气的声音了？"真是的，连烤箱都不认识！乡里人！这东西需要会用吗？根本就是装修的一部分！谁真买个烤箱自己天天弄烧烤？你当我巴西人啊？要走？突然这么急又要走了？真是的，事情一结束就慌了神似的，厨房里乱摸一气，怕是饿了，之前没吃饭吧？不好意思，我这里可不提供食物，不可能会有吃的。

　　行，走就走吧，快走，赶紧走！真是的，折腾得让我到现在连一根烟都没点上。

　　"行了，你去吧！我想休息会儿，就不送你了。"

　　可算折腾完了，终于走人了！没想到还是弄得自己挺累的，搞得跟接待什么人似的。还好又混过去了。可能我实在是太少跟这种层面的男人打交道了，感觉自己不是很搞得懂他，那么激动着要来，这会儿又这么匆匆就走了，感觉信息里说的，和人来了之后做的，完全是不一样的，刚才门一摔跑得还尤其快！

算了，不管他了，总归也是属于好对付的，今天的爱心工程也算是成功完成了。小志明年就读高中了，只可惜还是在同一个学校。等等，刚才竟然没有拍照片，也忘了录音录像了！这脑子，想什么呢！算了，就这样吧，他也闹不起来了，上次那批照片，估计就够吓他一辈子了。

　　好吧，来根烟，我得睡会儿了。抽烟，代表我还活着！

　　我的吸烟量一直不大，有没有烟瘾也并不确定。只是在几个特定的时间点，我一定会来上一支烟，这是一种习惯。

　　这男的，看来，事后一根烟，他是记住了。买多了我也抽不完，带一包来就足够了。还行，一包软中华，但愿别是假的就好。

　　服务工作做得还挺不错的，也不晓得什么时候就帮我拆开了，还单独取了一根拔出一半，只等我顺势再抽出来就行，很顺手。太好了，打火机也就在一边，实在是完美！我真没想到他这方面竟然这么有才华，原来那么会察言观色，那么会做服务工作，难怪作为一个历史老师，且那么年纪轻轻就能当上班主任了。

　　啊，终于又一个人了，这种节奏才是对的。行，抽完这根烟就睡会儿吧，剩下的一切，都等我睡起来再说吧，我累了，嗒——

　　嘭！

一个人不能两次涉入同一条河

· · · ·

一切初遇都是再遇，再遇全是另一次初遇。

一

我总是喜欢散步。

很小的时候，我就喜欢上了散步。我所谓的散步，不是那种带着其他目的走在街上的身体行动，我的散步是神圣的，是有特殊要求和限定的。对我来说，散步是人生的最高享受，是一段只属于我个人的纯粹时空。

我就是在一次散步时遇上她的。

事情发生在我九岁（离十岁还差一年的时候！）。

那天，我独自散步到城中新开的百货店，因口渴而进到商场底层侧边的冷饮店去买水喝。那是个十分新潮、人流很多的店，有蛋糕、咖啡、果汁等各种茶点名堂，但那些都不是我需要的，我只想买一杯冰茶先解渴，然后再继续去散步。冷饮店排队点餐的队伍有四列，每一列人数都差不多。我往最左边的一列站过去，因为那列的最后站着两个与我差不多岁数的同龄人。

没错，其中有一人就是她。

二十多年过去了。此时的我，正坐在电影院，在冷气开得令人发指的黑魆魆的观众席后区，在影片播放到临近尾声的紧要关头，暗自在座位上抽噎。电影中，那个先被镜头装载，再由光束投放到幕布上的女孩，跃出荧幕击中了我，将我封冻已久的心倏然溶释。

她明明有拒人千里的尊贵气质，却偏又有那种看起来尤为天真的、稚童一样的微笑。只要她笑，我就忍不住想，别看她那样，实际上还是个孩子，还没长大呢。我对自己的反应深感意外，不明白自己为什么对这个女人不但没有妒火，反而生出像男人一般的渴慕。只要镜头对准她，我就不能将自己的视线从她身上移开，一刻也不行。

"记得我吗？"电影中，她并未将脸朝向躺在床上的男人，只快快地望向窗外。窗外有什么呢？摄影机只装载了女孩立在那里的侧影，并没有收录观众意欲弄清楚的窗外机密。

"算了，你总是这样，反正不肯理我。"女孩在空白的气氛中叹息着，"那么长时间没消息，再听说你的事，竟就是你要死了。"她稍停一下，接着说，"不，你不能死，现在还不行。在我还没有报复、没有折磨你之前，你不能死。"

她没有用崩决的泪水演绎这一幕，而是以温柔的神态，十分平静地述说着这段激昂的台词。她回转身体，走到躺在床上的病人身边，放低肩膀，垂下脑袋，然后朝他的眉心吻去。不知怎的，我好像觉得，她的吻落在了我脸上。

"最后一次了。"她吻他，动作轻盈，面容依然很纯净，让我根本辨不清这吻究竟是来自爱意还是恨意。

音乐渐强，镜头一动不动地停驻在原地。我难以自抑地感到伤心，却又实在不想在影院中表现出来。尽管黑着灯，尽管下午场的电影上座率并不高，可我这番激动的非正常的情感是不适宜表现出来的。除了女主人公漂亮有魅力，这部电影再没有任何一点是值得称赞的。故事老套就罢了，还偏要加入许多生硬刻意的搞怪，比如，躺在床上的男人，其实是女主人公的生父，而女主人公吻过父亲的额头后，便拽出他脑后的枕头，朝他的脸蒙了上去，亲手让她父亲气绝。被这样一部不着调的电影弄得涕泗滂沱，别人会将我当作疯子的！

终于黑场了。顿时，什么也看不见了。绕场音箱中传出女孩最后一句台词："爸爸。"黑暗持续几秒后，幕布上显出一个楷体的"完"字。直到这时，片尾音乐才开始播放，失望的观众三两起身，接连离场。晚了，哪怕我现在起身也来不及了，我已错过最佳的离场时间，只好待在座位上等片尾字幕放完，场灯全部亮起再走。

就在这个空隙，我想起了大学时对电影痴狂的那段日子。那时，凡有空闲，通通都被我用去观看电影。不论影片出自哪里，不管剧情是爱恨情仇还是传奇惊悚，只要播放时段与闲暇时间吻合，我一概照单全收。比起内容，我更喜好的是观影过程。当然，这种狂热肯定要归功于电影院的气氛。每次看电影，我总要在电影即将结束、片尾字幕还未滚动、场灯未亮时，于暗中提前退席。既不会错失情节，又能在人群还未骚动时，一个人悄然走出放映厅，到空无一人的外厅通道去听别的放映厅传出的动静，那番对巧妙时机的精确把握和成功离场的刺激，是我观影活动中尤为重要的一个环节。也不知这是出于本性，还是源自家族的影响，反正我是个对外在形式很挑剔、有特殊癖好的人。

在曾经热爱观影的记忆显现之后，当下的事就变得更加令我不堪了。是啊，我已好久没有进过影院，也好久没有完整地看过任何一部电影了。在当下飞速发展的世界里，看一部将近两小时的电影，简直就是要命！如果不是上周的大采购得到了一张免费观影券，我怎会想到来看一场电影呢？大学毕业还不到十年，曾经的我却很陌生，甚至近乎传奇了。

很多东西你一心想求，往往费力难觅，而另些事物你甚至未曾知悉，却总在精确的时间自然降临，根本不容选择。也许，这种状况，就是对"命运"二字的注解。我对荧幕上滚屏的内容和音箱中传出的音乐毫不关心，但恰在我抬头整理额发的一瞬，荧幕正好显出女主人公扮演者的名字——"嫣莱"——我确定了，对，是她，就是我九岁时遇见的她！

二

我一直认为，十是个很重要的数字。九岁，离我人生第一个十年还差一年的时候，我遇见了她。

那时，我散步到市中心新开的百货商场，因口渴而进到一层侧边的冷饮店去买水喝。排队点单的队伍有四列，每一列人数都差不多。我选了一条队伍站过去，因为那队的末尾站着两个与我年龄相仿的人。她们似乎是一对姐妹，姐姐在前，妹妹在后。九岁的我还没学会在外部世界直视自己所好奇的，哪怕心里很想探究，现实中却反而更要躲避，仿佛暴露内心是件很羞耻的事。然而，对于这对姐妹，我分明是要躲避的，却偏偏撞见了最不该看到的一幕——站在后面的妹妹忽然半侧身体朝后方回转，前面的姐姐则趁势微曲上身，右手擒着一根长镊，迅速地伸进前面那人的口袋，甚至未及一眨眼的工夫，我就看见一个黑色的短皮夹被钳了出来。谁说时间永远不会停？我敢以性命担保，时间在那一刻断然是停了。我彻底空白了，在暂停的时间中凝固了。

我还沉滞在凝固里，瞬时，她们就不见了，像从没出现过一样。轮到那钱包的主人点单时，他并未将手伸进口袋去找钱包，而是直接朝营业员递出一张手里紧攥着的兑换券，换了两杯免费咖啡，迨取到饮品就走了。接下来便轮到我。我上前要了一份冰茶，付好账就站到侧边等待。忽然，那两个女孩又出现了，矮妹妹正拽着端住餐盘的姐姐看着我，我下意识地低头躲闪，不知如何是好。谁知她们突然就靠拢过来，一左一右将我围住。等店员端出饮品交给我以后，高些的女孩就对我说："一个人吗？一起坐吧。"在这种情况下，我难道可以说不吗？我只好跟着她们走到一处位置坐下，我一人坐一边，她们俩并排坐在我对面。到这时，我才获得端详她们的机会，放心大胆地看向她们。那个高些的女孩长得很好看，骨架纤瘦，五官清秀，举手投足间还淌溢出很浓的书卷气。她的头发虽然不很长，但发质极好，微微斜倾一点角度就会闪出亮光。假使删去前面我所撞见的情节，我必然会断定她是一个大户人家养育出的优秀姑娘。不过，她身边那矮妹妹却拉低了她的身价，不但身体矮小肥胖，还长着一副粗陋的面容，看起来很成熟，头尤其大，几乎和肩膀差不多宽。

"你都看见了，为什么没有声张？"好看的女孩突然问。

"我什么也不知道。"我克制着自己的慌乱。

"怕什么？我们又不会怎样，只是好奇你怎么不出声。"

"我看你们不像坏人。"我说。

"那你觉得我们是什么人？"

"有点厉害的人。"

"你真有意思。几岁了？"

"十二，你呢？"我说谎了，这已不是我第一次故意把自己说大了。

"我才刚满十一，比你小。"

"她呢？"我将头偏向旁边那个矮女孩。

"她十六了，比我们都大。"说着，好看的女孩露出一种调皮的笑貌。虽然我并不觉得有任何好笑，却鬼使神差地被她感染，也笑了起来。原来，那个矮小的"妹妹"，并非有一张成熟的脸，而是真的比我们成熟。

"你干吗和她说那么多？快些吃，事情还没做完呢。"十六岁的姐姐对她说。

我心里的警戒和忧虑都消解了一些，打算跟她们继续深聊。可这时，门店却突然喧腾起来，有人发觉钱包不见了，正在大呼小叫。

"谁看见一个钱包了？短的，皮的，黑的，见过吗？没多少钱，但是有证件，哪位能帮忙找到必有重谢！"那人在店里走来走去，一直重复喊着这段话。

"从四楼下来的时候我还摸着了，之后就来这里了，也就十几分钟，既没拿出来用，也没脱过衣服，你说能掉到哪里去！"他对赶来的门店负责人咆哮道。

"请问您付款的时候用过吗？是不是那时候掉落了呢？"负责

人小心地问。

"我……我是用兑换券买的，没用过钱包。"丢钱包的人说道，语气比先前缓和了很多。

"是免费兑换的呀……"负责人的心情似乎也缓和了很多。

"上次消费得多，你们就送了兑换券，所以今天根本就不用钱包啊！"他不等负责人说完就抢话了。

"那您最后一次使用钱包是什么时候呢？"负责人很耐心地问。

"一直没有使用，但我刚才从楼上乘扶梯下来时，确确实实摸到过，然后就到这里来了。"

"您确定当时摸着了吗？"负责人问。

"我记得很清楚，不能再清楚了，当时我专门伸手摸了一下，钱包绝对是在的！"

"有没有可能是您记错了，或者摸到了别的东西呢？"负责人又问。

这种情形下，对面的她们竟完全面不改色，仍泰然自若地继续优哉游哉吃着点心。我背脊冒出冷汗，整个人紧张得不行，头越来越低，生怕被盗人往这边看时注意到我。毕竟最后排在他后面点单的人是我，万一他怀疑我怎么办？我是说出真相，还是什么也不说好呢？即使我照实说出我所目睹的，他会信吗？我现在就正和偷他钱包的两个人坐在一起，哪怕我诚实地交代一切，如何能解释清楚现在的状况呢？老实说，我是不愿意任何人弄丢钱包的，可我也不愿意见我新交的朋友被别人抓起来，像对待小偷那样被责难，真的，她们看起来不是坏人，尤其是漂亮的她，甚至包括那个样子难看的矮胖姐姐。这到底算怎么回事？为什么我既紧张，又觉得有些刺激呢？！

"咱们走吧。"女孩忽然站起来对矮姐姐说。她迅速从口袋里取出黑色的短皮钱包扔到我的餐盘里，然后牵着矮姐姐转身就走。

"我也走，等等我！"我立刻起身将餐盘中的钱包掩住，然后收进口袋，追上前去，跟她们一道走出了冷饮店。我不能确定，是不是从那时刻起，我就正式与她们同流合污、沆瀣一气了。总之，无论如何，我们成功脱身了。

从商店出来以后，我记得，我们三人在街上走了很久。我们边走边聊，走了好远，直走到一个有邮筒的住宅群才停下。她告诉我，她做扒手已经一年了，还说她技术很好，至今没惹出过麻烦。她的坦然态度完全出乎我的意料。她们把钱包里的现金全部取出，然后就将皮夹摊平，塞到邮筒里去了。看样子，她们对钱以外的东西并无任何好奇和留恋。矮姐姐分到钱后与我们散了，于是，往回的路上就只剩下我和她。

"她到底是什么人？"我问。

女孩并没有马上回答，而是眼睛泛出微光，好像涌出了什么，却并没有任何东西滚落出来。她先学着大人的样子叹了口气，然后告诉我矮女孩是她姐姐，是姐姐带她走上这条路的。姐姐虽然身体有毛病，不太会说话，但其实她人很好，心思也很简单。

"她真是你姐姐吗？你们长得一点都不像。"我继续问。

她又停了一会儿，仍旧没有马上作出回答。我再次看见她眼里泛出光华，盈盈的，像要淌出什么了，却并没有东西流到外面。我这时候懂了，原来，她的漂亮正源于她微隆的眉弓和轻陷的眼窝，来自那双总有光华流动的清澈眼眸。

她将矮姐姐的故事与我大致讲了一遍。如我所料，她们俩不是亲生姐妹,而是因交情相认的姐妹。矮姐姐是个被领养的孤儿,养父母后来有了亲生孩子,就嫌她多余,对她"扔扔甩甩"了。她很早就辍学了,几乎天天在外头闲游。游着游着,她被一个街上认识的人拉进了一个专门教小孩偷窃和表演要饭的组织。即使她完全知道自己所做的事情是不对的,即使她知道自己全是在为那些大人卖命,她也心甘情愿,甚至甘之如饴。因为对她来说,只要有人能认同她,能肯定她的价值,她就愿意付出全部了。直到她后来弄出了事故,给领头的惹了麻烦,又被他们毒打了一顿轰出组织,才不得不重新回到之前一个人闲游的日子。

离开那个组织后,她开始一个人在街上偷。一次,在一个与我今天所遭遇的类似的情形下,她和漂亮女孩相遇了。当时,失窃者发现钱包丢了,一口咬定是同在现场的漂亮女孩干的,而真正的小偷矮姐姐则出面将漂亮女孩解救了,于是两人就这样相识了。她们一见如故,没多长时间就互相交心。后来,矮姐姐还将自己唯一一会的手艺毫无保留地教给了她,这便开始两个人配合着偷了。她们有约,凡得手,就一起去吃好吃的。

"偷东西有意思吗?"

"会很兴奋,尤其是得手后逃脱,特别过瘾。"

"现在还兴奋吗?会不会习惯了就不刺激了?"

"好多事弄弄就没劲,但这个不会。有时候就是想偷了所以去偷,不管偷什么,只要得手了就很高兴。"

"你玩的是心跳。"

"不是正常的心跳,是打破禁忌的心跳。"

"你知道万一被抓住会怎样吗?我们学校下星期会组织大家去参观少管所,老师说那里是关押未成年的罪犯的,说里面大部分罪犯都是小偷。"

"我不喜欢小偷这个说法，偷还分大小吗？扒手听起来至少是个行当。"

"扒手听起来太不美了。你长得那么好看，不适合叫扒手，扒手是用来叫那些难看的人的。"

她对自己掌握的偷窃技巧没有隐瞒和忌讳，在我的唐突提问下，一一告之。她说，她们只在两种情况下行动，一是人多的收银队列，二是公共汽车排队上车的队列。虽然不具备处理其他情况的能力，但在她熟悉的范畴中，她很有心得。比如，很多人排队上公车的那种情况虽容易得手，但风险也高。她必须在对方登车之前就得手逃脱，绝不能被人流挤上车去，撤退也须不着痕迹，是非常考验综合能力的一种技术。毕竟只要对方上了车，一买票就会发现失窃，整车的人便都逃不掉要接受排查。所以，等公车的时候，她很少去偷钱包一类的大件，而会依据等车时对排队人的观察，弄些零钱、移动电话、首饰或别的什么小件，这样，即使被挤上车也无所谓，可以坐个两三站就下车。相对容易的，是在快餐店、咖啡馆、冷饮铺那类高人气商店的排队人群中下手。她会在排队时听前面人的对话，提前了解他们的支付信息，比如，同行者中究竟谁付款，或者怎么付款，然后再做出判断对谁下手、如何下手。她从来不用自己的手偷，而是用手控制着长镊，以迅雷不及掩耳的速度精确取出目标。

有一阵子，矮姐姐被养父母送去乡下干活，她少了陪伴，便与我更亲近了。一次偷窃完成后，她邀我去她家。我真没想到，她家竟然就在我学校旁边，且就在校旁饭馆的后楼二层！无数个放学的中午，回家的路上，我总能看见某个老师在那家饭馆吃饭。我是要回家吃饭的，从没进过这家饭店。头一次进去竟不是吃饭，而是借他们的道，直接上了后楼的二层。

整个二层过道都是水泥砌好的一道长廊，与教学楼里那种过道一模一样。二层有许多房间，她家大概是第三、四间吧。

门敞开着，里头却很暗。虽然只是下午四点，却没有任何自然光能照进来。到家后，她完全变成了另一个人，变成了和我那些同学一样的普通人，一切特殊而不凡的气质都消失了，甚至变得迟钝、乖巧了。在我有限的印象中，她妈妈的嗓子非常粗糙，即使说话并无恶意，听起来也十分吓人。她父亲那天不在家，自始至终都没有出现。我所有的记忆全是昏暗的屋子，说话吓人的妈妈，她，以及呆坐在暗处的她的外婆。

对了，她还留我吃过一顿晚饭。那是我人生中第一次听说腌鳜鱼。在那之前，我几乎是不吃鱼的，更别说是腌制过的，听起来都害怕。我在饮食上的挑剔令父母极为恼火，不是我能吃些什么的问题，而是我不吃的东西实在太多了。但凡我觉得难看、难闻、奇异的，无论怎么哄劝都不碰，哪怕饭桌上只端来一盘我不喜欢的菜，我都会对整桌菜肴产生意见，当即就搁下筷子。

不过，我并不会傻到在外面也这副样子。我懂的，有些脾气只能在可以忍受你的人面前耍，到别处是不行的，要招人讨厌的。所以，在家里做老太爷的我，于学校班级却是卫生标兵。大家都认为我勤快努力，班主任还常常号召大家要向我学习。每次去同学家吃饭的时候，我绝不让自己挑食的毛病表现出来。也不知是谁教会了我，好像我从小就懂了，或者天生就知道要在外面藏住不好的脾气，这让我在外头获得了许多人的好感。

越和她接触，越发觉她头脑简单，心思纯良，以至于我不得不对她所表现出来的样子产生怀疑。她和妈妈、外婆生活在一起，她们看起来对她并没有什么宠爱和关心，但她却一点都没有怨恨，也不对自己困塞的处境有任何嫌弃。我很不解，为什么呢？如果对那拿不上台面的家庭毫无厌恶，她怎会走上做扒手的路呢？

不管我心里是怎么想的，在行为和语言中，我都没有如实地显现出来。我虽然人比她小，但心比她成熟，让她叫我姐姐，一点都不亏欠。除了劝她不要因跟不上进度而放弃学业，我还教了她一些新的消费方式。她太傻了，除了吃点心喝饮料，再不知道什么别的花钱项目了。我带她听音乐、看电影，带她滑冰、游泳、泡浴。我还教她去商场买衣服、首饰、文具、画册、邮票、玻璃瓶……当然，所有的开销都是她做一名扒手换来的，她对此也并无芥蒂。

我承认，我也对偷窃有极大的兴趣和好奇，但我不如她，不敢将名节、操守、人生荣誉全都抛却去玩一把。她是想教我的，但我贼得很，只探究她，却从不坦诚地展露自己。对比她，我觉得自己是卑鄙的——躲在安全地带隔岸观赏，分享她冒险取胜的成果，甚至还时不时站到道德制高点对她说一些听起来很为她着想的虚伪劝诫。但是，我行为如此，心里却是另一本账。其实，我觉得她偷窃的时候美极了，是那种让我一辈子也不能忘记的震撼的美。她就是文学和电影中那种最经典的女小偷，甚至比我所能想到的还要有魅力！每一次她得手后随她一起逃脱，我也会跟着徜徉在传奇的英雄感中。说出来也许可笑，但现实就是这样的，其实我人生中唯一有英雄感的时期，就是与女小偷结识的光景！

我喜欢她常态中没有表情、端庄娴静的样子，也喜欢她忽然涌出的灿烂的笑。她对自己的感染力毫不知晓，似乎真的不在意外面的世界，也不在乎别人的看法。很多时候，我心里都要为她的呆愣叹气，为她的将来担忧。真的，假如当时她身后站着的人不是我，她就惨了，我都不敢想象她会有多惨！真不知道头脑简单的她是怎么做成小偷的，好像总有什么好运跟着她，让她始终可以逃遁在社会和法律之外。

<h1 style="text-align:center">三</h1>

场灯彻底亮了，片尾音乐也已停了很久。放映厅的观众走空了，两个带着簸箕和扫帚的清洁员从幕布侧边的安全门进来了。我蜷缩在座椅上，没力气站起来。

我不舒服，整个人都不好了，好像突然意识到自己在习以为常的庸俗中，已扔弃掉纯朴很久了。在如今日益娴熟的虚伪遮蔽中，虚浮的我，竟还常常沾沾自喜！我已然忘了本初的喜怒爱憎，已然活成了自己幼年最深感厌恶的那种俗人。咳，都这样不堪了，还有脸说什么呢？我甚至都好久不会说人话了，丧失掉人的基本情感了……谎言啊，到底什么是谎言，什么又是难以捉摸的真实呢！比如现在，我明明已泪水止不住地跌淌，在座位上哭得一塌糊涂，却并没有将自己不堪的败象坦白，只是轻描淡写地体面略过。我自己也糊涂了，我到底在掩藏什么，又为什么要掩藏！我是如何一步步走到这般境地的，怎就一点儿都没察觉呢？

除了日复一日地重复计算得失，重复在安逸里停滞，图谋生存的所需，积蓄微薄的财物，我还剩下些什么？连今天这场电影，都是上个月参与购物促销后，得了一张免费观影券才会有的。来之前，我甚至完全不知道电影的名字、内容，更不可能去关心出演人员和创作团队，说白了，我就是闲得无聊来应付掉这张免费影券的。可是，谁晓得怀着这种动机的我，却被这场电影的女演员击中，无法再安然继续我已重复多年的庸俗了。

"我要换一个名字，我是说，在外面的时候，假如哪天，我长大之后需要工作，需要跟别人打交道什么的，就用那个名字。"九岁时遇见的她曾对我说。

"为什么要换？你不喜欢自己的名字吗？"

"不，我很喜欢，特别特别喜欢。"

"那为什么要换？"

"我不喜欢随便被别人叫名字。学校、医院，很多地方登记了名字就随便叫，他们甚至都不认识我！"

"都这样，社会就是这样的。"

"我只喜欢听妈妈、外婆，还有朋友们喊我。如果用我的名字叫我，我觉得，至少是要认识我的。我只想被爱我的人叫真正的名字。"

"那你的新名字是什么？"

"我还没想出来，你也帮我想想看。我想要清新淡雅的，听起来很厉害的那种清新淡雅。"

"可以换姓氏吗？只要你还姓张，我看名字就很难淡雅。"

"当然可以，反正是在外面给别人叫的，怎么换都行。你说，兰亭玉好不好？"她把那几个字写给我看。

"这个不好，听着像兰亭序。"

"那么，叫方舟。"她又写出两个字。

"这淡雅吗？"

"雨方？"

"还不如方雨呢。"

"对了，我外婆说，我出生的时候周围有一圈烟雾，好像能看见，又好像看不见，就像是在烟里被生出来的，干脆就叫在烟里，烟里来，烟来……"

"这样是不行的……"

嫣莱是我九岁时遇见的那个她，又不全是曾经的那个她。

我记住了荧幕上的她的名字，回到家就通过各种渠道全面搜寻她的相关信息。天哪，她现在不仅是国内的顶级明星，还已是世界电影界很有身价的厉害演员了！她的电影代表作是《女小偷》，那是她第一部作品，也是她一举拿下众多国际大奖的作品。电影说的是一个诡谲美艳的女小偷，与一个男人在火车上共处一间高级包厢时所发生的事。90分钟的电影，场景几乎全在车厢，只有车窗外的景致在变换。《女小偷》的成功，让嫣莱平步青云，声名远播。接着，全世界知名导演的邀约纷至沓来，她又相继出演了舞者、老师、病人、邮递员、出租车司机，甚至还有日本弥生时代的女王卑弥呼。我好像又回到大学时代了，又开始没日没夜地观看电影了。不同的是，我不再依赖影院的气氛了，而是真的由着女演员的表演而沉浸进去。

卑弥呼，第一次看见这个名字，还是在日本作家横光利一的小说里。是啊，高中那些年，我曾经近乎痴迷地热爱过文学！从本国的，到欧洲、美洲的，从知名的，到小众冷僻的，我都悉数游历过一遍。事到如今，我自己都觉得难以置信，当时沉迷在文学中的我，与今天的我是同一个人吗？我竟曾经那样过吗？既那样过，又怎会变成今天这样呢?

在电影里看到的她,不仅漂亮,还美艳深刻。不,以这些辞藻描述她的时候,这些词藻都变得虚伪且促狭了。九岁时遇见的她曾对我说:"我们都活在谎言里,一辈子全算上也说不了几句彻底的真话。"她还说过,人大致有两种,一种人擅于欺骗别人,却很难将自己骗过;另一种人擅于欺骗自己,能将谎言信以为真,将自己和别人都一道骗了。她说,她是前者。尽管在人前说谎的技术灵巧娴熟,甚至本事大到可以瞒天过海,但在外头骗得越甚,她的内心就越惭愧,越难以原谅自己。我是哪种人呢?擅于骗自己和别人,能将世界和自己骗得从此都不再有谎言,还是纵然骗人的本领无比高超,却始终无法欺骗自己的那种?

我第一次旷课,是在一个下午。那天,她约我一起去陵园附近的一个游乐场玩。她是专门带我去寻刺激的,她说要将一个"大快乐"与我分享。她真是傻,游乐场算什么?无非就是碰撞车、旋转木马或者飞旋钓椅,那些游乐设施我很小的时候爸爸就带我玩过了,有很多我曾经在游乐场的照片可以作证。

"坐过海盗船吗?"她问道。

"就是一条船,两头悬着晃荡的那种吗?"

"我问的是海盗船。"

"我不知道你说的是哪种,反正我小时候经常去游乐场,里面的东西基本上都玩过。"

"就算你有胆子坐,也一定没坐过最后一排。"

"最后一排怎么了?"

"现在不告诉你,坐了就知道了。"

那天下午，阳光尤其通透，游乐场里好像一个人也没有。她走到海盗船下方的售票亭，敲几下窗户，把里头正在午睡的人唤醒，并答应多付一些钱，对方便同意为我们单独开一次。

"来，咱们坐到最后一排去。"她拉着我朝海盗船一侧的最后方走去，和我一起坐在最后一排的中心。座椅不是独立的，每一排都是一条完整的长凳，中间没有隔断。她熟练地拉下座椅上方的保护栏，扣在我们身前。我也不知道是为什么，忽然间害怕起来。

"我好像从没坐过这个，爸爸妈妈不许我坐，说危险。"

"是有点危险。不过不要紧，你试过就知道了，特别刺激，会上瘾的。"

"真没事吗？我们会不会掉下去？"

"不会掉下去的，只是你会觉得自己要掉了。"

"掉下去我们会死的！"各种恐怖的设想霎时浮现，我整个人不由慌乱起来。

她见我不踏实，反而笑起来了："不会掉下去的，我是吓唬你的！这个游乐场里所有的东西我都玩遍了，有那种让你整个人翻来翻去的，比这危险多了，海盗船只是两边晃一晃，根本不吓人的。"

"那不就跟秋千一样吗？这有什么好玩儿的，咱们下去吧。"要不是她已经把防护栏拉下来了，我肯定直接站起来就走。

售票亭阿姨偏偏这时候上来了。她来到最后一排检查安全防护栏，并不知道我们已经自己拉下来了。虽然她没有完全从瞌睡中苏醒，但还是很负责任地为我们检查了好几遍防护栏是否扣紧，才走到侧栏去预备启动。

我记得海盗船起航前会先响铃，那铃声跟学校的上课铃一模一样，只是时间短些，一共要响三次。三回铃声以后，海盗船就正式摇起来，我和她便随着海盗船的晃动渐渐升起来了。她没有骗我，的确，这东西并不恐怖，只是人会被船身带动着左右晃而已。看来，在一个太阳很大的无风下午，在海盗船上晃着吹吹凉风，倒的确算一件美事！

几次摇晃以后，海盗船逐渐增加了幅度，升得比之前更高了。摇摇晃晃，来来回回，海盗船越升越高。当它升到一处很高的位置后，忽然停了下来，我差点以为是机器坏掉了。接着，在短暂的停顿以后，海盗船忽然又以极快的速度向下俯冲……

我的耳朵失聪了，前一刻还在心房中猛跳的心脏，这一瞬被留在了海盗船刚才停顿的位置，只有身体跟着船身先冲了下来。我消散了，只剩下精神和意识，或者说，是灵魂提前到了这里，而身体的一切被留在了上面。我下意识地抓住她的手，神情激动，整个身体都兴奋了！

"好玩儿吗？"

"太好玩儿了！"我喊道。

"冲下来的时候把腿抬起来，不要挨着地，还会更刺激的！"她对我喊道。

我开始期待每次升高冲落的那个瞬间，不但没了恐惧，反倒希望海盗船能升得高些再高些，越高，俯冲就越刺激。她实在没有说错，我真的上瘾了！

"啊！"她把小腿悬起来，在海盗船冲落的时候大喊出声。我也学着她把腿悬起来，但多少有点放不开，不愿意像她那样无顾忌地叫喊。

太可惜了，经过几次最高点的俯冲，海盗船摇晃的幅度就渐渐缩小，我还没玩儿够，它就停了。

"好玩儿吗？"

"好玩儿！真没想到海盗船原来这么好玩儿！"我的反应与航行前截然不同了。

"是不是有那种想小便却尿不出来的感觉？"

我怔住了！她怎么回事儿？怎么能将这种话没羞没臊地问出来呢？尽管她说的情况是存在的，是我因羞怯而找不到形容词描述的，但这绝不代表她就能这么随意地讲出来！

海盗船每一次俯冲，我的整个身体都会飘忽散碎，只有身体的下半截还有强烈的感受。经她一说，好像的确可以将其描述为小便失禁的感觉。对，只是小便失禁的感觉而已，并不是真的小便失禁。也许，这就是人会对海盗船上瘾的原因。

尽管我头脑里认同了她的说法，现实中却还是恼羞难当，不想做任何回应，连刚才脱口而出的那句"好玩儿"也恨不得立刻收回。

"怎么了？没玩儿够吗？要不，我们再来一次？"她看我不说话，便继续问我。我没有理她。

"行不行？你还坐不坐？"她又问，我还是不说话。

"你不说话我们就不坐了，咱们走吧。"她说。

"坐。"我突然说。她立刻又笑起来。

"好，反正你也不怕了，这次我就不跟你坐一起了。我们俩一人一边，你坐这边最后一排，我坐那边最后一排。"

我没有反驳的余地，她也没给我任何质疑的机会，就又去找售票阿姨。我远远瞥见她往售票亭里递去一张一百元的纸币，阿姨似乎推却了好几次才接受，接着就跟她一起走过来了。我坐回刚才她陪我一起坐的那一边，然后就试着去拉防护安全栏。天哪，这东西那么重，她是怎么拉下来的？我又试了好几次，还是拉不动，索性就不再使蛮力去拉了，万一没弄好，等会儿弹起来怎么办？还是等售票阿姨过来再说吧。

售票阿姨果然来我这边确认安全防护栏了，弄好以后就再一次为我们启动了海盗船。"上课铃"响三次之后，海盗船又启航了，先往她那边翘起，再轮到我这边升高。现在，那边的她已然成了一个可以忽略的黑色小点。如果不是在冲下来的时候对我喊话，我几乎很难确认她的存在。

"嗨！"她在那边自由地喊着，轮到我下冲的时候，我却没有予以回应。

海盗船渐渐升高，快要升到让身体彻底失去重量的高度了。船往她那边翘起，然后止顿住几秒，接着便迅速地下冲。

"啊，我飞起来了，飞得很高，我是最幸福的人！"她喊道，我却一点儿也看不见她。

终于，船升到我这端了，我和船头一起在最高处停顿着，等待即将到来的急速俯冲。我特意将小腿抬离地面，做好全力迎接冲刺的准备。

"太刺激了，我多么幸福！"我在心里喊着，口中却没有发出声音。她说的是对的，我好像是要小便失禁了，却并不会真的小便。这感觉太奇妙了，好像我整个人都飞起来了，谁也不可能有我快乐，谁也不可能比我厉害！

"能看见我吗？"她忽然对我喊着，伸长了双臂。我看见她了，看见在那头的远远的她了！

"看见了！"我冲她喊道。啊，原来喊出来那么畅快！于是，我也松开扶住安全栏的双手，朝上方伸出去。

"能看见我吗？"我问道。

"我看见你了，我一直能看见你。"她喊着，始终伸着双臂。

"好玩儿吗？"她在冲下来的时候问。

"好玩儿！"我冲下来的时候对她回应道。

"我是这世界上最幸福的人！"

"我是这世界上最幸福的人！"

"我们是最好的！"

"永远是最好的……"

四

我从小长大居住的那房子已经不在了。属于我的，过去的，成长中的宁静和美好，已经找不到了，全都消散了。

其实，旧房子拆了好些年了，只是之前一直昏昧着，便不觉得这事有什么要紧，也丝毫不觉得难过。谁知道，现在竟忽然感到苦涩了——都没有了，所有——我的书桌，床铺，黏着凌乱贴纸的衣橱，磨得色调不统一的沙发，用透明胶带捆起来的台灯，还有支撑着我趴伏张望的阳台，以及放学后无数个阳台外的景象，全都消失了，不存在了，再也找不回来了。

成长中的夜晚，房间的挂钟借着半透进来的、混着月光的街灯，一秒一秒往前挪着。咯嗒，咯嗒，在静谧中尤其明显，就这么一点点，一点点地，咯嗒，咯嗒，将一个人的全部过去拖走，甩得远远的，远到你再也不可能触及。这是多大的悲哀啊！曾经的我怎就一点儿都不觉得有什么了不起呢？如果一个人醒过来了反而要不堪，真不如一直就昏沉，痴愣愣的，随波逐流，挺好。

多年前，我刚离家不久的时候，母亲来电话，告诉我外公去世的消息，问我是否能赶回去。那时，我正面临着公司招聘的第二轮面试。也许挪一挪日程，回去的事也并不是全无可能。但是，要见死去的外公最后一面，足够成为改换面试时间的理由吗？公司会因此网开一面吗？我花了很短的一点时间权衡左右，就做了决定没有回去。如今我重提这件事不是在后悔，我知道，后悔是没用的，我是要重新核算一下支出和收益——这世上我最爱的人死了，我都没去见最后一面，这样的事都做过了，还有什么狠心事做不了呢？不是别人，是我的外公啊！我和外公的感情很深，深到只要想起他，我都忍不住要泪水泛涌心里哆嗦，可那又怎样呢？即使那么爱，他死的时候我不是照样可以把心一横，说不回去就不回去吗？为了一个毫无确定性的工作机会，我就决定不回去见我最爱的人最后一面，真的，这样狠心绝情的事都做了，今后还有什么绝情的事做不出呢！即使我后来的确得到了那份工作，却并没有因那工作而变得不凡，变得风生水起、名利双收。我还是一如既往的平凡庸碌，或许，比从前的平凡庸碌还更甚些。啊，难道仅仅为了平凡庸碌，人就要付出如此的重价吗？

我以前住的地方，现在盖了几栋零散的商务办公楼，还有一家装修不太精良的小旅店。谁会到这里来旅游呢？这个城市和我一样，是一个隔绝历史、失却趣味的存在。这样的地方，哪有什么旅行价值？我明明是健全长大的，可现在却一点儿完善、一点儿正常都没有了。不知道是城市影响了我，还是我影响了城市。月色和诗意同流，很久之前就决意再不至此。而我，能做什么呢？这座城，能做什么呢？

我遇见过她，没有遇见过她，会有什么不同吗？

荧幕中的她忽然笑了，坐在戏中丈夫的对面，认真倾听着他因事业不顺而恼火的絮叨。听着听着，她忽然冷不丁笑了一下，这完全是不应该笑的时候啊，是笑场了吗？为什么导演不叫停，不将这个错误的、脱离剧情需要的表演删去呢？也许是因为她笑得太好看，太美了而舍不得吧。是啊，还有什么比美更贵重呢？美，难道不比对错有价值得多吗？

所以，当我看见她这么美地活着，就觉得自己的卑鄙不那么无可救药了。谁没些卑鄙，谁能逃得掉卑鄙呢？不如干脆承认我那个所谓健全的虚伪家庭，为我带来了多少无耻糟糕的麻烦，不如承认自己在根底上比一个扒手要卑鄙百倍，是啊，这又有什么呢？！

我的父母从来不关心我们到底吃了些什么，或者在穿些什么。尽管他们俩都有体面的工作、充裕的收入，但由于家里的各种名目开销实在太多，日子反倒比那些吃用光光的普通家庭要捉襟见肘得多——不是谁家孩子百日宴送礼，就是要拜访班主任老师，小区业主委员会，还有各种茶会、周末活动、月度购物、季度旅游、年度出行，还有上级下属的礼尚往来，这些毫不实在的名目消耗了他们几乎全部的收入，甚至还时常不足。为了能有符合身份的说法，我一直过着非常贫困而拮据的日子，除了说起来漂亮，其余全是粗陋和破朽。比如，我妈妈摆在家里的零食，全是些口味流行而难吃的东西。徒有其表就算了，她还会做些非常卑鄙的小动作。为了减少开支又维持体面，她会用心爱护那些进口饼干的漂亮盒子，等里面的内容被清空后，再照样子填塞些别的次品进去冒充，反正只要那些看起来很贵的东西一直摆在客厅那张虚荣无度的茶几上就行。如果没有遇见作为小偷的她，我恐怕要在成年以后才能吃到炒栗子、鸡蛋蒸糕，还有我最喜欢的糖油糯米团、去皮清荸荠了。这么想来，好像我的父母并未对我有所养育，我的童年，倒是在被一个小偷养育着，或者说，只有她养育过我。

如今，我终于长大了，终于度过那些非要将自己说得大一些的年岁了。可是，我对自己究竟是谁，究竟是一个怎样的人，却愈加模糊了。我知道自己怯懦、阴暗，并且有许多伪善，但我并不因此而觉得光荣，也不想张扬鼓吹自己的罪过和弱点。我不讨厌自己，尽管我有充分的理由可以那么做，但我终究还是很难厌恶自己。人要认识自己，接受自己，这是现实，也是宿命。

我还是喜欢散步，成长中很多东西都被我扔了，但至少我还记得散步，散步是我的底线。

我行走，从出生的城市走到后来求学的大都市，再从大都市又回到我出生的城市。城市已不再是我初识的它，我也不是那个闲散街头，渴了就张望冷饮店的女孩了。匆匆在我身边经过的人，彼此未有照面，可谁能确定每一个擦肩而过都是初次，而不是已然有过的百次万次呢？比如现在正迎面过来的人，因下午四点以后的阴冷，而把风衣的领子翻起来掩住下巴，垂下脑袋，将鼻尖也跟着埋到领子里去的他，就这么从我身边走过去了。这种并不相识的陌生经过，于我其实是何等熟悉的经过啊！

我有些想不起来自己究竟是如何渐渐与她淡掉交往的，还有那个矮姐姐后来是怎么淡出我们三人之间的关系的，我都记不得了。恐怕我只是被注定要在那段时空中与她交会、相遇，与她发生一些故事而已。扒手是她，单纯的妹妹也是她，而我，只是有过与小偷做朋友的经历的另一个人。

人总是对陌生的稀奇，对熟悉的却轻慢。索性封闭，不去遭遇，或者有可能免去哀痛的苦罚。可惜，偌大的世界，没几人能经受得住寂寞，堪忍清寥。我遇上她，再遇到她，都是同一个她。但，实际上，每一次的她已不再是前一次的她，同样，我也不再是从前的我。

很久了，我仍旧不能确定，于我而言，她究竟是陌生的，还是熟悉的。

五

在一个充满晨光的早上，我从公寓楼出来，试图打破蜗居宅中的重复生活。如果一个人总活在某一段过去里，那么，无论是自满还是懊悔，都是对当下和未来的浪费。不过，回忆不是无用的。如果回忆可以助人过好现在，那回忆就是一种指引，引你更专注地投身在眼前的处境中。

由于家庭，我幼年活得过于认真；由于社会，成年后的我又活得过于不认真了。原来，活着并不容易啊！谁能发觉自己早就死了呢？

无论是出于自发，还是受某段过去的影响，此刻的我都决意非要去一趟教堂不可。是的，你又猜对了，你总能猜对，这份兴头又是源于对她的回忆——在她带我去教堂之前，我全不知自己从小生活的城市里，竟然是有教堂的。

那时候，我在认识中很幼稚地将宗教和教堂想成一回事，把教会和信仰也混为一谈。作为一名正牌的小学生，被一个旷课留级、散漫游街的小偷教育大半天，实在是小学生的耻辱啊！也不知是谁教她的，总之，她说得头头是道。尽管当时不理解，但今天想起来，她竟全是对的。宗教是宗教，教堂只是教堂，一个人没有加入教会，就不能单纯地喜欢教堂吗？这么平常简单的道理，当初怎么就是想不通呢？是什么让我头脑拘谨，活得那样小心紧缩呢？如果烦恼是注定的，那么，痛苦和难过恐怕都是人自找的！即使我的谎言让她一直以为我是姐姐，那又有什么用呢，真姐姐就是姐姐，她实在是比我要明白得多。

一早出门，街上还很冷清。那些商户们装在街边座椅上的伞棚还未撑开，带着满是疲态的褶皱松垮地垂着，只是随偶尔穿过的车辆与微风，摆荡一下，然后就又恢复慵懒的姿态，似乎特意要强调它们不愿放弃浸淫在当下最时髦的厌世感中。我清楚地知道离家最近的那个教堂在哪儿，可由于从前疏于关注，所以叫不出它的名字，只能跟着记忆的方向寻去，反正能到达地方就行。今天不是周日，大概不会有教徒在那里聚集。云渐渐多起来，晨曦没有胜出，反倒被阴云逐步吞噬。这是什么意思？当我打算走出自己的阴郁时，世界倒不配合了。难道是我亏欠太大，即使愿意改过自新，也要先补上从前的旧账吗？不应该啊，如果此刻发生在电影里，我肯定是从晨曦走向光明，去到极致的明亮晴好。可是，很不幸，天反倒暗了，也许是被地上充斥的怠惰腔调影响了吧。

教堂一如既往留在原地，与我曾经过路的记忆完全吻合。这真是一个想象中的经典的教堂。深红的砖房，透出木头的气味。我并不熟悉教会的规则，但想象中的教会好像就不该受到社会规则的染指，应该是进出自由，不用购票。教堂的确没有设防，可由于陌生，我还是惴惴不安起来。

我的双腿引领我径直走进了教堂。原来，教堂里面是这样的，真的是这样啊——一排一排木椅在两边整齐置好，所有前排的椅背都伸出一块桌板，桌板下的抽屉隔断中放着经书，桌板则可以为坐在后面祷告的人支撑手臂。这个教堂完全是合乎我想象的一个理想中的教堂。教堂里没有神像，只在尽头处有一个可以透光的十字玻璃窗。外面与里面真不像一个地方！唉，小时候实在是太不上心了，也没问过她，究竟是喜欢教堂的外面还是里面！过来的路上，我满脑子全是教堂从外面看起来的样子，可一进到教堂里，又被里面吸引了。

要不，我也试着模仿电影里看到的那种样子，坐到椅子上去祷告吧。那些进到教堂里面的人都是这么做的，看起来很简单。我从通道走到左侧椅群的中间部分，选了一排进去坐下，然后就依照着心里描绘的样子开始祈祷。对，就是屈肘搭在座椅前排，双手交叉合掌，然后闭上眼睛，将头略微低垂埋进去的那个样子。

外面的世界即刻被眼幕拉黑，我什么也看不见了。不过，耳朵却并未阻切掉外面的聒噪，窸窣的声音反而滚涌得愈发响了，让我很难安静下来。人长大以后，即使闭上眼睛不看外面，也难以再平息安静了。但是，我宁肯继续假装表面的宁静，也不想再看外面的世界一眼。这也许是因为我继承了父母亲那种执迷不悟，非要维持体面的品格吧。

我父亲从不承认自己是因为抠门而不选择价格更贵的东西，为此，他还总要以一些富丽堂皇的借口来做辩解。比如出行时选择火车而不坐飞机，是由于他有严重的偏头痛；旅行住店不在闹市而去乡僻，是为了融洽于当地的风土人情；对于物件的循环使用，他更美其名曰是为了环保，为了全人类！老天啊，如果为了全人类好是要让我不好，我该怎么办呢？而且，不是一家人，不进一张门。我母亲比父亲完全有过之而无不及。爸爸还算是有漏洞的，他既会为了体面而抠门，也有那种为了体面而强撑着豪爽一把的时候。妈妈则完全不可能。她在任何时候都保持着绝对的清醒，绝不可能会因为头脑发热而瞎快活挥洒一把。我曾以为，爸爸妈妈如此吝啬度日，是出于对金钱的迷恋和热爱。我错了，其实他们并不爱钱，倘爱钱倒好了，真的，我看这世上绝大多数抠搜节俭的人，都不是真的爱钱，他们只是爱面子，热爱那张脸面而已！我们家从爸爸的单位分房迁出，要买商品房的时候，妈妈就选了一套某知名地产品牌旗下高端小区的打折样品房。如此，算上购房折扣和装修省下的开支，不仅低价买到了体面的住房，还剩下很多钱可以继续投资别的体面。

此刻，坐在教堂里的我，是否应该要祈求些什么，或者述说些什么呢？为什么我却忽然感到难过，厌弃自己的命运呢？神啊，孩子既是无法选择父母的，既是那称之为命运的东西定的，那么，决定命运的，是不是就是你？如果是，为什么要让我生在这个家庭，让我被这样一对父母养育呢？

泪水顺着脸庞滑落，我自己也分不清是悲哀还是愤怒。父母如此，难道就注定我也如此吗？我明明是不想这样的，明明也极厌恶为体面而存在，可我终究还是受了体面的好处和便宜，终究也进了体面的圈套。

我人生中唯一一次和别人一起散步，就是与九岁时遇见的她。或者，那始终不能算是我认可的、真正意义上的散步。

那天，我和她一起在街上走着。我们聊天，闲逛，看看这，看看那，累了就随处坐下歇歇，歇好了又接着走。我们没有方向，也无所谓目的，只是因为彼此待在一起很愉快，所以就不想分开，一直走，一直往前走着。不知道走了多久，也难以计算我们究竟走了多远，总之，走着走着，我们走到了河边，一条很宽的大河的河边。到那时，我们才意识到我们已远远走出我们所居住的，那个没有河的内陆城市了。

大河横亘在我和她面前，如果我们要继续前进，就必须要蹚过去。

河水汩汩，那么宽的河面，竟是没有桥的。

"我们过去吗？"我问。

"难道停下吗？"她反问我。

我不知道她怎么想，反正我完全不知所措。恐怕是该过去的，可过去了能怎样呢？那边一定比这边好吗？万一更糟怎么办？为此而浑身湿透累死累活，值得吗？万一回不来又怎么办？去的风险不胜枚举，不去至少可以保全迄今所有的一切。

"你还记得怎么游泳吗？我教过你的。"我问她。

"我看水不深，它只是宽，就算慢慢漂，也能到对岸的。"她望着河，缓缓地说。我讨厌她显出的强大，尽管我对她有敬仰，但正是这种敬仰让我变得愤怒。

"我就没见你怕过什么！"我厌烦地说。

"怕有用吗？其实我什么都怕，只是知道自己怕也没用，才显得好像什么都不怕。你真不懂，我是个很胆小的人，就是太胆小了，所以谨小慎微，如履薄冰。"

"不好好去学校上课，还要瞎说成语！"我讽刺道，又觉得自己有些不妥，接着说，"反正，你的意思是说，你要过去对吗？"

"很小的时候，我用粉笔在家里的地上画了一条河，画好了，就再不往那边走了。"她忽然说。

"为什么？"

"那是一条河啊，你现在看见这条河敢走吗？我太小了，而那条河很深，只要掉下去，就会淹死的。"她进入了她的认真。我虽然不完全信，但却忍不住欣赏。

"然后呢？"

"然后，我妈妈根本就不管，天天走在那条河上，还有外婆，还有别的来家里的人，没有人不往那河上走的。还有些人明明可以一步跨过去的，走到那里却非要踩一下，好像就是要掉到河里去才甘心。"

"所以呢？他们都淹死了，对吗？"我觉得自己有点坏，非要逗她，让她难堪。

"所以……"我以为她要调皮地笑了，可是没有，她露出伤心的样子，说，"所以，那条河被他们踩不见了。先是白花花地糊成一片，后来就彻底没了，再也没有了。"

我忽然觉得冷起来，好像气温也跟着她的心骤降了十几度。

我沉默了好长时间，又打破了这个沉默，说："所以，今天你一定要过河，对吗？"

她点了一下头，道："今天不过去，总有一天要过去。人只要往前走，就总要过去，好比我们一定要长大一样。"

我没有任何能反驳她的借口和理论，她说得对，只要我们活着，无论早过晚过，都得要过，不同的是谁能蹚到对岸，谁蹚到一半又回来了，或者，谁蹚在里头左右不靠，谁长久地陷浸在里面了。

她没跟我打招呼就往前走了，我跟在她身后，也缓缓朝大河走去。她的脚挨着水了，起起落落的潮水刚碰到她的足尖就迅速地缩了回去。这时候，太阳忽然倾转了，从我们背后的方向飞快地移动到前面，停在比她脑袋高一些的位置，透出绵绵的暖黄亮光，将她细致的发丝映出殷红的光彩。她停下来，回头看了我一眼。我也就停下步子，站在原地被她看着。她看我，再一次显出毫无瑕疵的纯粹笑靥。她的脸颊红了，头发红了，天是红的，河水也红了。我暖和起来，暖洋洋的，大概心也被照红了吧。时间又一次停顿了，我静止了。

和初次相遇时一样，又不一样，我还凝固在时间里，她就不见了，像从来没有出现过一样。等我再往前走一些，才看见她已陷进河里，整个人只肩膀以上的部分还露在外面。我想喊她，嘴唇张开却发不出声音，只能就这么望着，望到她的形貌渐渐模糊，直至消融在河水与天色交接的暖光中。

一簇跳跃的潮水拍到了我的足背，很快就又消退下去。我低下头，不敢再看前面，也不敢再往前走，踟蹰在原地任卑鄙的泪水将我吞噬。

六

从教堂出来时，竟然落雨了。短短一点时间，世界就成了另一个世界，与我进入教堂之前完全不同了。同一条路，街边怠惰垂首的招贴广告也并没有更换，可我就是觉得一切都不一样了。我终于从那种毫无传奇的厌世情结中挣脱了，啊，哪怕世界不变，而正在经历世界的我变了，一切也果真完全不一样了！

我经历的雨天够多了，不管是文字记述的，还是脑海中记忆的，都太多了。记不清哪一场雨，但我记得我和她贴在一起，在同一把伞下避雨的片刻。无数次的现实经历告诉我，共伞的情况下，伞下的两个人其实谁都无法再保持身上的干爽了。我和她挤在一起，头部多少都有些朝对方那边倾斜，而在伞沿之外的那半边身体已全部湿透了。即使这样，我还是愿意和她贴在一起，愿意继续假装自己没有被淋湿，甚至还想把伞往她那边再移过去一些。我和她一路有说有笑，说些什么已想不起来了，但肯定是笑了，只剩下笑被储存在记忆中。

电影中的她也在雨里，却没有打伞。她一个人在街上走着，所有经过的人都举着伞，却没有任何一人在路过时帮她挡一下雨，反而避她像避瘟疫那样，故意地折远绕行。她这么走着，衣服全湿透了，纯白的衬衫贴在身体上，没过膝盖的裙裳也随着水流贴附在腿上，显出她外装之下原本的体貌。路人到底是在害怕雨水，还是在害怕她的身体呢？我不知道。我只知道自己不能停止看她，不能停止对她的想象和想念。

她在一个院子里停下了，面向一幢小楼的门，在雨中站立着。镜头留恋她的身形，却不晓得此刻作为观众的我，更愿意看到她的眼睛。我想看她面部的表情，看她此时的反应。

不管在雨中的她到底怎样，我哭了。雨水从影片蔓延到我的心里，随着心绪升腾到达眼眸后，就从眼尾流淌滑落。又哭了，我怎么那么爱哭呢！这到底是像谁呢？除了外公，家里人全是那种三棍子打不出闷屁的冰冷面孔，怎么偏偏就我一个人柔弱多情呢？我真想看见自己现在的样子，可我不是演员，没有镜头随时记录。真讽刺啊，人的眼睛能看见所有的别人，可偏偏就是看不全自己。看别人到底有什么好，活到最后，人最想看清楚的其实是自己。

"要是人可以像毛巾那样被拧干就好了。"她曾经这样说过。我忘了当初的回应，只是如今总在拧毛巾的时候想起她，想起这话。要是课上的内容也像这话一样，听一次就被钉在头脑里，那应付升学考试的时候，就可以省掉太多力气了！人实在奇特，该记住的记不住，不该记的忘不掉，也不知记住记不住到底是由着谁、由着什么，反正就是不由我们自己。

现在，我也在雨中，也想效仿她不做遮挡地暴露在雨下，就那么走，走向某个正等我到达的地方，走向我作为我必然要走去的时间。谁知道是不是也有一个摄影机在对着我呢？在遇到电影中的她之前，我浑噩蹉跎在河里，始终就是无法靠岸——既找不到她，又望不到岸。靠岸太苦了，也太累了，我的力气是不够的。漂啊漂，跟着河水流淌，渐渐就将浸没在水里的情形当成了常态，忘记要靠岸，也忘了我的起初曾是在岸上的。

从教堂出来以后，我总算体会到她喜欢教堂的秘密了。这个秘密，比起海盗船的秘密，实在要难懂得多。对于昏聩沉昧的人来说，身体的感受比心灵要敏锐，所以，无论当时的她怎样对我说，我都是很难明白的。海盗船的大快乐我懂了，去教堂的大快乐我没有懂，是的，曾经就是那样。

她去教堂，并不是去寻求什么的，也不是在祈求、许愿、埋怨，她是在懊悔，在哀求和感恩。人要先晓得懊悔，才会实在明白感恩啊。我也找到去教堂的大快乐了，这样，其实去不去教堂也无所谓了。

在雨中，我经过的人群，与电影中的她所经过的人群很不一样。我所经过的他们，既不在过路时为我遮挡，也没有对我绕道避行。我想，这些对于他们来说都太累。他们与曾经的我一样，都太懒了，懒到对周遭所发生的一切已丧失了感知能力。他们要么撞到我，要么就直接穿过我，反正，什么也不能惊动他们。

我又走到城中一个新开的商场，在那里，人群堵塞严重，喧哗的声音鼎沸。好像今天是什么大促销的日子，商场请来了一位大人物助阵销售。城市里的安保都出动了，道路也暂时被管制起来，只有步行的人可以来去进出。真不巧啊，对商家来说如此重要的日子，竟然碰上大雨。所幸人们还没有从厌世的怠惰中走出，下不下雨对他们来说是一样的，反正毫无感觉。

"你为什么要偷东西？"我问九岁时遇见的她。

"你为什么不偷呢？"她反问我。

"偷东西是不对的。"

"你杀过人吗？"

"当然没有。"

"那你从没想过要谁死吗？"

"……，总之我没有做。"

"是一样的，所以你也是贼。"

"这能一样吗？！"

"偷东西有什么不好吗？医生、工人、老师都是职业，小偷怎么就不是一种职业呢？"

"你拿了不是你的东西。"

"难道就该是原来那些人的吗？我是凭本事得到的，谁得到了就该是谁的。"

"谁告诉你的？是姐姐教你的吗？"

"警察必须存在吗？"

"当然。"

"那么，小偷也必须存在，罪犯也必须存在。如果没有犯罪的人，那警察就不需要存在了。"

"难道犯罪还有道理了？"

"警察就没有罪吗？到底什么是罪，谁能定罪，谁应该被惩罚，难道都你说了算？"

"社会就是这样的。"

"你每次都说这句话，社会就是怎样怎样的，社会就是这样，难道就对？"

"你能不活在社会里吗？还能找到别的社会吗？"

"我活在社会里，可我不一定要按照社会去活，这是两件事。"

"我不管你几件事，反正在我知道的社会里，偷东西就是犯罪，是要受到制裁的，从明天开始，你再也别干了！"

"不要说明天了！明天会怎样，我们根本就不知道。我们活着，只是现在活着，连下一秒钟会怎样都不知道。"

"再不知道也不可能变成小偷万岁，警察该死！"

"还真不一定呢！"

"！！！"我被气个半死，她却笑了起来。

曾经，我只是个传奇的旁观者，今天，我决定一定要做一次传奇之本身。

我已多次旁观过她偷盗的全部过程，在心里，其实也早已经偷过千百回了。这会儿，不过是将心里想的在外面做出来，真切地实施一回，能有多难呢？我近前挤进乌泱泱的人群，伸手去抚探途经的每一个口袋。时代不同了，今时不同往日，这些人的口袋里没有钱也就罢了，竟都满满地装着欠账。倘我眼下把这些债务盗走，岂不是松快了别人，反苦了自己吗？我赶紧撤回胳膊，将双手填进自己的口袋用力地压紧，以防备那些激动的人群将债务漏到我的兜里。

不知哪阵风吹来，人群尖叫起来了，嘻啊呜呼此起彼伏，轰鸣吵闹，全是高频在振荡着，听得我胸口沉闷，整个头嗡嗡作响。反正我不想听那些尖叫的实质内容，就这样失聪倒是正好！然而，透过人群脑袋的缝隙，我看见有人登台了。天突然变脸，先前还在滴落的大雨霎时间停了，好像从没有来过一样。我的耳朵似乎真聋了，什么也听不见了，只能用眼睛拼命越过乌泱泱的脑袋往台上望去。难道电影成真了吗？我看见嫣莱从电影里走出来了，竟走到我眼前的台上了。

九岁时遇见的她，与我在同一把伞下的她，一起坐海盗船的她，在我眼前渡河的她，还有电影里的她，现在都站在台上，离我很近，又好像很远。

我认出了她，她还能认得我吗？

台上的灯亮了，真巧，亮在她脑袋后面的那盏帕灯，也是橙红色的。她的头发现在很长很长了，从耳朵往下的部分有微微曲折的弧度，有序又舒展地垂落着。她的头发红了，舞台红了，乌泱泱的人群也在红光中融化，化成了一条你不得不浸泡、不得不蹚越、不得不经受的、一条左岸右岸都是同一个岸的、只能让你奔赴原初的大河。

终于，我将心里的卑鄙在外面实现了。我偷走了她的名字，我上岸了。